Sra. Lewis

PATTI CALLAHAN

SRA. LEWIS

A improvável história de amor de
Joy Davidman e C.S. Lewis

Tradução de Thaís Pereira Gomes

THOMAS NELSON
histórias®
Rio de Janeiro, 2025

Título original: *Becoming Mrs. Lewis*

Copidesque	**Eliana Moura**
Revisão	**Maurício Katayama e Daniela Vilarinho**
Diagramação	**Alfredo Loureiro**
Adaptação de capa	**Mayara Menezes**

Dados Internacionais de Catalogação na Publicação (CIP)
(BENITEZ Catalogação Ass. Editorial, MS, Brasil)

C156s
1. ed. Callahan, Patti
Sra. Lewis / Patti Callahan; tradução Thaís Pereira Gomes. – 1. ed. – Rio de Janeiro: Thomas Nelson Brasil, 2025.
432 p.; 15,5 × 23 cm.

Título original: Becoming Mrs. Lewis
ISBN 978-65-5217-410-9

Ficção inglesa. I. Gomes, Thaís Pereira. II. Título.

06-202/13 CDD 823

Índice para catálogo sistemático:
Ficção: Literatura inglesa 823

Aline Graziele Benitez – Bibliotecária - CRB-1/3129

Todos os incidentes, diálogos, cartas e todos os personagens, com exceção de algumas figuras históricas bem conhecidas, são produtos da imaginação do autor e não devem ser interpretados como reais. Nos casos em que aparecem pessoas históricas da vida real, as situações, os incidentes e os diálogos relativos a essas personagens são inteiramente fictícios e não têm a intenção de representar eventos reais nem de alterar a natureza inteiramente fictícia da obra. Em todos os outros aspectos, qualquer semelhança com pessoas vivas ou mortas é inteiramente coincidência.

Os pontos de vista desta obra são de responsabilidade de seus autores e colaboradores diretos, não refletindo necessariamente a posição da Thomas Nelson Brasil, da HarperCollins Christian Publishing ou de suas equipes editoriais.

Thomas Nelson Brasil é uma marca licenciada à Vida Melhor Editora LTDA. Todos os direitos reservados à Vida Melhor Editora LTDA.

Rua da Quitanda, 86, sala 601A - Centro
Rio de Janeiro/RJ - CEP 20091-005
Tel.: (21) 3175-1030
www.thomasnelson.com.br

Para Joy e Jack,
com muito amor.

A consolação das estórias de fadas, a alegria do final feliz ou, mais corretamente, o da boa catástrofe, a repentina "virada" alegre [...] é uma das coisas que as estórias de fadas produzem supremamente bem.

Sobre estórias de fadas, J.R.R. Tolkien

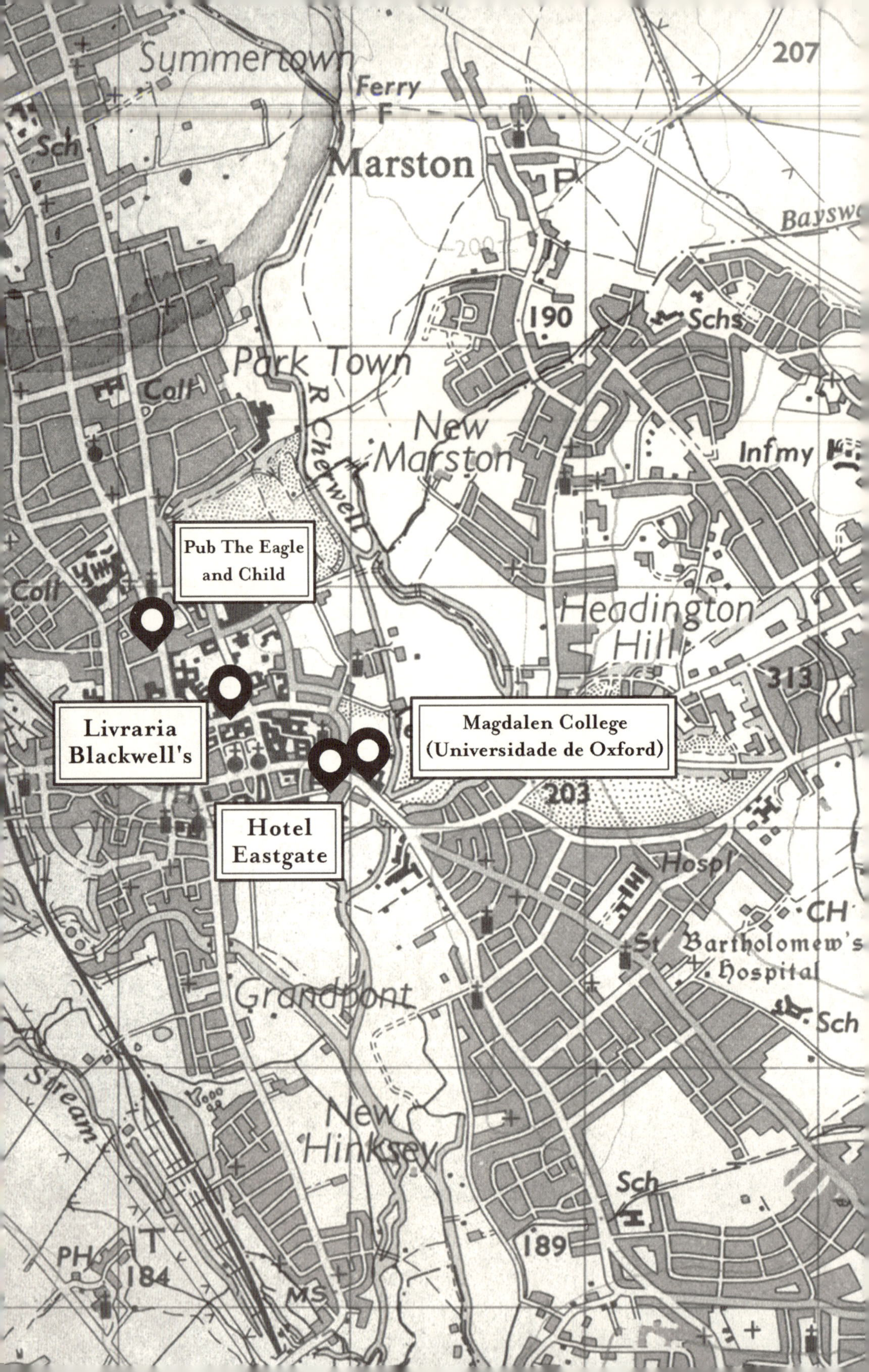
Summertown
Ferry
Marston
Park Town
R Cherwell
New Marston
Headington Hill
Infmy
Bayswa
Schs
Pub The Eagle and Child
Livraria Blackwell's
Magdalen College (Universidade de Oxford)
Hotel Eastgate
Hospl
St Bartholomew's Hospital
Grandpont
New Hinksey
Stream
Sch
Coll
CH
PH
MS
207
190
313
203
189
184

Oxford, Inglaterra

1950

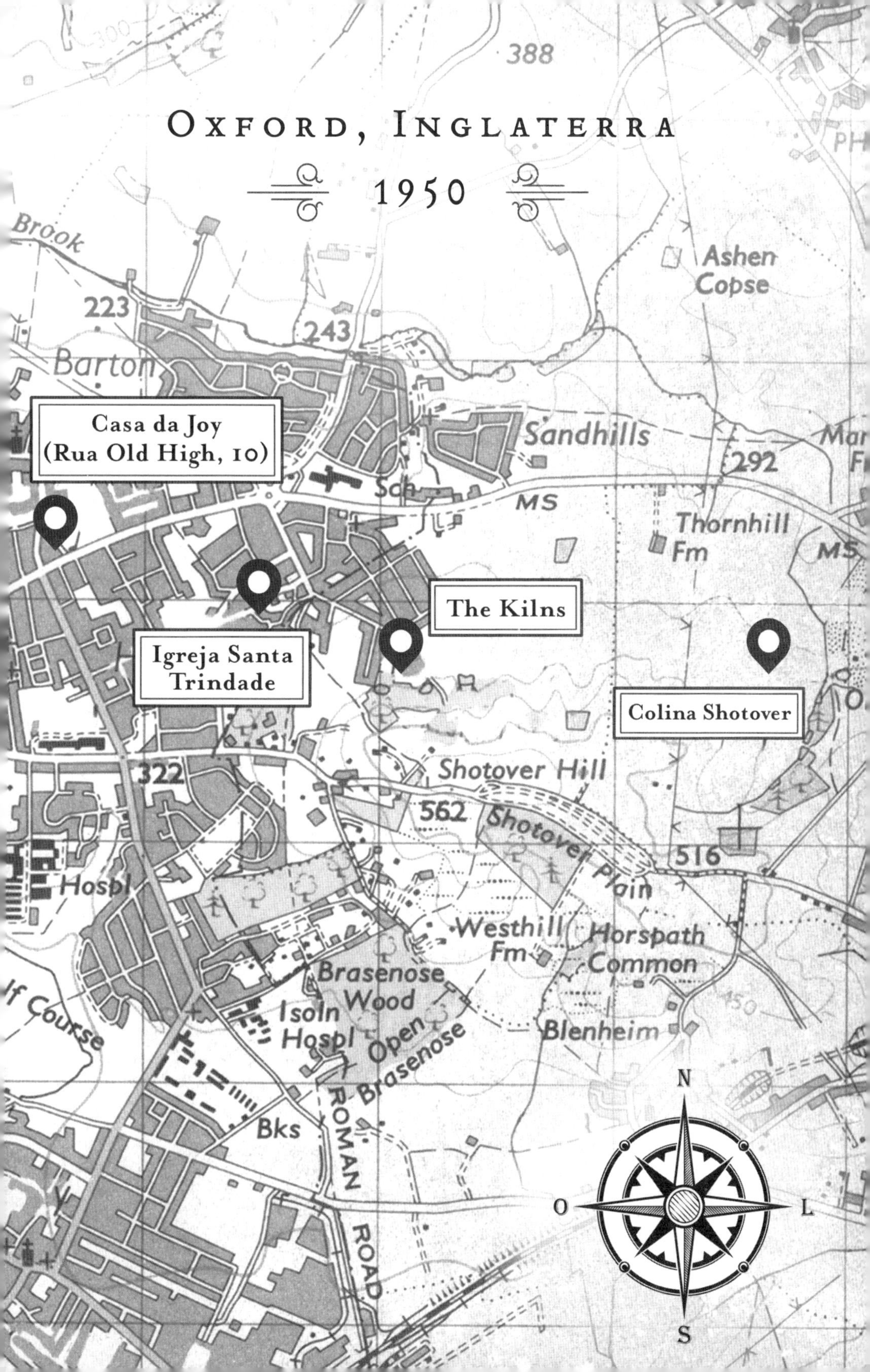

Linha do tempo de Joy e Jack

Jack

Nasce em — **20/11/1898** Belfast, Irlanda

Passa a se chamar de Jacksie – **1900**

Sua mãe falece — **23/8/1908**

Estuda no Campbell College, Irlanda — **1910**

Estuda no Malvern College — **1913**

Muda-se para Surrey e é tutoreado por W. T. Kirkpatrick, "O grande golpeador" — **1914**

Sua imaginação é "batizada" pelo livro *Phantastes*, de George MacDonald — **1916**

Começa os estudos em Oxford – **1917**

Alista-se no exército — **8/6/1917**

Ferido no campo de batalha - **4/1918**

Retorna a Oxford para estudar no University College — **1919**

Torna-se tutor no University — **1924**

Eleito para a cadeira de professor de Inglês no Magdalen College, recebe três aposentos no Prédio Novo - **5/1925**

Publica o poema *Dymer* sob o pseudônimo Clive Hamilton — **1926**

Conhece J.R.R. Tolkien — **11/5/1926**

Seu pai falece devido ao câncer – **1929**

Volta ao teísmo — **Terceiro trimestre de 1929**

Início dos encontros dos Inklings — **1930s**

Conversa com Tolkien na trilha Addison sobre o mito verdadeiro — **19/9/1931**

Volta ao cristianismo no sidecar da motocicleta de Warnie — **28/9/1931**

Muda-se para The Kilns — **11/10/1931**

Joy

18/4/1915 — Nasce em Nova York

1919 – Nasce seu irmão, Howard

1929 — Forma-se na Evander Childs High School aos 14 anos

1930 – Inicia os estudos no Hunter College aos 15 anos

1930 – Torna-se editora da revista literária *Echo*, do Hunter College

O regresso do Peregrino — **1933**

A alegoria do amor — **1936**

Além do planeta silencioso — **1938**

The Personal Heresy — **1939**

O problema da dor — **1940**

Série de vinte conversas na rádio BBC — **1941**

Trilogia cósmica — **1938-1945**

Cartas de um diabo a seu aprendiz — **1942**

Perelandra e *A abolição do homem* — **1943**

Aquela fortaleza medonha e *O grande divórcio* — **1945**

Chad Walsh publica um artigo sobre Lewis no *The Atlantic Monthly*, o que leva Joy a entrar em contato com Walsh — **1946**

1934 — Começa o mestrado na Universidade de Columbia, em Nova York

1935 – Mestre em Inglês pela Universidade de Columbia (tese sobre Lorde Orrery)

1936 — Publica poemas na *Poetry Magazine*

1938 — Recebe o Prêmio Russell Loines de Poesia

1938 - Recebe o Prêmio Jovens Poetas da Yale por sua coleção *Carta a um camarada*

1938 — Primeiro verão na Colônia MacDowell

1938 — Filia-se ao Partido Comunista após presenciar uma mulher cometer suicídio

1939 — Roteirista na Metro-Goldwyn-Mayer em Hollywood

1940 — Publicação do primeiro romance, *Anya*

1941-1943 — Crítica literária e editora de poesia na revista *New Masses*

2/8/1942 — Crítica literária e editora de poesia na revista *New Masses*

27/3/1944 — Nasce seu primeiro filho, David Gresham

11/11/1945 – Nasce seu segundo filho, Douglas Gresham

Primavera de 1946 — Experiência de conversão

9/1946 — Publicação do livro de Bill, *Beco do pesadelo*, que vem a ser transformado em filme com Tyrone Power

9/1946 — o artigo de Chad Walsh sobre C.S. Lewis, "O apóstolo dos céticos", é publicado no *Atlantic Monthly*

Jack & Joy

Aparece na revista *Time* (lida por Joy) — **9/1947**

Milagres; edita com colegas *Ensaios apresentados a Charles Williams* — **1947**

As crônicas de Nárnia — **1950-1956**

Começa amizade por correspondência com Helen Joy Davidman Gresham — **1950**

O leão, a feiticeira e o guarda-roupa — **1950**

Príncipe Caspian — **1951**

A viagem do Peregrino da Alvorada — **1952**

Cristianismo puro e simples — **1952**

1947 — Compra fazenda em Staatsburg, interior do estado de Nova York

1948 — Passa a frequentar a Igreja Presbiteriana

1949 — Fica amiga de Chad Walsh, professor que escreveu o artigo "O apóstolo dos céticos" sobre C.S. Lewis

1949 — Publicação de uma série de artigos no *The New York Post* intitulada *Garota comunista* sobre Joy Davidman, seu envolvimento com o comunismo e posterior rejeição a ele

1/1950 — Recebe primeira carta de C.S. Lewis

1950 — Livro *Enseada das lágrimas* é publicado pela MacMillan; começa a escrever artigos sobre os Dez Mandamentos

1950 — *Presbyterian Life* publica artigos sobre Joy e seu livro *Enseada das lágrimas*

1951 — O artigo sobre conversão, *O caminho mais longo*, é publicado em antologia intitulada *Aqueles que encontraram o caminho*

4/1951 — Recebe pagamento por escrever artigos sobre os Dez Mandamentos para a revista *Presbyterian Life*

8/1951 — Viagem para Vermont com os Walsh

início de 1952 — Prima Renee e filhos vão morar com a família Gresham

8/1952 — Primeira viagem para a Inglaterra, sozinha, no SS *United States*

4/9/1952 – Primeiro encontro com C.S. Lewis no Hotel Eastgate

12/1952 — Passa o Natal em The Kilns com Warnie e Jack

A cadeira de prata — **1953**

O cavalo e seu menino; *English Literature in the Sixteenth Century* (OHEL, vol. 3) — **1954**

O sobrinho do mago. Torna-se professor de Literatura Medieval e Renascentista no Magdalene College, em Cambridge. Seu discurso inaugural é *De descriptione temporum*, ao qual Joy assiste. Publica *Surpreendido pela alegria* — **1955**

A última batalha — **1956**

Até que tenhamos rostos — **1956**

Casa-se com Joy Davidman em uma cerimônia civil — **23/4/1956**

Casamento com Joy realizado pelo reverendo Peter Bide em um hospital; ela recebe a "unção dos enfermos" — **21/3/1957**

Reflexões sobre Salmos — **1958**

Os quatro amores; *Estudos linguísticos* — **1960**

Perde Joy — **13/7/1960**

A anatomia de um luto (publicado sob um pseudônimo) — **1961**

Maldanado propõe um brinde — **1961**

Falece em casa — **23/11/1963**

1/1953 — Volta para a família em Nova York

11/1953 — Muda-se para o Hotel Avoca House, em Londres

1/1954 - David e Douglas estudam na Escola Preparatória Dane Court

1954 – Publicação de *Fumaça na montanha: uma interpretação dos Dez Mandamentos*;

1954 — Divorcia-se de William "Bill" Gresham

8/1955 — Muda-se para Oxford/Headington

23/4/1956 — Casa-se com Jack em uma cerimônia civil

18/10/1956 — Sofre queda e é diagnosticada com câncer de mama metastático

21/3/1957 – Casamento com Jack realizado por um reverendo anglicano em um hospital

1957 – Muda-se para The Kilns como sra. Lewis e recebe a notícia de que o câncer está em remissão

12/1959 — Câncer retorna

13/7/1960 — Falece aos 45 anos

Prólogo

1926
Bronx, Nova York

Desde o começo, foi o Grande Leão que nos uniu. Hoje eu vejo isso. A fera poderosa e terna nos aproximou, de maneira lenta e incansável, atravessando o tempo, o oceano e as inflexíveis barreiras de nossas vidas. E não facilitou as coisas para nós — esse não é o jeito dele de agir.

Era o verão de 1926. Meu irmãozinho, Howie, tinha sete anos; eu, onze. Ajoelhei-me ao lado de sua cama e gentilmente sacudi seu ombro.

— Vamos — sussurrei. — Eles já estão dormindo.

Naquele dia, eu voltei para casa com meu boletim escolar e, entre a longa coluna de As, havia a marca indelével de um único B vincado no papel-cartão.

— Pai... — Toquei seu ombro, e ele desviou o olhar dos papéis que estava corrigindo, marcando o trabalho dos alunos com sua caneta vermelha. — Aqui está o meu boletim.

Seus olhos examinaram o cartão, com os óculos pousados na ponta do nariz, lembrando as fotos de seus antepassados ucranianos. Ele chegou aos Estados Unidos ainda criança e, na Ilha Ellis, seu nome foi mudado de Yosef para Joseph. Então ele se levantou para me olhar e ergueu a mão. Eu podia ter recuado. Afinal, em uma família que priorizava o aprendizado e as realizações, eu sabia o que vinha a seguir.

Sua palma aberta voou pelo espaço entre nós — um espaço que transbordava minha cintilante expectativa de aceitação e elogio — e acertou minha bochecha esquerda com o baque seco de pele contra pele, um som que eu conhecia bem. Meu rosto foi jogado para a direita. Como sempre, a dor durou o bastante para ilustrar o açoite verbal que veio depois.

— Não há lugar para trabalho desleixado nesta família.

Não, não havia lugar *nenhum* para isso. Aos onze anos, eu era aluna do segundo ano do ensino médio. Precisava me esforçar mais, ser melhor, suportar toda a vergonha até encontrar uma forma de ter sucesso e provar meu valor.

Mas, à noite, Howie e eu tínhamos nossos segredos. Na escuridão de seu quarto, ele se levantou e seus pequenos calçados se enroscaram no lençol. Meu irmão sorriu para mim.

— Já coloquei os sapatos. Estou pronto.

Segurei a risada e peguei sua mão. Ficamos imóveis como pedras, tentando ouvir outra respiração além da nossa. Nada.

— Vamos — eu disse, e ele colocou sua pequenina mão na minha. Confiança.

Saímos sorrateiramente da casa com paredes de arenito e entramos nas ruas desertas do Bronx, onde o odor de lixo molhado da cidade era tão forte quanto no interior do metrô. Lá estavam os riachos escuros das calçadas, as pequenas luas dos postes de luz e os enormes prédios que nos protegiam do mundo exterior. À meia-noite, a cidade era silenciosa e enganosamente segura. Howie e eu estávamos em uma missão: visitar outros animais enjaulados e forçados a agir civilizadamente em um mundo que não entendiam. Os residentes do Zoológico do Bronx.

Em poucos minutos, chegamos ao portão da Fordham Road e paramos, como sempre, para contemplar silenciosamente a Fonte Rockefeller. Era um monumento de mármore de três níveis: no meio, esculturas de crianças sentadas em conchas; embaixo, sereias sustentando-as com os braços erguidos e as cabeças firmes; e, acima, a grande serpente subindo pelo pilar central, com sua boca aberta para devorar. A água caía com um som de chuva que abafava nossos passos e sussurros. Chegamos ao pequeno buraco na outra ponta da cerca e nos esgueiramos por ele.

Gostávamos muito de nossas idas secretas ao zoológico à meia-noite. Lá estava a casa dos papagaios, cheia de criaturas multicoloridas; o hipopótamo Pedro, o Grande; o morcego gigante; e a casa dos répteis, onde deslizavam criaturas anormais e aterrorizantes. Sair de casa escondidos era nossa recompensa por suportar a vida familiar e também era nossa rebelião invisível. O rio Bronx corria pelo meio do zoológico, parecendo uma serpente de água escura, outro animal trazido para fora a fim de dividir a propriedade ao meio e então escapar, como se a água conhecesse a saída.

E por fim havia o covil dos leões, uma área enjaulada escura e arborizada. Eu me sentia atraída por esse lugar como se aquelas feras fossem minhas, ou eu fosse delas.

— Sultão! — Minha voz ressoou na noite. — Governanta.

O par de leões-da-barbária veio lentamente, colocando suas grandes patas na terra, com os músculos perigosos e ondulantes sob sua pelagem enquanto se aproximava das grades. Uma enorme elegância os cercava, como se tivessem compreendido seu destino e o aceitado com majestosa dignidade. A juba de Sultão era densa e emaranhada como uma floresta. Eu mergulhei no universo sem fim de seus grandes olhos âmbar e eles me permitiram, e até mesmo me convidaram, a estender a mão através das grades de ferro e alisar seu pelo com meus dedos. Os leões foram domesticados, superando sua natureza selvagem, e eu me identifiquei com eles de tal modo que fez meu peito tremer.

Os dois me agraciaram com um olhar de volta, seu caloroso peso pressionado contra minha palma, e eu vi que a captura deles danificou sua alma.

— Sinto muito — eu sempre sussurrava. — Nós devíamos ser livres.

Parte 1

ESTADOS UNIDOS

Vocês não me teriam chamado a não
ser que eu os estivesse chamando.

Aslan em *A cadeira de prata*, de C.S. Lewis

Capítulo 1

Começar de novo, devo começar de novo
Eu, que pus tantos amores no fogo
Soneto 1, Joy Davidman

1946
Ossining, Nova York

Existem inúmeras formas de se apaixonar, e eu cedia, de mil maneiras, meu coração a amores destinados ao fracasso. Desta vez, foi o casamento.

O mundo muda em um instante. Vi isso vez após vez, notando a forma como as pessoas passam os dias achando que têm tudo resolvido, protegidas dentro de uma vida segura. No entanto, não há como ter tudo resolvido na vida, não de uma maneira que nos proteja das tragédias do coração. A essa altura, eu já deveria saber disso; deveria estar preparada.

— Joy... — A voz de Bill pelo telefone estava tão trêmula que pensei que ele tinha sofrido um acidente de carro ou algo pior. — Estou desmoronando de novo e não sei o que fazer. Não sei para onde ir.

— Bill... — Eu segurei o telefone preto de plástico usando ouvido e ombro, com o fio grosso pendurado, enquanto balançava contra o peito nosso bebê, Douglas. — Respire fundo. Você está bem. É só aquele velho medo. Você não está na guerra. Você está seguro.

— Eu *não* estou bem, Joy. Não aguento mais. — O pânico partiu sua voz em pedaços, mas eu entendia. Eu conseguiria acalmá-lo, como fiz em outras noites. Ele podia ficar bêbado até tudo acabar, mas eu o tranquilizaria.

— Volte para casa, Poogle. Volte para casa. — Usei o apelido que tínhamos um para o outro e para nossos filhos.

— Não vou voltar para casa, Joy. Não sei se vou mais voltar.

— Bill! — Pensei que ele tinha desligado, mas então ouvi sua respiração ofegante, indo e voltando como se alguém estivesse espremendo a vida para fora dele. E então o longo e agudo zumbido de chamada encerrada vibrou como um diapasão no meu ouvido e desceu até o meu coração, onde meu próprio medo estava escondido, mas pronto para atacar.

— Não! — gritei na linha desligada.

Eu sabia de cor o número do escritório de Bill e liguei de volta para ele várias vezes, mas só tocava sem parar enquanto eu murmurava o mantra: "Atende, atende, atende". Como se por um instante nem ao menos soubesse onde eu estava, me percebi com as costas pressionadas contra o balcão de linóleo verde-lima da cozinha. Finalmente desisti. Não havia nada que eu pudesse fazer. Não podia deixar nossos bebês e ir procurá-lo. Ele levou o carro e eu não contava com ajuda. Não fazia ideia de onde ele poderia estar, exceto em algum bar, e em Nova York havia centenas deles.

Isolada, só era possível culpar a mim mesma. Fui eu quem insistiu em nos mudarmos da cidade para aquele horrível lugar de exílio, longe de meus amigos literários e contatos da editora. Comecei a acreditar que nunca fui poeta, nem escritora, amiga ou amada, que nunca existi como nada além de esposa e mãe. Mudar para lá foi minha tímida tentativa de afastar Bill de um caso com uma loira em Manhattan. O desespero leva as pessoas a acreditarem que idiotices são boas ideias.

Será que ele estava apenas fingindo um colapso, mas estava com outra mulher? Aquilo não parecia tão improvável assim, mas até a loucura de Bill tinha limites.

Ou não.

Nossa casa no Vale do Hudson, no extremo do subúrbio de Ossining, em Nova York, era uma pequena casa de madeira que chamávamos de Chalé Maple. Tinha um telhado inclinado e rangia a cada movimento feito por nossa pequena família: Bill; o bebê, Douglas; e Davy, um menininho que parecia uma bomba atômica. Muitas vezes era como se o próprio alicerce da casa estivesse se desfazendo com nossa inquietação. Cercada de livros, dois gatos e dois filhos, eu tinha 31 anos, mas me sentia tão velha quanto a própria casa.

Sentia falta dos meus amigos, da agitação da cidade, das festas de lançamento de livro e das fofocas literárias. Sentia falta dos meus vizinhos. Sentia falta de mim mesma.

Meus filhos e eu estávamos cercados pela noite, e a escuridão empurrava o vidro das janelas com uma força ameaçadora. Com seu amontoado de cachos castanhos e bochechas saltadas, Douglas dormia com a mamadeira quente pendurada na boca, enquanto Davy arrastava caminhões de brinquedo pela casa, sem saber que eles deixavam arranhões no piso de madeira.

Andava pela casa esperando notícias de Bill, e o pânico percorria o meu corpo. Eu xingava. Gritava. Socava as almofadas macias do nosso sofá surrado. Depois de alimentar os meninos e dar banho neles, liguei para meus pais e alguns amigos, mas ninguém tinha notícias dele. Quanto tempo Bill ficaria fora? E se ficássemos sem comida? Estávamos a quilômetros do mercado.

— Calma — eu dizia a mim mesma sem parar. — Ele já teve outras crises antes.

Aquilo era verdade, e a sombra de outra crise sempre pairava sobre nosso lar. Eu não estive com ele na pior delas, depois de um período na Guerra Civil Espanhola antes de nos conhecermos, quando Bill tentou o que eu temia agora: o suicídio. Os remanescentes traumas da guerra que se chacoalhavam e serpenteavam em sua mente haviam se tornado insuportáveis.

Como se eu pudesse curar o pânico à distância, imaginei Bill como ele era quando o conheci: um jovem apaixonado que adentrava lentamente a Liga dos Escritores Americanos com seu corpo esguio desajeitado e um grande sorriso coberto por um espesso bigode. Eu imediatamente me senti atraída por sua coragem e seu idealismo: um homem que se voluntariou e lutou onde era necessário, em um país distante e devastado. Mais tarde, me apaixonei ainda mais por aquele mesmo homem charmoso que eu ouvia tocar violão no Greenwich Village.

Nossa paixão me avassalou e surpreendeu pela rapidez com que nosso corpo e mente se encontraram. Embora Bill fosse casado quando nos conhecemos, ele me tranquilizou: "Nunca foi nada real. Não como você e eu". Três dias depois da conclusão de seu divórcio, nos casamos na colônia de artistas MacDowell, simbolizando nosso vínculo e a dedicação ao nosso ofício. Dois escritores. Um casamento. Uma vida. No entanto, agora era aquela mesma emoção e idealismo que o destruíam, desestruturando sua mente e fazendo-o voltar ao álcool.

Perto da meia-noite, eu estava em pé ao lado do berço de nosso bebê, com o coração martelando em meu peito. Não havia nada, nem *uma* coisa que eu pudesse fazer para salvar meu marido. Minha coragem desmoronou; meu ego se partiu.

Expirei o que possivelmente foi o primeiro sopro humilde da minha vida e caí de joelhos com tanta força que o chão de madeira fez uma onda de dor subir pelas minhas pernas. Inclinei a cabeça, com lágrimas escorrendo para os cantos da boca, e orei pedindo ajuda.

Eu estava orando! Para Deus?

Eu não acreditava em Deus. Eu era ateia.

Mas lá estava eu, de joelhos.

Naquela brecha da minha alma, quando o medo incontido me fez pedir ajuda, o astuto Leão viu sua chance, e Deus entrou; ele entrou pelas rachaduras do meu coração como se estivesse esperando há muito tempo para encontrar uma abertura. Um calor me envolveu; um rio de paz percorreu meu corpo. Pela primeira vez em toda a minha vida, eu me senti completamente conhecida e amada. Tive uma firme sensação de que ele estava comigo, de que sempre estivera comigo.

Aquela revelação não durou muito, menos de um minuto, mas ao mesmo tempo durou para sempre; o tempo não existia como um metrônomo de momento a momento, mas como uma eternidade. As fronteiras entre meu corpo e o ar, entre meu coração e minha alma, entre o medo e a paz desapareceram. Tudo em mim vibrava com aquela presença amorosa.

Meu coração desacelerou e as lágrimas pararam. Curvei-me para frente e descansei meu rosto molhado no chão.

— Por que você esperou tanto tempo? Por que eu esperei tanto tempo? — Deixei-me ficar em silêncio e então perguntei: — E agora?

Ele não respondeu. Não era assim que funcionava. Não veio uma voz, mas eu encontrei forças para me levantar, olhar meus filhos com gratidão e esperar o que poderia acontecer a seguir.

Deus não consertou nada naquele momento, mas esse não era o objetivo de tudo. Eu ainda não sabia onde Bill estava e ainda temia pela vida dele, mas Alguém, aparentemente meu Criador, parecia estar *comigo* em tudo aquilo. Esse Alguém era tão real quanto meus filhos na cama, quanto a tempestade batendo nas vidraças, quanto meus joelhos no chão de madeira.

Finalmente, depois de vagar pelas ruas e beber até quase ficar inconsciente, Bill cambaleou até um táxi, que o trouxe de volta para nós pouco antes do amanhecer. Quando ele entrou pela porta da frente, segurei seu rosto em minhas mãos, senti o cheiro do licor rançoso, disse a ele que o amava e que agora eu sabia que havia um Deus que nos amava, e prometi que encontraríamos nosso caminho juntos.

Com o passar dos anos, nossa mesa de centro se encheu de livros de história e filosofia, junto a livretos e panfletos religiosos, mas ainda não tínhamos noção de como interpretar aquela experiência que eu sabia ter sido tão real quanto as batidas do meu coração. Se havia um Deus, e eu estava bem certa de que havia, como ele se manifestava no mundo? Como eu deveria me aproximar dele, se é que deveria? Ou será que aquela experiência não passava de um lampejo de compreensão que não mudava nada? Certamente não foi uma conversão religiosa; foi apenas um entendimento de que existia algo maior. E eu queria saber mais. Muito mais.

Certa tarde de primavera, depois que nos mudamos para uma grande fazenda em Staatsburg, Nova York, deparei-me com uma revista *Atlantic Monthly* de 1946 — que já tinha uns três anos — virada para baixo sobre a mesa da cozinha, sendo usada como descanso para a caneca de café de Bill. Afastei a caneca para o lado e folheei a revista enquanto nossos filhos cochilavam. As páginas se abriram no artigo de um professor do Beloit College chamado Chad Walsh. Seu escrito se intitulava "O apóstolo dos céticos" e era um estudo aprofundado sobre um acadêmico de Oxford, na Inglaterra: um homem chamado C.S. Lewis, um ateu que se converteu. Claro que eu já tinha ouvido falar dele; até li seus livros *O regresso do Peregrino* e *O grande divórcio*, ambos contendo um sussurro de verdade que eu estava apenas começando a ouvir. Passei a examinar o texto, e só quando Douglas me chamou foi que me assustei e me distraí da história desse escritor e professor que alcançou os leitores americanos com sua escrita clara e lúcida, com sua lógica e seu intelectualismo.

Pouco depois eu já havia lido tudo o que Lewis escrevera: mais de uma dúzia de livros, incluindo um livreto de ficção com uma sátira tão penetrante que me vi atraída várias vezes para a sabedoria oculta na história: *Cartas de um diabo a seu aprendiz*.

— Bill... — Ergui o livro de Lewis que eu estava relendo, *O grande divórcio*, durante o jantar, numa noite em que os meninos enrolavam seu espaguete. — Aqui está um homem que poderia nos ajudar com nossas perguntas.

— Pode até ser — ele murmurou, acendendo um cigarro antes que o jantar terminasse e recostando-se na cadeira para me observar através de seus óculos sem armação. — Mas, Poogle, acho que ninguém tem as respostas de que precisamos.

Bill estava friamente correto: acreditar em um deus não era tão simples assim. Cada filosofia e religião apresentavam uma perspectiva diferente sobre a divindade, e eu não conseguia entender. Eu estava prestes a desistir da busca e jogar aquela esmagadora experiência de Deus em minha grande caixa de erros, quando entrei em contato com o professor Walsh, o que escrevera o artigo. Disse a ele:

— Fale-me de C.S. Lewis.

O professor Walsh visitou Lewis em Oxford e passou um tempo com ele. Agora estava transformando seus artigos em um livro, também chamado *O apóstolo dos céticos*.

— Escreva para o sr. Lewis — sugeriu. — Ele é um ávido escritor de cartas e adora debates.

Lá estávamos Bill e eu — três anos depois de minha ofuscante noite de humildade, três anos de leitura e estudo, de encontros e debates nos Alcoólicos Anônimos, e três anos depois de entrar para a Igreja Presbiteriana — quando aquela ideia nasceu: iríamos escrever uma carta para C.S. Lewis, uma carta repleta de nossas perguntas, reflexões e dúvidas sobre o Cristo em quem ele aparentemente acreditava.

Capítulo 2

Abra sua porta; não deixe que o atrasado coração
Morra na noite amarga; abra sua porta

Soneto 44, Joy Davidman

1950

Não é verdade que a maioria das coisas começou com palavras? *No princípio era o verbo* — até a Bíblia exalta essa verdade. O mesmo aconteceu em minha amizade com Lewis.

Desci de meu escritório no segundo andar de nossa casa na fazenda e saí naquele dia frio de janeiro a fim de pegar a correspondência. Dois pensamentos distintos corriam nos trilhos de minha mente: o que eu iria cozinhar para minha família jantar? E como o meu segundo livro, *Enseada das lágrimas*, seria recebido pelo mundo daqui a alguns meses?

A grama coberta de geada estalava na sola de minhas botas conforme eu caminhava até a caixa de correio. Ao pegar a pilha de cartas, meu coração bateu acelerado: no topo do amontoado de contas, correspondências e uma revista *Presbyterian Life* havia uma carta de Oxford, Inglaterra. Segurei o envelope branco com o selo aéreo do jovem rei George em perfil, sua coroa pairando sobre a cabeça, em minha mão. Com uma caligrafia cursiva inclinada e apertada, o endereço do remetente no canto superior esquerdo dizia: C.S. *Lewis*.

Ele finalmente escreveu uma resposta. Passei meu dedo enluvado em cima do nome dele, e surgiu esperança em meu peito como uma precoce flor da primavera. Eu precisava de seus conselhos; minha vida parecia desajustada por causa das novas crenças que eu achei que me salvariam, e C.S. Lewis sabia a Verdade. Ou eu esperava que soubesse.

Fechei com força a caixa de metal, cujos cristais de gelo estalaram e caíram no chão, e enfiei a correspondência no bolso do casaco para atravessar o caminho congelado. As vozes de meus filhos brigando me fizeram olhar para nossa casa branca e para a varanda que se estendia na frente dela — um oásis antes de entrar. As persianas verdes, como uma sombra de olhos de uma mulher pálida, se abriam para revelar a alma da casa, antes pura, mas agora nublada de raiva e frustração.

A porta da frente estava aberta, e Douglas, de quatro anos, saiu correndo com Davy, de seis, logo atrás.

— É meu! Devolve! — Davy, poucos centímetros mais alto do que o irmão mais novo, com seu cabelo castanho emaranhado de tanto lutar e brincar durante o dia, gritou e empurrou Douglas até que ambos me avistaram e pararam abruptamente, como se eu tivesse surgido do nada.

— Mamãe! — Douglas correu para mim, envolvendo meus quadris macios com seus bracinhos e enterrando o rosto nas dobras do meu casaco. — O Davy me deu um chute na canela — ele soluçou. — Depois me empurrou no chão e sentou em cima de mim. Com muita força.

Ah, como Deus gostava de criar uma variedade de meninos...

Abaixei-me e afastei o cabelo de Douglas para beijar sua bochecha redonda. Em momentos como aquele, meu coração batia forte de amor pelos meninos que Bill e eu tivemos. O corpo esguio de Davy e sua energia frenética vinham de Bill, mas a sensibilidade de Douglas e a crueldade era minha. Ele ainda não havia aprendido a disfarçá-la como eu.

— Isso é tudo bobagem. — Baguncei o cabelo de Davy e segurei a mão de Douglas na minha. — Vamos entrar e fazer chocolate quente.

— Sim! — Davy disse com entusiasmo e correu para casa.

Enquanto isso, a carta queimava no meu bolso. *Espere*, eu disse a mim mesma. *Espere*. Afinal, a expectativa é a emoção que se sente antes de ter alguma coisa.

Davy atravessou a porta da frente em um pulo, não sem antes irritar Topsy, que agora latia como se estivesse nos alertando sobre um intruso monstruoso.

— Silêncio, sua vira-lata peluda — gritei —, ou vai fazer eu me arrepender de ter resgatado você.

Passei por cima de um monte de caminhões de brinquedo na sala de estar, com Topsy logo atrás de mim. Naquela época, nossa casa era um zoológico — quatro gatos, dois cachorros, um passarinho, e agora Davy queria uma cobra.

Bill estava em seu escritório reformado no sótão, datilografando o mais rápido que seus dedos podiam, trabalhando no seu segundo livro para pagar as contas, que se empilhavam tão alto quanto a neve logo faria. A gritaria, os latidos e o alvoroço provavelmente o tiraram da máquina de escrever, pois, de repente, lá estava ele, ao pé da escada.

Douglas se encolheu e eu segurei sua mão.

— Não se preocupe — eu falei suavemente. — Papai não vai gritar. Ele está se sentindo melhor.

As mãos de Bill estavam caídas ao lado do corpo, em uma postura de derrota. Com 1,91 m de altura, meu marido costumava me dar a impressão de uma árvore fina e alta. Seu cabelo espesso e escuro estava penteado para o lado esquerdo, como uma onda arrebentada na praia. Ele estava sóbrio agora, e seus açoites verbais diminuíram. Os Alcoólicos Anônimos estavam cumprindo seu papel com os Doze Passos, com falas espirituais e a responsabilidade em grupo.

Bill apontou para a cesta de livros da biblioteca, derrubada ao lado da porta, e então ajustou os óculos sem aro.

— Você podia pegar tudo isso, sabia?

— Eu sei, querido. Vou pegar.

Lancei um olhar rápido para ele. Sua camisa social azul estava amassada e com um botão errado. A calça jeans azul estava sobrando nele; Bill perdeu peso nos últimos meses por causa de estresse. Eu, por outro lado, ganhei peso — afinal, a vida não era justa.

— Estava tentando escrever, Joy. Tente fazer alguma coisa nessa casa tão cheia de bagunça! Mal consigo me concentrar.

— Cachorros, crianças… — Tentei sorrir para ele. — Que combinação.

Fui até a cozinha. Queria amenizar qualquer indício de raiva — a discussão que poderia surgir seria uma repetição de mil outras brigas, e não estava com paciência. Eu tinha uma carta, uma centelha de esperança no meu bolso.

Davy subiu numa cadeira e se sentou à mesa de madeira lascada, cruzando as mãos para esperar. Tirei o casaco e o pendurei no gancho ao lado da porta, colocando a correspondência sobre a mesa da cozinha. Exceto a carta. Eu queria lê-la primeiro. Queria que algo fosse só meu, mesmo que por um breve momento. Tirei as luvas e as enfiei nos bolsos para esconder a carta. Afundei as mãos nuas na louça suja empilhada na pia — mais um lembrete da minha incompetência como dona de casa — e encontrei a panela com sopa de tomate ressecada da noite anterior.

No passado, essa casa foi a realização de um sonho. Quando o livro *O beco do pesadelo* de Bill foi lançado e Tyrone Power estrelou o filme, pela primeira vez na vida nos vimos com dinheiro sobrando, o bastante para comprar esse pedaço de fazenda no interior. Porém, não sabíamos que realizar sonhos nem sempre era algo bom, já que não era isso que as histórias diziam.

Virei-me para Davy, com a voz cheia de um entusiasmo forçado.

— Talvez neve hoje. Não seria uma diversão e tanto?

— Sim — ele respondeu, balançando as pernas para chutar a parte de baixo da mesa.

Bill entrou na cozinha e ficou parado, em silêncio, me observando limpar a panela encrustada.

— Mais contas — reclamou, folheando a correspondência. — Fantástico.

Senti os olhos dele em mim e sabia que não estavam irradiando amor. O amor estava diminuindo, mas a cada dia eu avaliava o que restava. Companheirismo? Admiração? Segurança? Naquele momento, o que restava era raiva. Levantei a panela limpa e a sequei com um pano de prato verde que estava ao lado da pia, então me virei para ele com um sorriso.

— Quer um pouco de chocolate quente?

— Claro. — Ele afundou em uma cadeira ao lado de Davy. — Mamãe vai nos esquentar.

Abri o velho frigobar — que mais parecia um caixão branco do que uma geladeira — e fiquei olhando para as prateleiras vazias. Alface murcha, uma lata aberta da sopa de tomate da noite anterior, leite, ovos e uma travessa de carne moída que havia adquirido o marrom escuro e ameaçador da carne podre. Eu precisava ir ao mercado, o que significava que mais uma tarde de escrita seria perdida. Meu humor se encolheu como a carne estragada e eu odiei meu próprio egoísmo, que se importava mais com as páginas, com o texto, do que com as refeições da minha família. Eu não sabia como mudar, mas estava tentando. Sério.

Observei o leite começar a ferver lentamente na panela e então, hipnotizada, despejei os pedacinhos de chocolate na espuma branca. Lá fora, o primeiro floco de neve apareceu, flutuando suavemente até ser visto e logo derreteu ao se acomodar na vidraça; era uma maravilha da natureza e animou meu espírito. O comedouro de pássaros pendia de um galho baixo, e um cardeal fez uma pausa ali, virando seu olho para mim. Por um breve momento, cada coisa simples irradiava uma beleza extraordinária, uma graça diária.

Despejei a bondade derretida em três canecas, justamente quando Douglas entrou correndo na cozinha.

— Você se esqueceu de mim? — ele perguntou, com as mãos levantadas como se quisesse voar.

— Não, meu grandão, eu não me esqueci de você.

Nos reunimos ao redor daquela mesa, meus três meninos segurando uma caneca de chocolate quente — eu, uma xícara de chá. Desejei ter chantilly para colocar na caneca deles. Por que a rotina da minha vida às vezes parecia sufocante, sendo que a rotina era *tudo*?

Eu tinha outra família, meus pais ainda estavam vivos, mas não sentia vontade imediata de visitá-los. Meu irmão trabalhava na cidade como psicoterapeuta, mas raramente o via. Além da nossa nova comunidade da Igreja Presbiteriana, *essa* era minha família.

Ali, em nossa propriedade no interior de Nova York, eu me sentia isolada do mundo, porém ouvia as notícias: Truman era o presidente, a bomba atômica ainda estava em todos os noticiários — o que fizemos ao dividir aquele átomo? Conversas apocalípticas por todo lado. No mundo literário, Faulkner acabara de ganhar o Prêmio Nobel de Literatura.

— Obrigado, mamãe. — A voz de Davy me trouxe de volta.

Sorri para ele ao ver seu bigode de chocolate e então olhei para Bill, que se reclinou na cadeira e se alongou. Ele fazia uma cena tão bonita... O "mítico marido perfeito", como eu o chamei certa vez na época em que estávamos muito apaixonados. Às vezes eu me perguntava como ele me via agora, mas meus instintos de sobrevivência não deixavam espaço para vaidade. Meu cabelo castanho, longo e espesso, estava preso em um coque solto e emaranhado na base do meu pescoço. Se é que eu era bonita, era à moda antiga, disso eu sabia. Pequena, com apenas 1,57 m e grandes olhos castanhos, eu não era o tipo de beleza sedutora que fazia os homens assobiarem. Era uma beleza mais suave, que poderia ser realçada se eu me esforçasse, embora ultimamente eu não estivesse fazendo isso. Mas e Bill? Ele era charmoso e adorava ouvir isso; sua ascendência fazendeira do sul da Virgínia tinha um gosto especial por essa palavra.

Ele jogou uma perna sobre a outra e me deu aquele sorriso torto, o mesmo que Douglas havia herdado.

— Eu vou à reunião do AA hoje à noite, às sete e meia. Você vem?

— Dessa vez, não. Acho que vou ficar em casa com os meninos e terminar de remendar as roupas de inverno deles.

Apertei as mãos debaixo da mesa, esperando a repreensão, que não veio. Soltei o ar, aliviada. Bill se levantou e se esticou com um rugido que fez Davy rir, depois foi até a entrada da cozinha.

— Vou trabalhar agora — ele disse. — Ou pelo menos vou tentar mais uma vez.

— Está bem. — Assenti com um sorriso, mas, ah, como eu queria voltar ao meu próprio trabalho... O editor da revista que estava em cima da mesa da cozinha me pediu uma série de artigos sobre os Dez Mandamentos, e eu mal estava conseguindo fazer progressos. Contudo, Bill era o homem da casa, e eu, como ele e a sociedade me lembravam, era a dona de casa.

Os pequenos correram para a sala de brinquedos ao lado da cozinha, conversando em uma língua só deles. Eu hesitei, mas então chamei:

— Bill, C.S. Lewis nos escreveu de volta.

— Bem, já era hora. — Ele parou no meio do caminho. — Quanto tempo faz? Seis meses? Quando terminar de ler, deixe na minha mesa.

— Eu ainda não abri, mas sei que você não tem mais interesse nessas coisas.

— Interesse em quê?

— Em Deus.

— Claro que tenho, Joy. Eu só não fico obcecado por respostas como você. Droga, você é obcecada por *tudo*. — Ele fez uma pausa, como se estivesse dosando as palavras pesadas, e então soltou: — Você nem sabe o que ele escreveu. Pode ter pedido para você não entrar mais em contato. Ele é um homem ocupado.

Murchei por dentro, como se o sonho de algo que eu ainda nem sabia o que era tivesse desabado.

— Bill, eu não posso deixar aquela minha experiência sem explicação. Ela não pode ser descartada como um mero lampejo no tempo. Deus estava lá; eu sei disso. O que ela significa?

— Eu realmente não sei. Escreva para ele ou não, faça o que quiser, Poogle. Eu preciso voltar ao trabalho.

No meu escritório, eu tremia de frio. Quem dera nossa casa fosse tão cheia de amor como era de livros — no momento tínhamos mais de dois mil empilhados em prateleiras, mesas e, quando necessário, no chão. Ventava dentro de casa e, mais uma vez, o carvão estava quase no fim. Precisava mandar Davy buscar mais. Semanas atrás, tivemos que dispensar a empregada. Eu escreveria qualquer coisa em troca de dinheiro, só para tê-la de volta.

As coisas precisavam mudar, e logo.

Segurei a carta na mão e, apertando o suéter contra o meu corpo, me acomodei em uma poltrona surrada. Eu queria que meu marido entendesse aquele desejo dentro de mim, aquele anseio pelo mundo invisível que se escondia dentro do visível. Lewis era dezessete anos mais velho que eu — sua experiência e sua busca eram de longa data. Eu lhe escrevera à procura de respostas que satisfizessem tanto meu coração quanto meu intelecto.

Passei os dedos pelo sobe e desce de suas palavras. A tinta, obviamente de uma caneta-tinteiro azul, sangrava pequenas linhas de cada letra pelas veias do papel de algodão. Levantei a carta até o nariz, mas a única coisa que senti foi o aroma de ar frio e poeira. Deslizei um dedo sob a aba selada, ansiosa para ler cada palavra; porém, de uma forma curiosa, eu também queria que a expectativa durasse. Desejar e esperar muitas vezes são o combustível barato do desejo.

A carta dizia:

Prezados sr. e sra. Gresham,

Obrigado pela longa e elaborada carta de vocês.

Sorri. Longa e elaborada, de fato.

Só para ter certeza, meus olhos rapidamente desceram até o final da página.

Atenciosamente, C.S. Lewis

Ele escreveu para nós.

De todas as centenas de cartas que recebia, ele escreveu para mim.

Capítulo 3

Em todos os meus anos, eu amei um fantasma ou outro
Seus beijos e olhos desvaneceram, cada um estava morto

Oração antes do amanhecer, Joy Davidman

No dia seguinte à chegada da carta de Lewis, ouvi o vento assobiar, chamando o inverno. Uma pilha de roupas para costurar estava sentada na cadeira ao longe, mas ignorei-a e fiquei olhando pela janela. Eu sentia falta das minhas caminhadas sem rumo pela nossa propriedade e do ar perfumado de flores de maçã do meu jardim de primavera, que agora estava dormente debaixo da geada. A primavera iria voltar; ela sempre voltava.

Retornando ao meu trabalho, olhei para as teclas pretas da Underwood, onde o papel em branco me esperava. Reservei aquela hora da tarde para minha poesia: um presente para mim mesma.

Há fogo no meu ser, você até pode tentar acender uma vela nele, mas de nada servirá.

Parei, tomei um gole do meu chá e encaixei, atrás da orelha, uma mecha de cabelo solta. Com os olhos fechados, procurei os próximos versos nas profundezas de mim. A vida inteira eu escrevi partindo dos lugares emaranhados do meu interior, na esperança de desatar seus nós.

— Joy! — A voz de Bill quebrou o silêncio.

Com aquele som, o verso da poesia foi soprado para longe, como um frágil dente-de-leão agora vazio e disperso.

— Aqui em cima — respondi, justo quando ele apareceu e se apoiou no batente da porta, com um cigarro pendurado nos lábios.

— Dentro de casa, não. — Minhas palavras de nada adiantariam, mesmo assim eu as disse.

— Os meninos estão na escola. — Ele deu uma longa tragada e soltou duas nuvens de fumaça pelas narinas antes de perguntar: — Você não ouviu o telefone tocando?

Fiz que não com a cabeça, apertando o suéter contra o corpo.

— A Brandt e Brandt ligou. Eles querem agendar com a Macmillan sua foto de escritora para a orelha do livro.

Era meu agente ligando para falar sobre minha editora.

— Obrigada — falei, ligeiramente irritada por ter perdido a chamada e por ter sido Bill quem falou com eles. — Vou retornar a ligação.

— Está tudo bem? — ele perguntou, caminhando até mim e jogando cinzas na lixeira ao lado da minha mesa.

— Estou agitada. E não consegui encontrar as palavras esta tarde, nenhuma que faça sentido.

— Por que não liga para a Belle vir visitá-la? Ela sempre anima você.

— Belle também está ocupada com a família dela. E nós duas estamos escrevendo o máximo que conseguimos. O telefone vai ter que ser suficiente por enquanto.

— Foi esse o caminho que escolhemos — ele disse, aproximando o cigarro dos lábios. — Sermos escritores. Talvez devêssemos ter escolhido algo mais fácil. — Ele estava brincando; foi um momento gentil.

— Como se pudéssemos ter escolhido outra coisa. — Olhei para ele. — Eu sinto falta da minha poesia, Bill. Uma falta enorme.

— Nós fazemos o que temos de fazer. Você vai voltar a ela. — Ele me deu um beijo na testa, erguendo o cigarro no ar. — Agora, de volta ao trabalho.

Bill ligou meu pequeno aquecedor e fechou a porta. Esses gestos de bondade aliviaram a tensão, evocando sentimentos que agora pareciam meras lembranças. Voltei a encarar a máquina de escrever. Porém, em vez de poesia, eu queria responder ao sr. Lewis. Só se passara um dia: embora não quisesse parecer ansiosa, eu com certeza estava.

C.S. Lewis:

Sua busca espiritual é muito semelhante à minha. É bastante impressionante ser perseguido pelo grande Cão do Céu, não é mesmo? Minha primeira reação foi de raiva e pavor. Eu me pergunto se vocês sentiram o mesmo. Acredito que, desde aquele momento, passei anos tentando entender tudo o que aconteceu. Mas será que devemos entender? Não sei se é esse o motivo do nosso encontro. Mesmo assim, vamos continuar tentando. Parece que vocês estão presos na rede dele — não há muita chance de escapar.

Creio que meu amigo Chad Walsh lhes contou muito sobre a minha vida, então me contem sobre a sua. Qual é a história de vocês, sr. e sra. Gresham?

Fiz uma pausa, querendo assimilar aquelas palavras de maneira lenta e reflexiva, sem me apressar como fazia com quase todo o resto, tropeçando, e caindo, e me levantando de novo.

Minha história — foi isso o que ele pediu. Fazia tanto tempo que ninguém se importava para além de saber qual seria o jantar, ou se a roupa estava lavada, ou se a lição de casa estava feita...

Caro sr. Lewis,

Que maravilha receber sua carta neste frio congelante da virada de ano aqui em Nova York!

E agora? Como começar a articular o que se vê apenas de forma confusa? Durante toda a minha vida, busquei a Verdade, ou pelo menos a minha versão dela. Se havia algo que eu sempre fazia com seriedade, era isto: buscar maneiras de acalmar meu coração atribulado.

Eu acreditei em tanto e em tão pouco...

Eu me arruinei e me salvei.

Aqui é a sra. Gresham escrevendo de volta. Obrigada por responder às nossas perguntas. O mais surpreendente é que o senhor desmontou minha argumentação sobre o anseio ser algo que devemos combater. Sua afirmação de que, se ansiamos por algo mais, então certamente deve existir algo mais (Deus), soa tão verdadeira quanto o céu acima de mim.

Mas o que estou dizendo? O senhor não me pediu para discutir nem concordar. Perguntou a minha história.

Parei. Respirei fundo.

Será que eu deveria ser engraçada e divertida? Uma correspondente cujas cartas ele gostaria de responder, a fim de conversar sobre assuntos intelectuais? A inteligência era a única coisa que tinha me sustentado ao longo dos anos. Como me lembravam meus pais (e qualquer pessoa que quisesse ouvir), eu não fui muito agraciada com beleza, graça ou charme. Minha prima Renee é que contava com esse conjunto de atributos. Ela era a bonita. E eu não era inteligente?

Máscaras são a principal característica da minha vida (meu tema, se assim preferir), a história de Joy. As mudanças de fachada foram inúmeras, mas a dor e o vazio por dentro permaneceram constantes; agora acredito ter sido o anseio que me fez cair de joelhos.

Será que isso era sério demais?

Não, foi o que ele pediu.

Foram meus pais que me deram a primeira máscara: uma judia. Eu nasci Helen Joy Davidman. Mas sempre fui chamada de Joy.

Datilografei como se estivesse em um estado de fuga: páginas marcadas com tinta preta, o som *staccato* do metal na borracha. Quando a voz de meus filhos me avisou que eles chegaram da escola, registrei o final.

Após a profunda experiência de conversão que me derrubou do meu firme alicerce de ateísmo, minha alma não me deixa em paz até eu encontrar respostas para minhas perguntas espirituais, perguntas que não vão embora, perguntas que têm todo o direito de me atormentar até que eu encontre paz. Quem é esse Deus em quem agora acredito? O que devo fazer com essa Verdade? Será que ela foi mesmo real ou eu me iludi com mais uma solução mágica que não soluciona nada?

Atenciosamente,
Joy

Quando terminei, meu coração se esticou como se despertasse de um longo e preguiçoso sono, e uma esperança secreta me envolveu. Sorri. Então, retirei a última folha da máquina de escrever e dobrei as quatro páginas dentro de um envelope.

A tarde de inverno uivava com a chegada de uma tempestade. Meus filhos estavam brincando de cavaleiros lutando pela donzela, meu marido se trancara no escritório dele, e eu lacrava uma carta para C.S. Lewis, removendo todas as minhas máscaras.

Eu queria que ele me conhecesse. Queria que ele *me* visse.

Capítulo 4

E esta é a sabedoria em uma terra cansada:
não peça nada, cerre os dentes sobre sua necessidade

Selva escura, Joy Davidman

Dezenove meses depois
1951

O mês de agosto estava com sol forte e chuva pesada quando nosso velho Impala, tossindo fumaça, entrou na casa de verão de Chad e Eva Walsh, em Vermont. Depois que entrei em contato com Chad sobre seu artigo, criamos uma amizade intelectual e espiritual por meio de telefonemas e cartas, até que finalmente sua esposa e quatro filhas visitaram nossa fazenda no norte do estado de Nova York. Os Walsh se tornaram amigos queridos.

Davy e Douglas se agitavam no banco de trás, cansados da longa viagem e com fome, pois já haviam comido todos os petiscos embalados antes mesmo de cruzarmos a fronteira do estado de Nova York. As mãos de Bill estavam tensas no volante prateado ao chegarmos à paisagem exuberante de rochas irregulares e árvores cobertas de musgo, campos selvagens e densos, e um lago cristalino cintilando ao sol.

Ambos concordávamos que essa viagem para visitar Chad e Eva trazia uma promessa de alívio.

No entanto, naquela mesma manhã, Bill hesitou.

— Você quer passar essas férias com Chad porque ele é próximo do Lewis? — ele perguntou enquanto fazíamos as malas.

— Que absurdo! — Eu estava ao pé da cama, com minha mala aberta e cheia pela metade.

Bill abriu uma gaveta da cômoda e se virou para mim.

— Foi ele quem orientou você a escrever para o Lewis, para começo de conversa.

— Bill — falei, me aproximando dele —, Chad é o maior estudioso de Lewis nos Estados Unidos. Ele é um professor. E, assim como nós, é um convertido de meia-idade. É um amigo querido tanto para você quanto para mim. Se não quer fazer essa viagem, nós não vamos. Só me diga agora.

Bill me beijou de maneira seca, errando minha boca e beijando minha bochecha.

— Temos que sair daqui. Precisamos de uma folga — ele disse. — Vermont pode vir a calhar.

Joy:

Sr. Lewis, sinto-me confusa no que Dante chama de "selva escura, onde o caminho está totalmente perdido e desaparecido". A maternidade é altruísta. Escrever é egoísta. O choque dessas duas verdades implacáveis cria uma fina corda bamba da qual eu caio diariamente, prejudicando a todos nós.

Porém, meu jardim tem sido um amparo. O seu já floresceu?

C.S. Lewis:

Sra. Gresham, eu também já estive perdido nessa selva escura e senti o mesmo — não sobre a maternidade, é claro (o que seria bastante estranho), mas sobre minha vida e meu trabalho. Deus nos prometeu esses momentos; a escuridão faz parte da agenda. Assim como você, encontro consolo e alimento na natureza, bem como em minhas longas caminhadas pela Colina Shotover (um dia você virá ver este lugar e caminhar conosco?). A única exigência que a natureza nos faz é que a olhemos e estejamos presentes. Mas não exija dela mais do que ela pode dar.

Já fazia um ano e meio desde que o primeiro envelope chegara de Oxford, e eu não conseguia contar as cartas que o sr. Lewis e eu havíamos trocado. Elas cruzavam o oceano como pássaros passando uns pelos outros em pleno voo. Eu juntava as pequenas coisas do meu dia e as guardava como tesouros. Queria compartilhar tudo com ele, mostrar-lhe minha vida e ler sobre a dele. Eu esperava suas cartas com uma ansiedade que nunca tive antes, relendo as antigas até que a nova chegasse.

O leão, a feiticeira e o guarda-roupa chegou às nossas praias no ano anterior, e eu compartilhava o sr. Lewis com meus filhos ao ler seu livro para eles. Agora *Príncipe Caspian* estava publicado e o trouxemos conosco na viagem. Eu lia e relia, até que Aslan, Lúcia e Edmundo se tornaram tão familiares quanto membros da família.

C.S. Lewis:

Ah, sim, você vê a influência medieval nas minhas histórias — é, acima de tudo, a minha visão de mundo. Na vida profissional, sou principalmente um medievalista com um anseio por significado e uma busca pela Verdade, e acredito que as histórias existem para encantar e instruir.

Joy:

Suas influências arthurianas estão profundamente entrelaçadas em sua prosa. O senhor deve ter descoberto essas lendas muito cedo.

C.S. Lewis:

Sim, conheci o rei Arthur quando eu era muito jovem, aos oito anos, para ser exato. Reparei que foi a mesma idade em que você decidiu ser ateia. Desde então, ele provavelmente tem influenciado grande parte da minha imaginação. Junto com Dante, Platão e fundamentos do pensamento grego clássico, e, claro, muitos outros. Como podemos saber o que foi filtrado em nosso trabalho? É precisamente por isso que devemos ser cuidadosos com o que lemos.

Nas entrelinhas de suas cartas, experimentei um tipo de vida diferente: uma vida de paz, de conexão e intimidade intelectual, de humor e gentileza, e eu me permiti desfrutar de algo assim.

Enquanto isso, naquele ano de 1951, o planeta dava voltas: a Grande Inundação alagava as terras do Centro-Oeste, a bomba nuclear era testada em um local privado em Nevada, a Guerra da Coreia tirava a vida dos nossos homens. Perry Como, Tony Bennett, e *I Love Lucy* tentavam aliviar nosso medo com música e risadas, enquanto Harry Truman demitia o general MacArthur.

No entanto, em nossa casa acontecia uma batalha diferente. As brigas com Bill se tornaram monstruosas. Eu tinha vergonha do que havíamos nos tornado e estava determinada a mudar isso, a curar nosso casamento.

Apenas um mês antes das férias, bêbado e jogando páginas de um manuscrito fracassado pelo quarto, Bill pegou seu rifle de caça e começou a agitá-lo descontroladamente.

— Pare! — eu gritei. — Está me assustando, e os meninos estão dormindo.

— Você nunca me entendeu, Joy. Nunca. Você conseguiu a casa que queria, a fama que desejava, mas e eu?

— Bill, você não está falando coisa com coisa. Está bêbado. Abaixe essa arma idiota.

— Está descarregada, Joy. Pare de fazer drama por tudo.

Ele apontou a arma para o teto, puxou o gatilho e fez um buraco no reboco. Na adrenalina do medo, com o coração batendo como um pássaro preso em minhas costelas, subi correndo as escadas, pois minha mente confusa estava incapacitada de saber onde ficava o quarto dos meninos em relação ao tiro. O pânico me sufocou até que alcancei o topo e percebi que a bala atingiu o quarto de hóspedes, criando um buraco no chão.

Bill veio atrás de mim com a arma pendendo da mão.

— Caramba — ele disse, olhando para a madeira estilhaçada. — Pensei que estava sem balas.

Fechei a porta na cara dele, caí na cama de solteiro e tremi de raiva. Foi uma péssima reação, mas eu não sabia mais o que fazer. Só sabia que precisava me esforçar mais. Orar. Fazer algo mais. E me apegar às cartas que me sustentavam em minha busca por Verdade e significado.

C.S. Lewis:

Meu irmão Warnie gosta de suas cartas tanto quanto eu. Ele dá altas risadas com suas histórias. Logo ele escreverá para você também. No momento, está afundado em uma pesquisa para uma coleção de história francesa. Já lhe contei que ele também é um ótimo escritor?

Joy:

Fiquei com inveja (isso quebra um mandamento, não?) da sua proximidade com seu irmão e de como vivem juntos. Meu relacionamento com o meu está rompido, e é minha culpa. Saiu uma série de artigos no *New York Post* intitulada "Garota Comunista". Ali abri o coração e contei histórias do meu passado, como fui do ateísmo ao comunismo e finalmente a Cristo. Na época, achei que estava sendo sincera sobre minha jornada, que meu objetivo era ser íntegra. Mas agora não tenho tanta certeza. Howie ficou envergonhado com as histórias de família que contei e constrangido por eu ter confessado meu envolvimento com o partido e as coisas que fiz quando era jovem. Ele está bravo e não fala comigo desde então. É uma grande perda. O senhor conhece essa dor de abrir o coração na escrita e sofrer por causa disso?

C.S. Lewis:

Sim, sra. Gresham, conheço bem essa dor. Quando escrevemos a verdade, nem sempre há um grande grupo aplaudindo. Mas, ainda assim, devemos escrevê-la.

Naquela primeira tarde em Vermont, depois de esvaziar as malas e os homens levarem as crianças até o lago, Eva e eu caminhamos sob o sol brilhante de verão, pelas trilhas longas e entre os canteiros de flores silvestres que corriam ao lado do lago. Ela perguntou como nossa família estava.

— É muita coisa para falar. Por causa dos meninos, eu tento ser livre e cheia de risadas, Eva. Quero que eles sejam felizes. Estamos encantados de estar aqui. Não vamos falar de coisas difíceis por enquanto.

— Quais coisas difíceis, Joy? Sou sua amiga. — Ela colheu um crisântemo do chão e o prendeu atrás da orelha, iluminando seu cabelo preto com as pétalas amarelas.

Eu não queria contar tudo a ela; não queria reclamar. Mais uma vez, minha tireoide não estava bem e me puxava para um cansaço profundo. Os meninos sofriam com asma e alergias. Bill tinha sua rinite alérgica e suas fobias, e agora estava ameaçando ter um colapso nervoso. E havia o álcool, sempre o álcool. Como se não bastasse, no fundo eu suspeitava que, novamente, outras mulheres faziam parte do problema.

Eu olhei bem para o doce rosto de Eva antes de perguntar:

— Você já sentiu que existe algo *mais*, que a vida tem muito mais, e que de alguma forma estamos perdendo isso? Eu quero fazer parte de um mundo maior, fazer a diferença, vê-lo e senti-lo, me envolver com ele. Você não sente esse anseio dentro de você?

Ela sorriu gentilmente.

— Nós já estamos fazendo a diferença cuidando do que Deus nos deu: nossos filhos.

— Não foi isso que eu quis dizer, Eva.

— Eu sei. — Ela tocou meu braço. — Eu sei.

— Eu quero uma vida própria: coração, mente e alma, quem eu *verdadeiramente* sou. Quero que minha vida seja minha, mas também quero que ela seja de minha família e de Deus. Não sei como conciliar isso.

Eva riu.

— Você quer resolver tudo de uma vez, não é?

— Quero.

Ela meneou a cabeça.

— Nem tudo tem a ver com lógica, mas você já sabe disso; eu li sua poesia. — Ela parou. — Acho que tem a ver com rendição, com entrega.

Ela protegeu os olhos do sol com a mão sobre as sobrancelhas e chamou uma de suas filhas.

— Madeline?

— Estamos no lago, mamãe! — a menina respondeu.

Eva segurou minha mão.

— Vamos, Joy. Vamos nos divertir um pouco.

C.S. Lewis:

Você perguntou qual foi o momento mais triste da minha vida. Bem, foi algo bastante óbvio: a morte da minha mãe quando eu tinha 9 anos. Ela definhou de câncer, e esse foi o momento terrível que definiu a minha história. Toda a estabilidade que me trazia felicidade se foi, como se o continente da minha vida tivesse afundado no mar. A propósito, por favor, me chame de Jack. É assim que todos os meus amigos me chamam.

Joy:

Pois bem, não é verdade que nossos momentos de ruptura moldam nossa vida futura? O meu? Há tantos que eu nem consigo contar, mas, se você me obriga a escolher, foi o dia em que vi uma menina cometer suicídio. No meu último ano no Hunter College, eu estava estudando na minha carteira e olhei pela janela. Naquele mesmo instante eu a vi voar como um pássaro, do alto de um prédio para um pátio gramado. Quando ela se chocou contra o chão, deformada e sangrando na calçada, eu soube que nunca mais seria a mesma. Ao descobrir o motivo, o fato de que ela era pobre e passava fome, acho que foi a primeira vez que pensei no comunismo. Por causa da injustiça de tudo aquilo.

E, sim, a propósito, me sinto honrada de ser considerada sua amiga. Vou chamá-lo de Jack, então. Por favor, me chame de Joy.

— Com o que você sonha quando pensa em algo mais, Joy? — Eva perguntou, conforme descíamos lentamente a encosta.

— Quando eu era bem nova e anos depois, tive um mesmo sonho várias vezes.

— Conte-me. — Eva parou no meio do caminho e levantou os óculos de sol.

— No sonho, eu descia uma rua. Sempre começava em um bairro familiar, mas, conforme andava, virava uma esquina para uma trilha gramada e, de repente, estava em um lugar desconhecido. Mas continuava a andar e andar, sabendo que estava perdida, mas por algum motivo não tendo medo. Havia salgueiros e carvalhos ao longo da trilha, com galhos altos que me protegiam, e narcisos e tulipas de cores vívidas, como nos parques da minha infância. A grama era espessa e de um verde esmeralda. Era tão lindo e familiar que eu não sentia medo e continuava a andar até o caminho se alargar.

— E depois? — Agora Eva estava interessada.

— Só essa imagem do caminho já não faz você ansiar por algo maravilhoso? Como se eu estivesse prestes a contar a melhor história que você já ouviu? Uma história que vai encher o seu coração?

Eva riu.

— Sim. Continue.

— O caminho dava em uma floresta muito verde, com grandes rochas e um chão coberto de pequenos cogumelos e flores — eu contei. — É um lugar que eu chamo de Terra das Fadas. E, quando chego lá, sinto que meu coração vai explodir de felicidade. Longe, no alto de uma colina, há um castelo, e suas torres sobem até as nuvens. Ainda não alcancei esse lugar, mas já sei que nele não existe ódio, nem desilusões. Tudo o que é triste e horrível não passa de uma mentira. Tudo está bem. A paz reina.

— Você já chegou lá? — ela perguntou. — No seu sonho?

— Não. — Balancei a cabeça, sentindo voltar a velha decepção que me preenchia quando eu acordava daquele sonho. — Sempre acordo antes de chegar. Só consigo vê-lo de longe. — Fiz uma pausa. — Eu contei esse sonho ao Jack também.

— Lewis? Você contou *isso* para ele? Eu não sabia que vocês dois eram tão próximos.

Eu ri.

— Nem nos encontramos pessoalmente ainda, mas sim. O incrível é que ele já imaginou o mesmo lugar. Ele escreveu sobre isso em *O regresso do Peregrino*, sobre essa Terra das Fadas. Bem, ele a chama de "a Ilha", mas é uma descrição, uma ideia de um lugar onde o anseio é satisfeito.

— Todos nós queremos acreditar que há algo perfeito lá na frente. É o paraíso, Joy.

— Eu sei. Mas aqui está a diferença: eu sonhava com isso quando ainda não acreditava em nada além do que nossos olhos podem ver. Foi o livro do Jack que me revelou o verdadeiro significado do meu sonho.

— O peregrino *dele* chega à ilha? — ela perguntou, como se essa fosse a coisa mais importante a saber. E talvez fosse mesmo.

— Sim, ele chega.

Ela soltou um suspiro de alívio.

Jack:

Você deve ficar frustrada por eu não conseguir responder a todas as suas perguntas, Joy. Sua mente é a mais rápida e ágil que conheço. Mas às vezes não tenho outra resposta além da dele, que é: "Apenas siga-me". Seu casamento e a infidelidade de seu marido parecem algo horrível, mas você também parece decidida a amar.

Joy:

Sim, em relação às perguntas que não me deixam descansar, é melhor eu me lembrar de sua resposta. Vou me apegar, vez após vez, a esse "Siga-me".

Eva parou quando chegamos ao topo da colina e avistou Bill e Chad sentados em uma toalha com uma cesta de piquenique entre eles. As seis crianças estavam à beira do lago, jogando água umas nas outras e gritando. Flores silvestres multicoloridas, ranúnculos e musgos, crisântemos e ramos com pequenas sementes arredondadas desabrochavam com um entusiasmo tão evidente que as fazia parecer desesperadas por atenção.

— Olhe para este mundo — falei. — É uma maravilha, é tão lindo! Quero viver nele desse jeito e não como se a vida fosse uma grande obrigação. — Inclinei-me e colhi uma flor, segurando-a ao sol.

— Que ideia linda... Você, minha amiga, é a mulher mais fascinante que eu conheço. Estou muito feliz por você estar aqui. — Ela me deu um abraço apertado e desceu a colina em direção aos homens.

Fiquei parada por um momento. O lago ondulava graças a nossos filhos, que nadavam e espirravam água para todos os lados. Bill e Chad estavam lindos de se ver, agora deitados na toalha e rindo.

Eu estava vivendo duas vidas: a vida bem ali à minha frente — com o sol estendendo seu calor a nós, as crianças gritando de felicidade, o canto dos pássaros na copa dos carvalhos, o som da água do lago espirrando para os lados — e a segunda vida em paralelo — aquela em que minha mente se ocupava de como descrever esse momento e suas sensações para Jack. O que eu levaria desse dia para contar a ele? Em minha mente, eu vivia uma vida com ele e, fora dela, fazia um piquenique com minha família. Era ao mesmo tempo desconcertante e equilibrante.

Desci com cuidado até a toalha, onde Eva se sentou com o rosto esticado para o sol, rindo com muita liberdade. Fiquei com inveja. Ela estava ali feliz com seu marido e as quatro filhas.

Chad, o cabelo escuro colado ao rosto redondo e animado, sorriu para mim.

— Bem-vindas, senhoras. — Picadas de mosquitos brotavam em seus braços sardentos e ele se coçava, distraído.

Eva se virou para ele, e ele se inclinou para beijar seus lábios.

— O que vocês, rapazes, estão fazendo aqui embaixo?

Bill se sentou.

— Poogle! — ele exclamou com uma voz alegre, como se eu tivesse chegado de um lugar distante. Também se inclinou, me beijou com um doce gosto de vinho Chianti nos lábios e segurou gentilmente meu rosto com a mão.

— Não está feliz por termos vindo? — Ele se voltou para Chad. — Como podemos agradecer?

Animado, se levantou e correu para o lago com as crianças. Ergueu Davy acima da cabeça e correu para a água, fazendo-o gritar de alegria.

Jack:

Li seu artigo sobre conversão, *O caminho mais longo*. Fiquei bastante impressionado com sua habilidade de explicar algo que é quase impossível de articular: o poder da conversão e a constatação de que o ateísmo é simples demais. É um escrito poderoso. Poucas coisas em nosso mundo são tão simples quanto parecem, e, se alguém quiser cavar mais fundo — como você, Joy —, precisa estar preparado para a dificuldade dessa jornada. A maioria das pessoas não está. E sinto-me honrado que tenha mencionado meu trabalho em seu artigo. Obrigado.

Joy:

Nesse artigo eu digo que, desde aquele meio minuto, venho mudando lentamente e me tornando uma nova pessoa. E, pela primeira vez em muito tempo, posso sentir essa mudança de novo: a transformação para uma nova vida com meu verdadeiro eu.

É claro que mencionei seu trabalho. Tanto *Cartas de um diabo a seu aprendiz* como *O grande divórcio* despertaram partes adormecidas da minha vida espiritual. Levou um tempo, mas as histórias se moveram dentro de mim até que eu estivesse pronta. Não é assim com todas as boas histórias? Mas foi você, Jack, quem me ensinou onde eu errei na minha análise intelectual. Suas palavras não foram o último passo de minha conversão, e sim o primeiro.

Chad ergueu uma garrafa de Chianti, serviu um pouco em uma taça e a entregou a mim.

Eva olhou para Bill no lago e depois baixou a voz como se tivéssemos um segredo só nosso.

— Quero saber como tudo começou. — Ela voltou ao assunto de Jack. — Sobre o que vocês conversam?

— Tudo. Livros. Teorias. Temos uma discussão inacabada sobre controle de natalidade. Amor. Mitologia. Nossos sonhos. Nosso trabalho. — Eu ri. — Não há assunto proibido.

Eva sorriu.

— Há homens eruditos em toda parte que adorariam que Lewis escrevesse para eles sobre filosofia e sonhos.

— Eva, é como se toda leitura e toda escrita que empreendi na vida tivessem me levado a essa amizade.

— Não há nada que me faça sentir assim. — Eva sorriu para mim. — Exceto minhas meninas.

— E eu, meu amor? — Chad perguntou e a puxou para perto.

— E você.

Olhei para Bill à beira do lago, jogando Davy na água da extremidade do cais.

Eu escrevi sobre os Dez Mandamentos, mas lutava com o significado deles em minha vida. Sim, eu estava comprometida a permanecer casada. Queria fazer dar certo com Bill. Porém, minha mente estava ocupada com o que dizer e escrever para outro homem, e com o que ele iria me responder. Isso não era infidelidade, mas o que era?

Jack:

Você perguntou sobre mitologia. Foi Tolkien (já leu o trabalho dele?) quem me convenceu do único mito verdadeiro: Jesus Cristo. Não foi uma conversão fácil para mim; ela só ocorreu depois de toda uma noite conversando à beira-rio.

Joy:

Claro que li *O Hobbit* (e o li para os meus filhos também). É um livro extraordinário. Quanto à mitologia, eu costumava ter vergonha de gostar dela e de fantasia, mas foi o que me ajudou a encontrar algum sentido em um mundo que não fazia sentido. Hoje sou grata por ela, pois me levou ao seu trabalho e às minhas crenças. Conheci *Phantastes*, de MacDonald, quando tinha doze anos e estava entediada na biblioteca da escola. Antes eu só acreditava em um mundo tridimensional, mas o que eu queria era um mundo com quatro dimensões, e essas histórias me davam isso. Olhando para trás, tudo parece um único plano magistral: cada história foi um degrau para chegar onde estou agora.

Jack:

Céus, que feliz coincidência: foi *Phantastes* que batizou minha imaginação! E pensar que esse livro a levou ao meu trabalho. É uma alegria ter uma amiga por correspondência a quem admiro e de quem fico ansioso para receber notícias. Espero sua próxima carta com grande expectativa.

Chad se levantou e foi se juntar a Bill e às crianças no lago. Eu tomei um longo gole do Chianti e deixei seu calor se espalhar dentro de mim. Ao longe, trovões ressoaram.

— Chuva de novo, não! — Eva resmungou. Ela se virou para me olhar e perguntou: — O que ajudou você a atravessar este ano? Digo, já que houve tantos problemas.

Sentei-me sobre as pernas e coloquei o copo vazio de lado, na grama.

— Meus filhos. Escrever. Me aproximar de Deus, ou do que sei dele, da melhor forma que posso. Eu ainda não tenho o cristianismo tão esclarecido em minha mente quanto você parece ter.

— Pode ter certeza de que não o tenho esclarecido em minha mente. — Ela apoiou o rosto na palma da mão. — Ninguém tem.

— Será que um dia vamos ter? Você se converteu há muito mais tempo do que eu.

— Eu não penso assim, Joy. É um desabrochar. Um constante desabrochar para uma nova vida. Ou para o melhor possível. É assim que funciona.

— Uma nova vida... — Eu repeti aquelas palavras como se quisesse saboreá-las.

Capítulo 5

Se a lua brilha, o amor enlouquece

Soneto 3, Joy Davidman

Vindas de um sono em uma floresta enevoada, as risadas de Davy, Douglas e as meninas Walsh inundaram a janela aberta. Eles me acordaram de um sonho... O que era mesmo?

A manhã entrou pelo vão da janela, caindo suave sobre mim como um tecido de caxemira, e eu rolei para olhar para a outra cama de solteiro no quarto: Bill acordou e saiu. Aconcheguei-me de volta no travesseiro enquanto os conhecidos trovões familiares soavam distantes.

A risada das crianças se transformou em um rugido rouco. O som de suas brincadeiras de irmãos me fez lembrar do sonho que tinha esquecido: era sobre Howie e nossas idas noturnas ao zoológico. Eu sentia falta da proximidade que tínhamos quando éramos pequenos; eu sentia falta dele e aquilo me doía profundamente no peito. Fechei os olhos, querendo por um instante me lembrar da época em que ele me amava, uma sensação que agora era fugaz.

Abri os olhos para o sol da manhã, para as vozes das crianças e para o novo dia. Eu queria ser para os meus filhos um tipo de mãe diferente do que meus pais tinham sido para mim. Será que eu estava sendo?

Naqueles longos e lentos dias de verão, eu decidi, com grande determinação, que minha prioridade seria cuidar dos meus filhos, do meu marido, do meu jardim e da minha casa — todos eles, presentes que recebi. Queria curar meu casamento, voltar à felicidade inicial daqueles primeiros dias juntos. Desejava descansar na ternura que Bill e eu encontrávamos um no outro nas pequenas coisas, escrevendo juntos, brincando com nossos filhos, fazendo amor. Seriam necessários graça e perdão radical, mas meu objetivo era obter essas duas coisas, e talvez com elas viessem alegria e paz. *Tomara que dê certo*, pensei.

Quando eu me levantei da cama, minha camisola de algodão se enroscou nas cobertas e eu ri, tirando-a pela cabeça e vestindo uma bermuda e uma camiseta vermelha surrada, da época em que Bill estava na faculdade. Afastei a cortina xadrez vermelha e gritei pela janela:

— Bom dia, meus amorezinhos!

— Mamãe! — Douglas acenou do balanço de corda que pendia do nodoso galho mais baixo de um velho carvalho. — A sra. Walsh está fazendo panquecas para o café da manhã. Anda logo!

Jack:

Mas o que é isso que chegou à nossa casa, aqui em The Kilns?[1] Você mandou um presunto para Warnie e eu! Muitíssimo obrigado. Você nem imagina o que isso significa nesses dias de racionamento de alimentos. Não estamos sem comida, mas já estamos bem cansados das opções repetitivas.

Joy:

Nem precisa agradecer. Eu não estava aguentando saber que vocês estão comendo os mesmos alimentos todo dia. Aqui, meu jardim de verão está abundante! Fiz geleias e feijão em conserva; e assei tortas com as maçãs e peras do meu pomar.

Ali em Vermont, as crianças corriam pela floresta, tão selvagens quanto as próprias flores. Eu levava os seis em longos passeios pelo bosque, procurando cogumelos, ensinando-lhes os nomes e os sabores de todas as coisas silvestres. Os meninos provocavam as meninas por terem tanto medo de comer o que eu colhia da terra macia. Eu sabia que elas me achavam estranha, mas nem me incomodava.

---

1 Nome que Jack e Warnie deram à própria casa. [N. T.]

Nossos dias de verão com os Walsh eram cheios de falatórios e animação. Caminhávamos e conversávamos sobre filosofia. Jogávamos cartas e Scrabble. Discutíamos as ideias de Bill sobre o budismo, e ambos confessamos que tínhamos de nos esforçar para conseguir dinheiro escrevendo artigos e livros que nem sempre queríamos escrever. Falamos sobre a bomba atômica e como ela poderia mudar nosso mundo.

Às vezes, durante aqueles debates inteligentes e cheios de verdade, eu sentia a mesma liberdade e estimulação intelectual que experimentei em meus quatro verões na Colônia MacDowell, uma comunidade de artistas e escritores em New Hampshire. Ali, em meio a hectares de florestas preservadas, a combinação de silêncio para escrever e convívio com colegas proporcionava um cenário criativo para eu trabalhar melhor. Mas isso foi antes, quando escrever era tudo o que eu fazia, falava e pensava.

Jack:

Sinto muito que esteja tendo dificuldades com o seu novo trabalho sobre os Dez Mandamentos. Lembre-se, Joy, que aquilo que não interessa profundamente a você não vai interessar ao seu leitor.

Joy:

Ah, Jack, não é isso! Esse tema me interessa profundamente, sim. O problema é que estou achando escrever sobre teologia algo mais difícil do que eu imaginava. Talvez eu não estivesse preparada. Mas às vezes temos que fazer coisas que não estamos muito preparados para fazer.

A chuva era incessante, mas eu sabia que meus amigos em Nova York estavam fatigados com o calor, sendo que eu estava ali com as manhãs nubladas e a neblina subindo do solo. A terra estava tão encharcada que as ervas daninhas cresciam quase da noite para o dia, mas os tomates não pareciam amadurecer. Nuvens escuras se ajuntavam como exércitos cinzentos no horizonte, e as tempestades eram ao mesmo tempo agourentas e mágicas.

Ouvi falar na cidade que havia pessoas jogando a culpa daquelas nuvens e trovões na bomba atômica. "É o fim do mundo", murmuravam. Escrevi para

Jack dizendo que os boatos americanos sobre os últimos dias poderiam lhe render ótimas ideias para um livro.

Era uma noite sem lua, com a eletricidade cortada por causa da tempestade, quando Bill, Chad, Eva e eu voltamos a conversar sobre escrever e publicar. Eva disse:

— Ah, Joy, conte como está indo o *Enseada das lágrimas*.

Eu murchei, mas sabia que ela estava perguntando com amor.

— *Enseada das lágrimas* tem deuses falsos de todos os tipos, mas isso não importa, porque o livro não teve sucesso, amiga. — Tomei um longo gole de vinho. — Um rapaz católico muito fervoroso do departamento de vendas achou meu livro ofensivo e o enterrou (de verdade!). Nem dá para encontrá-lo agora. Você não sabe o que é derramar seu coração em um livro e vê-lo ser descartado por seus méritos.

— O que dizer de seus deméritos? — Bill perguntou com o sotaque sulista que usava às vezes quando queria. Ele estava certo, o romance não tinha feito sucesso e as críticas foram duras. — "Manchado de obscenidades e blasfêmias" — ele citou a crítica mais cruel de todas.

— Bill! — A voz de Eva saiu alta. — Tenho certeza de que já foi péssimo o bastante para ela.

Bati a mão na perna.

— Bill, por que você está atacando meu trabalho?

— Ah, é aqui que você me lembra que tem dois diplomas universitários e eu não tenho nenhum?

— Eu nunca fiz isso, Bill. Você é o único que toca nesse assunto. — Olhei para Chad e Eva. — Mas ele está certo sobre o livro — eu admiti. — Algumas das críticas foram maravilhosas, mas outras sinalizaram que os problemas com um dos personagens principais destruíram a história de forma irreparável. Eles não estão errados, mas eu escrevi a história do jeito que eu queria. Do jeito que eu *precisava* escrever. — Apontei para Bill. — E um dos meus personagens favoritos, o pregador que bebe uísque, é contribuição sua, então você podia ser mais gentil com esse assunto. — Tentei sorrir para ele. Como eu queria que fôssemos gentis um com o outro...

Damaris, a filha mais velha dos Walsh, gritou do quarto das crianças.

— Vocês estão fazendo muito barulho aí!

Todos nós rimos, e Eva se levantou para ajudar a acalmá-la, olhando-me com carinho ao sair da sala.

— Você trabalhou anos nesse livro, Joy. Dá para imaginar como deve ser duro ouvir essas críticas.

— Sim. Eu comecei a escrevê-lo na MacDowell, muitos anos atrás. Antes das crianças. Antes do Bill e do casamento, e dos artigos escritos por dinheiro. Naquela época, escrevia pela magia de colocar as frases uma depois da outra e criar uma história que fizesse sentido para minha alma. — Acomodei-me de volta na cadeira, sentindo a melancolia brotar.

— Ficção precisa de tanta coisa... — disse Chad. — Não sei como você consegue escrevê-la.

— Jack e eu temos conversado sobre isso.

A luz das velas iluminou o rosto de Chad, especialmente seus óculos. Ele era um homem com aparência de estudioso, exatamente como um professor universitário deveria ser imaginado, mas seu sorriso fácil transbordava por trás da postura séria.

Inclinei-me para frente.

— Também escrevemos que os Evangelhos *não* são ficção. Veja, a ficção está sempre em uma linha reta; harmônica, podemos dizer. Mas a vida não é assim. É por isso que sabemos que os Evangelhos são reais; eles não têm estrutura de ficção.

— Eu ouvi o Lewis dizer a mesma coisa — disse Chad.

— Joy — Bill se pronunciou com uma voz calma —, o que você quer dizer? Achei que estávamos falando do *seu* trabalho.

— Eu estou falando do meu trabalho e do que a ficção é capaz de fazer.

Chad concordou com a cabeça, e seus óculos escorregaram pelo nariz em sinal de concordância.

Bill esmagou o cigarro na borda de sua torta. A cinza se dissolveu com um leve chiado na sobremesa que eu fizera naquela manhã com maçãs recém-colhidas.

— Acho que chega por hoje para mim. — Ele se levantou e saiu, deixando Chad e eu à mesa, onde o fedor do cigarro pairava entre nós.

Jack:

Warnie e eu estamos planejando nossa peregrinação anual de verão para a Irlanda, onde passaremos um mês. Amamos The Kilns, mas todo verão sentimos saudade da terra onde passamos a infância. É lá que visito meu querido amigo Arthur Greeves, meu companheiro desde pequeno; estar de volta à terra das colinas verdes ondulantes e da vista das montanhas me lembra alguns dos dias mais felizes da minha vida.

Joy:

Irlanda. Ah, como eu adoraria ver essa terra um dia, assim como Oxford, é claro. Parece que essas terras moldaram sua paisagem interior. Para mim, esse lugar sempre foi Nova York, exceto por seis meses que arrebataram minha alma, quando escrevi roteiros em Hollywood. Suas descrições são tão vívidas que, quando fecho os olhos, quase consigo ver The Kilns. Se possível, você poderia me mandar uma foto da Irlanda?

Com carinho, Joy

— Você se encantou bastante com o Jack — Chad notou, cautelosamente.

Não respondi de imediato, ponderando minhas palavras com cuidado, já que os rios excitantes do vinho fluíam dentro de mim. Chad conhecia Jack de um jeito que eu nunca conheceria — ele ficou seis semanas na casa dele em Oxford. Conhecia sua rotina. Vira Jack ao acordar, ao trabalhar e quando ia se deitar. Vira-o ensinar, ir à igreja e participar da Eucaristia.

— Sim — eu finalmente admiti. — Estou encantada com a mente dele. Ele se tornou meu professor e mentor, além de meu amigo. O Bill já não se importa tanto com Deus, e nem sempre concordamos. Acho que Jack e seus pontos de vista são inesgotáveis.

— Eu acho que Lewis diria para você seguir a Cristo, não a ele — Chad advertiu, com um sorriso astuto.

— Ah, mas não posso seguir a ambos? — Fiz uma pausa para pensar no que eu queria dizer. — Eu não sou tão tradicional quanto o Jack, mas ele também não é tão tradicional quanto outros acreditam que ele seja. — Deixei as próximas palavras se acomodarem em minha língua antes de dizê-las.

— Gostaria que *eu* pudesse visitá-lo como você. Quase consigo sentir o verde e fresco mundo inglês. A tranquilidade. As bibliotecas e catedrais silenciosas com uma beleza sublime.

Chad juntou os dedos sob o queixo, assentindo.

— Foi profundo, eu admito. Talvez chegue o dia em que você possa fazer algo assim.

— É mais fácil para os homens — falei. — Não é justo, mas é verdade. Esposas e mães não podem simplesmente sair por aí e ir para a Inglaterra a fim de pesquisar, escrever e fazer entrevistas. Já você pode viajar por dois meses e estudar, deixando suas quatro filhas com sua esposa. Existe uma lei invisível que diz que não posso fazer o mesmo.

O sorriso gentil de Chad me mostrou que ele entendia.

— Talvez um dia, Joy. Talvez um dia.

— Jesus nos disse para não nos preocuparmos com o amanhã. Será que acreditamos nele?

— Como assim? — Chad esfregou a ponte do nariz como se seus óculos estivessem pesados demais.

— O que aconteceria — perguntei, inclinando-me para perto dele e baixando a voz — se eu confiasse nessa ordem? O que aconteceria comigo se um dia eu me tornasse corajosa?

Chad assentiu.

— De fato, Joy. O que aconteceria conosco se fôssemos tão corajosos a ponto de acreditar nas palavras dele?

Ficamos em silêncio por alguns momentos até que a voz de Eva o chamou, e Chad se levantou para sair. Eu fiquei sentada sozinha enquanto a tempestade rugia.

Depois de um tempo, com a casa silenciosa, entrei no quarto onde Bill roncava, à procura de algumas folhas de papel. Levei-as para a cozinha, onde me sentei, estremecendo com um trovão, e comecei outro soneto. Embora eu já não escrevesse poesia para publicar, eu podia criar para o meu próprio espírito. Dessa maneira, sentimentos que não podiam ser expressos à luz do dia nem em voz alta — a dor de desejos sufocados, a dor de rejeitar necessidades porque eram inaceitáveis, a frustração da responsabilidade que me limitava como mulher — encontravam uma saída através do portal da poesia.

Eu escrevi com uma caligrafia apertada, e a primeira linha de um soneto apareceu:

Cerre os dentes sobre sua necessidade.

Capítulo 6

Prata da moeda, prata da lua, compre-me uma lágrima;
Perdi todas as que eu tinha em um ano que passou

Para Davy, que quer saber sobre astronomia, Joy Davidman

Inverno de 1952

— A deusa da lua é Selene — contei a Davy em uma escura noite de inverno, com a lua cheia pairando acima de nós. Seis meses se passaram desde que fomos a Vermont, e a paz daquela viagem se foi como a água de uma cachoeira desaguando em um rio já distante. Meu filho mais velho e eu estávamos deitados sobre um cobertor, embrulhados em casacos, olhando para a cúpula do céu acima de nós e dizendo o nome de constelações. Naquela época, ele já usava óculos — meu presente genético da visão ruim — e seus olhos pareciam crescer por trás das lentes redondas.

— Eu escrevi um poema sobre ela uma vez — confessei. — Sobre a lua. Imaginei que ela pingava prata líquida.

— Você escreve poemas sobre tudo — Davy articulou, se aproximando de mim no cobertor. — Talvez você escreva um sobre mim.

— É exatamente o que vou fazer — respondi.

Davy estava encantado com a astronomia. Vasculhamos a biblioteca em busca de livros sobre os objetos celestes. Eu me sentia mais próxima dele nesse desejo do que em qualquer outro que ele tivesse tido em sua curta vida. Podia sentir pedaços de mim pulsando em seu pequeno e agitado corpo. Quando criança, eu também era encantada pelo céu e pelas estrelas. O firmamento não exigia nada de mim, ele me dava tudo. Assim como Davy, nos raros momentos em que ele não estava esperneando por aí.

Enquanto isso, Douglas estava imerso no mundo terreno, fosse em uma fortaleza que ele havia construído ou na lama em que se atirava no riacho Crum Elbow, que cortava nossa propriedade por cima de rochas cobertas de musgo e seixos prateados. Topsy, nossa vira-lata resgatada, seguia Douglas por toda parte enquanto ele vagava por nossas terras, e foi ali, no mundo natural, que encontrei minha conexão com meu filho mais novo. Ele enterrava as mãos na terra do meu jardim e explorava o pomar que eu plantei. Parecia comigo quando pequena — uma criança solitária, mas muito feliz com seu destino.

À noite, eu me ajoelhava ao lado das camas dos meus filhos para orar, enfiá-los debaixo das cobertas e beijar suas bochechas lisas. Meus preciosos meninos, que agora tinham sete e nove anos.

O tempo se afastava de mim na rotina terrena da sobrevivência, à medida que eu escrevia e cuidava deles.

— Amo vocês! — eu sempre dizia ao apagar a luz. — Durmam bem.

Passávamos os dias juntos lendo ou brincando fora de casa. A televisão em cores já havia chegado à nossa parte do mundo, mas não tínhamos dinheiro para luxos como esse, mesmo que quiséssemos. Conforme eu lia contos de fadas e livros de mistério para meus filhos, crescia o sonho de visitar a Inglaterra e conhecer pessoalmente meu amigo Jack.

Estávamos no segundo ano da nossa amizade por correspondência, e eu aguardava suas cartas tanto quanto a chegada da primavera. Eu tinha fome delas. Às vezes, até um desespero.

Jack:

Estou esperando que o jardim floresça aqui, com as bétulas reverdecendo acima de nós. Acredito que a primavera chega mais tarde para nós do que para vocês. Espero que esta estação a traga de volta à sua poesia, pois sei que sente falta dela. Aliás, ficou sabendo? A rainha Elizabeth vai suceder ao trono com apenas 24 anos. Com essa idade, eu não sabia a diferença entre meu traseiro e meu nariz, e ela será a rainha da Inglaterra.

Joy:

A prímula está cutucando o solo, vermelha e amarela, tímida. Estou esperando os tomates crescerem tão gostosos que a pele deles vai estourar, como se estivessem impacientes. Um dia espero ver a Inglaterra, ver o seu jardim. Sim, voltei à minha poesia e até estou tentando a sorte com sonetos. Ah, pobre Elizabeth. Com essa idade, eu era uma ateia convicta, ativa no Partido Comunista e na Liga dos Escritores Americanos, escrevendo meu primeiro livro de poesia (*Carta a um camarada*). Ou seja, não era exatamente uma rainha.

Eu não me continha com Jack e, por causa disso, sabia que ele realmente *me* via, até quando eu compartilhava minhas gafes e os erros mais embaraçosos, meus tropeços e minhas críticas literárias mais humilhantes.

No final de uma tarde de janeiro, curvada sobre a minha máquina de escrever, com uma tosse ardente rasgando um buraco no meu peito, tentei começar um conto. O remédio para alergia me mantinha acordada e nervosa, mas ainda assim inútil. Eu tinha deixado a cabeça cair sobre a mesa quando Bill apareceu com uma carta na mão.

— Aqui está outra entrega para a sra. Gresham — ele disse. — De Oxford, Inglaterra.

— Pelo menos não é mais uma conta. — Eu tentei sorrir.

Bill deixou a carta sobre a mesa e fez uma pausa.

— O que vamos fazer para o jantar hoje?

Olhei para ele, morrendo de cansaço de tudo aquilo.

— Não sei.

Ele saiu sem dizer uma palavra, e com um rasgo eu abri o envelope que atravessou o oceano vindo da Inglaterra.

Jack:

Só quando renunciamos a nós mesmos é que encontramos nosso verdadeiro eu. Quando renunciamos à raiva, aos nossos maiores desejos e vontades.

Joy:

Ah, como isso é possível? Eu quero saber.

Minha mãe sempre quis que eu fosse outra pessoa, me comparando com minha prima Renee e com as mulheres bonitas da rua. Meu pai, bem, eu nunca seria boa o suficiente para ele, muito menos entendida. Meus pais acreditavam que a crítica era uma forma de amor. E Bill? Ele quer que eu seja o tipo de esposa que não posso ser, não importa quanto eu ore e me esforce para isso. Essas feridas não saram facilmente, mesmo quando "renuncio" ao falso eu para encontrar o verdadeiro.

O inverno continuou de sua maneira habitual no norte do estado de Nova York, e a infecção que começou nos meus pulmões se alojou profundamente nos meus rins. No fim, a febre, a icterícia e os vômitos me levaram para o hospital por alguns dias. Quando finalmente fui mandada de volta para casa, foi para ir direto para a cama, com ordem médica de descansar.

A doença me acompanhou todos os dias da minha vida, porém sempre me recuperei. Quando criança, eu já havia experimentado de tudo, desde um colar contendo rádio para tratar hipotireoidismo até comprimidos para o fígado para tratar o cansaço. No entanto, o último golpe me deixou desolada.

Na cama, fiquei olhando para o teto enquanto as paredes se estreitavam e as portas pareciam bem trancadas, sem escapatória. Passei os dedos pelo nódulo no lado esquerdo do meu peito; pelo menos o médico disse que *aquilo* não era motivo para preocupação.

Certa tarde, o dr. Cohen, nosso médico da família de cabelos grisalhos e óculos tão grossos quanto para-brisas, fez uma visita à nossa casa e se sentou à beira da minha cama, com seu estetoscópio balançando e as sobrancelhas grossas se curvando uma em direção à outra. Ele dirigiu suas palavras a Bill, como se a doença tivesse me tornado invisível.

— Sua esposa precisa descansar.

Sua esposa. Essa era a minha definição agora. Eu era um objeto da vida de alguém, em vez de o sujeito da minha própria vida.

Um baque repentino veio do corredor, seguido pelo latido de Topsy e o grito de Davy. Bill saltou da beira da minha cama e correu até a porta.

— Bill — dr. Cohen chamou com firmeza.

— Sim? — Ele se virou com a mão na maçaneta da porta, pronto para escapar.

— Estou falando muito sério. Sua esposa não vai se recuperar de outro baque. É demais. Vocês dois precisam dar um jeito de ela descansar, mesmo que isso signifique ir para outro lugar por um tempo. Não importa onde, mas precisa ser algum lugar onde ela possa se recuperar. O corpo dela não consegue suportar mais doença nesse estado. Você entende a seriedade do que estou dizendo?

Bill assentiu.

— Sim, eu entendo.

Douglas irrompeu pela porta do quarto com Davy logo atrás, agitando os punhos, e Bill rapidamente os mandou para fora, batendo a porta com força.

Dr. Cohen e eu o ouvimos gritando:

— Vocês dois, direto para os seus quartos e já esperem que vão apanhar! Para mim já chega.

Fechei os olhos e mergulhei em desespero. O que poderia ser feito? Meu corpo me traiu.

A desesperança era minha companheira; a fantasia, minha fuga.

Jack:

Ah, minha querida amiga. O que você pode fazer se seu marido está bebendo e sendo infiel? O adultério é uma monstruosidade, *é* um homem tentando dissociar um tipo de união da união sagrada. Mas às vezes, Joy, o divórcio é uma cirurgia que precisa ser feita para salvar uma vida. Os meninos estão bem? Você consegue tirar uma folga para vir conhecer a Inglaterra? Como sempre, estamos orando por você.

Joy:

Obrigada pela gentileza de sua sensibilidade. Concordo com sua visão, mas atordoada no meio de tudo isso é difícil eu ter alguma opinião.

Ah, Jack, uma folga? Sim, eu sonho em ir para a Inglaterra. Sonho muito com isso.

Os dias eram longos e cheios de dor, os comprimidos mal aliviando o latejar nos meus rins. Em uma noite terrível, uma tempestade de inverno cobriu as janelas com gelo translúcido, e Bill ainda não havia voltado para casa. Memórias de seus desaparecimentos anteriores surgiram como fantasmas zombeteiros. Finalmente, no meio daquela noite sem dormir, ouvi-o chegar. Primeiro foram seus passos na escada, depois o clique e estalo do mecanismo da velha maçaneta da porta, e então ele entrou em nosso quarto. Sua sombra se estendeu longa ao lado da cama, e sua silhueta se curvou para me beijar na testa.

— Poogle, parece que sua febre passou.

O aroma pegajoso e primordial de sexo sobrecarregou meus sentidos, me deixando tonta. Quem dera os medicamentos para a dor pudessem amortecer o baque da traição.

— Onde você estava? — Minha voz se elevou, exausta, mas firme.

— Ei — ele disse suavemente —, não fique zangada. Isso não tem nada a ver com quanto eu te amo, Poogle. Você não entende? Os homens têm necessidades que precisam ser satisfeitas, e você não está em condições de fazer isso agora. Estou apenas tentando ser gentil, dar uma chance de você melhorar enquanto eu recarrego minhas baterias.

— Quem foi desta vez? — Minha pergunta era um sussurro, um último suspiro.

— Ah, Joy, meu amor. Não me pergunte o que você não quer saber. — Ele se levantou e recuou, como se tivesse acabado de perceber seu próprio cheiro.

Jack:

Claro que Deus fala conosco em nossas dores. Elas são seu megafone para nos alcançar.

Joy:

Se ao menos eu pudesse ouvir o que ele diz... geralmente esse megafone da dor abafa todos os outros sons e não consigo entender mais nada. No meu momento de maior fraqueza, quando meu livro foi um fracasso e minha saúde ficou arruinada, Bill decidiu que satisfazer suas próprias necessidades ajudaria.

— Ah, Joy — Bill falou com aquele seu falso sotaque sulista. Ele se deitou ao meu lado, com o corpo esticado e sua perna jogada sobre a minha em um gesto de amor e familiaridade. Seu hálito cheirava a uísque rançoso e charutos. — Descanse. E melhore. Quando você melhorar, nós também vamos. Apenas espere e verá.

Contudo, eu sabia que as coisas não iriam melhorar. Se eu não fosse embora, morreria. Sentia isso com tanta certeza quanto sabia que logo seria primavera, depois verão, então outono e por fim o maldito inverno gelado novamente.

Deus, orei em desespero, *por favor me ajude. Eu não sei o que fazer.*

Capítulo 7

Notei, na solitária meia-noite depois
Como uma espada, um terrível terceiro entre nós

Soneto 2, Joy Davidman

Fevereiro de 1952

A xícara de chá ao lado da minha Underwood esfriou, mas ainda assim tomei um gole, distraída com o artigo sobre os Dez Mandamentos que eu estava escrevendo. *Ele é a fonte de todos os prazeres; ele é diversão, leveza e risos.* Eu estava avançando rapidamente agora, quase chegando ao sétimo mandamento.

No andar de baixo havia uma pilha de roupas dos meninos para costurar e remendar. Eu logo cuidaria dela. Enquanto isso, estava lentamente me recuperando e dormindo melhor, desde que me mudei do quarto de Bill para o meu próprio.

Queria deixá-lo — como eu queria deixar Bill! —, mas não via saída. Além disso, meu Deus, eu o amava. O amor não desaparece quando deveria; ele não se esvai ao menor sinal de provocação. Quem dera fosse assim.

Lá estava eu, escrevendo sobre a vontade de Deus e, ao mesmo tempo, pensando em divórcio. No entanto, não havia dinheiro suficiente para nos separar, tínhamos filhos para proteger... E agora, para piorar, minha prima Renee e seus dois filhos estavam chegando de mudança. Ela estava fugindo de seu marido alcoólatra em Mobile, Alabama, e trouxe sua pequena família para morar conosco. Foi um plano secreto que envolvia meus pais e os dela arquitetando uma crise fictícia em Nova York, mas, em vez disso, ela veio atrás de mim, onde seu marido não a encontraria.

Com um susto, ouvi o som de uma porta de carro batendo. Chegaram? Já? Achei que Bill tinha acabado de sair para buscá-los no terminal Grand Central. Olhei pela janela e vi as três almas que mudariam minha vida: Renee e os pequenos, Bobby e Rosemary. Saindo pela porta do passageiro e tocando a mão enluvada no chapéu preto, ela era a elegância em pessoa. Eu quase tinha me esquecido do quanto ela era atraente. Um casaco de abotoamento duplo feito de lã azul abraçava sua silhueta encantadora, e seus longos cabelos escuros caíam sobre os ombros em uma cascata reluzente. Seus filhos, de seis e oito anos, saíram do banco traseiro do carro parecendo paralisados, mas obedientes. Levantei-me para descer e recebê-los.

Jack:

É verdade. Se somos livres para sermos bons, também somos livres para sermos maus. Contudo, essa escolha é o que torna possível o amor, a alegria e a bondade que valem a pena ser desfrutados.

Joy:

Livres para sermos maus. Ah, como eu gostaria de discutir essa escolha com Deus. Mas como poderia, se escolho isso o tempo todo e quero poder fazer minhas próprias escolhas?

Que estranho, pensei enquanto descia as escadas até a porta da frente, *que Renee e eu tivéssemos casado com homens alcoólatras*. E agora ela estava correndo atrás de *mim* em busca de segurança, sendo que sempre fora apresentada como bom exemplo, como o parâmetro que minha mãe usava para medir minhas inadequações quando eu era pequena e Renee morava conosco.

Davy e Douglas já tinham aberto a porta da frente, e eu fiquei na entrada, tremendo e esfregando as mãos. A neve caía em uma névoa de grandes flocos brancos e brilhantes. Bill estava envolto por seu sobretudo preto, parecendo galante enquanto pegava as malas na parte de trás do carro e as colocava na garagem coberta de neve. Renee se inclinou para colocar a mão sobre a de meu marido e dizer algo que eu não consegui ouvir. Ela sorriu; ele riu. De fato, ele era charmoso e, em seu melhor estado, gentil.

Quando chegaram ao pé da escada, o olhar de Renee encontrou o meu, e ela deu um sorriso tão grande e agradecido que eu quase corri pela neve de meias. Aquela era minha prima, meu sangue e minha querida amiga. Davy e Douglas ficaram atrás de mim, quietos e observando.

Ela subiu correndo as escadas e nos abraçamos. Eu tirei a neve dos ombros macios de seu casaco.

— Vem para dentro! Estou tão feliz em ver você!

— Ah, Joy, como posso agradecer? — Ela colocou a mão suavemente sobre a cabeça dos filhos, e eu baixei o olhar para eles. Bobby tinha o cabelo castanho curto e esmagado debaixo de um boné salpicado de neve. Rosemary era uma menina de cabelos escuros e olhos grandes, vestida como se fosse para a igreja, com sapatos de couro envernizado tão brilhantes que consegui enxergar um breve reflexo da luz da varanda.

— Entra, Joy — Bill me instruiu enquanto subia para o alpendre, batendo a neve de suas botas e carregado de malas. — Está gelado aqui fora.

— Entrem, entrem! — eu disse. E então senti como que um tremor debaixo das costelas: uma mudança sutil sob os alicerces da nossa casa, a mudança que chegou com aquelas três almas perdidas.

Na cozinha aquecida, acomodamo-nos ao redor da mesa e eu lhes servi chá e sanduíches de queijo quente. Fui atenciosa com eles e conversamos sobre assuntos gerais. Renee colocou seu casaco de lã sobre o encosto da cadeira, tirou os grampos do cabelo, removeu o chapéu salpicado de neve e o colocou sobre o balcão. Seu vestido de tweed subiu um pouco, e eu consegui ver a meia-calça preta cobrindo suas pernas. Sentada ao lado dela, eu era a figura oposta, com minha calça de veludo masculina e uma camisa abotoada.

Olhei para o conhecido rosto de minha prima, quase chegando aos 35 anos, mas com os olhos obscurecidos de uma certa idade, uma dor que só se deveria ter depois de uma guerra, uma agonia que eu já tinha visto nos olhos de meu marido. No entanto, lá estava ela, uma mulher em fuga, com seu rímel e delineador olho de gato impecáveis: a imagem perfeita da dona de casa dos anos 1950 em um anúncio da Electrolux. Ela sempre teve uma vivaz inclinação para a beleza e, apesar de todas as batalhas que tinha enfrentado, essa inclinação não a deixou. Eu coloquei de volta no lugar um fio de cabelo que saiu do meu coque e comecei a falar demonstrando nervosismo.

As crianças se entreolharam em silêncio, tímidas, indo de uma para a outra como borboletas confusas. Assim que ficaram bem aquecidos e de barriga cheia, correram para a sala de brinquedos, com Douglas à frente, cheio de ideias de jogos e um desejo insaciável por diversão.

Jack:

As histórias de sua vida — a chegada de sua prima, seus animais e a fazenda — divertem tanto a mim quanto ao Warnie. Ah, e também a história de Davy tentando pegar uma cobra no mato para ficar como animal de estimação! Por favor, continue nos contando suas histórias.

Joy:

Duvido que eu consiga parar agora.

Mais tarde, no andar de cima, Renee e eu finalmente ficamos a sós.

— Nós vamos dormir no mesmo quarto. Como nos velhos tempos.

— Você não dorme com o Bill? — Ela largou sua grande bolsa preta sobre o gaveteiro de madeira e se virou para mim com os olhos arregalados. — Mesmo quando as coisas em casa estavam no pior momento, Claude jamais permitiu que eu dormisse em outro quarto.

— Bem, essa é a diferença. Bill não me permite nem me proíbe nada. A última vez que ele se meteu com outra mulher quase acabou comigo. — Esfreguei o ar com a mão. — E olha para você: não deixou apenas a cama de Claude; você o deixou! — Pisquei para ela.

Renee suspirou como se estivesse segurando o fôlego há anos e se sentou na cama de solteiro em frente à minha.

— Muitíssimo obrigada por nos deixar vir para cá. Não sei o que eu faria se você não tivesse nos acolhido. Prometo não ser um incômodo. Vou fazer a minha parte.

— Pare com isso, linda. Somos uma família. Vamos passar por isso juntas. E, sendo sincera, estou muito feliz por ter companhia, por ter uma amiga com quem conversar. Eu tenho estado muito... confusa. Vai ser maravilhoso ter você por perto de novo — eu afastei os fios de cabelo soltos da frente dos meus olhos —, mesmo que mamãe sempre dissesse: "Você não podia ser mais parecida com a Renee?".

— Ah, Joy, ela não fazia isso por maldade... — Lágrimas se formaram como neve na beirada da janela. — Estou feliz por estar aqui. Tem sido horrível. Precisamos de algo estável. Todos nós precisamos.

— Eu sei. — Estendi o braço pelo espaço entre as camas e segurei suas mãos nas minhas. — Vamos acomodar suas coisas, depois conversamos mais.

Joy:

Será que as partes mais horríveis da infância sempre têm que se transformar em desejos profundos e inconscientes que influenciam o resto da nossa vida? Por que é tão difícil superarmos o passado e nos lançarmos no Amor Maior, onde nosso Verdadeiro Eu pode guiar nossa vida? Essa devia ser a coisa mais fácil da vida. Mas, ah, voltamos de novo e de novo *àquela* palavra: rendição.

Jack:

E como nos sentimos ao descobrir que não somos nosso próprio Senhor? Justo quando acreditamos que queremos que nossa vida seja inteiramente nossa, descobrimos que só podemos tê-la quando a entregamos ao Amor Maior a que você se refere.

Depois do jantar, de colocar as crianças na cama, de jogar uma partida de dama chinesa e tomar alguns copos de rum, Renee e eu nos deitamos em nossas camas de solteiro.

Eu afundei nos travesseiros, levemente embriagada e sonolenta. Coloquei as mãos atrás da cabeça, entrelaçando os dedos e deixando meus cotovelos se abrirem para os lados.

— Como fomos parar aqui, Renee? Como foi que nos apaixonamos e nos casamos com alcoólatras?

— Já fiz essa pergunta várias vezes, Joy. Fizemos o que era esperado de nós. E agora veja esse desastre. Será que foi alguma coisa da nossa infância? Algo que nos ensinaram inconscientemente? Eu não sei.

— Acho que sim, um pouco. Fomos ensinadas a diminuir nossa luz para que os homens pudessem brilhar, ou pelo menos parecer bem. Fomos ensinadas a apaziguar, agradar e dançar conforme a música das necessidades deles. Éramos reféns da raiva do meu pai e das expectativas de perfeição, sempre com medo de sermos quem éramos, de sermos nós mesmas. E agora... como poderíamos ter feito algo diferente com nossos próprios maridos?

— Vamos fazer diferente agora, Joy. Precisamos.

— Sim. — Eu me sentei e olhei para o espaço escuro entre nós. — Deve haver outra maneira de viver a vida de uma mulher, de fazer com que ela seja nossa. Quero descobrir quem eu sou sem todas essas expectativas que nos fecham em uma caixinha arrumada. Eu quero me abrir. Como fazemos isso?

— Eu não tenho respostas. Estou apenas tentando sobreviver... e, graças a você, talvez eu consiga.

— Aqui não está muito melhor, linda. Bill segue com os altos e baixos da bebida. Ele quer que eu seja quem eu não posso ser: uma dona de casa, empregada e esposa submissa. Ele *me* conhecia quando se casou comigo. Agora ele quer alguém diferente, como se o casamento fosse me transformar em uma boneca obediente. Não quero fazer você odiá-lo, mas ele tem dito e feito coisas horríveis.

— Ele bate em você? — ela perguntou em um sussurro.

— Não. Não é isso. Ele bate em outras coisas, como quando quebrou seu violão preferido em cima de uma cadeira e quando jogou seu rifle na parede do quarto. Normalmente é só a gritaria. Os berros. A raiva irracional. — Eu parei. — Renee, ele disse a um amigo que não é tão bem-sucedido quanto poderia ser porque um escritor precisa de duas coisas: uma máquina de escrever e uma esposa, e ambas devem estar em pleno funcionamento.

— Que coisa idiota de dizer.

— Eu não devia reclamar. Minha situação não é tão ruim quanto a sua. Meus filhos estão bem. Ninguém está doente nem morrendo. Não é tão ruim assim, só parece ser às vezes.

— Eu não faço comparações, Joy. Há muitas maneiras de sofrer em um casamento. Claude nos batia e ameaçava nos matar. Ele fazia o que queria conosco e quase bebeu até morrer. Mas há outras coisas que podem acontecer e fazer você se sentir como se estivesse morrendo. Pelo menos você tem sua paixão pela escrita. Eu não tenho nada.

— Ela ajuda — eu disse. — Mas, minha querida, agora você tem a nós, e seus filhos têm os meus.

— Sim, estou aqui agora.

Parecia que ela tinha vindo para nos salvar, e não o contrário.

Capítulo 8

Ainda assim, me deito só
Cantando a canção dela
Sáficas, Joy Davidman

Semanas se passaram, e eu me perguntava como tínhamos vivido uma sem a outra até então, sem as crianças rolando juntas como filhotes, sem Renee e eu sempre acordadas até tarde jogando dama chinesa e bebendo rum, conversando sobre a vida e o amor.

Não demorou muito para minha prima assumir muitas das tarefas domésticas, e ela fazia tudo sem problema algum, como se fosse para isso que tivesse vindo. Seus instintos naturais eram sempre de organização e elegância, e eu recebi isso como um presente. Ríamos, bebíamos e ajudávamos uma à outra com as crianças, que frequentemente corriam soltas pela casa e pelos jardins. O rádio, que eu mantinha desligado, Renee ligou, e ele passou a murmurar notícias sobre o mundo exterior. A Grã-Bretanha anunciou que também possuía armas atômicas. Albert Schweitzer ganhou o Prêmio Nobel da Paz. Herman Wouk recebeu o Prêmio Pulitzer por seu livro *O motim do Caine*. Cada vez que eu ouvia sobre um prêmio literário, meus antigos sonhos despertavam dentro de mim, se esticando e soprando vida em meu trabalho.

O acréscimo de um par de mãos na casa aumentou a frequência com que eu escrevia até mais tarde e dormia até mais tarde — uma das coisas de que eu mais gostava depois das longas noites em minha escrivaninha. Agora as crianças tomavam um café da manhã quente em vez de cereais frios, as roupas estavam lavadas e bem dobradas, e as prateleiras da geladeira estavam cheias de comida.

Joy:

Como se mantêm as obrigações quando a vontade enfraquece? É uma virtude, eu entendo, e talvez isso só aconteça graças a um poder superior. Uma entrega? Ou uma rendição? De alguma forma, o segredo está escondido nessa ideia.

Jack:

Permita que eu lhe conte sobre Janie e Maureen Moore. Já as mencionei antes? Elas moraram 24 anos comigo e Warnie porque eu estava cumprindo um dever e um compromisso — e isso é realmente uma virtude, Joy, é exatamente o que você está fazendo com sua prima e seus sobrinhos. Veja, a sra. Janie Moore e sua filha, Maureen, vieram morar conosco porque eu prometi ao meu companheiro de guerra Paddy Moore que cuidaria de sua família se ele fosse morto, o que aconteceu horrivelmente. Maureen se mudou daqui há algum tempo, mas a sra. Moore — Janie — viveu conosco até o ano passado. Agora está em uma casa de repouso — ela foi embora nervosa e furiosa — e não tem muito tempo neste mundo. Nos últimos muitos anos, não foi fácil; na verdade, por muito tempo foi bem sofrido. A saída dela nos livrou, Warnie e eu, de um imenso e doloroso fardo.

Joy:

Eu não fazia ideia de que duas mulheres moraram com vocês por tanto tempo! Jack, você é um homem admirável e bondoso. Mas eu amo ter a Renee aqui — é o meu compromisso com Bill que está rasgando o tecido das minhas virtudes.

Certa tarde, eu trabalhava na máquina de escrever quando Renee entrou lentamente no meu escritório com uma pergunta direta.

— Se você está sofrendo, não pensou em divórcio? Posso ver que seu coração está fechado para o Bill.

— Eu estou tentando fazer dar certo. Eu o amo. — Apontei para o meu trabalho. — Estou tentando seguir esses mandamentos aqui. — Tentei fazer uma brincadeira e pisquei para ela.

— Eu *estou* me divorciando — ela afirmou, com os olhos tão secos quanto seu coração em relação a Claude. — Isso é errado e "contrário à Bíblia"? Eu não preciso de uma religião assim, se é que preciso de uma.

— Não — falei com carinho. — Claude batia em você. E batia nas crianças. Não é esse o meu caso. Meu coração está perturbado por causa de um homem que diz me amar, mas ao mesmo tempo me insulta: um homem que eu amo e que agora temo. E, Renee, eu aprendi que há uma diferença entre religião e Deus. Uma diferença *muito* grande.

Renee se aproximou com um tom mais suave.

— Bill me contou o que o médico disse...

Minhas sobrancelhas se ergueram.

— Hã?

— Que você precisa melhorar da saúde. Que, para isso, talvez precise ir a algum lugar. Todos nós precisamos de você, especialmente as crianças, e, se você estiver doente e exausta, não será útil para ninguém. Nem para si mesma. E principalmente para o seu trabalho.

— Eu sei, mas parece impossível ir embora. Como eu poderia deixar meus filhos? Também não sei se conseguiria sobreviver a isso.

— Pode não ser fácil — ela disse —, mas não é impossível. Ultimamente eu fiz um monte de coisas que costumava achar impossíveis.

— Eu pensei na Inglaterra — compartilhei. — Em ir para lá e descansar dessas doenças, escrever e conversar com o único amigo que talvez possa me ajudar. Faz tempo que sonho em ver os campos ingleses, em mergulhar na sua história e literatura. Tenho uma ideia para um livro ambientado lá, mas tudo o que eu posso fazer é continuar tentando acertar as coisas aqui. Continuar escrevendo. Continuar cuidando da minha família.

Renee cruzou os braços sobre o peito.

— Se você sonha em ir para a Inglaterra, e seu médico sugere o mesmo, então você deveria ir, Joy. Nós vamos ficar bem aqui.

Eu olhei para minha prima com admiração. Talvez fosse possível. Todos os sonhos, desejos e fantasias sobre os campos gelados da Inglaterra.

— Eu não sei... — Olhei para fora, como se a Inglaterra tivesse pousado em nossa propriedade em Staatsburg. — O Chad foi e isso mudou a vida dele. Quando voltou, escreveu seu melhor trabalho até hoje e não parou mais.

— Isso pode mudar a vida de todos nós também, Joy. Talvez seja a sua única chance. Por que não aproveitá-la? Eu estou aqui para ajudar.

Ela sorriu para mim com a mesma doçura com que trataria uma criança pequena e, então, se levantou para sair.

Quando o quarto ficou vazio, meus pensamentos voltaram a algo que eu disse a Chad em Vermont não fazia muito tempo: *O que aconteceria comigo se um dia eu me tornasse corajosa?* Bem, eu acreditava que estava prestes a descobrir.

Jack:

Como tem sido a estadia de sua prima? Agora que nossa casa voltou a ser nossa, Warnie e eu hospedamos um convidado da Irlanda — meu amigo de infância, Arthur Greeves — e neste fim de semana estamos descansando. Mesmo tendo sido rejeitado para uma cadeira de professor em Oxford, isso não ofuscou meu humor alegre. E na semana passada fiz um discurso sobre literatura infantil na Associação de Bibliotecas. Acho que vou pegar esse discurso e transformá-lo em um artigo; ele contém muito do que você e eu escrevemos em nossas cartas: as boas e más formas de escrever para crianças. Como de costume, suas palavras ajudam a esclarecer as minhas.

Joy:

Tem sido bom ter uma amiga mulher em casa. Porém, isso traz velhas memórias da infância. Renee conseguiu um emprego em Poughkeepsie, então agora temos dinheiro entrando novamente. Ela de fato está preocupada em não ser um peso para nós. Eu estou escrevendo como uma louca — o livro sobre o rei Charles II soltou as amarras da minha criatividade e as palavras estão fluindo mais uma vez.

Notícias empolgantes: estou com planos de ir para a Inglaterra! Tenho alguns detalhes logísticos a resolver, mas acredito que é possível.

Em uma manhã úmida de primavera, fui até Bill e Renee, pedindo que ouvissem meus planos para ajudar a nós todos.

Sentamo-nos na sala de estar, Bill e eu no afundado sofá de veludo, e Renee na rígida poltrona Naugahyde do outro lado da mesa de centro de madeira laminada. Assim como nos últimos meses, a sala estava muito limpa; com os cuidados de Renee e o retorno de nossa funcionária, Grace, a poeira e a bagunça foram temporariamente removidas.

— Em abril — comecei — vou receber um cheque pelos meus artigos. Gostaria de usar esse dinheiro para fazer uma viagem para o exterior. — Pausei. — Para a Inglaterra.

Renee sorriu para mim, seu delineador se enrugando. Bill se mexeu e suas costas pressionaram o apoio de braço do sofá, como se estivesse tentando ficar o mais distante de mim possível.

— Inglaterra — ele repetiu. Uma única palavra pareceu compor uma frase inteira.

— Bill — Renee pronunciou com sua voz gentil —, você sabe que o dr. Cohen disse que ela precisa de algo assim.

Ele olhou para Renee e depois para mim.

— Você está se sentindo doente novamente?

— Você sabe como eu me sinto. Meu corpo dói. *Tudo* em mim dói. Mas não é só por isso. Eu amo vocês dois e amo os meninos, sei que amo, mas me sinto atordoada. E perdida.

— E como você vai se manter? — A voz dele ficou mais baixa e o sotaque sulista desapareceu.

— Eu tenho os artigos, tenho um cheque de *royalties* da Macmillan chegando a qualquer momento e vou terminar ou trabalhar em pelo menos dois livros enquanto estiver lá. — Mexi-me no sofá, respirei fundo e proferi as palavras que ensaiei. — Quando fecho os olhos, vejo o verde profundo de tudo. É um lugar onde temos amigos com quem posso ficar. A Phyl está em Londres agora. — Olhei para Renee. — Ela ficou conosco no último inverno, quando passou por dificuldades na vida, e deixou claro que tenho um lugar para ficar. E também temos um amigo que pode ter respostas para ajudar a todos nós.

— O sr. Lewis — disse Bill.

— Sim. — Hesitei. Esse era o ponto onde eu poderia perder o equilíbrio. — Eu comecei um livro sobre o rei Charles II e acho que pode me render um bom dinheiro. Mas preciso ir a Edimburgo, à biblioteca de lá, para fazer pesquisas. Eu também poderia terminar os artigos sobre os Dez Mandamentos, que poderiam resultar em um livro interessante, tudo compilado. E, para completar, os cuidados médicos na Inglaterra são praticamente gratuitos. Eles não proíbem os turistas de usarem o sistema de saúde quando estão de férias. Eu finalmente poderia consertar todos os meus dentes e fazer alguns exames que venho adiando porque...

— Nós não temos dinheiro aqui — Bill interrompeu, mas então suavizou, aproximando-se de mim e segurando minhas mãos. — Joy, nós queremos que você melhore, e sei que não podemos arcar com os cuidados médicos aqui. Faça o que for necessário. Se você acha que ir para o exterior pode ajudar na sua saúde, então você deve fazer isso.

— O que for preciso para você ficar bem — Renee concordou.

— Eu estou fazendo isso por *todos* nós. Mal suporto pensar em deixar meus meninos, mas sei que eles terão vocês dois. Tudo vai ficar melhor quando eu voltar. Seria como suas viagens a trabalho — eu disse a Bill. — Sempre que você volta, é como se nunca tivesse saído.

Bill beijou a palma de minha mão.

— Nós vamos ficar bem.

Ele se levantou e se afastou, como se tivéssemos acabado de decidir comer hambúrguer no jantar.

Renee também se pôs em pé. Ela pegou no chão um osso de brinquedo mastigável para cachorro e o jogou em uma cesta embaixo da mesa de centro.

— Vamos ficar muito bem, linda. Ótimos. Você nos salvou, e eu farei o mesmo por você. — Ela segurou minha mão. — Melhore e volte com tudo.

— Sim, vou voltar com tudo.

Jack:

Warnie e eu estamos ansiosos para finalmente conhecer nossa amiga por correspondência! Por favor, mantenha-nos informados sobre seus planos de viagem. Estamos no aguardo.

Joy:

Parto de Nova York na segunda semana de agosto e chego a Southampton no dia 13. Vou ficar com uma velha amiga em Londres e aviso vocês quando eu chegar e me acomodar.

Nas semanas antes de eu partir, meu interior parecia rasgado em lugares que estavam dormentes há anos, como se a própria decisão tivesse despertado a alma dentro de mim. Contei aos meus filhos para onde eu estava indo e comentei que seria uma grande aventura. Inventamos histórias tentando imaginar como era a Inglaterra. Davy fez desenhos, e Douglas ficou pensando se as florestas de lá eram mais densas ou mais verdes do que as nossas. Perdi a conta de quantas vezes eu lhes disse que sentiria muito sua falta, e que a ideia de viajar me partia o coração, mesmo enquanto ainda estava ali do lado deles.

— Meninos — eu falei, quando os coloquei na cama uma semana antes de partir —, eu amo muito vocês. Meu amor é tão grande quanto o universo.

— O universo não pode ser medido — Davy ponderou, com sua nova sabedoria celestial.

— Exatamente — concordei.

— Quando você voltar, vai trazer presentes para nós? — Douglas perguntou.

— Muitos.

— Você acha que o sr. Lewis vai ser tão legal quanto o professor do livro dele?

— Ainda mais legal. Eu vou escrever para vocês e contar tudo sobre ele.

Eles adormeceram tão facilmente quanto crianças exaustas, e eu fiquei ali em pé, com lágrimas escorrendo pelo meu rosto e caindo no canto dos lábios.

Quando chegamos ao cais do rio Hudson naquela manhã de agosto, Bill estava com o corpo esticado e tenso como os pilares do cais.

— Boa viagem, Joy.

Ele me deu um abraço fraco.

Eu peguei as mãos dele.

— Essa viagem é para todos nós. Fará nossa família voltar a ficar saudável, com finanças mais estáveis e com mais vitalidade. Você consegue perceber isso, não consegue, Poogle?

Ele se afastou, e Renee veio até mim. Ela me abraçou por mais tempo e com mais força. Em seguida, deu um passo para trás, com seu vestido de verão vermelho e seu chapéu de palha de aba larga. Sorriu.

— Vou sentir sua falta, linda. Volte logo e em segurança. — Ela beijou minha bochecha, e eu senti que ficaria uma marca vermelha brilhante do batom dela.

Uma brisa úmida, trazendo o mau cheiro de fumaça e gasolina, nos envolveu quando eu estendi os braços para meus filhos. Atrás de mim, me aguardava o grande transatlântico, aquela montanha de navio em que eu logo embarcaria.

— Davy, Douglas. Venham aqui.

Com um filho em cada braço, eu os puxei para um círculo apertado e beijei seus rostos, cada pedacinho deles.

— Logo, logo eu volto para casa. Amo muito vocês. — Minha voz falhou, engasgada com as lágrimas entaladas na minha garganta.

— Não chore, mamãe! — Douglas deu tapinhas na minha bochecha. — Você pode nos trazer presentes da Inglaterra.

Davy enterrou a cabeça no meu ombro e começou a chorar suavemente. Seus óculos caíram no chão. Eu levantei seu rosto e segurei seu queixo para ver aqueles olhos castanho-escuros fixos nos meus.

— Olhe para a lua e saiba que eu também estarei olhando para ela. Estaremos sob as mesmas estrelas e o mesmo céu. E isso me trará de volta para casa. Eu prometo.

Nos agarramos um ao outro até que Bill anunciou:

— Não vamos tornar isso mais difícil do que já é. Você precisa ir agora.

Com mais dois beijos na bochecha de meus filhos, eu vi Bill pegar as mãos deles, e o quarteto se afastou em direção a Bobby e Rosemary, que estavam esperando no final da calçada. Douglas foi o único que olhou para trás e acenou. Não dei um passo sequer até que eles desapareceram de vista e, então, lentamente, levantei os olhos para o transatlântico. Ele estava firmemente preso ao cais com cordas grossas como árvores, e mesmo nas águas agitadas, que de todos os lados balançavam, dançavam e batiam contra o casco, ele não se movia. Letras brancas compridas ao longo de suas costelas lisas diziam: SS *United States*.

A bordo, o vento estava quente, e eu quase podia sentir o gosto agridoce meio do oceano, onde o calor começaria a se dissipar. Fiquei em pé na plataforma da popa, com meu vestido batendo asas como um pássaro que não consegue levantar voo, e permaneci ali até a Estátua da Liberdade se tornar tão pequena quanto um brinquedo numa loja de presentes, até que o último pedaço de terra desapareceu de vista e o vasto mar foi tudo o que restou.

Parte 2

INGLATERRA

[...] não se pode segurá-lo; não é como
se fosse um leão domesticado.

A viagem do peregrino da alvorada, C.S. Lewis

Capítulo 9

Amor é isto e aquilo e sempre presente

Soneto 3, Joy Davidman

Agosto de 1952

Desci do SS *United States* e pisei no cais de Southampton, apertando os olhos por trás dos óculos para enxergar aquele país desconhecido envolto em neblina e pó de carvão. Os campos, e a glória verde e exuberante que eles me reservavam, repousavam em algum lugar distante.

Conforme arrastava minha bagagem, senti que certamente estava chamando a atenção das pessoas, pois, mesmo com a poluição e a sujeira, uma leveza e alegria tão grandes tomavam conta de mim que a melancolia carregada há anos se descolou, como uma troca de pele. Eu não teria ficado surpresa se alguém tivesse corrido para me alcançar, gritando: "Ei, você deixou cair uma coisa!".

Eu deixei minha família nos Estados Unidos e sabia que havia vizinhos e amigos que não compreenderiam. A comunidade de nossa igreja franziu a testa. Outras mulheres falaram de mim. E, ainda assim, será que a alma delas não morria por dentro? Será que não sentiam a ansiedade que surge quando a luz interior se eleva e grita: "Deixe-me viver"?

Talvez nosso Criador tivesse costurado cada uma de tal forma que isso não acontecia com todas as mulheres. Eu poderia ter continuado do jeito que estava, vazia e amargurada, doente e desolada de alma. Poderia ter me esforçado ainda mais para tirar o fedor de uísque de meu marido alcoólatra, esfregado ainda mais os pisos, acalmado meu coração perturbado. Claro que eu poderia, mas o que teria me custado?

Como se tivesse sido escrita exclusivamente para a minha chegada, uma complexa composição musical de sotaques me acompanhou pela calçada, indo do inglês *cockney* e do melódico irlandês ao sofisticado inglês da rainha. Embarquei em um trem e desci em Londres, onde peguei um táxi. A cidade passou por mim com beleza: ruas de paralelepípedos e ônibus vermelhos de dois andares, postes de luz arqueados sobre as calçadas de forma tão majestosa que pareciam proteger a cidade. Homens de terno andando de bicicleta, mulheres em vestidos elegantes e apertados na cintura balançando com seus saltos altos pelas calçadas. Catedrais com torres apontando para o céu. Cabines telefônicas de cor cereja nas esquinas, cujas portas frequentemente se abriam como um convite silencioso. O táxi chegou ao apartamento de Phyl, na rua Elsworthy, nº 11, uma rua alinhada com bétulas prateadas e plátanos que me atraíam como uma passagem secreta.

Pisando no chão com os pés firmes de um marinheiro em alto-mar, subi os degraus de arenito e bati à porta, sentindo a confiante esperança de um novo começo. Phyl abriu a porta com tudo e, por um momento, não a reconheci. A última vez que eu a vi foi em minha casa em Staatsburg, quando parecia pálida e suicida — mas agora ali estava ela, com as bochechas coradas e um grande sorriso, cheia de vitalidade, cumprimentando-me com entusiasmo e um forte abraço.

— Você chegou!

Transformação. Sim! Era isso o que eu buscava. Dar nome a uma coisa era torná-la minha: transformação, do meu coração e do meu corpo.

E tudo começaria ali em Londres.

Hoje vou conhecer o Jack pessoalmente.

Aquele pensamento me despertou com um sorriso no quarto de hóspedes de Phyl. Eu já estava na Inglaterra há um mês, querendo ficar forte e pronta para conhecer meu amigo de correspondência, além de aproveitar a paz e o descanso de que eu precisava. Hoje era o grande dia.

Levantei-me lentamente ao som do apito de um bule de chá.

Nos últimos dias eu fui seduzida pela Inglaterra, e o tempo passara voando, provando que ele era relevante e que corria mais rapidamente na felicidade, fugindo de mim como a água da cachoeira mais alta. Explorei Londres com um desejo renovado de aprender e ver tudo o que eu pudesse na cidade de novecentos km^2. Essa viagem, esses dias longe dos meus meninos precisavam valer minha ausência, e eu me empenharia para que assim fosse. Conforme Phyl e eu caminhávamos pela praça Trafalgar, ela ofegava, sem fôlego.

— Você já percorreu esta cidade inteira, tenho certeza. Não está cansada?

— Cansada disso? — Eu abri bem os braços e ri. — Caminhar sempre me ajudou a deixar para trás as partes mais sombrias de mim mesma. E estou deslumbrada com a beleza desta cidade. — Sentei-me na beirada da fonte e gesticulei para que ela fizesse o mesmo. — O que é fascinante é a forma como vejo o mundo agora. É como se, ao acreditar em Deus, eu tivesse ganhado novos olhos: o mundo está cheio de possibilidades e fascinação. Não é mais apenas a natureza, ou apenas a beleza. É *revelação*.

Ela estreitou os olhos em direção ao sol e me cutucou.

— Para mim, parece igual.

— Ah, Phyl! — Ergui as mãos para o céu. — Você não consegue ver agora que tudo é possível? Qualquer coisa. O mundo muda quando você entende o Amor por trás dele, em cima e embaixo dele.

— Você ama a vida um pouco de cada vez, minha querida. — Ela deu um tapinha no meu joelho.

Voltamos para casa e, nas semanas seguintes, fui examinada e tratada pelos dentistas e médicos que consultei — melhorar a saúde era fundamental nessa jornada. Também preenchi meus dias com leitura e pesquisa, escrevendo e viajando, conhecendo novos amigos e encontrando um grupo de escrita.

Um monte de cartas voou de um lado para o outro entre eu e Bill, as crianças e Renee. Eu queria contar a eles cada detalhe da minha viagem.

Joy:

Ah, Renee, como eu queria que você estivesse comigo na praça Trafalgar, onde encontrei um restaurante espanhol que você teria adorado. Mas notei uma coisa: os londrinos devem ser meio patos. Se não fosse pelos sapatos com solado crepe, eu teria nadado pelas ruas.

Bill:

Fico muito feliz em saber que tudo está uma maravilha para você, e que está incrivelmente feliz, mas aqui as coisas não estão fáceis. O dinheiro está apertado. Me perdoe por não enviar mais desta vez.

Joy:

Querido Poogle,

Lamento que o dinheiro esteja apertado. Farei o que puder aqui para escrever e vender, para economizar cada centavo. Penso bastante em você — gostaria que estivesse comigo quando fui a um teatro ao ar livre, onde uma enorme tempestade de raios sacudiu a tenda como se ainda estivéssemos em Vermont! Também fiz uma viagem a Hampstead Heath, onde comprei três obras de arte por preços muito baratos, uma aquarela por apenas 35 centavos. É um lugar maravilhoso, cheio de todo tipo de artistas e escritores. Talvez devêssemos vender a casa e nos mudar para cá.

Com muito amor,

Joy.

P.S.: Diga ao Davy que o aquário daqui tem uma salamandra japonesa gigante de 1,5 m!

Davy escreveu para mim sobre a cobra que Bill *finalmente* deixou que ele tivesse de estimação; ele a chamou de sr. Nichols. Eu pensava nos meus meninos o tempo todo e, quando fui ao Zoológico de Londres, senti intensamente a falta deles e comprei lembranças para enviar.

Visitei o Museu Madame Tussauds e todas as capelas, catedrais e estúdios de arte com entrada franca. Depois viajei sozinha para Canterbury, onde senti como se entrasse em um livro que li quando criança. Nunca tinha visto uma terra que se parecesse com meus sonhos — as colinas verdes e sedutoras, ondulando em tons variados de verde, cercadas por muros de pedra e salpicadas de ovelhas cobertas de lã.

Eu me apaixonava pela Inglaterra vez após vez. Minha alma ia sendo moldada a cada paisagem; eu queria estar forte e firme antes de encontrar Jack pessoalmente.

Viajei por Kent, uma região de vacas de chifres curtos e colinas douradas ondulantes. Tentei descrevê-la nas minhas cartas, mas como eu poderia fazer-lhe justiça? Quilômetros e quilômetros de árvores de maçã, pera e ameixa. Bosques de avelãs e tramazeiras com frutinhas vermelhas ardendo como fogo inextinguível. Castanheiras e campos de lúpulo passavam rapidamente por mim como quadros de Renoir. Eu transbordava por dentro com aquelas paisagens. Os lugares bombardeados na Segunda Guerra Mundial revelavam abaixo antigos pavimentos e muros romanos. Havia uma história em cada lugar para onde eu olhava. Ah, como os Estados Unidos pareciam provincianos e entediantes comparados à Inglaterra!

Também encontrei amigos. Dois dias depois de começar minha viagem, bati à porta de Florence Williams, a pedido de Jack. Seu falecido marido, Charles Williams, a chamava de "minha Mical" e, embora ele já tivesse partido, o nome permaneceu. Charles fora poeta, teólogo, escritor e um Inkling, junto com Jack e J.R.R. Tolkien. E, em uma conexão que nos fez cair numa risada que cria amizades, descobrimos que Bill escrevera um prefácio para um dos livros de seu falecido marido, *Os grandes arcanos*. Não só nos tornamos amigas em pouco tempo como também ela me apresentou a um grupo de escritores em Londres. Era um grupo de autores de ficção científica que se reuniam nas noites de quinta-feira em um pub de teto baixo, chamado White Horse, na rua Fleet. Eles apelidaram seu grupo de London Circle. Eu me infiltrei entre eles e virei o centro das atenções. Entre cervejas fortes e salsichas, suas histórias, debates e fofocas literárias giravam em torno de mim. Eu queria uma comunidade e foi exatamente o que encontrei, como se tivesse sido levada para uma ilha depois de me perder no mar.

Bill:

É bom saber que você já foi ao médico e ao dentista. Espero que esteja se recuperando. Os meninos estão bem, mas sentem sua falta mais do que deixam transparecer.

Renee:

Obrigada pelo lenço Liberty! Tenho usado em todo lugar. Por favor, perdoe o Bill por não estar mandando muito dinheiro; estamos completamente quebrados. Desculpe eu estar tão desanimada, mas é a mais pura e terrível verdade: ele não está conseguindo vender nada.

Joy:

Querido Poogabill,

Lamento que você não possa enviar dinheiro e que esteja "completamente quebrado". Estou escrevendo todos os dias e, se eu conseguir vender alguma coisa, vou mandar um pouco de dinheiro para você. Enquanto isso, vou me virando — graças a Deus pela Phyl e por ter um lugar para morar. Você vai ficar empolgado em saber que encontrei um grupo de escrita. A maioria deles é de escritores de ficção científica, e muitos conhecem o seu trabalho. E adivinhe quem eu encontrei? Arthur Clarke! Lembra? É aquele escritor famoso, membro da Sociedade Britânica Interplanetária. Quanto à minha saúde, nunca estive tão bem! Espere só, Billgadeiro! Quando eu voltar para casa, vou ser o melhor poogle que você já viu.

— Joy! — A voz de Phyl chamou do corredor. — Precisamos ir ou vamos perder o trem para Oxford.

Eu troquei de roupa e chapéu três vezes; quase escolhi a blusa de lã preta da Jaeger que acabara de comprar, mas mudei de ideia quando vi que ela poderia parecer triste. Prendi o cabelo, depois soltei, e então prendi de novo no meu coque habitual. Mical Williams me disse que Jack gostava quando as mulheres faziam um esforço extra para se vestir bem.

Phyl colocou a cabeça para dentro do quarto e apertou as mãos no peito.

— Você está linda! Adorei esse vestido xadrez.

— Ah, Phyl! — Puxei as meias e as prendi nas ligas que apertavam minha coxa. — Sobre o que será que vamos conversar? Não sou muito boa com pessoas novas. No nosso casamento, essa é a parte do Bill; ele é envolvente e charmoso, ri alto e conta piadas, toca violão e participa dos jogos. Geralmente eu fico em um canto, debatendo política, religião ou livros.

Coloquei meus óculos e sorri para Phyl.

— Mas você já *conhece* esse homem.

— Creio que sim. Ele vai trazer um amigo, então seremos quatro. — Olhei para o espelho mais uma vez, enfiei o cabelo debaixo do chapéu de brocado com fita azul. — Obrigada por vir comigo.

— Sem problemas — ela me assegurou. — E eu certamente também quero conhecê-lo. Além disso, Oxford... Quem não quer fazer uma visita a Oxford? Você acha que gosta de Londres? Espere só. E você vai adorar o quartinho de hóspedes da Victoria! É prático e aconchegante.

Peguei minhas malas e endireitei os ombros.

— Então vamos logo.

Phyl e eu nos sentamos lado a lado, e o trem saiu da plataforma. Enquanto ela lia um livro e eu observava seu rosto, seus longos cílios subindo e descendo, uma lembrança horrível encheu minha mente: uma briga séria que tive com Bill em dezembro do último ano. Ele tinha levado Phyl em nosso velho carro Chrysler até Manhattan, no Píer 88, de onde ela voltaria para Londres. Eu estava doente, angustiada, enclausurada e desconfiada depois das noites anteriores de infidelidade confessa, e a racionalidade passava longe de mim. Quando Bill me ligou para dizer que o carro engasgou e que ele passaria a noite no Hotel Woodstock, eu o acusei de ter seduzido a Phyl. Eu gritei, xinguei e dei vexame. Ele, por sua vez, explodiu comigo. Não me lembro das palavras que foram ditas, mas as feridas abertas na alma foram profundas e não desapareceram.

Phyl tinha provado que era uma amiga muitíssimo leal e encorajadora; como é que eu podia ter pensado que ela aceitaria qualquer bobagem desse tipo do meu marido? E Bill jurara que sua infidelidade tinha acabado... mas, para uma esposa, nunca acaba. Nunca.

— Phyl — falei, conforme o trem exalava fumaça tingida de carvão e se movia em direção a Oxford.

— Hmmm?

— Estou nervosa. Não é estranho? Por que eu estaria nervosa em conhecer um homem e seu amigo em um restaurante? Já conheci centenas de escritores na minha vida, e a maioria deles não era digna da admiração que lhes dei.

— Você está nervosa porque respeita bastante esse escritor. Acho que está com muito medo de conhecer quem ele *realmente* é. Talvez ele não seja tudo o que você imagina.

Eu ri, alto demais como sempre, e duas mulheres em uma fileira à frente se viraram com olhares desaprovadores. Dei a elas meu maior sorriso. Nada resolve as coisas como um pouco de bondade.

— Ah, linda — eu disse a Phyl. — Você poderia ser um pouco mais indelicada?

— É melhor enfrentarmos a verdade, minha querida. — Ela se espreguiçou e fechou *O grande divórcio*, que queria folhear antes de conhecer Jack. — Não adianta nada fingir que não se importa. É claro que você está com um enorme frio na barriga.

A paisagem passava por nós rapidamente, verde e dourada. Pensei um pouco.

— O que me deixa nervosa não é a ideia de eu perder o respeito por ele; isso não vai acontecer. O que me deixa nervosa é o respeito que ele possa ter por mim ou não. Minha querida, você sabe que os judeus não são tratados com muita bondade por essas partes. Nem mesmo os ex-judeus. E se essa mulher, ex-ateia, ex-comunista e nascida no Bronx, assustá-lo?

— Talvez ele fique assustado, mas é mais provável que fique um pouco fascinado. Como em um bom livro, é só esperar para ver.

O assento coberto com tecido xadrez estava coçando, mas me larguei nele mesmo assim, levantando a cortina da janela até o alto. Através dela eu via passar campos verdes, pântanos e rios, ancoradouros e riachos. Parecia que estávamos cruzando muitos rios, embora talvez fosse apenas um serpenteando entre Londres e Oxford. No alto de uma colina, passamos voando por uma pequena cidade lá embaixo, cujas chaminés pareciam lápides. Depois passamos pela zona industrial da cidade de Slough, tingida de carvão, e seguimos em frente por Reading. A sensação de balanço do trem me deixou sonolenta enquanto eu imaginava algumas falas iniciais para o momento em que encontrasse o Jack.

É uma honra e um privilégio.

Você mudou a minha vida.

Gostei de você desde a metade de O grande divórcio, *quando afirmou que "Ninguém se acha mais absurdo do que os apaixonados".*

Oi, eu sou a Joy, o nervosismo em pessoa.

Mas, no final, eu não disse nada disso.

CAPÍTULO 10

Medirei meu afeto com dracmas

Soneto 1, JOY DAVIDMAN

Os tijolos do Hotel Eastgate, uma majestosa estrutura em Oxford, tinham a cor dourada da pelagem do meu gato. Mesmo depois de um mês, eu ainda estava impressionada com a robusta antiguidade da Inglaterra, com a construção peculiar com que seus edifícios eram construídos, como se soubessem que sua beleza etérea seria necessária por milhares de anos. As janelas eram embutidas, tal qual sonolentos olhos com pálpebras. Os quatro degraus até a porta da frente eram largos e curvos. À nossa direita estava o que se poderia supor ser uma fortaleza medieval, mas na verdade era uma das 34 faculdades da Universidade de Oxford, o Merton College, com seu longo muro de pedra que seguia a rua curva tão de perto quanto um apaixonado.

— Phyl — eu disse, e paramos à porta de madeira escura —, sinto falta dos meus poogles, mas estou muito feliz de estar aqui.

Ela me lançou um olhar calmo e compreensivo, com seus olhos azuis semicerrados contra a luz do sol.

— Isso será interessante, minha amiga. Aproveite.

Assenti e coloquei a mão no estômago para acalmar meus nervos. Limpei o batom com um lenço de papel. Durante anos esperei conhecer Jack, embora duvidasse de que isso aconteceria, e agora eu estava em uma calçada de Oxford, do lado de fora do lugar onde ele encontrava amigos para o almoço.

Entramos no saguão do bar do hotel, onde ele disse que estaria esperando. Lembrei-me das fotos em que Bill disse que Jack parecia um velho cão basset bondoso. Naquelas imagens, Jack às vezes usava óculos redondos com aro preto, e sempre aparecia de terno e gravata. Será que ele usava esse tipo de roupa para almoçar em um hotel em um dia comum? Ou estaria com suas vestes de professor? Com um cachimbo entre os lábios? Um cigarro?

Meus pensamentos voavam por toda parte. Pássaros em uma gaiola.

Será que eu estava com uma boa aparência? Bonita, mas inteligente? Gentil, mas perspicaz? Eu nunca admirei minha imagem por si só, exceto em uma foto muito bonita na contracapa de *Enseada das lágrimas*. Toda vez que tentei reproduzir exatamente aquela pose, fiquei frustrada e decepcionada. Brinquei com meu colar de pérolas e olhei ao redor do bar. Era hora do almoço e estava tudo lotado: homens de terno e gravata, mulheres com pérolas e chapéus, não muito diferentes dos que eu usava. A sala era uma névoa de tecido chintz e veludo, com uma iluminação fraca vinda de abajures em mesas laterais de madeira escura. As paredes eram revestidas de papel de parede damasco verde, o teto com vigas de madeira escura grossas como dormentes de trilhos ferroviários. Tudo aquilo era tão imponente e nobre que me levou a endireitar minha postura, colocando os ombros para trás.

Meu olhar percorreu o salão até que o encontrei.

Jack.

Lá estava ele, animado, em uma conversa profunda com o homem à sua frente. Seu sorriso era gentil e curvo ao ouvi-lo.

Observei-o como se tivesse uma eternidade para encará-lo sem que ele percebesse.

O contorno de seu cabelo havia recuado, e o pouco cabelo escuro que restava no topo estava penteado para trás com marcas de pente. Seu sorriso brilhava de vida. Seus olhos estavam sombreados por suas pálpebras inclinadas atrás de óculos sem armação, como se ele tivesse acabado de acordar e estivesse feliz por isso. Jack estava sentado casualmente, com suas pernas vestidas de veludo cotelê uma sobre a outra.

Havia algo reluzente nele, o modo como a paisagem de seu rosto se animava sob as sobrancelhas fortes. Seus lábios e boca eram cheios. Esses atributos — sua mente, que eu conhecia pelas cartas, e agora o brilho de seu espírito — se combinavam em uma única palavra: *belo*. Os pássaros em minha mente voaram para o meu peito, esvoaçando ali em antecipação.

E então, como se alguém colocasse uma mão sobre sua boca, ele parou no meio de uma risada e olhou para mim, como se meu olhar lhe tivesse dado um leve toque no ombro.

Nossos olhares se encontraram e ali ficaram. Ele sorriu, e eu também.

Recompus-me e fui em direção a ele, parando em frente ao sofá enquanto ele se levantava. Aqueles seus olhos castanhos, eles estavam brilhando, como se estivessem iluminados.

— Ora, ora. Minha amiga de correspondência finalmente está na Inglaterra! Joy!

A voz dele era uma melodia: seu sotaque era metade irlandês, metade inglês. Não era tão alto quanto eu imaginava, no máximo 1,78 m, mas seu carisma se estendia até as vigas do telhado. Estava usando um casaco de tweed surrado com remendos de couro marrom nos cotovelos e uma camisa branca abotoada com uma gravata azul-brilhante.

— E você — falei, com um sorriso nervoso — deve ser meu muito famoso amigo, Jack Lewis.

Ele deu uma risada alta e estendeu a mão para segurar a minha com um aperto vigoroso.

— Famoso? Infame talvez, em círculos bem pequenos.

Minha voz soava ofegante e boba, então abaixei o tom.

— Estou muito feliz em vê-lo. Depois de todos esses anos de amizade e de um mês inteiro aqui na Inglaterra, finalmente nos encontramos pessoalmente.

Segurei sua mão e sorrimos um para o outro. Provavelmente foram apenas alguns segundos, mas o tempo parou. Ele soltou minha mão quando Phyl se aproximou.

— Ah! Como sou esquecida! Por favor, conheça minha amiga Phyl Williams.

O homem ao lado de Jack levantou as sobrancelhas, e imediatamente percebi meu erro: eu havia falado em voz alta com meu sotaque nova-iorquino.

Jack apertou a mão de Phyl e, com seu sotaque, disse:

— George Sayer, permita-me apresentar Joy Gresham e sua amiga de Londres, Phyl.

O homem acenou com a cabeça para nós, uma de cada vez, e Jack explicou:

— George é um amigo querido, que foi meu aluno no Magdalen College.

Olhei para George.

— É um grande prazer conhecê-lo. — Estendi a mão, e ele a apertou sem dizer nada. Nervosa, cerrei os lábios, torcendo para que o batom ainda estivesse ali e não tivesse borrado nas pequenas linhas ao redor da minha boca.

— Venham — chamou Jack —, vamos nos sentar. Reservaram uma mesa para nós.

Nós quatro nos dirigimos à sala de jantar a meia-luz onde havia uma mesa reservada no centro do restaurante, com quatro taças de cristal lapidado brilhando com um líquido âmbar à nossa espera.

Acomodamo-nos, abrimos os guardanapos de pano sobre o colo, e eu rapidamente avaliei George. Ele tinha um rosto comprido como o de um cavalo, com uma testa profundamente marcada, um mapa de anos em que esteve franzida. As grandes orelhas pareciam inclinadas para os olhos, e seu longo nariz terminava em uma ponta arredondada, de onde parecia me olhar de cima quando me pegou olhando para ele. Desviei o olhar.

— Xerez — falou Jack, erguendo a taça. — Bem-vinda a Oxford.

Todos levantamos as taças e tomamos um gole juntos.

— Hmmm — eu disse —, delicioso. Nos Estados Unidos, teríamos começado com um licor forte e passado para o vinho, e estaríamos bêbados antes mesmo de o jantar começar. — Meneei a cabeça. — E eu sentiria o inferno de uma ressaca antes de a comida acabar. Mas aqui tudo é muito... civilizado.

Jack riu, mas George me lançou o olhar de sobrancelha franzida. Dei o meu melhor sorriso.

— Sr. Sayer, Jack contou que o senhor foi ex-aluno dele. É verdade? O que faz agora?

— Dou aulas no Malvern College.

— Ah, que sorte. Esta cidade de Oxford — eu disse — me faz imaginar como minha vida teria sido diferente se eu a tivesse vivido em um lugar como este, com homens como vocês dois.

— Atrevo-me a dizer que sua vida é muito mais bem gasta ao redor de homens diferentes de nós — George ergueu a taça —, dado quão entediantes podemos ser.

— Mas a vida intelectual aqui... o que, novecentos anos de história? — Inclinei-me para frente. — Que estimulante.

— Sim — Jack confirmou. — Pode ser, mas depois volta a ser bem enfadonha às vezes, com a monotonia de ensinar, corrigir e dar palestras.

— Bem, eu gostaria de ter tentado.

Então Phyl contou uma piada que esqueci, e começamos a rir e dar voltas nas conversas. Comemos uma mousse de salmão, leve como chantilly, e perdi a conta da reposição das taças de vinho. A alegria aumentava exponencialmente com o vinho, e as piadas foram mal contadas, e as histórias exageradas. Falamos sobre a iminente coroação da nova rainha, sobre o racionamento de chá. O longo almoço pareceu ter durado apenas cinco minutos. Várias vezes, Jack e eu trocamos olhares e sorrisos, mas de maneira tímida. Conhecíamos um ao outro mais do que a outros amigos — ele sabia meus segredos e meus medos —, e, no entanto, só agora nosso olhar podia se encontrar, como nossa mente já havia feito.

— Como você conheceu o trabalho de nosso amigo? — George finalmente perguntou, enquanto serviam *trifle* como sobremesa.

— Assim como Jack, fui surpreendida por Deus. Ambos nos convertemos na meia-idade. — Sorri para Jack e depois olhei de volta para George. — Quando tinha oito anos, li *História universal*, de H. G. Wells, e fui direto à sala de estar para anunciar aos meus pais judeus que eu era ateia.

George se contraiu. Eu percebi e sabia que era por causa da palavra *judeus*. Os britânicos podiam alegar que não eram antissemitas tanto quanto os estadunidenses brancos que diziam não ser racistas, mas segregavam suas escolas e seus bairros.

— Temos conversado sobre nossas jornadas espirituais — Jack disse a George e depois voltou-se para mim. — E você chamou minha atenção para lacunas e elos perdidos em meus argumentos. Tenho de dizer que raramente encontrei uma adversária tão digna.

Adversária? Eu queria ser qualquer coisa, menos isso.

George pigarreou.

— Bem, nos diga o que acha da Inglaterra, sra. Gresham. Já faz um mês que está aqui?

— Bem, eu me apaixonei, sr. Sayer. Louca e ardentemente. — O calor de um rubor encheu meu rosto e pescoço. Levei a mão ao decote, segurando as pérolas que pendurara ali naquela manhã, achando que tinham ficado elegantes, e respirei fundo. — Estou falando da Inglaterra, é claro!

George assentiu, secando os lábios com um guardanapo.

Continuei, como sempre fazia quando estava nervosa, com as palavras saindo sem parar.

— Amo tudo sobre ela. Praticamente andei até meus pés não aguentarem mais. Estou encantada com a luz dourada. E como é possível que o ar seja mais leve aqui? Não tenho ideia, mas é verdade! A gentileza dos estranhos é incomparável. E, ah, os pubs — expirei. — Adoro os pubs. O calor escuro deles, o murmúrio de conversa, a música tocada por um homem com um violino escondido em um canto.

George explodiu numa gargalhada.

— Obviamente você ainda não viu o maldito nevoeiro inglês. Espere só; veremos se ainda vai romantizar nosso país depois disso. O que, aliás, para mim está ótimo.

Jack ergueu sua taça.

— Quando vi Oxford pela primeira vez, escrevi para o meu pai e lhe contei que era um lugar além de toda a minha imaginação, o lugar de um lendário conjunto de torres e pináculos. Estou bastante invejoso de *sua* visão de Oxford hoje. Só existe uma primeira vez.

Todos ficamos em silêncio e terminamos a sobremesa lentamente, como se nenhum de nós desejasse a separação que naturalmente se seguiria. Senti-me desolada com a ausência de Jack, mesmo que fosse apenas uma ideia e ainda não tivesse acontecido.

Então ele se levantou, limpou as migalhas do casaco e sorriu.

— Que tal? Vamos caminhar até o Magdalen, e mostro um pouco do lugar para vocês, se tiverem tempo.

Se tiverem tempo...

Capítulo 11

Entre dois rios, no clima saudoso,
Céu mudando, árvore despindo, verão acabando

Soneto 6, Joy Davidman

Setembro em Oxford é uma glória de cores e ar sedoso, de tons dourados e uma esperança coberta de hera. Era como ser transportada para a terra de um conto de fadas que você tinha esquecido de ter lido.

Eu caminhava ao lado de Jack e ele balançava a bengala a cada passo, com sua boina grega torta na cabeça. Atravessamos a rua High e vi pela primeira vez o Magdalen College, que repousava majestosamente às margens do rio Cherwell. Parei no meio do caminho.

— Esplêndido!

Fiquei olhando a torre de pedra da faculdade, com seus seis pináculos alcançando um céu muito azul. Uma grande fortaleza de muros e portas cercava os edifícios de calcário. Era uma pintura, um diorama de um filme de fantasia, uma arquitetura medieval e mística.

— A minha primeira visão dele me deixou igualmente deslumbrado — Jack confessou. — Até hoje. Quanto mais perto, mais bonito fica. Venha.

— Sabe — eu disse —, depois da agitação de Londres e dos espaços bombardeados, esse lugar parece intocado e imaculado.

Uma expressão melancólica passou pelo rosto de Jack, mas então ele se virou para mim e assentiu.

— Sim, fomos poupados das bombas. Hitler planejava se apoderar de Oxford e quis preservá-la. Nós víamos os aviões se dirigirem para cá e depois virarem à esquerda ou à direita, usando o rio como guia.

Olhei para cima como se os aviões estivessem zumbindo sobre nós.

— Estou tão feliz por estar aqui!

— E eu estou muito contente que você tenha feito essa viagem. — Ele sorriu para mim.

Phyl e George caminharam à frente e atravessaram a grande porta de madeira do Magdalen, deixando Jack e eu a sós. Folhas amarelas formavam um tapete macio sob nossos pés, porém algumas ainda se agarravam às árvores com seus caules frágeis. Ao longo da calçada, lápides eram tão comuns quanto bancos e muros de pedra.

Caminhávamos lentamente; eu não estava com pressa. Passamos pelas portas de madeira cinzenta e desgastada do Magdalen, tão grandiosas quanto as portas de castelo que eu tinha visto em Buckingham, e Jack fez um sinal para que primeiro cruzássemos uma ponte de pedra. No meio dela, Jack parou, e ficamos juntos em pé, apoiados na antiga mureta, absorvendo a vista do rio Cherwell. Estávamos ali, com os ombros a apenas um sopro de distância, quando me veio à memória um verso sobre rios que eu lera em *Vida e morte do rei John*, de Shakespeare.

— "Não confie nessas águas astutas de seus olhos, pois a vilania não está isenta de tal brilho."

Com uma risada repentina, Jack ergueu o rosto para o sol e completou:

— "E ele, há muito acostumado com ela, faz parecer que são rios de remorso e inocência."

Nossos olhos se encontraram, arregalados, e juntos dissemos:

— Rei John.

Jack tirou um estojo do bolso e pegou um cigarro, riscando o fósforo com força contra a pedra em um movimento ágil. Ele aproximou o fogo da ponta do cigarro e soprou até que estivesse aceso. Tudo foi feito devagar, cuidadosamente, como se ele tivesse todo o tempo do mundo para realizar esse ato único em uma ponte de pedra sobre um rio. Abaixo, barcos estavam amontoados contra as margens, amarrados uns aos outros e mantidos firmes, à espera de serem escolhidos. Salgueiros esvoaçavam para baixo como se quisessem acariciar o rio, com seus galhos balançando à brisa.

Quebrei o silêncio.

— Este rio — comentei — é muito parecido com a vida.

— Como assim? — Jack se virou para se apoiar no parapeito de pedra, dando uma longa tragada em seu cigarro.

Bem, aquilo me ensinaria a falar sem pensar.

— A água fluindo — eu disse, com determinação. — Aconteça o que acontecer, ela acaba no mar.

Ele ficou pensando.

— Acredito que a vida é mais parecida com uma árvore. Cada ramo se diferencia à medida que cresce. Cada um, uma escolha individual.

— Jack... — Apontei para o rio que fluía abaixo de nós. — *Aquele* é o rio da vida. Ele é limitado por suas margens, mas ainda assim é livre. Você debate por diversão de vez em quando? — perguntei com uma risada. — Só para ver se eu consigo acompanhar você?

— Ah, não, tenho certeza de que você consegue me acompanhar. Porém, por mais bonito que seja como metáfora, o rio não reflete nossas escolhas. Não terminamos todos no mesmo lugar, como os rios.

Seus olhos eram de um castanho rico e profundo, e eu me perguntei o que eles viam em mim. Ele sabia como manter uma atenção gentil, uma presença.

— Escolha... — Abaixei-me e peguei um punhado de folhas, deixando-as cair entre os dedos. — E se escolhermos errado? Queimamos em um inferno eterno? Você acredita nisso? — Joguei uma folha nele. — Assim como escreveu em *O grande divórcio*, quando disse que não podemos levar conosco nenhuma lembrança do que amamos?

Ele riu.

— Nossa troca de cartas foi prazerosa, mas é ainda melhor conversar pessoalmente com você.

— Concordo — Respirei fundo e falei a verdade: — Ao longo dos anos, meu coração adormecido começou a bater de novo com palavras, *nossas palavras*, e o poder delas.

Jack sorriu e aquela luz do sol dourada inglesa despontou detrás de uma nuvem pregueada, repousando suavemente em seu rosto, como se a luz quisesse tocá-lo. Por um momento, nem mais nem menos longo do que aquele em que me ajoelhei no quarto dos meus filhos, meu corpo parecia desligado da terra, como se fôssemos apenas fragmentos de um sonho. Meu coração batia nos pulsos, no peito, no ventre. Um calor suave — tímido, mas certo — me inundou.

Ah, Joy, tenha muito, muito cuidado.

Ele conquistou meu intelecto, minha mente e meus pensamentos; eu não podia permitir que fizesse o mesmo com meu coração.

Virei-me, fugindo do sorriso dele, daqueles olhos provocantes, e juntos voltamos pelo caminho de onde viemos, passando por árvores com ninhos de pássaros que pareciam pequenos chapéus nos galhos nus, até estarmos a poucos passos da entrada do Magdalen. Quando vi o nome do colégio em uma placa pela primeira vez, pronunciei errado. Agradeci aos céus por ter ouvido a pronúncia correta antes de conhecer Jack: "Maudlin". Mas ainda não entramos. Jack sentou-se em um banco, cruzando uma perna sobre a outra.

Ele segurou o cigarro entre o polegar e o indicador, fazendo a fumaça subir em espirais, e estendeu os braços ao longo do encosto do banco.

— Não se trata das lembranças que queremos levar, e sim de nosso coração, que precisamos carregar. Ele anseia pelo que chamo de "País do Alto", e não podemos chegar lá sem abandonar a crença de que isto aqui é tudo o que existe, e de que precisamos tirar o máximo daqui e levar algo conosco. — Então ele olhou para mim, em silêncio, como um homem que acabara de defender seu ponto em um debate.

— Ah, Jack — falei, sentando-me ao lado dele e me virando para fitá-lo. — Seu "País do Alto" é minha "Terra das Fadas". Sonho com ela desde criança. Quando li *O regresso do Peregrino*, eu sabia que você falava do mesmo lugar, da "Ilha", como você o chamou. — Esse diálogo com um homem cuja mente eu aprendera a admirar e valorizar era como água para minha alma sedenta.

Continuei.

— Você e eu tivemos a mesma experiência quando crianças, aquela mesma emoção que a natureza traz, o saber que, às vezes, o mundo evoca um sentimento tão cheio de anseio que as palavras não conseguem descrever. E esse anseio sugere um lugar onde o mal não pode existir e o sofrimento não pode continuar. Mesmo quando não éramos crentes, ainda acreditávamos. É como se tivéssemos seguido o mesmo caminho, e o País do Alto nos chamasse a ambos.

Ele assentiu, e quase acreditei que ele corou.

— *O regresso do Peregrino* foi o primeiro livro que publiquei após minha conversão, questionando esse anseio e o que ele poderia significar. — Ele sorriu para mim devagar. — Com as folhas amarelas e a felicidade desta tarde, anseio ainda mais por um lugar assim — disse ele. — Não é estranho? O fato de podermos estar felizes aqui e, ainda assim, querer ir... para lá?

— É como se, em nossos momentos mais felizes, quiséssemos ainda mais. Como se essa fosse a sugestão. — Respirei fundo. — Jack, olho para trás e entendo a atração do ateísmo, mas agora ele parece quase impossível. Como pude *não* acreditar se meu coração sempre soube?

— Talvez fôssemos muito simplórios.

Meneei a cabeça, lembrando de algo.

— Não sei. Acho que eu apenas queria que minha alma fosse só minha.

— De fato. — Assentiu, como se ele se lembrasse da mesma sensação.

— Você já...? — Eu pausei.

— Já o quê?

— Já sentiu outra presença? Como se o véu tivesse se levantado por um minuto? E eu não quero dizer apenas em oração.

— Como assim, Joy? — Ele se inclinou para perto.

— Quando meu amigo Stephen Vincent Benét faleceu, eu senti a presença dele. Eu acho... Sei que até vi seu espectro passar por mim. — Eu me encolhi. — Isso é loucura?

Jack se aproximou ainda mais de mim, e sua voz baixou enquanto ele jogava a bituca de seu cigarro.

— Joy, eu fiquei arrasado quando Charles Williams faleceu; fiquei atordoado e atônito. Fui ao pub que frequentávamos, o King's Arms, e pedi uma cerveja. Foi então que senti a presença do meu amigo. Ele estava comigo e passou por mim. Ninguém jamais me convencerá do contrário. Tollers[2] acha que estou sendo bastante absurdo, mas eu sei que é verdade.

Então nos olhamos: aquele era outro fio que nos unia.

2 No grupo de amigos de Lewis, Tollers era o apelido de J.R.R. Tolkien. [N. T.]

Passamos pelo arco de entrada do Magdalen, e eu não conseguia medir a felicidade que sentia quando Jack se tornou nosso guia, sua voz ganhou um tom mais grave:

— Você deve saber, é claro, que a Universidade de Oxford é composta por 32 faculdades, e esta é apenas uma delas, o Magdalen College, que fica fora dos portões da cidade medieval.

— Novecentos anos de história — eu disse. — Foi o que li. É uma sensação de reverência a que sinto por estar em um lugar com uma história tão profunda.

A torre de pedra branca brilhante do Magdalen se erguia em direção ao céu azul, com seus seis pináculos firmemente fixados a edifícios de pedra que se espalhavam em todas as direções, um feito magistral da precisão geométrica. Quando nos aproximamos, apontei para a torre.

— Ela é um símbolo fálico para uma instituição dominada por homens, não é?

Jack fez uma pausa, levantando as sobrancelhas acima de seus óculos; então, exalando a fumaça de cigarro, ele gargalhou.

— Você fala o que pensa, não é, Joy? — ele observou com um sotaque tão bonito que meu coração caiu a seus pés.

Sua voz, pensei, *é como o oceano dentro de uma concha.*

— Sinto que nunca me cansaria deste lugar. — Eu parei e corri os olhos pelos edifícios e as paredes cobertas de hera, os gramados espessos e imaculados com caminhos bem cuidados. — E aquela entrada… — Estávamos nos aproximando da imensa porta de madeira, decorada com grossas ferragens e protegida por um arco de pedra. — Parece que um dos seus seres mágicos poderia sair de lá.

— A grande entrada para o pátio — ele disse. — Também chamada de Porta Antiga. É fascinante ver coisas familiares pela sua ótica.

O muro de pedra, Jack me informou, era chamado de Longa Muralha, cercando o Magdalen — o refeitório, os claustros, as salas de aula, a capela, os quartos dos estudantes, a sala de jantar, a biblioteca e mais. Entramos, e os corredores de pedra e as vielas de calcário eram os mais divinais que eu já tinha visto, lembrando-me do passado. O líquen crescia ao longo dos caminhos e nas rachaduras entre as pedras de Headington. Brinquei ao falar sobre os quartos privados e escondidos, uma masmorra talvez. A Idade Média pairava no ar e parecia estar oculta nos corredores e nas estreitas escadarias de pedra.

Em um quadrado perfeito, os corredores dos claustros cercavam um gramado verde. Esses caminhos eram de gesso amarelo-claro, com os arcos abertos para o pátio decorados com protuberâncias e entalhes. Caminhamos juntos, virando à esquerda, à esquerda, e à esquerda, até terminar onde começamos, conversando como se nunca fôssemos parar. Depois da segunda volta, fizemos uma pausa, ambos mirando o pátio verde. Gárgulas olhavam dos edifícios que pairavam sobre os claustros.

— Não consigo decidir se elas estão nos vigiando ou nos protegendo — eu disse, apontando para cima.

Ele fingiu se encolher debaixo delas, como se estivesse com medo.

— Agora, por aqui. — Jack fez um gesto para frente. — Vamos caminhar ao longo do rio.

Eu o segui para fora do corredor, que se abria a um campo amplo.

— Meio quilômetro quadrado — ele explicou. Então passamos por um portão de ferro forjado e um arco até uma ponte de pedra menor, debaixo da qual passava um afluente do Cherwell. — E esta é a Trilha Addison.

O caminho de terra estava coberto por folhas de todos os tons, e as árvores estavam tão densamente agrupadas que quase espremiam o caminho, mas ainda deixavam espaço suficiente para nos sentirmos livres e protegidos ao mesmo tempo.

— Tudo isso foi construído em 1458 — ele me contou, com os braços bem abertos. — E este prado — apontou à frente —, na primavera fica cheio de flores de uma cor verde-arroxeada de dar gosto.

— *Fritillaria meleagris.*

Ele riu com aquela já familiar gargalhada.

— E você é um compêndio ambulante de nomenclatura latina? — ele perguntou.

— Meus filhos acham que sim — eu disse. — Sobrevivi a muitos dias de infância vagando pelos jardins botânicos do Bronx, memorizando o gênero e a espécie de todas as plantas e flores.

Paramos juntos naquele caminho, e fiquei imaginando se meus olhos seriam capazes de ver toda a glória daquele lugar; era demais para uma única visita. A arquitetura e o mundo natural se fundiam em algo tão sublime que levaria anos ou décadas para vê-lo da maneira certa.

Virei-me para ele.

— Jack, tem uma coisa que venho me perguntando.

— O que seria? Quais perguntas eu ainda não respondi?

— Por que chamam você de Jack, se seu nome é Clive?

— Ah! — Ele ergueu sua bengala e a cravou no chão. — Bem, é uma longa história.

— Então conte. — Eu coloquei as mãos nos quadris e plantei os pés. — Estou pronta, senhor.

— Pois bem. Quando eu era menino, tínhamos um cachorro chamado Jacksie. Em um dia quente de verão, quando tudo no mundo ia bem, Warnie e eu estávamos a caminho da cidade e um carro virou a rua em alta velocidade, atropelando nosso cachorro. Matou-o bem ali, na nossa frente. — Jack meneou a cabeça. — Se eu pudesse fazer um pedido a Deus, seria que nenhum menino jamais tivesse que ver seu amado cachorro ser morto. — Ele estremeceu e continuou: — Depois disso, anunciei que meu nome seria Jack e jurei que nunca iria dirigir.

— Você se deu o nome de um cachorro e não dirige... — Eu ri, e ele deu um passo à frente com sua bengala, olhando por cima do ombro para ver se eu o estava seguindo.

— Acho que agora você já sabe tudo o que há para saber.

— Duvido — retruquei, quando alcançamos Phyl e George.

— Querida! — ela gritou e veio até nós. — Preciso ir se for pegar o último trem.

— E eu — George se pronunciou — preciso voltar para o Malvern. Este dia foi um prazer. — Ele curvou a cabeça e tocou a ponta do chapéu antes de se afastar.

Agradeci à Phyl, e mais uma vez Jack e eu ficamos sozinhos. Conversamos e passeamos pelos jardins do Magdalen até que os tons rosados do céu da tarde indicaram a chegada da noite.

Nossa despedida foi educada e, quando eu lhe disse que ficaria ali por mais dez dias, ele sorriu. Aquele homem, quando sorria... era a única coisa que alguém poderia querer ver. Seu rosto era tão sério nas fotos, mas pessoalmente ele era animado e vibrante. Parecia estar sempre pronto para gargalhar, se tivesse a chance. E eu queria lhe dar todas as chances.

Eu não sabia se o abraçava ou se apertava sua mão. No final, não fiz nenhum dos dois, já que ele estava com ambas as mãos segurando o topo de sua bengala.

— Meu irmão, Warnie, estará disponível amanhã. Gostaria de nos encontrar aqui para o almoço?

— Eu adoraria — respondi.

— Onde você está hospedada?

— Com uma amiga de uma amiga, Victoria Ruffer. Enquanto isso, aproveitarei ao máximo a cidade, caminhando e admirando. O outono aqui deve ser o mais bonito que já vi.

— Realmente é glorioso. O outono faz todas as coisas parecerem possíveis.

— É a primavera que faz isso. — Eu abri a palma das mãos como uma flor desabrochando. — Toda aquela vida voltando da terra congelada.

Ele deu um sorriso astuto.

— O quê? Eu falei algo errado?

— Não. — Balançou a cabeça. — Mas certamente você tem uma opinião própria sobre tudo. Eu sabia disso pelas suas cartas, mas agora posso ver que é verdade o tempo todo, não é?

— Sim, nesse sentido eu sou péssima. Eu sei.

— Não acho que seja péssima. — Ele me olhou atentamente, como se me visse pela primeira vez.

Depois que nos despedimos, eu segui pelas calçadas de contos de fadas de Oxford, voltando à casa de Victoria. Eu sabia o que faria no momento em que fechasse a porta do meu pequeno quarto de hóspedes: escrever um poema. O que mais se podia fazer com tais emoções que pareciam dizer, como a primavera, que o mundo estava prestes a recomeçar?

Capítulo 12

Até os sinos da torre do Magdalen estavam tocando
Para decretar a morte do cair da tarde

Soneto 6, Joy Davidman

O segundo dia em Oxford chegou, luminoso, com os tons de mel da luz do sol caindo das folhas e se acomodando na grama como tinta derramada. O céu estava tão claro quanto vidro e tão suave quanto algodão. Saí da cama para o dia, cheia de expectativa.

Preguiçosamente, comecei a escrever uma carta para minha família e também dei uma rápida lida no meu artigo sobre o Segundo Mandamento antes de sair para vagar em direção ao Magdalen para almoçar. Quinze minutos depois, quando cheguei ao portão da faculdade, parei, sentindo a velha fadiga ameaçar os limites dos meus ossos.

— Não — eu disse em voz alta. — Estamos aqui em Oxford, bem e saudáveis. Vamos ver o Jack e conhecer o Warnie.

Algo nas árvores e no rio respirava santidade, e fiz uma oração silenciosa — *O senhor nos uniu. Por favor, esteja conosco* — e então passei por baixo do antigo arco de pedra do Magdalen em direção ao pátio. Homens se apressavam com suas becas pretas abertas e esvoaçando, como se fossem corvos. Os estudantes usavam ternos — meninos vestidos como homens, com seus casacos abotoados e paletós amarrotados, com apenas os dois primeiros botões fechados. E a fumaça de cigarro... parecia que um cigarro brotava de cada boca. Aquele era um reino masculino, se é que eu já tinha visto algum. Exalava couro e fumaça de cachimbo. Cheguei à porta do refeitório com passos tímidos e minha máscara de bravata lentamente rachando.

O que eu estava fazendo?

É claro que mulheres não eram proibidas (exceto como alunas, associadas ou tutoras), mas eu podia sentir em cada nervo do meu corpo que ali éramos mais bem-vindas como apêndices ou notas de rodapé. No melhor dos casos, uma companhia agradável.

Eu usava um vestido modelado, de tweed de cor cinza, e uma corrente dupla de pérolas pendia do meu pescoço. Minhas novas meias-calças esfregavam-se agradavelmente contra minhas coxas. Um lenço Liberty de seda azul-claro, que eu comprei em Londres, estava amarrado artisticamente ao meu pescoço, como se eu o tivesse jogado casualmente ao redor dele, embora tenha precisado refazer os nós mais vezes do que gostaria de admitir.

Fiquei em pé à entrada do refeitório e esperei, tremendo. As portas naquela fortaleza eram pequenas e não identificadas, quase que escondidas, exceto para aqueles que sabiam o que havia ali. Entrei devagar, piscando na luz tênue. Com painéis escuros e cavernosos, o ambiente parecia feito para homens de conhecimento, para a fina literatura e o discurso filosófico. Grandes quadros a óleo pendiam das paredes, retratos de homens vestidos de becas com estolas listradas ao redor do pescoço, homens sérios e sem sorrisos. As mesas eram longas e retangulares, preparadas para o almoço, com guardanapos de pano brancos dobrados em forma de tenda em cada lugar e taças de cristal cintilando, aguardando o xerez. Lustres de bronze escuro pendiam baixos, lançando círculos de luz. No fundo da sala, uma longa mesa estava disposta sobre uma plataforma elevada, e ali estavam os professores em suas becas escuras. A mesa alta. Janelas de vitrais vigiavam a sala, e uma lareira de pedra esculpida dominava a parede esquerda.

Eu queria que aquela sala fosse minha.

Ajustei meu chapéu achatado azul-escuro e dei o sorriso mais largo que sabia fazer, mas meus pensamentos estavam ocupados com uma única coisa: eu precisava encontrar um banheiro feminino. Fora uma caminhada agradável, porém longa, desde a casa de hóspedes de Victoria, e eu não deveria ter tomado as duas últimas xícaras de chá antes de sair.

Jack me viu antes que eu o visse.

— Boa tarde, Joy! — Ele se aproximou com um sorriso que se instalou em mim com calor, como se nos encontrássemos para almoçar todos os dias. Ele usava a mesma gravata do dia anterior, e sua beca preta se pendurava desabotoada sobre o terno cinza, seus óculos espiando por cima do bolso do casaco, como se estivessem observando o que estava acontecendo.

— Muito obrigada por me receber aqui.

Meu sotaque fez os homens se virarem de seus pratos para me olhar. Outro homem se aproximou de nós.

— Ora, boa tarde. Você deve ser a sra. Gresham. Tenho apreciado muitíssimo suas cartas. — O homem era mais baixo que Jack, mas eu soube imediatamente de quem se tratava, pois seu sorriso sincero e seus olhos intensos o denunciaram.

— E você deve ser o Warnie. — Sorri. — Não consigo expressar quanto é maravilhoso conhecê-lo.

O rosto de Warnie era muito mais arredondado que o de Jack, e seu queixo parecia desaparecer em seu pescoço, mas o sorriso iluminava suas feições. Ele usava um terno igualmente simples, porém sem a beca. Sua gravata estava torta, assim como seu sorriso, mas ele era encantador à sua maneira desleixada.

— Estamos felizes por você ter vindo nos visitar — ele disse debaixo do capuz de um bigode espesso.

Com essa saudação, Jack nos conduziu para fora do salão principal e através dos corredores arqueados até uma área privativa onde o almoço estava servido para nós. Nos acomodamos na sala de pedra quente, com a madeira escura e as estantes de livros de alto a baixo quase me fazendo esquecer a pressão da bexiga. O mobiliário extremamente macio parecia ter sido feito para homens se sentarem, acenderem o cachimbo e lerem até ficarem satisfeitos. O que aquilo dizia sobre mim, já que me sentia mais confortável ali do que em qualquer sala de estar feminina?

Jack se virou para cumprimentar outro homem, e eu me virei para Warnie.

— Há algum lugar neste enclave de homens onde uma mulher possa se aliviar? — perguntei, já ligeiramente desesperada àquela altura.

Graças a Deus, Jack e seu conhecido não ouviram. Warnie corou e desviou o olhar. Mulheres não deviam falar sobre banheiro naquele país.

Ele me apontou a direção certa, e lá fui eu. Meus saltos baixos batiam contra os paralelepípedos. Em vez de me sentir constrangida, experimentei um lampejo de inveja: eu queria fazer parte de um lugar como aquele; ser uma tutora, uma acadêmica, uma escritora de grande importância. Eu queria tanto! Mas começaria pelo almoço.

No espelho ondulado e empoeirado em cima da pia do lavabo, eu olhei meus próprios olhos arregalados, rodeados por óculos de aro de chifre. O que Jack e Warnie viam? Passei um batom vermelho e alisei meu cabelo. Nada mal.

Voltei e o xerez foi servido em cálices de vidro lapidado; bebi o meu rápido demais, sentindo a suave sensação de euforia que veio com ele. Os sinos ao longe tocaram e depois outros, ecoando uns sobre os outros em sons de címbalos.

— Parece que os sinos nunca param de tocar por aqui — observei. — Dos seus altos pináculos. — Fingi cobrir meus ouvidos.

— Sim, nossos sinos nas várias faculdades tocam em horários distintos, com alguns minutos de diferença aqui e ali — Jack disse, acenando com a mão em direção à janela. — Não tão sincronizados quanto gostaríamos.

Deixei minha atenção vagar enquanto olhava ao redor, parando nas palavras gravadas no brasão do Magdalen.

— *Floreat Magdalena* — murmurei. — "Que floresça..."

— Você lê latim? — Jack me perguntou.

— Perdão?

Ele apontou para o brasão.

— Ah. Sim. Latim, alemão e francês. Aprendi grego sozinha, mas estou um pouco enferrujada. O latim e o grego às vezes se misturam. — Parei de falar, constrangida, com medo de parecer que estava me gabando. — Minha colega de quarto na faculdade, Belle, falava russo, mas eu nunca consegui aprender direito. Você sabe mais línguas do que eu, Jack. Latim, grego, francês e italiano. Provavelmente outras também.

A risada de Warnie ecoou pela sala e nos sentamos para comer.

— Parece que não há nada que nossa amiga americana não consiga fazer.

— Ah, há bastante coisa — eu disse. Com isso, voltei minha atenção para ele. — Diga-me, Warnie, no que você está trabalhando? O que está escrevendo agora?

— Estou me dedicando a um livro sobre Luís XIV, o Rei Sol. Provavelmente não é de muito interesse para você, mas é uma obsessão imensa para mim. — Ele falou de um jeito tão parecido com Jack que senti uma afinidade incomum.

— Não é de interesse para mim? — eu perguntei. — Meu Deus! Eu estou escrevendo um livro sobre Charles II, e milorde Orrery, sobre quem escrevi minha tese para a Universidade de Columbia. Ele estava na Câmara dos Comuns exatamente na mesma época do seu rei.

Logo nos lançamos no mundo da história, como se Jack não estivesse ali. Falamos sobre a França, sobre reis e batalhas. Conversamos sobre pesquisa e como é difícil escrever sobre a história que já desapareceu há muito tempo e que deixou apenas vestígios de sua vida para desvendarmos.

Logo Jack se juntou à nossa conversa e voltamos ao presente. Estendi a mão para pegar outra garfada de minhas salsichas grelhadas com tomates e percebi que Jack já tinha devorado tudo em seu prato.

— Sou devagar demais? — Olhei para Warnie. — Desculpe. Vocês precisam ir para algum lugar? Acabei falando muito.

— Não! — Jack exclamou com uma voz alta, as mãos levantadas em súplica. — É um problema que eu tenho, como muito rápido. A culpa é do Oldie.

— O horrível diretor de seu antigo internato — falei, lembrando de uma história de uma das cartas dele.

— Você sabia? — Warnie perguntou.

— Não muito, mas um pouco. — Olhei para Jack. Será que eu acabara de denunciar um segredo?

Jack colocou o garfo sobre seu prato vazio e acendeu um cigarro.

— Nós ficávamos em maus lençóis se não terminávamos as refeições no horário ou se simplesmente não terminávamos. Isso me levou a esse terrível hábito de engolir tudo, hábito que tentei superar em vão.

— Ou talvez ele só esteja morrendo de vontade de fumar — Warnie disse, rindo.

— Bem, eu vou saborear o meu prato. — Dei uma garfada exageradamente lenta, com o molho de tomate pingando no prato.

Eles riram, como eu queria. Após alguns momentos, quando afastei meu prato, Jack perguntou:

— Que tal caminharmos até o parque dos cervos?

— Parece maravilhoso — falei, com um terrível falso sotaque inglês.

— Então vamos.

Os sinos do Magdalen tocaram novamente, anunciando a hora com seu rico som de sacramento.

Envolvidos pelo suave zumbido do xerez e da companhia, Jack, Warnie e eu saímos da sala de jantar para o amplo gramado. Homens passeavam com cachimbos e cigarros, além de livros debaixo do braço. A grama começava a perder seu verde para o inverno que se aproximava, adquirindo a cor de lindos cabelos castanhos; no entanto, as folhas caíam, adornando a nudez do gramado. Alunos se sentavam em grupos sobre toalhas, com livros espalhados ao redor.

Jack apontou para um grande prédio retangular à nossa frente, do outro lado do gramado.

— É ali que ficam meus aposentos. — Ele balançou sua bengala e seguiu em direção ao prédio, atravessando novamente sob o arco de ferro por onde havíamos passado no dia anterior. Nós três caminhamos lentamente sobre a pequena ponte de pedra, uma versão em miniatura da grande ponte Magdalen do outro lado da rua, até entrarmos na Trilha Addison e no parque dos cervos.

Warnie caminhava ao meu lado quando uma corça manchada saltitou pelo gramado, olhando-nos pelas costas.

— Meus filhos vão adorar isso — sussurrei antes de perceber que falei em voz alta, como uma oração ou um encantamento para o futuro. — Aqueles olhos da corça pareciam estar olhando só para nós, de tão redondos e castanhos.

— Como os seus — Jack falou de maneira tão pragmática que demorou mais do que deveria para eu perceber o que ele tinha dito.

— Os meus?

Ele não respondeu, como se já tivesse se esquecido do que disse, e caminhou à nossa frente, balançando sua bengala. Warnie e eu fomos atrás dele; eu já sentia as bolhas se formando nos sapatos que eu usara pela beleza, não pelo conforto.

— Na década de 1940 passei alguns meses em Hollywood tentando ser roteirista. O único roteiro que quase foi filmado era sobre cervos. — Observei a pequena corça à nossa frente saltar para os arbustos. — Eu peguei emprestado o tema do cervo branco de Kipling.

— Muito inteligente da sua parte — Warnie notou. — Por que ninguém nunca fez isso?

— Bem, tínhamos um diretor, mas é muito difícil encontrar cervos em Hollywood. Se eu soubesse como importá-los, teria feito isso. Mas meus poderes têm limites.

Os dois riram.

— O que mais você escreveu lá na Califórnia? — Warnie perguntou. — Parece uma terra a um milhão de quilômetros de distância.

— Você não vai querer saber. Foi uma época péssima. Exceto pelo leão da MGM, cujo nome era Leo e a quem acabei amando tanto quanto se pode amar um animal, foi um período que eu preferiria esquecer. Mas eu tinha um sonho de fazer um filme sobre Tristão e Isolda, uma história de amor no mar. É um dos meus mitos mais queridos de todos os tempos.

— Amor irlandês — Jack afirmou —, que termina em morte.

— Pelo menos é amor *verdadeiro* — falei, fazendo uma pausa na borda do parque, levantando o rosto para o céu onde nuvens brancas em camadas estavam espalhadas contra uma barreira invisível. — Aquele tipo de amor que nos faz perceber cada pequena coisa no mundo natural, trazendo você para si mesmo.

— Ah, você é uma romântica — disse Warnie, levantando as mãos para o céu. — Vocês dois vão se dar muito bem.

Jack ou não ouviu Warnie ou não respondeu, porque seu comentário seguinte encerrou a tarde.

— Amanhã vamos passear na colina Shotover.

— Parece interessante — respondi, sem perguntar onde ela ficava nem por que iríamos passear lá.

— Então, amanhã será o dia — Jack estabeleceu, e seu sorriso recaiu sobre mim. Andorinhas giraram no ar e o canto das cotovias encheu o céu.

Com planos de nos encontrarmos pela manhã, os irmãos se despediram, um indo para The Kilns e o outro para dar aula a um aluno. Talvez fosse a novidade de tudo e a forma como eu sentia todas as coisas tão imaculadas quanto uma fruta recém-colhida, mas Oxford e os irmãos Lewis lançaram seus feitiços; eu estava encantada.

Capítulo 13

O mundo tinha um sabor fragrante e novo
Quando subimos a colina Shotover

Balada dos pés com bolhas, Joy Davidman

A colina Shotover se erguia de Oxford como o seio de uma mulher reclinada. Jack, Warnie e eu começamos nossa caminhada em silêncio, nossa conversa diminuindo e recomeçando como ondas. Caminhamos por encostas cobertas de samambaias; acima de nós voavam melros e carriças. Os irmãos balançavam suas bengalas em um ritmo de passo-passo-balanço-passo, batendo em urtigas e empurrando pedras ou detritos do caminho para que eu passasse. Subimos a colina, e nossa respiração sincronizou-se.

Com o esforço físico, pensamentos lógicos se dissolveram, se desenrolaram e deixaram apenas a sensação e a bênção do silêncio da natureza. Jack já havia me dito que era um erro misturar conversa e caminhada, pois o barulho obscurecia os sons da natureza. Assim, através de curvas sinuosas e viradas bruscas, os macios arbustos de urze nos empurravam para frente. Quando chegamos ao topo, totalmente sem fôlego, ficamos acima do mosaico de vales e rios, lagoas e florestas, uma área chamada Oxfordshire do Sul.

— Uma terra que parece ter saído de algum conto de fadas — murmurei, sem ar, ao alcançarmos o topo. A luz do sol pousava sobre mim com muito calor, então eu me sentei no chão, com os joelhos dobrados para apoiar minhas mãos.

— Sim — Warnie confirmou. — Parece isso mesmo quando visto daqui, não é? — Ele respirou fundo e se curvou para segurar os joelhos. — Mas é só a simples e velha Oxford.

— Ah, Warnie! — eu disse, olhando para ele e vendo as bainhas largas de suas calças formando dobras ao redor de seus pés enquanto se apoiava em seu bastão de caminhada. — Oxford não tem nada de simples!

— O olhar do recém-chegado — ele respondeu, endireitando-se. — Deixe-me olhar novamente. — Ele apertou os olhos contra o sol e se inclinou para frente, como se estivesse na proa de um navio. — Sim, é uma terra de contos de fadas. Você está corretíssima, sra. Gresham.

— Essa terra deve fazer parte de você. — Inspirei o aroma revigorante da grama e da terra, tendo o céu azul acima como a superfície de um lago alpino. — Quero que esta paisagem seja minha e que ela me tenha.

— Então assim será — disse Jack. — Duvido que muito do que você deseje fazer não seja realizado.

Os irmãos se sentaram junto a mim um de cada lado, e conversamos: sobre o novo trabalho de Warnie, sobre as próximas provas do primeiro trimestre dos alunos de Jack, sobre a reunião do Clube Socrático à qual ele deveria comparecer no dia seguinte. Debatemos as visões conservadoras de Winston Churchill e seu recente anúncio de que a Inglaterra possuía uma bomba atômica. Será que eles iriam testá-la? Onde ela estava? Falamos sobre como o príncipe Philip deveria estar se sentindo com sua esposa se tornando rainha e, é claro, sobre o racionamento de chá, que irritava toda a Inglaterra. Éramos três companheiros que pareciam ter sido amigos a vida toda, ou pelo menos era isso que pensaria qualquer um que nos visse.

— Nem o Jardim do Éden poderia ser tão bonito! — Cutuquei Jack. — Embora eu saiba que você não acredita que ele existiu.

Warnie levou o dedo aos lábios.

— Silêncio! Não conte a ninguém que o grande C.S. Lewis acredita que Adão e Eva são um mito.

Jack bufou e ficou em pé para se alongar.

— Eu nunca me declarei teólogo. — Ele balançou a cabeça. — Agora vamos descer esta colina até um pub decente. Estamos merecendo uma cerveja.

Enquanto descíamos, Warnie perguntou:

— Para onde você vai depois, Joy?

— Bem, vou ficar aqui mais uma semana. — Parei em uma curva para recuperar o fôlego e aliviar a dor nos joelhos. — Depois, viajarei para Worcester, onde meu rei perdeu sua batalha na ponte Powick. Em seguida, vou a Edimburgo para revirar os arquivos da biblioteca.

— Worcester! — Warnie se virou para Jack. — Não é lá que vivem os Matley Moore?

— É, sim — confirmou Jack. — Avisarei a eles que você está a caminho. — Ele se virou para mim. — São bons e velhos amigos nossos que podem lhe oferecer hospedagem.

— Ah, isso seria simplesmente maravilhoso! — eu disse. — Para economizar o pouco dinheiro que tenho.

— Considere feito! — Jack assentiu, e então descemos a colina lentamente, com o sol às nossas costas aquecendo-nos. Chegamos à cidade e desabamos nos bancos duros de uma taverna próxima, bebendo com gosto nossa espessa cerveja marrom. Warnie pediu tortinhas de carne de porco, e nós as devoramos sem cerimônia.

— Talvez os pubs sejam a maior invenção dos ingleses — eu disse, apreciando o calor e o aroma do uísque e da comida frita.

— Você acha? — perguntou Warnie. — Não seriam as tortinhas de carne de porco, ou o lápis, ou o telégrafo elétrico?

Quase me engasguei com o copo.

— O lápis?

— Sim — Jack assentiu seriamente. — Em Cumbria, no século XVI. Pelo menos foi o que Oldie nos ensinou.

— Então, sim, o lápis é grandioso, e, depois disso, as histórias. O que será — perguntei — que torna as histórias britânicas tão boas? Ou estou apenas sendo seduzida por todos os ângulos?

— Você *está* sendo seduzida — brincou Jack, abrindo os braços sobre o encosto da cadeira.

Nossos olhares se encontraram e depois se desviaram. Juro que ele ficou corado com seu deslize.

— Mas o que você acredita ser a diferença nas histórias? — Warnie perguntou, fazendo sinal para a garçonete trazer outra cerveja.

— As suas histórias, quero dizer, as histórias inglesas, contêm magia. Misticismo. Nossas histórias estadunidenses são mais realistas. Tom Sawyer para nós, Mary Poppins para vocês. Esse tipo de coisa. O cotidiano das histórias estadunidenses tece uma trama, mas não transporta para dentro dela. Não há nada de pragmático em seu George MacDonald e *A princesa flutuante*. E aquele extraordinário *Phantastes*, que não há igual no mundo.

— *Phantastes* mudou a minha vida — Jack afirmou claramente. — Eu não sabia na época, mas mudou.

Nós já tínhamos falado disso em nossas cartas, mas era muito melhor conversar pessoalmente. Não havia comparação.

— Eu senti o mesmo. — Tomei mais um gole de cerveja para amenizar a dor latejante dos meus pés com bolhas. — Conte-me — disse, e levantei minha bebida com muita empolgação, espirrando-a no rosto e no olho, fazendo os dois homens rirem.

— Ah, riam de mim, mas olhem só para *vocês* — falei e me inclinei para limpar um farelo do queixo de Jack.

Warnie tossiu.

— Isso é o que acontece quando velhos solteirões vivem juntos. Não percebemos quando nos cai comida no rosto.

Concordei com a cabeça.

— Bem, isso é o que acontece quando uma mulher se empolga. Ela derrama cerveja no próprio olho.

Jack sorriu, mergulhando em devaneios.

— *Phantastes*. Eu o encontrei em uma livraria na estação de Great Bookham, quando voltava para a escola em uma tarde solitária. Paguei um xelim e um penny. Eu, que não tenho cabeça para dinheiro, lembro exatamente quanto custou. — Ele limpou o queixo com o guardanapo, como que para garantir que não restasse sujeira alguma.

Em um impulso emocional, eu quis viajar com ele até aquela estação de trem. Queria estar com aquele menino solitário quando ele encontrou o livro que batizou sua imaginação.

Ele sorriu para mim.

— Você ainda não tinha nascido.

— Ainda não — concordei.

Ele continuou.

— Só agora sei chamar a experiência de ler aquele livro de sagrada. Livros podem nos ajudar a ser quem somos, não é mesmo? — Jack se recostou de volta em sua cadeira. — Que tesouro é encontrar um amigo com a mesma experiência.

— MacDonald vê divindade em tudo — observei. — Mas, quando li pela primeira vez, eu só teria dito que ele via magia. Você faz o mesmo em suas obras.

— Não como MacDonald. Ele era um escritor brilhante. E me influenciou tanto que escrevi meu primeiro poema em resposta a suas obras.

— *Dymer* — falei. — Um poema que você escreveu aos dezessete anos. Foi Chad Walsh quem me mostrou, e eu adorei suas alusões a uma vida de fantasia… — Eu então citei um verso, um que ficou preso há muito tempo nos cantos da memória. — "Ela disse, por esta terra, e só por ela, os homens amaram; as terras sombrias da Terra." — Pausei. — E pensar que você escreveu isso como ateu. Tão belo. Tão profundo.

O rosto avermelhado de Jack ficou ainda mais rubro, seu sorriso ficou torto, e seus olhos se desviaram.

— Obrigado, Joy.

— Sim — Warnie disse, e ambos olhamos para ele como se tivéssemos esquecido que estava ali. Afogados em nossas bebidas, percebi que Warnie estava completamente bêbado. De uma maneira adorável, mas bêbado.

Por uma hora, ou talvez mais, perdi a noção do tempo. Nós três falamos sobre nossos livros favoritos, sobre o que influenciou nossa infância e nossa mente e, mais importante, sobre o que despertou nossa imaginação. Fomos nos aproximando mais e mais um do outro e nossas vozes foram diminuindo.

Quando os bocejos superaram as palavras, nos levantamos para sair. Lá fora, a chuva castigava as calçadas, borrando o céu com um véu de cachoeira. Estávamos cercados por um céu cinzento, galhos de árvores curvados, folhas se soltando de suas últimas âncoras e balançando até o chão. Ainda assim, não havia nada naquele momento que pudesse abater minha alma. A água escorria para dentro dos meus sapatos, enchendo-os como se eu tivesse perambulado no riacho Crum Elbow.

Despedimo-nos encharcados, com promessas para o dia seguinte. Cheguei ao meu pequeno quarto e desabei, molhada como um peixe, exausta, mas saciada. Antes de permitir que o sono me roubasse as memórias do dia, peguei a caneta e comecei a escrever a *Balada dos pés* com *bolhas*.

No entanto, minha mente estava inquieta. Longe de Jack e Warnie, eu estava de volta ao quarto de hóspedes, onde uma carta de Bill repousava na mesinha ao lado de minha cama. Minha outra vida me invadiu como uma onda.

Bill:

Obrigado pelas sugestões de histórias. Estou me esforçando para organizar algo. Os meninos estão bem e incluíram suas cartas aqui. Davy agora tem tartarugas e Douglas está construindo um forte lá no riacho. Renee está cuidando de nós — não sei o que faríamos sem ela. Neste exato momento, ela está remendando as roupas dos meninos.

Joy:

Queridos poogles,

Sinto saudade de vocês! Gostaria que pudessem ver o esplendor complexo desta cidade. Eu nunca, jamais, me cansaria de Oxford e de seus prédios imponentes e pedras cobertas de musgo. Não sinto falta nenhuma de Londres, exceto por minha nova e simpática amiga Mical Williams. Oro todos os dias por vocês e espero que as coisas estejam melhorando financeiramente. Bill, uma vez que você se concentrar, sei que encontrará a história certa. Você sempre teve talento para isso.

P.S.: Poderia, por favor, enviar meus remédios para a tireoide e uma cópia de *O caminho mais longo?*

Preparando-me para dormir, pensei em meus filhos e fiz uma oração para cobri-los de amor. Ah, como eu queria que eles vissem tudo o que eu tinha visto naquele dia, que tocassem os arbustos de urze que cobriam a colina Shotover, que sentissem a chuva suave no rosto, que soltassem pipas ao vento no alto da colina!

Colocando a caneta e o papel de lado, desisti do poema que pretendia escrever para lembrar daquele dia, e puxei para perto meu travesseiro, que era a única coisa macia que havia para eu abraçar.

Capítulo 14

Mesmo assim, não era uma memória tão triste:
Oxford, folhas de outono, e você, e eu

Soneto 6, Joy Davidman

Oxford guardava segredos antigos e, se eu me inclinasse e ficasse em silêncio, poderia ouvir seus sussurros, e talvez até os meus próprios. Naquele lugar, comecei a sentir os contornos e limites da minha paisagem interior, um mundo que, aos 37 anos, eu ainda não tinha mapeado por completo.

Naquela semana e meia, vi Jack e Warnie todos os dias. Quando não estávamos juntos, eu vagava por Oxford, onde encontrei um cantinho na livraria Blackwell's para ler ou escrever até que meus olhos implorassem pela natureza. Em minhas cartas para casa, eu tentava descrever a paisagem, porém acabava desistindo e saindo para caminhar, deixando as cartas inacabadas sobre minha mesinha de cabeceira na casa de Victoria.

Em Nova York, eu passava horas aguardando as cartas de Jack; agora, a expectativa de vê-lo não era menor do que aquela espera, só mais agradável — algo parecido com sentir fome, mas já sentir o cheiro da refeição que será servida no cômodo ao lado.

Meu quarto na casa de Victoria, na rua High, era um cômodo apertado cheio de móveis escuros ingleses, grandes demais para o espaço. O lugar era empoeirado e mofado, mas aquecido o suficiente pela companhia falante dela. Vários dias, eu ia de lá até a austera elegância do Hotel Eastgate e aos arredores do perímetro verde e salpicado de flores de Headington. Subia ao topo da colina e contemplava as elevações e os lagos embaixo. A casa de Jack, The Kilns, ficava a uma caminhada de cinco quilômetros ao longo de Headington até a alameda Kiln, mas não me aventurei a ir até lá. Não fui convidada.

Na tarde de terça-feira, caminhei devagar para encontrar Jack em seus aposentos. Estudantes saíam em bando pela pesada porta entalhada do Magdalen, rindo e segurando livros debaixo do braço, tal como acontecia nas gerações passadas. Deslizando como se estivesse em uma gôndola no rio Cherwell, passei pelo parque dos cervos e imaginei meus meninos correndo por ali, lutando com espadas imaginárias e perseguindo cervos de pele castanha e enormes chifres curvados. Fechei os olhos e orei pela segurança de meus filhos.

Os aposentos de Jack ficavam no terceiro andar do Edifício Novo, tão novo que fora construído em 1733. O prédio era um retângulo de pedra bege atrás do pátio do Magdalen. Passei sob os arcos de entrada no nível inferior e subi a escadaria curva, alisada pelo desgaste do tempo e dos passos. Passei a mão pela parede de pedra fria e me vi em frente à porta dos aposentos de Jack: terceiro andar, terceira porta. A placa de bronze dizia "*Sr. C.S. Lewis, Tutor de Literatura Inglesa*". Bati timidamente, contudo a porta se abriu como se ele estivesse esperando com a mão na maçaneta.

— Joy! — Jack deu um passo para o lado. — Bem-vinda.

Ele ficou ali de braços abertos, com aquele sorriso leve no rosto e os olhos fixos nos meus. Vestia um roupão, feito de uma flanela cinza espessa com gola larga e bordas listradas. Estava amarrado na cintura com uma corda fina, e por baixo eu podia ver seu terno e a gravata azul frouxa no pescoço.

Ele notou meu olhar se concentrar em suas roupas.

— Meu roupão. — Ele deu um tapinha no peito. — Aqui só tem carvão para nos esquentar, então ele me mantém aquecido. Entre, entre.

Aprumei os ombros e sorri para ele.

— Conhecer esse lugar é muito divertido. Obrigada pelo convite.

— Quem dera meus alunos pensassem o mesmo. Você deve ser a única que cruzou a porta desta sala e usou a palavra *divertido*.

— Vou me esforçar para ser mais solene — eu disse e assumi uma expressão séria, franzindo a testa.

— Ah, claro. Bem mais apropriado.

Seus aposentos eram uma trindade: uma mistura de quarto (quando a porta estava fechada), escritório e sala de estar. Segui-o até o escritório, que era coberto por painéis pintados de cor creme, em vez da madeira escura que eu imaginara. Os livros pareciam dar estabilidade ao ambiente. Um relógio de pêndulo soava ali perto, e um tapete oriental em tons terrosos cobria o chão de ponta a ponta. Sua escrivaninha estava no centro da sala; era simples e de madeira escura, com uma cadeira empurrada firmemente por baixo. Uma cadeira estofada e aconchegante ficava de lado para a escrivaninha, como se olhasse de esguelha para o trabalho em andamento.

— É aqui que seus alunos se sentam? — perguntei, apontando para a cadeira.

— Sim.

— Posso?

— Claro.

Afundei na cadeira e expirei, tirei os sapatos e estiquei os pés.

— Acho que caminhei por toda Oxford e Headington.

— Então fico ainda mais feliz em lhe oferecer um descanso. — Jack sentou-se na cadeira de sua escrivaninha, com a lareira ao fundo. Fotos emolduradas do que pareciam ser paisagens da Irlanda ou do interior da Inglaterra estavam alinhadas sobre a lareira.

Jack tirou um cigarro do maço que estava na mesa, acendeu-o e deu uma longa tragada. Descansou o braço direito sobre o encosto de sua cadeira e com a mão esquerda segurou o cigarro sobre o joelho dobrado.

— Eu sei — ele confessou, como se eu o tivesse repreendido. — É um péssimo hábito, mas comecei aos doze anos e não parece haver muito o que fazer a respeito agora.

— Doze? — Ri. — Como você conseguiu se safar com isso?

— Eu me safava de muita coisa — ele disse. — Você não?

— Não. Nem um pouco. Eu me mantinha longe de problemas principalmente porque minha atividade preferida era ler, e não dá para se meter em grandes encrencas com isso. E, é claro, eu morria de medo do meu pai; isso me ajudou a ser o mais correta possível.

— Ah, o medo como motivação.

— Sabe, neste exato momento você está parecendo a sua foto na revista *Time* — brinquei com ele. — Como se estivesse posando de novo.

Ele ajustou os óculos redondos no nariz.

— Eu era muito mais jovem e mais magro naquela época. — Jack se levantou da cadeira. — O que me lembra que tenho uma coisa para você.

Ele foi até a estante, pegou um volume fino na fileira, estendeu-o para mim e eu o peguei.

Cristianismo puro e simples.

Meus olhos se encheram de lágrimas. Torci para que ele não tivesse percebido.

— Esse livro mudou a minha vida — disse a ele.

— Não. Deus mudou a sua vida. Meu livro apenas apareceu no momento certo.

— Verdade. No momento certo. — Abri a capa até a página do título: *Para minha amiga, Joy Gresham. C.S. Lewis.* Olhei para ele. — É a primeira edição. Autografada para mim. — Denunciei-me, enxugando uma lágrima.

— É, sim.

Folheei aleatoriamente até uma página no meio do livro e li como se ele tivesse destacado as palavras. *Quando um homem faz uma escolha moral, duas coisas estão envolvidas: o ato e os sentimentos e impulsos dentro do homem.* As palavras soaram como uma condenação, e fechei o livro.

— Não sei como agradecer. — Queria abraçá-lo, mas, em vez disso, sentei-me com compostura na cadeira, com o livro entre as mãos. Eu sentia meu coração se inclinar para Jack. Nossa amizade era a mais íntima que eu já tivera.

— Não precisa agradecer. Fico honrado que o livro tenha significado tanto para você. — Ele se aproximou, olhando para mim com gentileza. Se fosse qualquer outro homem, eu teria acreditado que não era só admiração que emanava dos seus olhos, mas muito provavelmente algo mais. Mas não era qualquer outro homem; era Jack.

Apontei para sua escrivaninha, onde uma pilha grossa de papéis estava espalhada entre um tinteiro, cartas fechadas e uma xícara de chá pela metade.

— No que você está trabalhando agora?

— OHEL — ele disse, espalhando as mãos sobre a mesa. — É a abreviatura de *Oxford History of English Literature, volume* 3. Mas prefiro apelidá-lo de *Oh hell*, porque esse livro sobre o século XVI está sendo um verdadeiro inferno e pode ser a minha morte. — Ele balançou a cabeça.

— De fato. — Cruzei e descruzei as pernas, tentando encontrar uma posição confortável.

— O Magdalen me deu um período sabático para terminá-lo, mas estou abordando mais de duzentos livros; não há período sabático que dê conta disso. — Ele se acomodou de volta atrás da mesa, esmagou o cigarro no cinzeiro e, imediatamente, com o mesmo movimento suave, pegou um cachimbo do bolso do roupão e um saco de tabaco na gaveta da mesa. — Também estou trabalhando em uma edição universitária de Spenser e terminando a sétima e última aventura de Nárnia.

— Como você consegue trabalhar em tantas coisas ao mesmo tempo? — perguntei. — Minha mente funciona como um trem nos projetos em que trabalho: não consigo pular de um trilho para outro.

— No que *você* está trabalhando?

— Vendo a Inglaterra — eu disse com um sorriso.

— Claro que sim. Mas eu sei que você tem algo em andamento. Sua mente e caneta não ficam paradas. Como estão aqueles artigos? — Enquanto ele falava, juro que seus olhos brilharam, e o marrom profundo deles quase se transformou em verde-escuro, como se a exuberância de Oxford estivesse se infiltrando em seu espírito.

Desviei o olhar para a janela.

— Agora estou lapidando o Quarto Mandamento.

— O Sábado — ele comentou, sem hesitar.

— Sim. No artigo, eu o chamo de "Dia de Regozijo".

— Quero ler quando estiver pronto.

— Sério? — Coloquei a mão sobre o peito. — Meu Deus, fico feliz por você querer ler, mas, ao mesmo tempo, me sinto tremendo de medo só de pensar nisso — confessei, em um desabafo sincero.

— Joy... — ele pronunciou apenas meu nome. E foi tão simples que uma onda de felicidade me envolveu. — Li alguns de seus poemas e, é claro, o artigo sobre sua conversão. Por que você tem medo de que alguém leia seus escritos?

— Às vezes, acho que sou uma melhor editora e ajudante do que escritora. Tenho dois livros no mundo, e nenhum deles parece ter tocado muitas almas. — Pausei diante dessa verdade. — Mas, se você quiser que eu leia umas páginas de OHEL ou qualquer outra coisa, ficaria honrada. Quando não estou com você e Warnie, fico bastante entediada à noite naquele quarto pequeno, e viajo no fim desta semana. — Tirei meu chapéu achatado preto de gorgorão e o coloquei na mesa lateral. Quando fiz isso, um grampo caiu do meu cabelo e uma mecha escorregou sobre meu ombro.

Jack desviou o olhar como se minha blusa tivesse caído, e ficou quieto até eu prender o cabelo de volta no lugar. Quando ele voltou a me olhar, sorriu.

— Bem, essa é uma oferta e tanto, e vou aceitá-la se você me permitir.

O imponente relógio de pêndulo com três biséis pontiagudos acima dele tocou a hora com um som de gongos chocando-se. Ambos nos assustamos, e Jack se levantou.

— Céus, o tempo passou rápido demais, não passou?

Olhei para o relógio, o inspetor de um único olho daquela sala, e quis dizer para suas mãos cruéis pararem de se mover, prolongando o horário para que Jack e eu pudéssemos ficar mais tempo juntos.

Enquanto batia com o cachimbo na palma da mão, ele falou:

— Isso acontece conosco, não? Acredito que o tempo assume uma medida diferente quando amigos se reúnem.

Coloquei o chapéu de volta, inclinando-o para a direita.

— Sim.

— Bem, hoje é terça-feira, e preciso sair para encontrar alguns velhos Inklings. — Ele fez uma pausa ao tirar o roupão e pendurá-lo em um gancho ao lado da estante. — Eu tenho hesitado em perguntar, Joy, mas sinto que preciso. Seus olhos denunciam certa tristeza. Seu casamento melhorou? E as coisas em casa?

Aquele era um assunto que precisava ser abordado. Eu escrevi para ele sobre essa terrível confusão, e não podíamos mais desviar disso.

— Meus olhos? — perguntei, piscando com uma tentativa tímida de humor.

Ele não sorriu, mas manteve o olhar firme no meu. Ele não me deixaria escapar de sua pergunta.

— Não, Jack. Não melhorou nem um pouco. Estou orando por cura e paz nessa jornada. O que foi mesmo que o rei Davi pediu?

— "Cria em mim um coração puro" — Jack recitou a oração com reverência.

Ele deu mais um passo em minha direção.

— O que você diz ao seu marido nesses tempos difíceis? Quando ele explode ou volta da casa de outra mulher?

— Ele não me escuta, Jack. Quando fico mal, ele pergunta se estou "naqueles dias" ou se meus sapatos estão apertados. E então começa seus dez milhões de desculpas.

— Sinto muito por tudo isso, Joy.

— Há esse abismo, Jack. Essa lacuna entre a história real e a história que eu queria viver. É aí que está a dor, e é aí que Deus entrou e onde agora espero que a transformação possa acontecer.

— Por muito tempo evitamos esse abismo, não foi?

— Sim. Eu me afastei disso com toda cautela possível. Mas agora não mais. — Meu coração se abriu. Quando houve alguém com quem eu pudesse conversar assim?

Jack vestiu sua surrada boina grega cinza, pegou o casaco no gancho perto da porta e colocou a mão na maçaneta.

— Sempre que quiser conversar sobre isso, saiba que nossa amizade é grande o suficiente até mesmo para a tristeza. — Ele abriu a porta do escritório para o corredor de pedra.

— Obrigada. — Fui para fora. — Por favor, dê meus cumprimentos ao Warnie.

Afastei-me e, como de costume sempre que eu partia, senti que deixava um pedaço do meu coração nas mãos dele.

De volta à casa de Victoria, fiz alguns ajustes no poema *Balada dos pés com bolhas* (apenas uma forma de reviver aquele glorioso dia na colina Shotover), organizei uma pasta de pesquisas sobre o rei Charles, escrevi outra carta para Bill, perguntando-me por que ele não respondia há tanto tempo, e bebi uma longa xícara de chá quente. Minha mente voltava várias e várias vezes para os aposentos de Jack, para seus olhos brilhantes e jeito descontraído, para sua risada e seu humor, para cada elogio ou conexão sutil. Peguei o livro que ele me dera e passei os dedos pela inscrição do meu nome na sua caligrafia.

Acabei pegando minha caneta. Algumas pessoas tinham diários; eu tinha sonetos.

Eu os escrevia há anos, não era uma forma nova de liberar minhas emoções reprimidas. Ao longo desses muitos anos, as feições de "amor" mudaram — os sonetos não eram destinados a um único homem, mas ao sentimento amorfo de ser amada e amar, àquele momento de conexão e intimidade. E ainda assim, naquela noite no quarto de hóspedes de Victoria, os sonetos começaram a pulsar seus próprios sentimentos, como um coração que acelerava, em direção a Jack.

Mesmo escrevendo sobre os mandamentos, *o monstro no coração é sempre o eu* e, como Deus é *um ser que exige nosso coração por inteiro*, eu sabia que precisava guardar meu coração. O monstro que me seduziu a quebrar os próprios mandamentos sobre os quais eu escrevia morava e fervia dentro de mim. E eu não podia culpar diabos como Vermelindo.

— Não — eu disse em voz alta para o quarto vazio. Eu não cairia nessa fantasia impossível de ficar com Jack.

No entanto, razão e emoção nunca se casaram bem dentro de mim. Como Blaise Pascal afirmou, "O coração tem razões que a razão desconhece".

Capítulo 15

Ou encha seus olhos e ouvidos com qualquer sonoro
Obrigado — até que eu já não guarde qualquer decoro!

Sextina do pão com manteiga, Joy Davidman

As vistas e sons de Oxford durante aqueles dez dias encharcaram minha pele e se agarraram aos meus ossos. Caminhei quilômetros, ignorando a incômoda dor nos meus quadris. Criei sonetos sobre anseio, mas por quê? Não estava certa disso, mas entendia que tinha algo a ver com Oxford e a sensação de uma liberdade que eu nunca experimentei antes.

Escrevi cartas para Bill, Renee e os pequenos poogles, ignorando a persistente sensação de que algo estava errado em casa. Provavelmente era irritação por eu ainda estar fora, com crianças demais para controlar e dinheiro de menos para gastar. Eu compensaria isso quando voltasse para casa.

Naquela última tarde, estava nos aposentos de Jack depois que ele me deu algumas páginas do OHEL para ler durante minha viagem a Worcester. Eu lhe entregara o rascunho de "Dia de regozijo" e lá estávamos, com o trabalho um do outro em mãos. Levantei-me devagar e caminhei até a janela, olhando para o oeste, para o parque de cervos onde os olmeiros soltavam os últimos pedaços de seu ouro. O campo de críquete estava sem jogadores naquele dia, mas eu podia imaginar como era quando o clima se aquecia e ele ficava cheio.

— Vamos caminhar perto do rio? — perguntei.

— Sim. — Ele se levantou rapidamente, e seu cachimbo caiu no chão, com a cinza se espalhando pelo carpete. Esfregou as calças, mas nem sequer percebeu a bagunça no chão, o que me fez sorrir.

Guardei na bolsa as páginas que Jack me deu, e ele retirou o chapéu do gancho na parede e o colocou na cabeça. Ficou torto, porém ainda mais charmoso. Com um movimento de mão, pegou o elegante bastão de caminhada que estava apoiado na parede e, em seguida, trancou a porta do escritório.

— Vamos?

Seguimos pelos caminhos da Trilha Addison até a beira do rio, e o sol rompeu através de uma nuvem. Meu fôlego se prendeu na garganta.

— Este — eu disse — é o lugar sobre o qual você me escreveu, onde caminhou a noite toda com Tolkien e Dyson. O lugar em que se converteu.

— Sim. — Ele tocou a ponta do chapéu em resposta.

— É como entrar em uma das suas histórias e ver um lugar que antes só existia na imaginação. Ver onde você se convenceu do único mito verdadeiro.

— Que Deus é o contador de histórias e a Providência é a sua narrativa. — Ele parou e expirou.

— Eu gostaria de ter estado aqui nessa discussão, para ter alguém como você para conversar, ou simplesmente para ter escutado.

— Ah! — Jack riu e se apoiou no bastão de caminhada com aquele brilho nos olhos. — Você acha que teria aguentado apenas escutar?

Sorri e fiz que não com a cabeça.

— Gostaria de pensar que sim...

— Teria sido uma conversa melhor se você estivesse lá.

— É estranho, não é? Um minuto antes, não acreditamos de forma alguma. De fato, somos até um pouco arrogantes em relação àqueles que acreditam. E, de repente, sabemos que é verdade. Simplesmente *sabemos*.

Ele me olhou com tanta intensidade que quase desviei o olhar.

— Parece repentino, não parece? Mas sabemos que não é. Isso estava perseguindo a nós dois por toda a nossa vida.

— Sim — eu disse, e um tremor vibrou em meu peito: ser vista assim por um homem, saber que ele sentia e percebia tudo o que eu sentia.

Ele começou a caminhar novamente.

— Mas, mesmo quando eu acreditava em Deus, não tinha certeza de acreditar em Cristo.

— Quando você acreditou em Cristo? Foi aqui também? — Imaginei o ar se lembrando, as árvores e as flores e toda a companhia do céu recordando-se da conversa que Jack Lewis teve precisamente neste caminho, a conversa que mudou sua vida.

— Não. — Ele riu. — Eu estava no *sidecar* da moto do Warnie a caminho do zoológico. Em algum lugar entre The Kilns e o zoológico, eu cri em Cristo. Não sei exatamente onde aconteceu durante aquela viagem, mas aconteceu.

— Em um sidecar a caminho do zoológico. Deus realmente tem senso de humor. — Fiquei em silêncio por um momento, observando o fluxo do rio. — Eu consigo ver por que Deus se revelou aqui. É profundamente bonito. Eu viria aqui todos os dias, se pudesse.

— Eu venho.

Cada gota de nossa vida que derramávamos em nossa conversa nos tornava mais próximos. Foi então que um rápido frio em minha barriga me disse para ter *cuidado*. Eu já tinha arruinado mais de uma amizade com o tipo errado de amor, e essa era uma amizade que eu não queria sacrificar.

— Conte-me sobre seu dia a dia, Jack — eu pedi, alegremente.

Ele balançou seu bastão de caminhada em um círculo e depois o bateu no chão.

— Não é tão empolgante. Talvez você prefira imaginar.

— Não. — Meneei a cabeça e meu chapéu caiu sobre meus olhos; arrumei-o de volta com uma risada. — Deixe-me entediada.

— Nas noites em que fico aqui nos meus aposentos, sou acordado às 7h15 pelo meu ajudante me trazendo chá. Depois, eu desço até aqui. — Ele bateu seu bastão de caminhada na terra verde e olhou diretamente para mim. — Até a Trilha Addison. Fico aqui o máximo de tempo que posso. Oro e deixo a natureza me levar ao silêncio.

— A beleza que nos conduz à paz e sussurra que há algo mais.

— E cada centímetro quadrado é reivindicado por Deus. — Ele me deu aquele olhar que eu já conhecia, o olhar de que concordávamos e de que não havia mais nada a dizer. Simplesmente era o bastante.

— Então, às oito da manhã, temos a Oração do Reitor na capela. — Ele apontou para o pátio. — Depois, temos o café da manhã na Sala Comum, e às nove já estou nos meus aposentos, lendo as cartas e respondendo-as o máximo que consigo. Então meus alunos chegam até por volta da uma da tarde.

— Desde que cheguei aqui, mal estive acordada antes das nove da manhã. E você já está com metade do seu dia feito. E estruturado. Acho que preciso de mais da sua organização.

— Tenho certeza de que sua vida tem mais emoção — ele disse. — E variedade.

— Bem, continue — eu o incentivei, com sede de saber mais sobre sua rotina.

— Em algumas tardes dou palestras na rua High. Mas geralmente, depois que meus alunos vão embora, caminho ou pego um ônibus de volta para The Kilns, que fica a cinco quilômetros daqui. Quando chego em casa, me infiltro na quarta dimensão. — Ele se inclinou para frente, como se fosse me contar um segredo. — Minha soneca. Depois volto para cá às cinco da tarde para dar mais tutorias. O que mais gosto são das noites: cheias de leituras, convidados e conversas na Sala Comum do Magdalen.

— Parece maravilhoso. Uma vida ocupada e estimulante.

Ele tirou um cachimbo do bolso do casaco e o encheu com folhas escuras de tabaco de uma pequena bolsa, acendendo-o com um fósforo que precisou de quatro tentativas. Fez tudo isso de um modo tão lento e ritualístico que me perguntei se ele tinha se esquecido de que eu estava ao seu lado. Então me olhou e tragou, com suas bochechas se inflando como pequenos foles, até que o cachimbo acendeu e a fumaça subiu.

— Depois que lhe entreguei as páginas do OHEL, fiquei preocupado com a forma como você vê o meu trabalho.

— Preocupado?

— De ser visto como um tolo. — Ele apoiou a mão no banco de ferro e se inclinou para frente, com o cachimbo pendendo no canto da boca. O vento agitou seu cabelo e a gravata amarela no pescoço. — Ainda assim, tudo parece certo desse ângulo, não? Um daqueles momentos em que as preocupações desaparecem.

— Parece mesmo — Estávamos tão próximos que nossos ombros quase se tocaram. — Estando aqui agora, sinto que nada no mundo poderia estar errado.

Então ele se virou para mim.

— Mas está, não está? — Suas bochechas se elevaram com seu sorriso astuto, paciente e esperando pela minha resposta honesta.

— Sim. — Puxei meu casaco para mais perto de mim, fechando o botão de cima para espantar o frio que eu sentia se aproximar. — As cartas estão estranhas. No mínimo, Bill está sendo evasivo.

— Evasivo? Tem algo que ele não está contando?

— Sim. Eu acho que sim.

— Eu nunca fui casado, Joy. Como posso lhe dar conselhos? Mas posso dizer que as cartas nem sempre transmitem a verdade completa de como alguém se sente ou não.

— Não entre você e eu — respondi. — Eu entendia você.

— Sim. — Ele acenou positivamente com a cabeça e bateu o cachimbo na beirada do banco. — Não entre nós.

Eu permaneci naquele momento confortável e tranquilo, perguntando-me se poderia levar essa sensação comigo para onde quer que fosse.

— Não estou pedindo para você dizer nada, Jack. Nem para dar conselhos. Basta eu dizer que foram anos terríveis e que eu perdi meu senso de mim mesma em tudo isso.

— Por que você insiste, Joy?

— Espero que seja por causa da vontade de Deus, mas talvez seja por segurança. Por não querer desistir da minha família. Quero fazer a coisa certa. — Abracei meus braços, esfregando-os para me aquecer conforme o vento lá em cima fez as árvores quase nuas balançarem.

— Às vezes parece que as exigências de Deus são impossíveis, não parece?

— Impossíveis. — Eu assenti. — Amor. É uma tarefa complicada, Jack.

— Tentei escrever sobre isso, várias vezes aliás, como se fossem rascunhos de um livro sobre o assunto, sabe. Nós, de fala inglesa, somos os únicos que têm apenas uma palavra para amor. Em grego, temos *storge* para afeto, *philia* para amizade, *agape* é Deus e, claro, *eros*. Porém, mesmo as palavras, gregas ou não, são incapazes de conter a verdade do que ele é ou não é.

O sorriso de Jack foi então substituído por um olhar de tanto carinho que eu quis jogar meus braços ao redor dele.

— Qual foi seu primeiro amor? — perguntei, cautelosa e com um sorriso.

— A poesia. — Ele fez uma pausa. — Ou Little Lea, a casa onde vivi minha infância.

— Você sabe que não foi isso que eu quis dizer. — Eu o empurrei levemente.

— Eu trabalhei na poesia por anos até perceber que nunca seria bom o suficiente.

— Bom o suficiente? — Eu ri tão alto que ele se assustou. — Eu li seus poemas. Eles são mais do que "bons o suficiente". — Meneei a cabeça. — Eu abandonei a poesia porque precisava publicar e conseguir dinheiro. E você a abandonou porque acreditou que não nasceu para isso. De qualquer forma, ambos deixamos nossos primeiros amores.

— Mas isso nos levou à prosa e ao agora — ele disse.

Eu entrelacei as mãos atrás das costas, olhando para longe.

— Sabe no que eu acredito? — perguntei, mas não esperei pela resposta dele. — Na poesia que está enraizada no sagrado. A prosa é boa, mas a poesia é algo mais.

— Sim.

— Às vezes, eu acho que só o papel e as palavras me entendem. Acho que já escrevi de tudo, de roteiros de filmes a artigos e críticas de livros e filmes.

Ele ficou em silêncio, como se tivéssemos todo o tempo do mundo para observar a água iluminada pelo sol se mover em ondas, com folhas amarelas e avermelhadas flutuando pela correnteza.

— Uma sextina — ele finalmente disse. — Você já escreveu uma?

— Ah, acho que na escola, se é que escrevi.

— Tente. — Ele deu um passo para longe da beirada do banco.

— Antes de eu partir para Edimburgo — falei—, vou escrever uma sextina sobre esses dias.

— *Isso*, sim, é algo que eu gostaria de ler.

Uma voz atrás de nós chamou o nome de Jack, e um homem com longas vestes escuras se aproximou em meio à luz do sol de outono. Eu quis mandar aquele homem embora.

— Boa tarde, Lowdie — Jack o cumprimentou com entusiasmo.

Ele me apresentou ao seu colega, e senti aquele arrepio de saber o que muitas vezes eu ignorava: que era hora de eu me despedir. Parti com a promessa de me encontrar com Jack e Warnie para comer salsichas e purê de batata no Eagle and Child naquela noite. Eu estava ansiosa para entrar por suas portas, me acomodar em um de seus cantos, e ser mais uma parte da vida de Jack, do próprio lugar onde às terças-feiras se encontravam os Inklings — seu grupo de amigos escritores, que se reuniam para tomar uma ou duas cervejas enquanto trocavam piadas sobre filosofia e literatura. Um grupo proibido para mulheres, é claro.

Enquanto me afastava, fiquei pensando no que poderia ter acontecido se, bem ali às margens do rio, enquanto conversávamos sobre poesia, eu tivesse contado a ele sobre todos os outros poemas que estava escrevendo: sonetos de amor desnudo, cheios de desejo, com tamanha palpitação de necessidade que ele poderia pular no rio com medo de mim. Se aqueles sonetos não eram diretamente sobre ele, definitivamente eram sobre os sentimentos que ele despertava dentro de mim.

Não, eu nunca os mostraria a ele.

Nunca.

Capítulo 16

O que estou dizendo é que não tenho nada
Para lhe dar que você possa querer
Soneto 12, Joy Davidman

Aquela era minha última noite em Oxford, e o cair da tarde se derramava sobre a arquitetura da cidade quando saí da casa de Victoria para caminhar pelas calçadas iluminadas por postes de luz. Homens passavam de bicicleta, com seus casacos esvoaçando atrás deles. Mulheres passeavam, empurrando carrinhos de bebê. Na Inglaterra, eu tinha uma sensação de que a alegria era frágil, como se todos estivessem saindo para a luz do sol, mas ainda esperando pelas sirenes e o zumbido dos aviões, hesitantes demais para acreditar na paz após o horror das bombas e dos tiros da Segunda Guerra Mundial.

Em minha pequena bolsa de mão, guardei a sextina que Jack sugerira que eu escrevesse. Eu poderia lê-la para sempre, invocando nosso tempo juntos tão claramente como se estivesse gritando aos quatro ventos. Planejava lhe dar a cópia carbono naquela noite.

Tivemos momentos maravilhosos, e eu sabia que ele me admirava, pois meu raciocínio o acompanhava, fosse falando em latim ou citando Shakespeare e poesia. Mas será que ele sentia mais do que admiração? Se sim, mantinha bem escondido por trás de suas brincadeiras. O máximo que tocou foi minha luva; e seu comentário sobre meus olhos foi o único atributo físico que mencionou. Mesmo assim, ele me elogiava por minha escrita, meu humor e meu intelecto. E fez planos para nos vermos todos os dias.

Eu nunca estive perto de um homem que, me olhando da maneira que Jack olhava e conversando comigo como ele fazia, não tentasse uma investida. Eu esperava um toque nos intervalos naturais entre homem e mulher, mas ele preservava ao seu redor uma armadura invisível como o ar, mas impenetrável como o ferro.

Ele tinha 53 anos e nunca se casou. Será que já era tarde para pensar em mulheres como algo mais do que companhias amigáveis? Por mais que esses pensamentos me cutucassem muitas vezes, eu os expulsava. O dilema teológico em que eu me encontrava era quase cômico. Eu era uma mulher casada tentando, com bastante desespero, não me apaixonar por um homem que eu transformei em um ídolo, ao mesmo tempo que escrevia sobre os mandamentos de Deus.

Em vez de mudar minhas emoções, eu precisava rendê-las. Talvez eu pudesse encontrar uma maneira de *não* ceder a elas, porém a companhia, os passeios e as conversas íntimas não diminuíam o desejo que florescera profundamente nos lugares de mim que estavam solitários há tanto tempo. Depois que eu fosse embora, será que o vazio interior seria ainda maior? Eu estava disposta a pagar esse preço.

Minhas malas estavam prontas; no dia seguinte eu partiria para pesquisar sobre o rei Charles II e tentar esquecer *minha* vida ao mergulhar na vida de outro homem. Seria uma longa viagem de trem até Edimburgo, passando por Worcester. Como prometeu, Jack fez os arranjos para que eu ficasse em uma casa de campo com alguns velhos amigos seus, os Matley Moore, e eu me surpreendi com o fato de que nos tornamos tão bons amigos a ponto de ele fazer arranjos para mim com outras pessoas de quem gostava.

Caminhei mais duas quadras até o pub para encontrá-lo, com meus pensamentos me fazendo companhia. A mulher que me tornei ao explorar a Inglaterra, e ao passar tempo com Jack e Warnie, parecia quem eu *realmente* era. Como diria Jack, meu verdadeiro eu em Deus. Por tanto tempo fui coberta pela fuligem de carvão da minha casa, enterrada nas roupas para lavar e passar, silenciada pelos gritos dos meus filhos e pelas repreensões — primeiro dos meus pais e depois do meu marido, que foi só na Inglaterra que vi quem eu poderia ser: uma luz brilhante, valorizada pelo que eu era.

Parei na esquina da St. Giles com a Wellington e deixei passar um ônibus vermelho de dois andares. Do outro lado da rua estava o Eagle and Child. Era um prédio de três andares, caiado de branco, na rua St. Giles, com janelas em pares cobertas por beirais, cada uma com o par correspondente abaixo. O letreiro pendurado sobre a porta de madeira escura mostrava uma águia em pleno voo contra um mar dourado, carregando um bebê em suas asas. Isso explicava o apelido carinhoso daquele pub: o Pássaro e o Bebê.

Ao atravessar a rua, abri a porta e fiquei parada, deixando meus olhos se ajustarem à penumbra. O pub era dividido em salas menores, com o teto bem próximo. Entrei na "Sala do Coelho", cuja abertura em arco parecia uma janela de igreja. Jack estava diante do fogo, cutucando-o para que reacendesse. Havia uma mesa de madeira marcada pelo tempo, com banquetas gastas. Contudo, era no banco de canto, forrado com um tecido bordô, onde os Inklings costumavam se sentar.

Se aquele augusto grupo estivesse lá, eu não teria entrado na sala, por mais corajosa que estivesse me sentindo. No entanto, aquela era uma noite de sexta-feira, não uma terça-feira, e eu fui convidada. Apenas dois homens estavam sentados no canto, sendo um deles Warnie.

O balcão brilhava à luz das lâmpadas e o ambiente estava aquecido. Tirei meu casaco e o joguei sobre o braço dobrado, depois alisei a frente do meu melhor vestido — aquele que eu usei no dia em que conheci Jack.

Ele não me viu de imediato pois sua atenção estava focada na lareira, mas Warnie gritou meu nome. O outro homem olhou para cima; seu cabelo branco se espalhava em várias direções, e um cachimbo pendia do canto de sua boca. Não havia como confundi-lo: J.R.R. Tolkien.

Eu não estava pronta.

Eu queria mais tempo com Jack antes que alguém por quem ele tinha tanto carinho chegasse para me julgar. Uma sensação quase de pânico se formou em meu peito. Caminhei até eles, esperando que o suave brilho da sala me fizesse parecer agradável aos olhos de Tolkien.

— Boa noite, Joy, aí está você! — Jack pendurou o atiçador em um gancho e foi até mim, gesticulando para Tolkien. — Gostaria que você finalmente conhecesse o Tollers.

Tolkien se levantou, mas, quando estendi minha mão para apertar a sua, ele apenas acenou com a cabeça.

— Boa noite, sra. Gresham. — Ele levantou o chapéu um pouco, e suas sobrancelhas espessas se ergueram até encontrar uma linha profunda entre seus olhos. Sardas se espalhavam e se misturavam em seu rosto, e havia sulcos profundos de cada lado da boca, conferindo-lhe um ar de desaprovação ou julgamento.

— É um prazer conhecê-lo. Ouvi muito sobre o senhor. — O nervosismo aflorou sob minhas costelas; eu me sentia jovem e insegura. Procurei algo seguro e sorri. — O senhor teve um efeito profundo no meu amigo aqui.

Eu me sentei e Jack se juntou a mim. Esse era o banco onde os Inklings se sentavam nas noites de terça-feira. Eu não acreditava que a genialidade deles poderia passar para um pedaço de madeira, mas me acomodei ali o máximo que pude, no caso de ser verdade.

— E ele, em mim — respondeu Tolkien, sentando-se com sua atenção firmemente voltada para Jack, como se eu fosse um espectro.

— Sua esposa está aqui? — perguntei, desejando a companhia de uma mulher, outra mediadora. — Ficaria muito feliz em conhecê-la.

— Minha esposa está em casa com as crianças. Ela não frequenta pubs.

De repente, eu tinha onze anos e meu pai me dizia que minhas notas eram desastrosas. Eu tinha doze anos e minha mãe me dizia que Renee era mais bonita. Eu tinha trinta anos e Bill me dizia que eu era uma péssima esposa e que ele precisava recarregar suas energias com outra mulher.

Então Warnie falou:

— A sra. Gresham tem dois filhos e um marido nos Estados Unidos. Ela é escritora, está fazendo pesquisas sobre o nosso rei Charles II e também está trabalhando em um livro sobre os Dez Mandamentos. De fato, é uma escritora de primeira, e uma poetisa ainda melhor.

Jack assentiu em concordância:

— A escrita dela é poderosa.

Tolkien fez um gesto positivo com a cabeça, como se reconhecesse a avaliação dos dois Lewis.

— Por que está em Oxford? — ele perguntou.

— Não se preocupe, sr. Tolkien. — Eu me enrijeci. — Não estou aqui para derrubar seu muro do mundo dos homens, nem para implorar que deixe eu me tornar uma Inkling. Estou aqui apenas pela diversão e pela amizade de Jack e Warnie. — Pausei. — Onde está o uísque quando precisamos dele?

— Está a caminho — Warnie sinalizou. — Juntamente com uma boa pilha de tortinhas de carne de porco. É uma pena que essa é sua última noite.

— Você vai deixar a Inglaterra, então? — perguntou Tolkien, com um ar de satisfação, inclinando-se e soltando uma longa baforada de seu cachimbo, com pequenos sopros de tabaco forte flutuando em minha direção.

Isso me lembrou de quando eu conheci Bill. Eu o achava charmoso com seu cachimbo, seu sotaque e sua guitarra jogada sobre o colo. E vejam como terminou.

— Não vou deixar a Inglaterra ainda. Mas amanhã parto para Edimburgo e outros lugares. Depois, volto para Londres. É óbvio que eu adoraria voltar a Oxford antes de ir para os Estados Unidos, mas vamos ver como as coisas acontecem.

— Claro que você deve voltar aqui antes de partir — Jack sublinhou. — Não há dúvida sobre isso.

— Não mesmo— concordou Warnie.

O alívio que eles me ofereceram foi como um banho quente depois do frio de uma caminhada na chuva.

— Sr. Tolkien — falei —, meus dois filhos leram *O Hobbit* e ficaram encantados. Gostaria de saber mais sobre o seu trabalho. Jack me diz que é brilhante.

— Eu nunca disse uma coisa dessas! — Jack riu de minhas palavras e bateu a mão na mesa. — Não o deixe pensar que eu pronunciei tamanha bobagem.

— Pois bem — retruquei—, então *eu* digo que o seu trabalho é brilhante. Quando Jack me conta sobre as conversas de vocês, eu fico com inveja. Houve um tempo em que eu acreditava que religião não era algo sobre o qual pessoas boas falavam em público. Foi um alívio poder discutir e debater, sem brigar por causa disso. O senhor acredita que eu costumava achar que as pessoas que acreditavam em Deus eram banais e ignorantes? E hoje eu não me canso dessas conversas sem fim. Não é incrível? — Eu estava falando rápido demais; podia sentir as palavras borbulhando de nervosismo.

— O que acha de mais fascinante no que eu acredito, sra. Gresham? — perguntou Tolkien, com as mãos em volta de sua caneca de cerveja quase vazia.

— Suas opiniões sobre histórias de fadas.

— E como você conhece minhas opiniões sobre histórias de fadas?

— Tive a sorte de fazer amizade com Mical Williams em Londres. Ela tem sido uma forte luz naquela cidade, que parecia encantadora até eu encontrar Oxford, um milhão de vezes mais encantadora. Mas, enfim, ela me emprestou o volume de ensaios que deveria ter sido apresentado ao marido dela. Era uma palestra que o senhor deu...

— Eu sei o que era — retrucou Tolkien.

— A maneira como o senhor começou seu ensaio *Sobre estórias de fadas*, a respeito da terra perigosa e das estrelas incontáveis, dizendo que uma fada não pode ser capturada numa rede de palavras.

— Ora, ora — ele comentou. — Você deve ter uma excelente memória fotográfica.

— Confesso que sim. Ela me ajudou a passar pelos dias mais difíceis da escola. Mas, quanto ao seu ensaio, eu não apenas o memorizei. Eu o digeri. E parece que suas opiniões passaram para o Jack. — Minha mão se levantou sem pensar, e toquei a manga da camisa de Jack em um gesto que deve ter parecido de posse. Recolhi-a rapidamente.

Tolkien tomou o último gole de sua cerveja e se inclinou para trás na cadeira. Eu percebi que ele estava pronto para ir embora, e o medo de tê-lo afastado fez com que eu tentasse uma nova abordagem:

— O que é que os contos de fadas têm que nós amamos tanto? — perguntei.

— Você disse que leu minha opinião.

— Eles são o consolo que queremos — respondi. — O senhor escreveu sobre a repentina virada alegre dos acontecimentos, a graça, o final feliz. Acho que amamos nossas fadas, suas histórias e suas terras porque, em meio a todas as dificuldades, há o consolo de um final feliz.

Tolkien vestiu o casaco e colocou o chapéu de tweed na cabeça antes de olhar para mim.

— Pois bem. — Ele acenou com a cabeça para Jack e Warnie. — Estou atrasado para o jantar em casa. Vejo vocês, rapazes, amanhã.

A tortinha de carne de porco, normalmente reconfortante, ficou com gosto de papelão na minha boca. Eu ofendi o melhor amigo de Jack? Warnie pediu licença para cumprimentar um amigo do outro lado da sala, deixando Jack e eu sozinhos, com o fogo brilhando atrás de nós.

Jack observou Tollers até a porta do pub se fechar e ele desaparecer. Então, reclinou-se para acender um cigarro e sorriu para mim.

— Receio que, às vezes, ele seja um pouco ríspido.

Eu assenti, mas direcionei minha atenção para Warnie, que tropeçou, agarrou-se ao encosto de uma cadeira, deu risada e caminhou até o bar.

— Ele está bem?

— Acho que sim. Mas, se não estiver, não será a primeira vez que vou precisar colocá-lo em um táxi. Lamento você ter que ver essa cena.

Eu levantei a mão para interromper suas palavras.

— Jack, eu já passei por isso. Não com alguém tão maravilhoso quanto seu irmão, mas, ainda assim, foi a mesma coisa. Se um dia você quiser desabafar, saiba que pode contar comigo.

Jack fez que sim, e uma tristeza que ele geralmente mantinha oculta por trás de seu sorriso dominou seu rosto por um momento. Então, com a mesma rapidez, ele voltou sua atenção para mim.

— Você gostou do Tollers?

— Ainda não sei dizer. Eu quero que seus amigos gostem de mim.

— Ah, mas a sra. Williams gosta de você até demais. "Ofuscante", acho que foi o que ela disse.

— Nós nos demos muito bem e rimos bastante, o que é importante, não acha?

— Se dar bem ou rir?

Aquele brilho no olhar dele. Era uma luz.

— Não é a mesma coisa? — eu perguntei.

— É, sim. — Ele se inclinou para frente. — O que une as pessoas é o fato de elas enxergarem a mesma verdade. Como nós.

— Mas o seu Tollers não me aprova. Ele ficou me olhando como se eu estivesse aqui para roubar você na calada da noite e nunca mais deixá-lo voltar. Estava arisco.

Jack deu aquela risada alegre.

— Não acho que o Tollers esteja muito preocupado com a ideia de eu ir embora. Mas ele *é* casado, tem filhos, e talvez não entenda a amizade que pode crescer entre um homem e uma mulher. — Jack olhou para longe por um momento. — Tollers separa a vida familiar, a vida acadêmica e a vida do pub em caixas isoladas. E o que importa? Eu não me incomodo.

— Se você se incomodasse, tenho certeza de que eu não saberia — eu disse. — Todos nós temos duas caras. Eu escrevi sobre isso...

Ele me interrompeu:

— Em *O caminho mais longo*.

Eu sorri. A aparente rejeição de Tollers estava perdendo a força.

— Sim. Minha cara falsa. Ela pode atrapalhar. Eu não vejo Deus como magia, você sabe disso. Eu queria que minha conversão trouxesse algumas mudanças à minha vida, mas, para minha tristeza, acho que sou basicamente a mesma. Só que com Deus. Minhas máscaras permanecem. A raiva ainda explode antes que eu consiga impedi-la. Eu construí minhas máscaras com tanta facilidade e habilidade que acho que elas se encaixam no lugar quando estou desprevenida e nervosa. Pode ser extremamente difícil mostrar a verdadeira cara.

— Talvez seja um trabalho para a vida toda. — Ele cobriu o rosto com as duas mãos e então espiou por trás delas para me fazer rir.

— O que você vê? — ousei perguntar.

— Uma mente brilhante — ele afirmou vigorosamente, dando um tapa na mesa. — Dê uma olhada em volta, Joy. Não há nenhuma mente como a sua. Diferentemente de mim, talvez alguns homens não consigam admirar você pelas suas virtudes masculinas. Sua inteligência e sua objetividade.

As palavras dele vieram como concreto no meu peito.

— Minhas virtudes masculinas? — Lágrimas brotaram nos meus olhos, e não houve nada que eu pudesse fazer para contê-las. — Jack, o que você acharia se eu o elogiasse por suas virtudes femininas?

O rosto dele se abateu e sua papada pareceu se encaixar ainda mais em cima do colarinho apertado. Ele tirou os óculos e esfregou a testa.

— Não foi bem isso que eu quis dizer. Às vezes eu sou um tolo desajeitado.

— Você não consegue me ver como mulher, consegue?

— Não é tão fácil assim, nem tão simples, Joy. O livro em que estou trabalhando... — A voz dele se desfez.

— É sempre o trabalho. — Eu respirei fundo e suavizei. — Não fale sobre o seu trabalho. Conte-me como você se *sente*. Nem mesmo em *Cartas de um diabo a seu aprendiz* você incluiu emoções, mas apenas vontade, intelecto e fantasia. Quais são os seus sentimentos?

Ele curvou a cabeça, refletindo.

— Assim como você, eu lido com essas coisas no papel. Mas o que eu sinto é que existem quatro tipos de amor. E você e eu somos o tipo mais sortudo.

— Sim — eu disse. — *Philia*.

— De *storge* a *philia*; somos mesmo abençoados. — Então, com uma grande risada, ele se inclinou para frente, tal qual alguém que tem um segredo, como se estivéssemos na mesma piada. — E não importam os meus sentimentos, Joy. Você é casada. — Ele fez uma pausa antes de sorrir e acrescentar: — E, de qualquer maneira, eu prefiro loiras.

Foi uma piada para suavizar o golpe, mas não funcionou.

— Acho que você nem sempre sabe o efeito que tem sobre os outros. — Recostei-me de volta na cadeira. — Ou talvez não queira que os outros o afetem, já que mantém essa armadura de palavras e inteligência.

— Não entendi o que você quis dizer.

— Sabia que a revista *Vogue* chamou você de "a força mais poderosa de Oxford"? Eles escreveram sobre seu grande número de seguidores e as grandes multidões que atrai. E você fica aqui sentado, agindo como se suas palavras não tivessem impacto.

— Eu não leio a *Vogue*. — Ele tentou sorrir. — E não tenho a intenção de ser insensível, Joy. Meu objetivo era deixar as coisas mais leves, mas errei por uns poucos quilômetros.

Fui salva de mais humilhação quando Warnie voltou à nossa mesa. Tentei ser leve e brincalhona. Finalmente, a noite foi ficando mais escura, e eu disse:

— Meu trem parte cedo amanhã. Precisamos nos despedir, por enquanto.

Nós três ficamos em pé, e Warnie me fez prometer voltar. Jack foi comigo até a porta. De frente um para o outro na noite escura, ele enfiou a mão no casaco e tirou um livro.

— Tenho uma coisa para os seus meninos. — Ele me estendeu uma primeira edição de *O leão, a feiticeira e o guarda-roupa*. — Eu o autografei para Davy e Douglas.

Peguei o livro de sua mão e o apertei contra o peito, como se fosse uma brasa quente.

— Jack, isso é um presente tão generoso! Eles vão adorar. Perdi a conta de quantas vezes li esse livro para os dois, e eu sei que Douglas, em especial, entra na floresta e espera encontrar Nárnia.

— Então talvez ele a encontre — concordou Jack.

Uma leve chuva começou a cair; a névoa cobriu minhas bochechas com um frio que ficaria nos meus ossos até eu me deitar na cama com uma bolsa de água quente.

— Quando eu pensar em Oxford, lembrarei de tantas coisas, Jack... Mas a chuva sempre fará parte delas. — Guardei o livro na bolsa, a fim de protegê-lo.

— Lembrar de Oxford? Como se você não fosse voltar?

Enxuguei a umidade do rosto e forcei um sorriso, escondendo a tristeza de ir embora.

— Você precisa voltar — ele disse. — Warnie e eu insistimos. Queremos que fique conosco no feriado do Natal, caso não se importe de ficar em uma casa de solteirões com encanamento rangendo e pouco aquecimento. Mas temos uma lareira acesa e quantos livros seu coração desejar. Além disso, Oxford no Natal é encantadora! — Jack abriu um guarda-chuva preto e o segurou sobre mim conforme a chuva se intensificava. — Ou você já terá atravessado o oceano até lá?

— Estou esperando um cheque atrasado de *royalties* da Macmillan, e depois comprarei minha passagem. Em breve, eu acho.

Torci para que a palavra *royalties* escondesse o embaraço na minha voz, mas acho que nunca conseguiria enganar esse homem. Nunca quis pena de ninguém, e definitivamente não dele. Eu dormiria no chão da cozinha de Phyl antes de permitir que a pena se colocasse entre nós.

— Então será no Natal — ele confirmou. — Agora saia logo dessa chuva perigosa ou você vai morrer antes de viajar para Edimburgo. Vamos fazendo os preparativos conforme a data se aproximar.

— Ótimo — eu disse. — Vamos enviar nossas críticas e páginas um para o outro. Daqui até lá, terminaremos o máximo de trabalhos que pudermos para poder aproveitar as férias.

Envolvi-me com meus braços da mesma forma que o teria envolvido com eles, se pudesse.

— Sim, vamos fazer isso. Temos muito o que esperar, e eu tenho uma conferência em Londres em novembro. Então devo vê-la em breve. Londres não fica tão longe. Nos avise quando voltar. — Ele me entregou o guarda-chuva e tocou a aba do chapéu. — Até logo e leve isso com você.

Comecei a me afastar, virando o guarda-chuva para proteger meu rosto.

— Ah, Jack, espera.

Ele já tinha colocado a mão na maçaneta de latão da porta do pub.

— Eu quase esqueci. — Peguei o papel dobrado na minha bolsa. — A sextina que prometi a você.

Ele pegou o papel da minha mão e levantou os olhos para os meus.

— Maravilhoso.

E, com isso, ele se foi.

Capítulo 17

Eu só queria ver o que aconteceria se...

Balada apologética de uma feiticeira branca, Joy Davidman

O trem para Worcester balançou para frente, e minha mala voou das minhas mãos, deslizando pelo corredor. Eu não queria ir embora de Oxford, mas o trem estava me afastando de lá. Em outros momentos dolorosos da minha vida, usei a escrita como fuga, e esperava fazer o mesmo novamente. Eu estava inquieta e me sentia como se estivesse entrando em pânico. Mas o que eu temia? Eu não tinha ideia.

Ou talvez eu soubesse o que me assustava: o medo de nunca conhecer o amor *verdadeiro*.

Será que eu deveria me contentar com os problemas que eram meus? Uma vida de decepção e raiva, álcool e desespero com Bill...

Depois de guardar minha mala debaixo de um assento, caminhei até o vagão-restaurante e pedi um gim. Uma mulher alta veio e se sentou ao meu lado. Ela era elegante de um jeito que eu nunca seria, como Renee.

— Olá — ela disse, se acomodando no banco e cruzando as pernas com delicadeza. — Você também vai para Edimburgo? — E balançou o corte de cabelo moderno e brilhante.

— Worcester e depois Edimburgo. Nunca estive em nenhum dos dois.

— Ah, você vai adorar, a menos que fique tempo demais — ela riu. — Você sabe, é como aquele homem que você acha que ama até ter que conviver com ele.

Eu me juntei à risada dela e então acrescentei:

— Amor. Nunca é o que acreditamos, não é? — Eu parecia uma velha amargurada no final de um relacionamento.

— Nunca. Mas não é gostoso se apaixonar?

Foi então que tudo transbordou de mim.

— Sinto como se estivesse me apaixonando. E não deveria.

Percebi o cansaço pesando sobre mim, e a maneira como chegou foi profunda, até os ossos. Empurrei a bebida para longe e pensei que talvez eu conseguisse dormir a viagem inteira e esquecer tudo.

— Ah, eu estou *sempre* apaixonada — ela confessou com uma risada leve, como o som do gelo caindo das árvores. — Aliás, de onde você é? Parece que é de Nova York.

— Sim. — Novamente me dei conta da minha diferença. Eu nunca seria como essas mulheres refinadas, com suas unhas pintadas, sotaque inglês e cintura fina.

Um homem de cabelos grisalhos, vestido de terno e com perfume demais, se aproximou do bar e cumprimentou minha companheira. Ela sorriu para ele daquele jeito misterioso que as mulheres conhecem, e ele pediu uma bebida para ela. Eu me levantei do banco do bar, sentindo-me bastante desconfortável, e voltei para o meu assento, a fim de desabar nele. Eu acabara de contar a uma estranha que estava me apaixonando, como se *tivesse* que dizer isso em voz alta para ter certeza. Fechei os olhos, mas o sono era tão evasivo quanto Jack.

A luz do sol entrou pela janela quadrada conforme o trem deslizava pelos trilhos. A paisagem era um borrão de todos os tons de verde. Peguei um bloco de papel. Em quem mais eu poderia confiar?

O papel. Era sempre o papel.

Se eu olhasse para trás, para meus amores, talvez pudesse rearranjar o *agora*, chamar os fantasmas para este compartimento do trem e conciliá-los, para que não pudessem mais influenciar meu futuro. Eu não queria estragar essa amizade com Jack. Eu precisava voltar, recomeçar do zero do meu monte de cinzas de casos amorosos.

Quanto aos outros homens, eles não me deram atenção até a faculdade, já que minhas doenças, meu jeito estranho e minhas ausências no ensino médio não levaram a uma vida social de nenhum tipo. E quem eu escolhi para seduzir pela primeira vez? Eu era jovem, apenas dezesseis anos, e ele era meu professor de inglês casado da faculdade. Cabelos escuros e cacheados, uma voz grave que ressoava no meu peito quando conversávamos sobre livros e história. Seus olhos eram tão azuis e penetrantes que pareciam pintados. Naqueles dias, eu achava que sexo seria suficiente, que conquistá-lo iria me satisfazer. Mas nunca foi o suficiente. Era só uma rápida fuga espremidos em qualquer canto, olhares furtivos e nossos corpos se unindo em necessidade frenética — lembrar disso agora era vergonhoso. O corpo dele parecia a resposta para todas as minhas perguntas e necessidades. Como eu poderia julgar as infidelidades de Bill com arrogância sendo que fiz o mesmo que ele? Havia uma esposa em casa. Eu sabia disso, mas ainda assim me agarrei a ele, com meu desejo feroz disfarçado de amor.

Não era amor; era obsessão. A compulsão de possuí-lo, junto à necessidade desesperada de provar que eu era digna de tal atenção. Eu quis que ele sacrificasse sua vida, sua esposa para ficar comigo, como prova de que me amava. Eu estava agindo tanto contra meu pai como a favor de mim mesma.

Meu próximo amor: um escritor da Colônia MacDowell. Os quatro verões que passei lá foram um bálsamo nos meus primeiros anos de escrita. Encontrei outro escritor; ele também era mais velho. E eu o persegui como se fosse um salvador que eu mesma inventei, me fazendo de tola ao bater à porta dele em noites estreladas ou esperando fora de sua cabana para ver se ele apareceria, me procurando. Isso era amor? Ou era uma fuga obsessiva do meu próprio trabalho? Eu o misturara com a Colônia MacDowell, confundindo meus sentimentos pelo lugar com meus sentimentos por ele.

Procurava amantes para aquietar a tristeza que se revolvia dentro de mim. Procurava amantes para calar minha dor. Procurava amantes para consertar o que não podia ser consertado. Mesmo quando encontrava consolo em outro corpo, mesmo quando conseguia o que queria, minha alma ainda gritava de solidão. Nunca era o suficiente para me preencher. E, mesmo assim, eu continuava a ir atrás de homens com uma vergonhosa voracidade.

Depois veio o astro de cinema, o pior de todos os constrangimentos. Ah, naqueles meses solitários e miseráveis na Califórnia, tentando ser alguém que eu nunca seria, aquilo foi tudo, menos amor. Eu ia atrás dele, mesmo quando ele fugia! Ele foi escalado num show e se mudou para Nova York, e eu o persegui; uma vez até embarquei no trem que ele pegava para voltar para a casa de sua família, buscando só ter um vislumbre dele.

Mais uma vez, confundi obsessão e possessividade com amor.

Então, é claro, chegou a vez do meu marido. Eu era extremamente desesperada para tentar comprovar minha dignidade aos olhos dele, e ele me dizia já há muito tempo que eu não era digna. E nunca seria. Ainda assim eu insistia, vez após vez, cheia de expectativa, como se estivesse trazendo meu boletim para meu pai.

Todos os meus amores foram causas perdidas, e ainda assim uma parte destroçada de mim continuava a buscar mais.

Meu padrão de anseio se revelava como se eu tivesse olhado para as estrelas até os signos astrológicos se tornarem claros como desenhos. Meu padrão precisava de homens que não podiam e não queriam me ter, especialmente homens mais velhos.

Quem era esse falso eu carente que acreditava que um homem poderia curar a ferida aberta dentro da minha alma? Que dança horrível era essa, essa dança de salão forçada com o inevitável resultado do fracasso? Será que Jack era apenas mais um homem incapaz de me amar, por mais que eu fosse charmosa, inteligente e animada?

Ou eu parava de me importar com isso, ou parava de tentar não me importar. Eu nunca conseguiria mudar o fato de Bill beber e ter seus acessos de raiva e seus casos. Mesmo que eu fosse quase perfeita, ainda assim ele não iria parar. Mas será que eu o amaria do jeito que ele era? Exatamente como ele era? Será que a resposta era a aceitação?

Uma coisa eu sabia: eu não podia levar essa forma apodrecida de amor para Jack. Eu me entregaria à nossa *philia* sem pressioná-lo para algo mais.

Agora meu relacionamento principal deveria ser com Deus. De joelhos naquela noite no quarto das crianças, eu prometi isso. Mas lá estava eu, repetindo um protótipo que começou no dia em que quis o amor do meu pai e não o obtive.

Finja, Joy. Faça melhor. Seja mais inteligente.

À medida que os anos se passaram, essas ordens mudaram para: *seduza. Qualquer coisa por amor.*

Com os campos britânicos passando rapidamente pelas janelas, meus amantes perdidos pairavam no ar como assombrações, agouros de morte. Como ansiar por algo que eu não conhecia, exceto pelo que li em histórias?

Que tola eu fui.

Na época daqueles casos malfadados, eu derramava minha dor na poesia: de apaixonada a melancólica e possessiva; a poesia se tornou o recipiente que guardava toda a necessidade e o desejo não correspondido.

Eu me sentia vazia como qualquer mulher que faz um balanço e vê a futilidade de correr atrás de um amor que jamais pode alcançar.

Capítulo 18

Em vez disso, você coloca minha fome em uma ração
De palavras caridosas, e me ordena viver

Soneto 27, Joy Davidman

O frio me cortava até os ossos, atravessando meu casaco e minhas botas. O norte da Inglaterra era uma terra de charnecas e calcário, casas de pedra e igrejas pitorescas, um lugar onde reis surgiram e caíram. Eu queria ser absorvida por 1651, pelas catástrofes do rei Charles II, em vez de nas minhas próprias, então lá estava eu, na ponte Powick, olhando a água enlameada e lenta do rio Teme. Foi nesse local que meu rei quis vingar a execução de seu pai. A princípio, ele assistiu à batalha alojado na segurança da torre de Worcester, mas depois correu para a luta com seus homens. Seus apoiadores perderam essa última batalha na Guerra Civil Inglesa, mas Charles escapou da captura, fugindo e se escondendo na Normandia. Eu estava na ponte de seu fracasso, sentindo o cheiro da fumaça dos mosquetes, o som abafado dos pés correndo e o pisar das patas dos cavalos.

Contudo, agora era o tempo presente, e a ponte de três arcos sobre o rio Teme parecia mais um lugar para as criaturas de Jack do que para uma batalha. A hera se agarrava às extremidades da ponte, formando um tapete espesso que farfalhava ao vento como a chuva. Por causa do inverno, as margens do rio estavam marrons e não ofereciam um único indício das flores brancas que se abririam na primavera. Lá no fundo, a Catedral de Worcester era quase uma imagem espelhada da torre do Magdalen College, com seus pináculos apontando para o céu. Fiz algumas anotações em meu caderno úmido, querendo lembrar dos detalhes do lugar. Cruzando a ponte, entrei na floresta densa até o lugar exato onde Charles lutou, e o golpe da tristeza se fez claro: eu queria que Jack estivesse comigo. Eu queria falar com ele e lhe mostrar tudo isso.

Não.

Eu estava ali para me tratar e para levar a mulher tratada de volta para sua família.

Joy:

Queridos Bill e Renee,

Perdão pela caligrafia desleixada; não tenho uma máquina de escrever nesta viagem. Estou hospedada nas charnecas com os amigos de Jack, os Matley Moore. Eles me mimam até não poder mais, e comi tanto de sua comida saborosa que acho que vou explodir. Um deles é membro da Sociedade Real de Arqueólogos e me deu livros de pesquisa inestimáveis, além de me levar à ponte Powick! Por favor, me digam como estão as coisas em casa.

Sem resposta.

Joy:

Estou quase sem dinheiro, Bill. Devo receber um cheque de *royalties* da Macmillan em novembro. Você pode enviá-lo para mim? E por que não me escreveu? Não posso reservar minha passagem de volta sem um pouco mais de dinheiro. Socorro.

Ah... *Inconquistábill*, acho que estou começando a compreender nossa vida juntos, mas não é uma compreensão alegre.

Após passar alguns dias calorosos e agradáveis com os Moore, mostrando-lhes gratidão na despedida, embarquei no trem fumacento para Edimburgo, onde encostei a testa na janela enquanto o trem chacoalhava pela área rural ao redor de Lancashire e Birmingham. Ao longo dos pastos e campos de samambaia, assisti a tudo passar: os arbustos de urze e giesta se curvando ao vento do trem, as colinas ondulantes ao longe, ovelhas com barrigas sujas de lama pastando nos esvoaçantes campos verdes e ricos, e pôneis de charneca com pelos desgrenhados, que levantavam a cabeça com olhares preguiçosos, entediados com a passagem de mais um trem.

Passamos por Cumberland, onde os lagos pontilhavam a paisagem como peças caídas do céu azul. Sempre presentes estavam pedras, e sempre cinza: nas casas, nos diques e nas igrejas. E a gloriosa luz dourada que eu passei a venerar. Seguimos de Carlisle por Dumfries e Galloway, onde vi coelhos e perdizes fugindo em relances para as charnecas, até que finalmente desembarquei em Edimburgo.

Foi em Bill que pensei enquanto caminhei pela plataforma para chamar um táxi. As poucas cartas que ele me enviara transbordavam de notícias deprimentes sobre todos os problemas em casa, mas o que mais me incomodava era a percepção que eu começava a ter sobre nossa vida.

Eu não via cura para nós. Deus me ajude, mas eu não via cura.

Em Edimburgo, encontrei um quarto em um hotel suficientemente bom e me aqueci com cobertores grossos e uísque. Após um pouco de sono, um chá e uma sopa quente, entrei na cidade de ruas largas. Caí no feitiço de Edimburgo e meu pânico diminuiu. A cidade parecia arejada comparada a Londres; suas casas eram organizadas; as sonolentas portas das lojas, acolhedoras.

Você já pensou nisso quando contou suas histórias? Escrevi para Jack. *Uma cidade-fortaleza feita de pedra e líquen, curvando-se em adoração reverente ao Castle Rock lá em cima?*

As torres de Edimburgo se erguiam em direção ao céu, e as igrejas e edifícios eram degraus que subiam cada vez mais pelas colinas. O grande relógio vigiava a cidade, um guardião do tempo. As fontes gorgolejavam em cima de esculturas tão finamente trabalhadas que eu via as criaturas míticas nelas potencialmente ganhando vida.

Eu não me sentia uma estranha, nem me perdi uma única vez. Senti esperança: esse livro sobre o rei Charles II poderia se tornar algo que eu conseguiria escrever com paixão. Ele manteria minha mente afastada do desenrolar da minha vida, além de oferecer alguma liberdade financeira para todos nós.

Bibliotecas são santuários, e a de Edimburgo era um espaço sagrado, com seu teto elevado e luzes flutuantes que derramavam círculos de ouro sobre mesas e pisos. O centro aberto, um corredor de mesas e cadeiras, se abria para revelar o segundo andar, que se erguia acima de mim com uma grade de ferro como renda preta. Fiquei no meio, com o pescoço inclinado para trás, olhando para cima. As colunas coríntias e as escrivaninhas de madeira escura desgastada me chamavam ao trabalho. Acomodei-me com livros, bloco e caneta. Comecei a escrever. Soltei um suspiro de alívio: esse, sim, era um lugar onde eu poderia trabalhar, nada parecido com Staatsburg.

Fazia apenas metade de um dia que eu estava trabalhando nas minhas anotações quando novamente a fadiga escura se abateu sobre mim, e percebi que não me sentia tão cansada e desgastada desde minha última crise de infecção renal. Tudo o que eu queria era dormir.

A febre veio devagar, e foi com tristeza que percebi estar doente com algo desagradavelmente parecido com gripe. Abreviando minha viagem, apressei-me para fazer as malas e voltar para Londres.

Joy:

Querido Inconquistábill,

Sinto muito por toda a tristeza em casa. Distraí-me com a pior gripe que já tive — achei que ia morrer. Mas, como a dor costuma fazer, ela levou a um grande despertar espiritual. E sei que preciso colocar minhas emoções em ordem.

Bill:

Lamento pela sua doença. Aqui estamos bem. Renee se tornou querida para todos nós, especialmente para mim. Talvez realmente tenha acabado entre nós — você e eu —, exceto pela nossa amizade duradoura e pelo fato de sermos pais desses filhos espetaculares.

Joy:

Fico feliz por você, por saber que as coisas estão bem aí, e por saber que Renee é tão querida para todos vocês como sempre foi para mim. Aqui o período difícil acabou, e agora posso lhe contar a verdade: outubro foi um inferno de Dante na área de classe média-baixa de Londres, para onde me mudei, na casa de uma mulher chamada Claire, que conheci no meu encontro de ficção científica às terças-feiras. Não vale a pena morrer de um amor infeliz e definhando por homem algum, mesmo que seja por alguém maravilhoso como você. Agora estou melhor, e hoje vou assistir à procissão da rainha para a abertura do parlamento. Vamos deixar todas as discussões sobre o nosso futuro para quando eu voltar para casa.

Com carinho para todos,

Joy

CAPÍTULO 19

Oxford está fria (e eu não estou aquecida!)
As nevascas avançam sobre o mar e a costa

Balada apologética de uma feiticeira branca, JOY DAVIDMAN

Novembro de 1952

— Joy! — A voz animada de Mical ecoou pelo saguão do Hotel Mitre em Londres.

Perto do Parque Hyde, o bar era quente e sofisticado, com um papel de parede cor de damasco e móveis revestidos de couro. Jack e Warnie chegariam dentro de uma hora, mas por enquanto éramos só nós, mulheres. Mical me esperava em uma mesa de canto, e eu corri até ela.

— Senti sua falta — ela disse. — Essa gripe manteve você longe de mim por tempo demais! — Ela me deu um abraço caloroso. Seu rosto em forma de coração, seu longo cabelo castanho-claro, seu sorriso largo com batom vermelho e seu sotaque alegre me confortaram.

— Ah, Mical! É tão bom ver você! Sinto que estou melhorando agora e queria esquecer que outubro existiu. Podemos fazer isso?

Sentamo-nos juntas, e sua risada era quase que uma refeição naquela mesa.

— Claro! Seria como editar um livro? O Charles costumava me dizer isso quando editava: "Ah, se pudéssemos fazer isso com a vida".

— Isso! — Bati a mão na mesa. — Eu jogaria fora as páginas deste mês. Colocaria no lixo e queimaria tudo.

— Mas você não teria chegado aqui se não tivesse passado por lá. — Mical tirou o casaco vermelho estiloso e o colocou em um gancho atrás da cadeira. — Quer que eu pendure seu casaco?

— Acho que vou continuar com ele por enquanto. Faz tempo que não consigo me aquecer assim.

— Ah, pobre Joy. Você é tão corajosa, mas tão ferida pela vida... — Mical fez um sinal para pedir nossas bebidas e, quando elas chegaram, levantamos os copos uma para a outra antes de dar o primeiro gole.

— Sim, minha amiga. Acho que sou ambas as coisas, mas vamos parar de falar de mim. Conte-me o que está acontecendo com os manuscritos do Charles. — Coloquei as mãos ao redor do copo com avidez e inspirei o profundo aroma do xerez.

Eu toquei no assunto mais delicado para ela: seu marido, que falecera inesperadamente há seis anos, mas cujo inventário ainda estava um caos. Eu sabia que a dor permanecia lá. Continuei:

— Na última vez que ouvi notícias de você, o testamenteiro dele não havia entregado os manuscritos.

— Ele parece não se importar com o fato de que eles foram deixados para mim. — Ela olhou ao redor da sala, como se alguém pudesse ouvi-la. — Joy, os manuscritos do Charles estão em toda parte. Ele também os deu para outras mulheres.

Segurei sua mão em cima da mesa.

— Ah, Mical...

Eu nem precisei perguntar, porque vi a dor em seus olhos. Eu experimentei a mesma traição: saber que meu homem esteve com outras mulheres e deu algo valioso a elas. Era um saber que feria a alma.

— E Oxford inteira me ignorou desde a morte dele. Todos, exceto Lewis. Então não posso pedir ajuda. E o que adiantaria se eu pedisse? Acho que eu não quero saber o que essas mulheres têm ou sabem. Talvez seja melhor eu simplesmente deixar isso para lá.

— Deixe as mulheres adormecidas em paz. Deixe que elas fiquem com os papéis e os *souvenirs* delas.

Ela se inclinou para perto de mim.

— Acho que você tem razão, Joy. Eu também não sei que cartas estão por aí.

— É horrível. Os homens podem ser completos animais — eu disse. — Outros os veem como heróis, mas somos nós que vivemos em casa com eles que temos de tolerar suas infidelidades e pecadinhos.

— Sim. — A cabeça dela balançou em concordância.

— Mas o Jack, não. — Olhei para a porta como se minha voz pudesse trazê-lo mais rápido até nós.

— Você acha que ele é diferente? Acha que, se morasse com ele, ele não teria essas mesmas tendências?

— Eu *realmente* acho que ele é diferente.

— Ah, Joy. Você pode estar certa. Mas como vamos saber? Como qualquer mulher saberia, exceto a sra. Moore (que Deus a tenha)? Ela foi a única que viveu com ele até hoje, ou provavelmente a única que viverá.

— Talvez você tenha razão. — Dei um longo gole e senti o calor do xerez preencher minhas extremidades frias. Eu queria perguntar mais sobre a sra. Moore, coisas que não perguntaria ao Jack, mas contive minhas indagações e sorri para Mical.

— Joy... — A voz dela foi suave. — Conte para mim o que está preocupando você. Quero ajudar, se eu puder.

— Eu sou tão transparente assim? — Levantei meu copo em um brinde.

— Para mim, sim.

— É difícil de definir, mas é o Bill. Algo parece muito errado. Ele não está me respondendo, e não está mandando dinheiro. Estou sem nada. Sei que poderia pedir dinheiro ao Jack, como ele me ofereceu, mas prefiro cortar minha orelha a fazer isso. — Apertei meu casaco contra o corpo. — Pedi ao Bill meus remédios para a tireoide, um pouco de comida e alguns livros, mas ele não mandou nada.

— Sinto muito. O que eu posso fazer para ajudar?

— Você não precisa fazer nada. Só de estar aqui, sendo minha amiga, já é o suficiente. Eu dei tantas ideias de trabalho para o Bill... temos projetos pela metade nos quais ele poderia se aprofundar. — Esfreguei os dedos contra o polegar. — Agora eu nem tenho dinheiro para comprar uma passagem de volta para casa.

Os olhos dela se encheram de lágrimas — por mim! Sua empatia foi tão reconfortante quanto o fogo ardente no outro lado do bar.

— Parece que estou reclamando — falei. — Eu sei disso. Mas eu vou escrever como louca. Vou terminar esse projeto e então vou colocar tudo em ordem em casa.

— Como estão os seus Dez Mandamentos?

— Estou quase terminando, só faltam mais cinco artigos, e já fiz o esboço deles. E encontrei um título para o livro: *Fumaça na montanha*.

— Então seu trabalho está indo bem; mas você não parece você mesma, Joy — notou Mical, me pegando olhando fixamente para a porta da frente.

— Acho que estou um pouco com saudade de casa — eu disse. — Não quero muito falar sobre isso. O que mais aconteceu em Londres enquanto eu estava doente?

— Você ouviu falar do Charlie Chaplin, não? Ele viajou para cá para a estreia de seu filme *Luzes da ribalta* e decidiu ficar.

Eu ri e me senti quente o suficiente para tirar o casaco, colocando-o nas costas da cadeira.

— Que bom para ele. Se todos os estadunidenses viessem para cá, acredito que ficariam. E não acho que você queira isso.

Mical deu de ombros.

— Ah, e sabe o melhor de tudo? O racionamento de chá acabou ontem!

— Acabou? Graças a Deus! — Fingi fazer o sinal da cruz, e ela juntou as mãos em uma falsa oração.

— Que sacrilégio... — ela comentou. — Podemos ser fulminadas a qualquer momento!

Nossa conversa fluiu com leveza. Colocamos o papo em dia sobre o que estávamos lendo, e ela me contou que seu filho Michael encontrou um emprego. Eu falei que estava trabalhando no OHEL, e que Jack me enviou editadas as páginas do manuscrito dos Dez Mandamentos.

— Nós duas vamos aproveitar ao máximo os dias que você ainda tem aqui, Joy. Você precisa jantar comigo, depois vamos a um show de *vaudevile*, e, é claro, vamos curtir nossos amigos do pub White Horse.

Eu segurei a mão dela na minha.

— Estou tão feliz por você ter aparecido na minha vida! — comemorei, no exato momento em que Jack e Warnie entraram no salão. Jack nos viu acenando para ele, e os dois se juntaram a nós, tirando os casacos e chapéus.

Depois que todos nos cumprimentamos, Jack se virou para mim.

— Estou muito feliz em vê-la. Precisamos ouvir tudo sobre suas viagens. Sentimos sua falta.

— Sentimos mesmo! — Warnie sorriu para todos nós, tocando o chapéu.

Jack se sentou ao meu lado, e eu inspirei seu aroma quente: tabaco, flanela molhada e chuva.

— Escrevi tudo para você — disse. — E a coitada da Mical acabou de ter que me ouvir por uma hora inteira.

Jack deu um tapa leve na mesa.

— Então, vou começar: quero proclamar aqui, na frente de nossos queridos amigos, que você escreveu uma divina sextina.

— Que bom que gostou! — Meu sorriso rompeu as palavras. Ele amou minha sextina. E, se não a amou, certamente gostou dela.

— O que vocês duas estavam conversando e bebendo? — Jack apontou para nossos copos meio vazios.

— Você sabe como a Joy é — Mical falou. — Estávamos falando de tudo.

Voltei a me sentir viva. Sorri para ela com sincera gratidão.

— É a Mical que deixa tudo interessante. Ela é como água no deserto.

Fomos interrompidas quando a garçonete, uma jovem de avental e trança até a cintura, trouxe duas cervejas para os irmãos. Eles deram um gole longo, e Jack apalpou o bolso do casaco à procura de seu cachimbo, um hábito agora familiar.

— Sentimos saudade do seu marido — ele se dirigiu a Mical. — Sabia que foi no Hotel Mitre de Oxford que comemoramos a primeira palestra dele?

— Ah, sim — Mical assentiu. — E não foi lá também que você conheceu T. S. Eliot? Ah, os bons e velhos tempos.

— Sim, de fato. Foi quando ele me disse que eu parecia mais velho do que nas minhas fotos.

Eu deixei escapar:

— O quê? Você não tem nada de velho! Ele estava tentando irritá-lo, porque na vida real você é mais jovem e mais vibrante do que em qualquer fotografia.

O rubor começou abaixo da minha clavícula, e o calor subiu para o meu rosto. Por que eu não pensei antes de falar?

Jack sorriu, enrugando os olhos.

— Obrigado, Joy. Eu ignorei o insulto dele. Inclusive pedi que contribuísse com um artigo sobre Charles Williams para a coletânea que lhe demos quando ele se mudou de Oxford para Londres. — Então, sua atenção se voltou para Mical. — A ausência de Charles na minha vida e entre os Inklings é profunda. Sentimos falta dele todos os dias.

— Obrigada, Jack.

— Eu queria que você o tivesse conhecido — comentou Jack, voltando sua atenção novamente para mim. — Charles era o que eu chamava de meu "amigo dos amigos".

— Mesmo não o tendo conhecido, há uma estranha conexão entre nós. Meu marido escreveu o prefácio do livro de Charles, *Os grandes arcanos*.

— Sério? — Jack fez uma pausa no meio de um gole de cerveja. — Eu não sabia disso.

— Viu? — Levantei meu copo. — Estamos conectados em todos os lugares. Mesmo antes de nos conhecermos, todos nós já estávamos ligados por esses pequenos fios engraçados. Eu amo essas pequenas pistas que Deus dá para juntar as pessoas e dizer: "Aqui está, este é para você". — Sorri para Jack. — Cada capítulo do romance de Bill, *O beco do pesadelo*, começa com uma carta de tarô, então o editor deve ter achado que ele sabia o suficiente sobre o assunto para apresentar o trabalho de Charles.

— Fascinante — observou Jack. Ele se recostou na cadeira, cruzou os braços sobre o peito e tirou seu cachimbo.

Warnie pousou os olhos no ar, como se pudesse ver Charles, há muito distante:

— A obra dele vive.

— É o que esperamos, não é? — Levantei meu xerez em um brinde. — Que nosso trabalho viva.

— De fato — disse Warnie.

— De fato — Jack repetiu, e todos levantamos o copo para Charles Williams.

A tarde passou com comida agradável e uma conversa ainda melhor. Eu estava tão contente de estar mais uma vez perto da amizade de Jack que não sentia necessidade de estar em outro lugar. Eu senti falta dele e neguei esse sentimento até para mim mesma, como se, fingindo que não sentia tal emoção, ela fosse se dissipar.

Afinal, e rápido demais para o meu gosto, Jack e Warnie se despediram de nós, pois Jack daria uma palestra com Dorothy Sayers naquela noite. Antes de partir, ele se inclinou sobre a mesa.

— Joy, na próxima semana vou falar para crianças na biblioteca de Londres. Crianças me deixam nervoso. Poderia ser minha convidada? Seria maravilhoso se você fosse comigo.

Eu prometi que o encontraria lá. Eu teria prometido encontrá-lo em qualquer lugar.

Bill:

Querida Joy,

Eu reli *Enseada das lágrimas* e está muito bom, mas depressivo. Você errou na estratégia da escala de tom. Para um drama ser popular, ele precisa ter a qualidade de *O crepúsculo dos deuses*, algo que você não tem. Acho que, quando reler, verá que estou certo. Enquanto isso, tenho trabalhado em obras carnavalescas e, com a ajuda da Renee, há anos não me sinto tão energizado e cheio de criatividade!

P.S.: Estou muito impressionado com a sextina que me enviou!

Capítulo 20

Sua pena e suas esmolas; de fato,
Se eu tivesse coragem, pediria seu amor
Lamento de um pedinte, Joy Davidman

A biblioteca pública de Londres se erguia sobre a paisagem tal qual um castelo, como se Londres entendesse melhor do que os estadunidenses a realeza da história. Com suas janelas e beiradas arqueadas, sua fachada de pedra e lindo madeiramento por dentro, era um refúgio. Naquela tarde, a sala de leitura estava cheia de crianças pequenas sentadas de pernas cruzadas sobre um tapete grosso e marrom, inquietas e entediadas, enquanto suas professoras lhes diziam para ficarem quietas e em silêncio.

Na sala de conferências nos fundos, entre livros empilhados para serem recolocados nas prateleiras e cadeiras empilhadas contra a parede, Jack e eu esperamos juntos até chegar a hora de sua palestra. Eu estava usando minhas novas botas forradas de lã e um vestido de tweed bege (com um colarinho ondulado) apertado na cintura; fazia algum tempo que eu não me sentia tão linda. Comecei a tricotar novamente e estava usando um cachecol que eu fiz com uma requintada lã de bharal, uma espécie de carneiro.

— Joy, preciso mesmo enfrentar o pelotão de fuzilamento lá fora? — ele perguntou enquanto andava pela sala.

— Você escreve para essas crianças — eu disse, com um sorriso. Ele parou na minha frente, e eu estendi a mão para ajeitar sua gravata, batendo-a contra o peito dele em um movimento familiar que pareceu surpreender nós dois.

Ele entrelaçou as mãos atrás das costas.

— Ah, mas não é o mesmo que falar com elas.

— Elas vão adorar você. Vão ficar chocadas. — Eu o provoquei com um piscar de olhos.

Jack meneou a cabeça, com as papadas presas no aperto firme de sua camisa branca passada e sua gravata.

— Não me importa se elas me amam, desde que não fiquem irritadas e debochando — ele falou, porém sorriu, demonstrando todo o seu carisma irlandês, mesmo tenso.

— Hoje é o aniversário de sete anos do Douglas. Como eu queria que ele estivesse aqui conosco para ouvir você e estar comigo...

Jack se aproximou de mim e pegou minha mão.

— Vou fingir que ele está na plateia.

Eu fiz que sim, bem no momento em que Edith, a bibliotecária que estava organizando o evento, foi até mim com a voz baixa.

— Você tem filhos aqui? — Foi a tentativa insuficiente dela de descobrir quem exatamente eu era em relação a C.S. Lewis.

— Não, meus filhos estão nos Estados Unidos — respondi, mas logo me arrependi. Explodi em uma torrente de desculpas: — Estou ajudando o sr. Lewis, escrevendo com ele, pesquisando...

Jack deu um passo à frente e se dirigiu à Edith.

— A sra. Gresham é uma escritora estadunidense renomada e está aqui para pesquisar. Estamos prontos para falar com as crianças?

— Prontos. — Ela se afastou, com sua saia lápis e sapatos de salto alto, blazer apertado na cintura e cabelo fixado com um spray que cheirava à tinta fresca.

Jack e eu fomos até o salão principal, e, quando ele se aproximou do púlpito, eu me acomodei em uma cadeira ao lado dele. O salão ficou em silêncio. Muitas crianças seguravam cópias de *O leão, a feiticeira e o guarda-roupa* no colo, abrindo e fechando as páginas como se Aslan pudesse pular para fora e se juntar a nós.

Os meninos usavam boinas e pequenos ternos, com seus paletós abotoados e calças passadas. As meninas usavam vestidos e sapatos boneca, arredondados e lustrados, com meias brancas apertadas nos tornozelos, seus cabelos em tranças e fitas. Todos me pareciam miniadultos, prontos para uma aula.

— Boa tarde! — Jack disse com uma voz alta e estrondosa, a que o tornou o palestrante mais popular de Oxford.

Algumas crianças se assustaram, mas a maioria apenas o encarou com admiração. Ele olhou para mim e eu sorri, acenando com a mão para que ele continuasse.

— Estou aqui hoje para falar sobre histórias, especialmente sobre essa que a maioria de vocês parece ter no colo, aquela cheia de animais falantes, crianças cheias de imaginação e um grande Leão.

As crianças estavam imóveis como estátuas no castelo da Feiticeira Branca, e Jack não mostrou nenhum sinal de nervosismo, exceto pelo gesto de entrelaçar as mãos atrás das costas, com os polegares se movendo para frente e para trás um contra o outro, um indício que ninguém mais perceberia.

— Tive a ideia de Nárnia muito antes de escrever o primeiro livro — ele continuou. — Desde que eu era um menino bem pequeno, imaginei um fauno andando por uma floresta nevada com um guarda-chuva. Eu guardei essa imagem na minha mente, sem saber o que fazer com ela. Então, durante os horríveis bombardeios da Segunda Guerra Mundial, três crianças vieram ficar comigo na área rural de Oxford, onde eu moro. Elas estavam fugindo de Londres, este mesmo lugar onde vocês moram agora, que na época era muito perigoso. Eu não tenho filhos, então fiz a única coisa que sabia fazer para mantê-las ocupadas: contei-lhes histórias.

Ele fez uma pausa, e nenhuma criança emitiu um barulho sequer; Jack pigarreou e continuou.

— Uma dessas histórias era sobre crianças que foram enviadas para morar com um professor em uma velha casa mofada no campo. Eu queria torná-las reis e rainhas, bem diferentes das crianças amedrontadas que eram na vida real. E foi *assim* que Nárnia começou. Mas — ele deu um longo suspiro, como se estivesse lembrando do tempo perdido — foi somente anos depois que me sentei para escrevê-la.

Ele olhou para as crianças silenciosas de olhos arregalados e continuou falando, encantando-as com histórias. Finalmente, chegou ao assunto que a maioria estava esperando.

— Aslan — ele lhes contou — simplesmente saltou para a página. Ele não estava nos meus planos. Mas por muitas noites eu sonhei com leões e então soube que precisava colocar um na história.

Uma menina pequena choramingou e exclamou:

— Você não planejou o Aslan?

Seu doce sotaque inglês fez o nome de Aslan soar como uma sinfonia.

Jack riu com tanta alegria que as crianças riram junto! Então, ele começou a falar sobre Edmundo e Lúcia, sobre o sr. Castor e todos os outros livros de Nárnia, que estavam programados para serem publicados a cada ano.

— Estou terminando o último agora.

Um garotinho com um chapéu de tweed levantou a mão.

— Sim, filho? — Jack perguntou.

— Como se faz um livro? Eu quero fazer um livro.

— Primeiro, tento escrever os livros que quero ler. Vejo meus livros em imagens. Eu os assisto se desenrolarem e então escrevo sobre isso. Eu conto o que vejo e depois preencho as lacunas.

— Quem mostra isso para você? Quem mostra as imagens? — o menino perguntou suavemente. — Eu quero conhecê-lo.

Jack se inclinou para frente no púlpito, com aquele brilho no olhar.

— O Grande Contador de Histórias, eu acredito.

O menino ficou olhando para Jack por algum tempo e então pareceu descartá-lo como um velho careca e bobo.

Jack continuou.

— Quando eu tinha mais ou menos a sua idade, comecei a inventar histórias com meu irmão, Warren. Imaginamos um pequeno país cheio de animais que andavam e falavam. Chamávamos o lugar de Boxen. Muitos daqueles seres, os mesmos que eu imaginei quando tinha a idade de todos vocês, foram parar em *Nárnia*. Não há limite de idade para inventar histórias. Comece quando quiser e pare quando desejar.

O charme de Jack, uma qualidade indescritível que emanava dele como luz, encantou as crianças. Era a cadência de sua voz, a maneira como ele se inclinava para frente, parecendo contar um segredo, o brilho nos olhos e a insinuação de que ele poderia explodir em gargalhadas a qualquer momento.

Quando tudo terminou e saímos da biblioteca, Jack e eu encontramos Warnie, que estava esperando em um velho pub, sentado em uma mesa de canto. Jack soltou um longo suspiro.

— Aquilo foi um desastre total. Acho melhor eu me ater a escrever para crianças, e não a falar com elas.

Eu olhei para Jack surpresa. Como esse homem tão reverenciado podia ter tão pouco orgulho de si mesmo?

— Jack, você manteve aquelas crianças completamente enfeitiçadas. Elas ficaram imóveis, boquiabertas e sem piscar os olhos. Quando crianças estão entediadas, elas se mexem e se agitam como pequenas minhocas em um balde. Você as capturou em sua rede de histórias.

— Você acha mesmo? — ele perguntou.

— Eu tenho certeza. Você é *muito* bom com crianças. Você as encantou.

— Na verdade, eu fico um pouco tímido perto de crianças. — Jack olhou para mim e apertou os olhos por causa da luz fraca. — Acho que esqueci de contar: respondi a carta do Davy. Uma carta muito bem-feita. Ele me contou tudo sobre a nova cobra.

— O quê?

— Você não sabia da cobra? Eu o coloquei em apuros?

Eu ri e pus minha mão em seu braço.

— Eu sei sobre o sr. Nichols. Eu quis dizer que não sabia que o Davy tinha escrito para você. O Bill me disse que ele queria, mas... o que você respondeu?

— Eu contei a ele que estava trabalhando na última aventura de Nárnia e que esperava que ele gostasse tanto quanto das outras.

Jack escreveu para o meu filho.

Uma felicidade quente e peculiar veio sobre mim, como se eu tivesse acordado e descoberto que era primavera e que meu jardim, que plantei no inverno desolado, estava em flor.

Warnie entrou na conversa.

— Como estão aqueles seus colegas de ficção científica? Você ainda vai à rua Fleet?

— Essa é a minha única vida social de verdade, pelo menos até eu ver vocês dois ou encontrar a Mical para ir a um show. Mas, mesmo com os escritores, parece que não posso escapar de vocês, irmãos Lewis. Eles estão fascinados com *Perelandra*. E não conseguem acreditar que sou amiga de vocês.

Jack acendeu um cigarro e fez uma pausa antes de dar a próxima tragada.

— Ah, eu sei que há pessoas nesse grupo que não gostam das minhas histórias. Eu recebi cartas delas. Acho que provavelmente há alguns lá que gostariam mais das histórias do seu marido.

— Certa noite, conheci uma mulher que quase desmaiou quando descobriu que eu sou casada com o homem que escreveu *O beco do pesadelo*. — Fiquei olhando para longe por um minuto. — É estranho. Apesar de toda a dor, quando penso no homem que escreveu aquele livro, tenho muito carinho por ele.

— Mas ele não é o mesmo homem agora? — Warnie perguntou.

— Não, ele não é. — Balancei a cabeça e mudei de assunto.

Enfim, como acontece em todos os encontros, nos despedimos. Eu me afastei deles enquanto chamavam um táxi até a estação de trem. Em um casulo de contentamento, passei aquele fim de tarde na rua Regent, onde comprei um suéter de lã barato por apenas cinco guinéus, que me caiu bem agora que eu tinha perdido peso durante a gripe. Em um grande acesso de saudade dos meus pequenos poogles, também passei pelos corredores da enorme loja de brinquedos de dois andares e, com o resto dos meus xelins, comprei um globo para o Douglas e, para o Davy, uma comprida cobra plástica que se movia quando sacudida.

A tarde foi se transformando em noite. Enquanto Jack e Warnie já deviam estar em The Kilns, eu voltava a pé para a estação de ônibus, a fim de pegar o transporte até a casa fria de Claire, com seus nabos cozidos.

O triste mês que tive ficou para trás, pois havia mais dias pela frente com Mical, com Londres, com meus colegas do White Horse e com Jack e Warnie. Esses tempos pareciam guardar recompensas secretas, mas escondidas, esperando pacientemente até eu chegar.

A felicidade era o maior presente da expectativa.

Capítulo 21

Aqui estou eu, e o que mereci?
Aqui tenho fome, esperando; estou fria

Soneto 5, Joy Davidman

Certa manhã, acordei devagar e meus ossos rangiam de frio, mas meu coração estava ansioso ao pensar que estava indo para Oxford novamente. Naquele dia, eu viajaria de trem para ouvir Jack dar uma palestra sobre Richard Hooker. Seria sua primeira palestra do trimestre e minha única chance de vê-lo em seu habitat natural.

Eu deixei Claire, com sua dieta vegetariana e sua casa fria, e agora meu novo quarto no Hotel Nottingham era um apartamento mofado e sem elevador no quarto andar. Contudo, eu o decorei para não ficar desanimada: flores vermelhas e douradas do mercado, uma colcha barata de estampa indiana, um vaso esmaltado lascado, e uma toalha de mesa floral com uma pequena mancha no canto inferior. Pendurei três quadros pequenos que comprei no meu primeiro mês em Hampstead Heath, quando achava que o dinheiro e minha boa disposição iriam durar. Por mais maltrapilho que fosse o quarto, pelo menos a localização era boa: no centro do West End, com lojas bonitas e fácil acesso a pé.

Enquanto isso, eu trabalhava diligentemente em qualquer coisa que pudesse nos trazer um pouco mais de dinheiro — terminei *Fumaça na montanha* e continuei a esboçar meu romance. Nos intervalos, lia e editava o trabalho que Jack me dera. Bill enviava alguns dólares de vez em quando, e eu economizava o máximo que podia.

Socialmente, estava aproveitando o máximo possível das coisas. Apenas alguns dias antes, almocei com Dorothy Heyward, que estava hospedada em um hotel decadentemente suntuoso, o Cavendish. Ela era uma querida amiga de MacDowell, frágil e com uma tala de aço devido a um acidente de carro, mas ainda assim empolgada com o sucesso da estreia londrina da ópera *Porgy e Bess* (baseada no livro de seu marido e produzida pelos Gershwins).

Ela se inclinou para frente, chacoalhando os cachos, e disse:

— Ninguém quer contar que a ideia foi minha, que eu ajudei meu marido, DuBose, a adaptar o livro para o teatro.

Obviamente eu pude simpatizar com ela.

— Por que será que frequentemente ficamos à margem da vida criativa deles?

Erguemos os copos e brindamos a nossas próprias imaginações e criações.

Se as velhas ansiedades tomavam conta do meu coração, o que às vezes acontecia, eu caminhava por Londres a fim de absorver a cura das rosas e dos crisântemos, das íris em plena floração, das trepadeiras de jasmim de inverno com suas flores amarelas pendendo das jardineiras de ferro ao longo das calçadas.

Era hora de partir para Oxford. Reguei os vasos de flores e arrumei a cama. Endireitei as pequenas pilhas de trabalho ao lado da máquina de escrever na mesa da cozinha e tranquei a porta.

Com a bolsa apertada contra o peito, esperei na estação rodoviária Victoria, na rua do Palácio de Buckingham, um nome que lembrava realeza demais para um lugar que era apenas mais uma estação suja e espessa de fumaça.

Apesar de toda aquela alegria, meu estômago ainda se revirava com desconforto. As cartas de Bill continuavam não chegando como antes e, mesmo quando chegavam, ele nunca abordava nada do que eu havia escrito para ele nem respondia às minhas perguntas. Ele recebeu o livro de Nárnia dos meninos? Poderia enviar algumas cópias de *Enseada das lágrimas*? Seu tom de frieza me assustava; porém, o que mais eu poderia esperar? Lá estava eu, na Inglaterra, e lá estava ele, com quatro filhos e Renee, ambos fazendo o melhor que podiam.

Mas logo eu voltaria para casa — por fim tinha economizado dinheiro suficiente, entre alguns dólares que Bill enviara e um pequeno cheque de *royalties*, para passar na agência de viagens e comprar minha passagem de volta para casa no RMS *Franconia*, uma viagem de seis dias, partindo em 3 de janeiro. O navio não seria tão agradável, rápido nem bem-equipado quanto o SS *United States*, mas me levaria de volta para a América.

Mesmo com a expectativa de ouvir a palestra de Jack, eu não conseguia me livrar do medo profundo da falta de comunicação de Bill e seu tom frio. O ônibus estava atrasado, e encontrei um banco de ferro, onde me sentei e vasculhei minha bolsa em busca de papel. Com uma onda de emoção reprimida, comecei a escrever apressadamente.

Joy:

Querido Poogabill,

Você sempre soube me machucar por omissão, deixando de lado o que importa, para que eu tenha que adivinhar seus sentimentos. Talvez eu tenha feito o contrário, sendo direta demais com minhas opiniões.

Com uma caligrafia torta e desesperada, preenchi seis páginas. Vi que eu precisava me conectar com ele e com minha família, e para isso senti que devia me arrepender dos meus próprios pecados e não focar os dele. Admiti que feri seu ego ao ir embora, e que entendi que deveria ser difícil me perdoar. Não era culpa dele que eu tivesse tentado ser a Mulher-Maravilha e falhado miseravelmente, e depois o condenado. E eu sentia falta dos meus filhos como se uma parte do meu corpo tivesse sido amputada. Quanto mais eu ficava saudável, mais sentia falta deles.

Joy:

Nunca mais ficarei sem meus meninos. Isso eu sei. Nenhum poder do céu ou da terra me afastará deles.

No exato momento em que o ônibus vermelho de dois andares parou na calçada, com sua fumaça sonolenta se arrastando atrás, enfiei a carta no envelope e coloquei um selo. Precisava que esses sentimentos atravessassem o oceano, voando até minha família.

Como se as palavras tivessem me esvaziado de energia, dormi durante o trajeto do ônibus e só acordei quando ele fez um barulho ao parar. Com os olhos embaçados, olhei pela janela e vi Oxford, com sua paisagem agora familiar: ciclistas, postes de luz e ruas de paralelepípedos, prédios de calcário e pessoas apressadas. Enxerguei Victoria esperando em um banco, embalada em seu casaco e cachecol, com o longo cabelo castanho escondido dentro de um gorro de lã azul. Bati na janela, mas ela não olhou.

Saí rapidamente do ônibus, e ela pulou do banco e me abraçou.

— Você voltou!

— Não está cansada de mim? — perguntei.

— Ainda não. — Ela sorriu de forma insinuante. — Afinal, você vai me levar para ouvir o grande C.S. Lewis.

Enlacei meu braço no dela.

— Então vamos em frente — disse.

A caminhada de poucos minutos pela rua High era familiar o suficiente para me fazer sentir que quase pertencia àquele lugar.

— O sr. Lewis sabe que você vem?

— Eu avisei a ele. — Apertei o braço dela com mais força. — Vamos ver. Pode ser que ele esteja tão ocupado que nem nos note.

— Quantas pessoas será que viriam ouvir uma palestra sobre Hooker?

— Com Jack como palestrante, suspeito que muitas.

Andamos pelos caminhos cobertos de folhas até uma das outras faculdades de Oxford, a Christ Church, carinhosamente chamada de "A Casa". Só tivemos de perguntar a dois estudantes onde ficava a Sala Comum dos Seniores para encontrá-la — uma sala aconchegante e escura onde os professores iam para fumar. Quando chegamos, percebemos que não conseguiríamos ver Jack. Não havia espaço nem para entrar. Afundei em decepção.

Victoria ficou na ponta dos pés para espiar e então me cutucou — eu, que só tinha 1,57 m de altura e não conseguia ver nada nem ninguém —, dizendo:

— Acho que eu estava errada sobre o número de pessoas que queriam ouvir essa palestra.

Foi então que a multidão, como uma onda, começou a se mover em nossa direção.

— Com licença — disse um homem baixo e careca, vestindo uma beca preta. — Estamos indo para o auditório.

Animadas, Victoria e eu seguimos a multidão até uma sala maior, com um púlpito bem à frente. Eu me senti como uma estudante e gostei disso. Encontramos lugares na última fileira e nos acomodamos uma do lado da outra. Murmúrios encheram a sala, as conversas subindo e descendo, até que Jack apareceu.

Era difícil vê-lo com o grupo de homens gordos e barbados que estava à nossa frente, mas a imagem de Jack estava em minha mente — tudo, de seu sorriso até o brilho em seus olhos, o bate-bate-gira de sua bengala, e o paletó com os remendos nos cotovelos gastos.

Outro homem de beca (eles estavam começando a parecer todos iguais) se aproximou do púlpito para apresentar C.S. Lewis e seu tema: Hooker, o grande teólogo anglicano do século XVI que se distanciara da teologia da predestinação.

Jack se levantou, como eu já o vira fazer algumas vezes, com as mãos atrás das costas, onde eu tinha certeza de que ele estava agitando seus polegares para lá e para cá. Seus olhos brilhantes atrás dos óculos sem aro percorriam a sala, como se estivessem absorvendo tudo, um rosto de cada vez. Observei com carinho, maravilhada com a sua calorosa familiaridade e com o simples espanto de como nos tornáramos amigos. Quem ele estava procurando? Então, com um grande surto de alegria, eu soube quem ele procurava. Afinal, quando seus olhos repousaram sobre mim, seu sorriso explodiu em um raio de sol tão forte que eu senti seu calor. Dei-lhe um leve aceno, e ele assentiu.

Naquele instante, todo o sentimento de rejeição desmoronou como uma armadura antiga. Certas emoções podem ser escondidas, mas um sorriso como aquele não podia estar em desacordo com seu coração — o fato de que ele estava tão conectado a mim quanto eu a ele; era uma amizade da mais alta ordem.

Victoria se inclinou para mim e sussurrou:

— Ele estava procurando você, não estava?

— Sim, eu acho que estava.

Ela fez um som suave, como um murmúrio, e apertou minha mão.

Jack se dirigiu ao púlpito e pigarreou. A palestra foi informativa e empolgante, e eu não esperava nada menos. Quando Jack usou sua voz de palestrante de Oxford, eu quase me esqueci de que meu amigo era de Belfast. Mas então ele ativou aquele seu charme, e o irlandês nele ficou inconfundível, conquistando o auditório.

Quando o evento terminou, Victoria e eu continuamos ali, permitindo que as pessoas passassem por nós. À medida que a multidão se dispersava, Jack lentamente foi até o fundo da sala para nos cumprimentar. Nossa conversa foi agradável, rápida e interrompida por homens que precisavam de sua atenção. Mas, não importava o que ele dissesse, era seu sorriso que eu levaria comigo pelo resto do dia.

De volta ao ar frio e nublado de Oxford em novembro, Victoria e eu caminhamos até a cidade. Era sempre nos pequenos momentos que eu entendia grandes verdades, se prestasse atenção. Assim, enquanto caminhávamos no mesmo ritmo, lado a lado, com a luz do sol caindo fina e reta pelos galhos desnudos, eu me afundei nesse sentimento de felicidade, me perguntando o que ele realmente significava.

Aceitação.

A palavra voou até mim. E percebi que poderia viver uma vida melhor sem os sentimentos mal enraizados de rejeição que rastejavam em meu interior, sem a ideia azeda de que eu não era e jamais poderia ser o suficiente. Essas eram mentiras em que eu acreditava. Foi o sorriso de Jack que me libertou, pelo menos naquele momento, e eu levaria a lembrança dele para sempre. Eu colocaria aquele brilho no meu coração como uma placa.

— Você está com um humor maravilhoso — disse Victoria enquanto caminhávamos pelas calçadas da rua High.

— Estou, sim! — Eu ri e a puxei para dentro do Pássaro e o Bebê, onde bebemos uísque, conversamos e rimos até eu precisar pegar o ônibus de volta para Londres.

Tudo ficaria bem, eu acreditava. Como dizia Juliana de Norwich, a mística favorita de Jack: "Tudo ficará bem. Todas as coisas ficarão bem".

Capítulo 22

Fiz das minhas palavras as servas do meu desejo.
Agora, deixe-me olhar sem piscar, como devo
Benditas são as coisas amargas de Deus, Joy Davidman

Dezembro de 1952

Um barulho do lado de fora do meu quarto de hotel em Nottingham me assustou, e eu me levantei da mesa da cozinha, onde estava trabalhando nas edições de OHEL, para ver que haviam colocado um envelope branco sob a porta. Apertei meu roupão contra o corpo e estremeci. O ar gelado, que parecia penetrar até os ossos, era a única coisa que me fazia estremecer na Inglaterra. Abaixei-me para pegar o papel: *finalmente*, uma nova carta de Bill. Sorri com a expectativa de uma correspondência animada, com notícias de casa e, talvez, um pouco de dinheiro para comer algo além de batatas cozidas e sopa enlatada.

Coloquei a chaleira no fogo, posicionei um infusor de chá na xícara de porcelana e abri o envelope. Olhei para a pilha de outras cartas que recebi desde que chegara à Inglaterra. Chad Walsh. Marian MacDowell. Belle Kauffman. Minha editora, a Macmillan, e minha agência, a Brandt e Brandt. Meu Davy e meu Douglas. Uma vida em cartas, uma pilha delas amarradas com corda. E, claro, havia apenas uma carta de minha mãe. Eu não esperava outra coisa, mas a esperança é a última que morre. Ao lado das cartas estava minha pilha de trabalho — tanto meus próprios escritos quanto os de Jack —, como se toda a minha vida fosse feita de palavras datilografadas em páginas.

Sentei-me para ler.

Bill:

Querida Joy,

Admito meu tom frio.

Ah, eu não estava louca.

Depois, ele escreveu sobre problemas financeiros, mas disse que vinha lidando com isso com a ajuda de Renee em casa. As crianças sentiam minha falta, mas estavam bem — festas na vizinhança e atividades ao ar livre.

Então as verdades foram ditas, uma após a outra, em rápida e implacável sucessão.

Preciso contar a você a verdade sobre nossa vida aqui também: Renee e eu estamos extremamente apaixonados. Somos muito felizes e sentimos que estamos mais casados do que em nossos casamentos. Eu sei que isso deve ser um golpe e um choque, mas você e eu sabemos que a força de vontade não é capaz de fazer você me amar ou eu amar você. Ser parceiros de escrita e ter uma amizade companheira não faz um casamento funcionar.

E, para dizer o óbvio, Poogle, você não quer muito ser uma esposa. Você nunca será nada além de uma escritora. Renee se importa com as coisas com que eu me importo: cuidar da casa, cuidar de todas as crianças, e cuidar de seu homem. Você poderia prometer se esforçar mais ou tentar ser mais parecida com a Renee, mas ambos sabemos que você enlouqueceria.

Bill foi direto e articulado, como se estivesse escrevendo um apêndice para seu livro. Suas palavras eram como um grande martelo esmagador.

Ele sugeriu que eu encontrasse alguém para me apaixonar em Staatsburg, e então poderíamos viver perto um do outro e criar as crianças juntos. Ah, ele até foi muito gentil ao dizer que poderia esperar para se casar com Renee até que eu também me apaixonasse, obviamente por alguém conveniente e perto dali.

E dava para acreditar que ele não via nada de pecaminoso em "atingir o máximo de amor com a Renee"?

A náusea ferveu. O frio ficou mais frio, e o piso áspero, mais áspero. Como eu deixei essa ideia de lado? Talvez eu não tivesse deixado. Talvez as últimas semanas de ansiedade não fossem nada além dessa consciência crescendo dentro de mim.

Ele terminou me dizendo para não me sentir "abandonada e não amada, Poogle". Mas o que raios mais eu deveria sentir?! Eu era uma adolescente acima do peso, e minha mãe me proibiu de usar o vestido que me fazia parecer gorda. Eu estava apaixonada pelo meu professor, e ele dormia comigo e voltava para a esposa em casa. Eu não fazia parte do grupo das garotas bonitas da faculdade, que sabiam como rir e flertar. Eu estava lendo uma crítica horrível do meu livro. Jack me falou sobre minhas qualidades masculinas e fez piadas sobre gostar de loiras. Eu revivi todos esses momentos em um único golpe do grande abandono que Bill me disse para não sentir, e cada lembrança surgia para se juntar à raiva e à rejeição. Minha prima? Minha linda prima e melhor amiga?

Bati a mão na mesa, e páginas datilografadas de OHEL caíram no chão.

Bill terminou a carta anunciando que não levaria meus filhos até o cais para me buscar daqui a algumas semanas, mas que eles estavam empolgados de saber da minha volta para casa. O final da carta estava cheio de conversas tão casuais quanto se ele tivesse me dito que amava um carro novo ou um livro, não minha prima.

Eu desabei na cadeira da cozinha e me perguntei que grito irritante e estridente era aquele lá em cima, quando percebi que era a chaleira. Levantei-me tonta e, sem pensar, despejei a água fervente sobre o infusor de chá, movi-o para cima e para baixo, coloquei dois cubos de açúcar e dei um gole. Segurei a xícara e bebi, fazendo com que lágrimas tão quentes quanto o chá rolassem para os cantos da minha boca antes que eu percebesse que estava chorando.

Se voltasse para a cama, não me levantaria mais. Tinha que continuar me mexendo. Talvez eu nunca devesse ter saído para buscar algo além do que me fora dado em casa. Será que eu estava sendo punida? Aliás, será que eu acreditava que Deus punia?

Olhei para as páginas espalhadas pela pequena mesa da cozinha: anotações, trabalhos e pesquisas. Tudo parecia fútil. Eu me esforcei e trabalhei, e me esforcei e escrevi, e fiz o que pensava ser o melhor — e agora minha prima estava dormindo com meu marido? Ela queria se apropriar da minha família?

Minhas emoções saíram do controle: eu me culpei, culpei Bill, culpei Renee e, então, é claro, culpei o próprio Deus. Bill era desprezível. Ele vivia rodando por aí, atendendo às próprias necessidades, e depois sossegou e se concentrou na minha prima? A raiva corria pelo meu corpo como fogo.

Finalmente me vesti e, com pressa, prendi o cabelo, me enrolei bem em um casaco e saí correndo para tomar um ar.

Caminhei pelas ruas como a pomba da arca de Noé em busca de um abrigo, mas encontrando apenas água: quilômetros e quilômetros de oceano, e nenhum lugar seguro para pousar. É claro que tudo isso tinha sido obra minha, a desgraça na qual eu me encontrava. O que eu achei que poderia acontecer se deixasse Bill com a perfeita Renee? O que eu achei que poderia acontecer se buscasse paz e saúde do outro lado do oceano?

Eu destruí minha própria arca.

Por horas, vaguei por Londres — a primeira cidade que eu realmente amei —, serpenteando por becos que nunca tinha visto, ao redor de praças, em parques de verde profundo. Era fim da tarde quando parei na ponte de Westminster sobre o rio Tâmisa. A luz do sol rósea e dourada e a lua inchada e magnífica pendiam no céu atrás de mim, enquanto a falsa lua do Big Ben brilhava à minha frente. Quando a escuridão começou a se infiltrar, com a tarde vazando pelas bordas do rio, caminhei com determinação até a Abadia de Westminster. As janelas arqueadas da catedral brilhavam no crepúsculo, e seus vitrais me chamavam para ver sua glória lá dentro. Ela fecharia no dia seguinte para os preparativos da coroação de junho, e eu precisava encontrar refúgio antes que as portas me trancassem do lado de fora.

Entrei. Uma missa acabara de começar. O santuário me cercava como uma floresta gótica, com seus pilares reclinados sobre a multidão de mais de quinhentas pessoas. Dei uma olhada ao redor: coroinhas de branco seguravam velas acesas, padres de preto estavam em frente ao altar, e o piso quadriculado me guiava até um banco do lado esquerdo.

— O Senhor esteja convosco — disse o padre, à frente da igreja, com suas palavras ecoando em uma voz retumbante.

— Ele está no meio de nós — respondemos a uma só voz.

Eu permaneci na missa, que parecia ao mesmo tempo familiar e purificadora, um ritual que não mudara em centenas de anos, algo sagrado. Quando as luzes foram apagadas para a homilia, apenas a luz das velas, das tochas e do crepúsculo encheram o santuário. Ao terminar a Eucaristia, fui a última a ficar ali, sozinha em um banco, com pensamentos que não se acalmavam. Enfim me levantei para voltar para casa e cair na cama, sentindo minha dor tão pesada quanto concreto.

Chorei por toda a perda que nunca reconheci, por toda a dor estocada: meu casamento, meus sonhos, minha carreira e minha saúde. Reconhecer o fim deles significava pranteá-los, e antes eu não estava pronta.

Na manhã seguinte, recomecei minhas andanças, vagando pela cidade como um gato perdido. Não queria Bill de volta. Não agora. Meu Deus, não! Ser traída em minha própria casa doía mais do que qualquer doença que me deixou acamada.

O dia estava anormalmente quente, o céu azul intenso e sem nuvens. Joguei meu casaco sobre o braço e coloquei um pé na frente do outro. Eu não conseguia escrever. Não conseguia ler. Eu só conseguia andar e sentir.

Desta vez, fui parar na Catedral de São Paulo, no topo da colina Ludgate, o ponto mais alto de Londres, onde talvez eu ficasse mais próxima de Deus, de mim mesma ou de qualquer grande tristeza que se movia dentro de mim. Era uma igreja anglicana, e eu já tinha visto fotos antigas dela, em preto e branco, cercada pela fumaça dos bombardeios da Blitz de 1940. A grande cúpula da catedral, construída no século XVII, uma montanha arredondada de tributo do homem a Deus, sobreviveu. Homens ficaram acordados a noite toda, passando baldes de água e lutando para salvar o que agora era meu refúgio, e eu subi até lá com os joelhos tremendo, acompanhada dos restos da minha vida destruída.

A igreja estava vazia, e meus passos ecoavam debaixo da enorme cúpula conforme eu me aproximava do altar. O estilo barroco inglês contrastava nitidamente com as torres góticas da Abadia. Havia muita coisa para meus olhos absorverem: ouro e arcos alados, joias e entalhes ornamentados, e vitrais por toda parte, nos quais as cenas da vida de Cristo se desenrolavam. A luz do sol caía da cúpula de vidraças lá em cima, vindo sobre mim, sobre o chão, os bancos e as estátuas esculpidas. Cordas me impediam de me aproximar do altar de ouro e mármore, com três castiçais no topo: Pai, Filho e Espírito Santo. De cada lado, os pilares de madeira escura eram retorcidos, levando meus olhos para cima, além do vitral arqueado de Cristo na cruz, até a cúpula, onde anjos de mármore olhavam para o céu, como se para nos lembrar de que estávamos sendo guardados e amados.

Certa vez li ou ouvi Jack dizer que, às vezes, uma alma gritava a Deus: "Seja feita a tua vontade" e, outras vezes, enfurecida, ela dizia: "Está bem, faça o que quiser". Eu me ajoelhei em um banco almofadado e disse essa última frase.

O que eu poderia ter feito de diferente? Implorei ao Cristo torturado nos vitrais.

Meus pais me avisaram... — *Por que você não consegue ser mais suave, mais amável, e mais gentil? Mais bonita? Mais como a Renee?* Por que eu não conseguia? Esse era meu castigo por tal autossuficiência?

Não sei por quanto tempo fiquei ali até finalmente me sentir inquieta. Levantei-me e fui em direção às escadas que levavam à Galeria Sussurrante, onde eu poderia subir até o topo vertiginoso da cúpula, como se talvez lá finalmente alcançasse Deus. Subi cada vez mais alto, contando cada um dos 257 degraus. A cúpula me fazia lembrar de Davy e seu enorme interesse por constelações, e um poema se desdobrou em minha mente.

— Vou fazer uma mágica para colocar vocês em um navio em breve — murmurei em voz alta. Eu resgataria meus filhos da maldade de Bill e Renee. Eu construiria uma nova vida com eles.

A Catedral Sussurrante recebeu esse nome porque uma pessoa podia sussurrar de um lado da parede dourada ornamentada enquanto a outra, do outro lado, mas com o ouvido encostado na mesma parede, conseguia ouvir o que foi dito. Mesmo com toda a minha confusão, algo nisso me fez lembrar de minha profunda conexão com Jack, e me perguntei se, caso eu murmurasse algo ali agora, nesse espaço sagrado, nessas paredes, ele poderia, de algum modo, me ouvir.

Em vez disso, foram as palavras de Jack que vieram até mim, um eco de uma das nossas cartas: *Deus não nos amou porque merecemos, mas porque Ele é amor.*

Fui até uma janela e senti, no mais profundo do meu ser, que eu voltaria à Inglaterra, mas com meus filhos comigo. Fantasia? Eu não sabia. Talvez. Mas, naquele momento, pareceu verdade. A cidade lá embaixo estava envolta em névoa, e dali eu podia ver os abscessos cavernosos da terra, estourados por bombas lançadas do alto, as igrejas arruinadas, restos da Segunda Guerra Mundial e do mesmo horror que levou as crianças até a casa de Jack.

Saí do corredor e desci uma escadaria até uma biblioteca e sala de troféus, onde encontrei um sacristão com sua túnica.

— Boa tarde, senhora. — Ele inclinou a cabeça para baixo e depois para cima. — Bem-vinda à Catedral de São Paulo.

— É gloriosa — eu falei, com minha voz cheia das lágrimas derramadas e não derramadas dos últimos dois dias.

O rosto dele se suavizou, como se pudesse ver a dor brilhando ao meu redor.

— Eu sugiro que suba até o campanário, onde, à uma da tarde, vão tocar o sino com cem badaladas.

— Obrigada — assenti. — Pode me mostrar o caminho?

— Por favor, me acompanhe.

Chegamos ao topo da torre do sino, onde um grupo de pessoas estava reunido, esperando ansiosamente pela grande badalada. Uma jovem com três filhos agarrados ao seu vestido se inclinou para mim.

— Os sinos lá em cima pesam sete toneladas — ela me contou. — Não é incrível?

Sorri.

— É, sim.

— Dizem que é o maior conjunto de sinos do mundo. — Ela apontou e eu virei o pescoço para ver os sinos e as rodas acima de mim. Senti vertigem.

— Um conjunto de doze sinos — afirmou o frade.

A sala estava quente: era um espaço circular com paredes de gesso amarelo-pálido e fotos emolduradas da grandiosa catedral. Doze homens entraram na sala para se posicionar em cima de plataformas de madeira de trinta centímetros de altura. Seus músculos se destacavam nas camisas apertadas, como se fossem se rasgar, enquanto pegavam as cordas que pendiam do teto de gesso; juntos, ao mesmo tempo, começaram a puxar.

Um toque retumbante após o outro encheu a torre. Em uma grande dança estacionária, os homens puxavam e grunhiam, balançavam e se moviam, enquanto os sinos badalavam. Das dez pessoas ali presentes, a maioria desceu da torre, mas outras apenas cobriram os ouvidos. Eu não fiz nenhum dos dois. Permaneci parada e deixei o ar reverberante me engolir por completo.

Fiquei ali e senti o enorme barulho vibrando pelo meu corpo. Calafrios me percorriam, e eu tremia com os sons incessantes que me purificavam, passando por minhas veias, minha mente e meu espírito. O tenor e a quinta tocavam juntos, não sincronizados nem em harmonia, mas em um som sublime e perfeito. Meus limites se dissolveram; a transcendência me envolveu. Deus estava comigo e sempre esteve. Ele estava na terra e no vento, no tocar dos sinos e no silêncio, na dor e na glória da minha vida.

Aqueles sinos tocaram por cinco minutos completos, mas na minha alma foi uma eternidade.

As crostas das feridas do meu ego caíram em grandes pedaços de aceitação: *Bill não me ama.*

Quando acabou, fiquei no ar que ainda ressoava com uma sensação de vazio e alívio, de calma e purificação. Eu estava tão pura quanto se tivesse participado, de joelhos, do ato sagrado da Comunhão.

Uma a uma, as pessoas se afastaram, e logo os tocadores dos sinos também foram embora. Fiquei sozinha naquela torre, com as mãos sobre meu coração e as lágrimas umedecendo minhas bochechas. Deus talvez não consertasse as coisas para mim, mas ele estaria comigo em tudo o que viesse pela frente, isso estava claro. Eu não sabia nada sobre o futuro, exceto que, em dois dias, eu iria à casa de Warnie e Jack para passar o Natal em The Kilns.

E, no ano novo, eu voltaria para casa, para um novo tipo de família.

CAPÍTULO 23

Eu trouxe ao meu amor obediência; curvei minha mão
E levei submissão à sua boca sedenta

Soneto 8, JOY DAVIDMAN

15 de dezembro de 1952

Oxford dormia sob uma camada de gelo, mas eu não me preocupei nem um pouco com o clima conforme o táxi deslizava no gelo em direção à alameda Kiln. Só me importava o fato de que eu teria duas semanas com Jack e Warnie. Em Londres, uma densa névoa carregando resíduos de fuligem de carvão consumira a cidade, matando milhares de pessoas (e a contagem continuava) e provocando alvoroço no Parlamento, até que Winston Churchill finalmente declarou que implementaria novas leis para proteger seus cidadãos da fumaça venenosa. Eu me escondi no meu quarto com um pano cobrindo o rosto e agora respirava aliviada por estar longe de tudo isso.

Fiquei parada no final da alameda Kiln enquanto o táxi se afastava, levando consigo um pouco dos últimos xelins que me restavam. Deixei a maior parte dos meus pertences em Londres, pois voltaria para lá a fim de passar alguns dias antes de embarcar no navio de volta para casa.

Bétulas prateadas formavam um caminho longo até a casa dos irmãos Lewis. A alameda era estreita e cheia de lama, com gelo e geada nas bordas.

— The Kilns — disse eu ao ar, aos pássaros e às árvores sem folhas, com um profundo amor por tudo o que estava por vir. Levantei minha mala e dei alguns passos até a bifurcação da alameda, onde uma cabana decrépita, talvez fosse uma garagem que desabou, tinha uma placa apontando o caminho descendo a estrada. *The Kilns*, dizia em letras tortas, com uma seta.

Duas cercas vivas verdes e espessas ladeavam o caminho até a casa pela entrada dos fundos. Pisei com cuidado, mantendo os olhos no chão para não escorregar. Quando cheguei ao final da alameda, olhei para cima e vi a espaçosa casa de campo, com fumaça saindo de uma chaminé no telhado. Um arrepio de expectativa percorreu meu corpo.

A casa se esticava, como se estivesse se espreguiçando. Feita de tijolos vermelho-escuros e estuque de cor creme, ela tinha janelas de águas-furtadas que brotavam como olhos de insetos no telhado cor de ferrugem, em cima do qual três chaminés montavam guarda dos jardins e da propriedade. Atravessei um arco de tijolos e passei por um pequeno portão de ferro, que rangeu enferrujado quando o empurrei. Alcancei a porta verde da frente da casa em apenas alguns passos. A campainha de porcelana branca estava embutida na moldura da porta e trazia um pequeno letreiro branco escrito APERTE O BOTÃO. Foi o que eu fiz.

Muitas outras pessoas visitaram aquele lugar. Ouvi Mical dizer que Jack costumava acolher desabrigados — tanto humanos quanto animais. Talvez eu fosse uma visitante, mas uma desabrigada ainda não.

Tudo estava quieto ao redor, então apareceu um cachorro latindo e uma voz feminina, e a porta se abriu de repente.

Uma mulher calva — eu precisava olhar para baixo a fim de ver seu rosto me mirando — estava usando um avental sujo de terra.

— Ora, ora, você deve ser a sra. Gresham.

— Eu mesma — respondi.

— Bem, não fique aí no frio congelante, querida. Entre, entre! — Ela se afastou, e eu caminhei pela entrada fracamente iluminada, colocando minha mala no chão de ladrilhos. Ao meu lado havia um banco longo que percorria toda a extensão da parede. Coloquei minha bolsa nele.

— Eu sou a sra. Miller — disse a mulher.

— Meu nome é Joy — dei um sorriso tão largo que o senti alcançar os cantos dos meus olhos. Seu forte sotaque inglês e o meu de Nova York faziam parecer que falávamos línguas completamente diferentes. Logo senti que nos olhávamos com certa camaradagem: mulheres em uma casa de homens.

— Os irmãos estão na sala comum. Venha comigo.

Demos apenas alguns passos no corredor revestido com painéis escuros e logo viramos à esquerda, entrando em uma sala tão coberta de livros que achei que eles próprios deviam estar sustentando o teto. Vi tudo o que havia ali: papéis esparramados, uma partida de Scrabble inacabada sobre a mesa, poltronas confortáveis, e o aroma era uma combinação suave de fogo, cigarro e cachimbo. As paredes eram pintadas de um horrendo amarelo-mostarda, e a decoração das janelas claramente vinha dos tempos da guerra: cortinas feitas de cobertores militares. Uma névoa parecia encher o ambiente; tirei meus óculos e esfreguei as lentes com a manga de minha camisa de algodão.

Jack se levantou de sua poltrona, um livro caiu de seu colo e ele falou bem alto:

— Boa tarde, Joy! Ora, ora. Você deve ter entrado na casa como um gato! — Ele deu um tapinha no ombro de Warnie. — Veja quem finalmente está aqui.

Ambos vieram até mim e apertaram minha mão com vigor.

— Não adianta limpar esses seus óculos — disse Warnie, com bom humor. — É a fumaça daqui. Esperamos até que a sala fique insuportável, e então saímos para tomar ar fresco.

Eu ri.

— Estou tão feliz de estar aqui — afirmei — que nem me importo com a fumaceira.

— Parece que você já conheceu nossa governanta, a sra. Miller. Vamos mostrar a casa e acomodar suas coisas — orientou Jack. — Deixamos você com o melhor quarto, mas terá que dividir o banheiro com dois velhos solteirões.

— Não me importo em dividir nada — respondi.

Um certo constrangimento pairou sobre nós, e eu quis espantá-lo da sala. Demoraria um pouquinho para nos acostumarmos a compartilhar uma casa.

— Por aqui. — Warnie acenou em direção ao corredor.

Eu o segui, com Jack logo atrás, até chegarmos a duas portas.

— Acrescentamos esses cômodos assim que compramos a casa — anunciou Warnie, abrindo a porta do quarto. — Este costumava ser o meu quarto, mas passei para o andar de cima depois que Maureen se mudou. Este será o seu quarto nas próximas semanas. — Ele acenou para a porta ao lado. — Este é o meu escritório. Mas tentarei não incomodar.

Dei uma espiada no caótico escritório de Warnie, com livros e papéis espalhados e um pequeno Buda de bronze sentado serenamente em posição de lótus sobre a lareira, olhando para a bagunça.

Meu quarto era pequeno, com uma cama de solteiro no canto, uma cômoda encostada na parede e uma pia. A cama estava arrumada com algo que um dia provavelmente foi uma colcha branca, mas agora estava cinza e desbotada. Nas paredes havia quadros de trens e navios a vapor, emoldurados em madeira escura e pendurados tortos. Sem pensar, fui até uma das fotos e a endireitei, então me virei para os homens.

— Vocês gostam de trens? — perguntei.

— Bem, o primeiro brinquedo do Jack foi um trem, sabia? — Warnie revelou, com autoridade e uma risada.

— Primeiro brinquedo? Não, eu não sabia disso. — Sorri para os dois. — Que nostálgico. É uma honra dividir o quarto com eles.

— Não é o que se pode chamar de luxuoso, mas é confortável. — Jack colocou minha mala no quarto e apontou para o final do corredor. — O banheiro é por ali.

— Agora vamos lá fora mostrar a propriedade — Warnie convidou.

— Warnie, vamos dar a ela um tempinho para se acomodar.

— Não, não precisa. — Sorri. — Eu quero sair. Vamos lá fora dar uma olhada.

A casa ficava nos arredores da Pedreira de Headington, situada em uma planície ondulada. Ao sul, havia um lago e uma área arborizada que subia lentamente até a colina Shotover. Nós três saímos de casa e Warnie iniciou seu discurso de guia turístico.

— A casa foi construída em 1922 — disse ele, enquanto o vento gelado batia em nossos rostos. — Nos apaixonamos por ela na primeira vez que a vimos, em 1930.

Ele parou a poucos metros de onde estávamos e apontou para dois fornos em forma de cone saindo de uma estrutura de tijolos como se fossem grandes funis.

— Aqui todos os tijolos da cidade eram feitos. Daí surgiu...

— ... o nome da casa — completei.

Continuamos a caminhar e percebi a extensão da propriedade: eu precisaria de horas para explorá-la sozinha, para absorver os hectares de beleza, embora a maior parte estivesse escondida sob o manto do inverno. Passamos por castanheiras, tramazeiras e carvalhos. Toquei a casca de um pinheiro inclinado, cujos galhos arqueados e agulhas eram todo o verde que havia na paisagem.

— É como Nárnia — observei. — Quase consigo ver as árvores caminhando; não vagando como nós, mas como você descreveu: cruzando o chão da floresta.

Tremendo de frio, finalmente chegamos ao lago e ficamos na margem, ao lado de uma pequena balsa vermelha com gelo preenchendo seu centro e cobrindo suas bordas.

— Deveríamos ter escolhido um dia mais quente para mostrar o lugar a você — Jack apontou para o lago congelado. — É uma coisinha meio suja, um poço de argila inundado de onde costumavam tirar barro para fazer tijolos nos fornos, mas, para nossa surpresa, saímos bem limpos quando nadamos nele.

— Tem peixes? — perguntei, espiando por cima dos ombros deles.

— Percas e lúcios. Mas os pobrezinhos acabam sendo comidos pelos meus dois cisnes.

— Cisnes? — Estiquei o pescoço, olhando além de Jack para os juncos.

— Você com certeza vai vê-los — Warnie pontuou. — Eles vão querer saber quem você é e por que está aqui.

— Sou Joy Davidman! — gritei sobre o lago, usando meu nome de solteira, meu nome de escritora, meu *verdadeiro* nome. — E estou aqui para comemorar o Natal com dois velhos solteirões!

Uma grande gargalhada ressoou pela água, e Warnie meneou a cabeça.

— Bem, talvez você os tenha espantado de vez. — Então ele ficou quieto e pensativo, com uma expressão séria. — Este lugar é mais do que Jack e eu merecemos. Na primavera, as prímulas e os jardins explodem em flores. No outono, temos dias ensolarados e sem vento... É um verdadeiro Jardim do Éden.

Sorri ao ver a doçura de Warnie, sua admiração quase de uma criança. Apressamo-nos pelo restante do passeio ao ar livre até passarmos por um abrigo oscilante, uma pequena quase casa.

— O que é isso? — perguntei.

— Um abrigo antiaéreo — disse Jack. — Paxford o construiu durante a guerra.

— Quem é Paxford?

— Ah, você o conhecerá em breve. Ele é nosso caseiro e jardineiro.

— A guerra... — Apontei para o abrigo antibombas. — Como tudo pode parecer tão distante sendo que acabou de acontecer? Acho que é porque as bombas nunca chegaram à minha terra. — Passei a mão pelas paredes de concreto, com musgo crescendo espesso ao longo das bordas.

Continuamos andando, até que eu parei em um jardim adormecido.

— Ah, Jack, você tem espaço para plantar tanta coisa! Quase consigo ver as verduras, os legumes e as flores!

— Esse é o território do Paxford — explicou Jack, quando de repente um cachorro entrou correndo no jardim. Ajoelhei-me para cumprimentar aquele leão escuro, uma massa de pelos saltitantes.

— Como ele se chama? — Enterrei meu rosto em seu pescoço, lembrando dos momentos à meia-noite com os animais, sentindo uma pontada de nostalgia: o leão da MGM, o leão do Zoológico do Bronx da minha infância, Aslan, e agora este animal.

— Esse é o Bruce III.

— Ele é magnífico... — falei.

— Que bom que você gosta de cachorros! — disse Warnie.

— Tenho dois lá em casa. E quatro gatos. Um verdadeiro elenco de animais.

Levantei-me, e Bruce III me seguiu; caminhamos em silêncio por um tempo até chegarmos a um grupo de árvores curvadas e congeladas.

— Jack, Warnie! — Uma voz transbordou um sotaque de Cotswold tão forte que mal consegui entender o nome dos dois.

Então surgiu um homem enorme como uma árvore, com os rasgos das roupas cobertos de terra. Ele limpou as mãos, uma contra a outra, e sorriu para nós. Seus dentes eram amarelados e tortos, os lábios rachados, e o rosto enrugado como um lençol recém-lavado.

— Paxford — Jack chamou —, conheça nossa amiga estadunidense, a sra. Gresham.

Ele era bastante arredondado. Seu queixo... Devia haver três queixos ali. Sua barriga era tão redonda que se podia colocar um copo em cima dela. Um cigarro estava firmemente preso no canto de sua boca; seu cabelo branco, penteado para trás. Era o nariz que aparentava destoar de seu rosto, tão grande que parecia ter sido substituído.

— Eu sabia que a senhora estava para chegar, e é muito bom conhecê-la — ele me falou.

— Você fez coisas maravilhosas nesta propriedade — reconheci. — Mal posso esperar para ver seu jardim florescer.

Os olhos de Paxford se arregalaram.

— A senhora estará aqui na primavera? — Ele puxou as mangas da camisa, revelando seus antebraços peludos e grossos.

O silêncio se estendeu até ficar desconfortável, quando ao longe um pássaro começou a cantar sem parar.

— Não — respondi. — Infelizmente, não estarei.

— Bem... — disse Warnie, que sempre suavizava os momentos embaraçosos. — Vamos entrar e nos aquecer. Você terá bastante tempo para explorar a propriedade.

Assim que penduramos os casacos nos ganchos do corredor dos fundos, nos acomodamos na sala comum, e Jack nos serviu um xerez enquanto nos ajeitávamos nas cadeiras.

— Cortinas blecaute. — Apontei para as janelas. — Vocês ainda estão preocupados com a invasão alemã?

Warnie e Jack riram, e Warnie confessou:

— Somos velhos solteirões preguiçosos. Talvez já esteja mais do que na hora de tirá-las.

O fogo crepitava e se apagava. Jack virou para Warnie como devia ter feito um milhão de vezes durante os trinta anos de convivência e disse:

— É a sua vez de atiçar.

Warnie se levantou, e Jack falou com o cigarro nos lábios:

— Joy, é difícil acreditar que sua jornada está quase acabando. Você tinha tantos projetos de escrita... Conseguiu ter o tempo que precisava?

— Consegui. Como você sabe, com a escrita nunca é suficiente. Mas... — Inclinei-me para frente — sua edição de *Fumaça na montanha* foi inestimável.

— Assim como suas notas sobre OHEL. Sinto que encontrei um tesouro em você.

Warnie voltou à sala com uma carga de lenha e a jogou na lareira, atiçando-a com um ferro e pulando para trás ao ver algumas fagulhas caírem no tapete. Jack e Warnie não se levantaram para apagá-las, então eu me pus em pé.

— Ah, não se incomode — Warnie observou. — Não há muito que se possa fazer com este tapete. Está um desastre.

De fato: o tapete estava sujo e cheio de buracos, com cinzas espalhadas aqui e ali.

— Nem tinha percebido — eu disse.

— A esposa do Tollers nem deixa que ele nos visite mais. Diz que ele volta para casa todo sujo e enlameado. — Warnie deu de ombros. — Será que ela aceitaria vir limpar a casa para nós?

— Bem, cuidar da casa não é uma das minhas melhores habilidades. É só perguntar ao Bill.

— Ah, seu marido... — Warnie se sentou novamente, se encaixando em uma postura relaxada e confortável.

— Se é que posso chamá-lo de "marido" no momento. — E a dor recente voltou a apertar no meu peito.

— E por que não? — A pergunta de Warnie foi hesitante e cautelosa.

— Acabei de receber uma carta — eu contei, olhando de um para o outro. — Ele está apaixonado pela minha prima e quer se casar com ela.

Jack e Warnie trocaram olhares, ambos parecendo recuar, como se eu tivesse pegado, com as mãos desprotegidas, o atiçador quente que Warnie acabara de deixar ao lado do fogo.

Jack se inclinou para frente, com as mãos apoiadas nos joelhos.

— Talvez você esteja interpretando equivocadamente o que ele quer dizer. Cartas podem ser confusas e enganosas às vezes. Eu sei disso. Às vezes recebo uma crítica sobre algo que escrevi, mas que na verdade não escrevi.

Levantei-me devagar, com os joelhos e quadris doendo da viagem e da caminhada pela propriedade. Mancando, fui até minha bolsa na mesa lateral, do outro lado da sala, e peguei a carta.

— Aqui — eu disse. — Diga-me se há algo para interpretar equivocadamente.

Jack ficou em silêncio enquanto lia, e Warnie continuou calado em sua cadeira. As chamas da lareira subiam descontroladamente e a fumaça escalava, conforme o fogo lambia as paredes pretas.

— "Você nunca será nada além de uma escritora"? — Jack leu as palavras de Bill em voz alta e olhou para mim. — Que coisa cruel de dizer.

— Isso é só o começo — eu sinalizei. — Continue.

Os olhos de Jack desceram a página até que, finalmente, ele falou:

— "Nunca vi determinação e força de vontade fazerem um casamento dar certo" — ele citou, e então perguntou: — E você está voltando à sua casa para *isso*?

— Já comprei minha passagem — eu falei. — Meus filhos estão lá. Eles são minha família. — Inclinei-me para frente e pressionei os dedos nos cantos dos olhos.

— Bill não lhe deu escolha, Joy. Você não pode ficar lá.

Olhei para cima, pronta a ouvir qualquer conselho que ele tivesse para me dar.

— Mas como posso abandoná-los?

— Não é culpa sua. São escolhas que ele fez. — Jack me olhou intensamente. — O que você respondeu?

— Disse que discutiríamos a questão quando eu voltasse para casa. — Sorri e dei de ombros. — O que mais eu poderia dizer? Estarei em casa daqui a duas semanas, e de que adiantaria mandar outra carta? Tantas cartas... Tantas palavras... Que diferença faz?

— Sim, que diferença faz? — murmurou Warnie.

— Eu tento muito acreditar no melhor de Deus para isso — falei. — É um hábito recém-adquirido que às vezes esqueço de colocar em prática. — Ri, tentando aliviar a escuridão que eu instalei na sala.

Jack me olhou com bondade.

— Talvez você não esteja duvidando de que Deus fará o melhor, mas se perguntando quão doloroso esse melhor pode ser.

— Está absolutamente certo, senhor — respondi.

— Mas voltar para o abuso não é algo que Deus exigiria de você. Nem de ninguém. Seus mandamentos não servem para isso. Você sabe melhor do que ninguém. — Ele fez uma pausa e o fogo estalou. — O que você tolera em casa não tem a ver com ser uma boa esposa ou obedecer a Deus. Você precisa entender isso.

Levantei-me e fui até a lareira, olhando para as chamas. Esfreguei as mãos.

— Eu sei, mas esqueço. Quando estou no meio de todo esse caos e discussões, sinto-me tão fracassada e tão diminuída que me culpo por não conseguir ser alguém diferente, alguém melhor.

— Você se culpa por não ser quem Bill quer que você seja? — Agora era Warnie, soltando a pergunta com uma voz frustrada.

Virei-me para encará-los novamente.

— Sim. — Logo o absurdo daquela ideia ficou claro, como se eu não tivesse pensado nisso. — Quando vocês falam, tudo fica tão fácil de enxergar... Vocês pegam uma verdade e a destilam até a essência.

Jack se levantou com calma.

— É mais fácil fazer isso quando não se está no meio do problema. Meu coração não está machucado e retorcido pelo abuso dele. Parece que esse privilégio é seu.

Então fui até ele, querendo diminuir o espaço entre nós, tocá-lo, envolver meus braços nele, deixar minha cabeça descansar em seu ombro da mesma forma que meu coração estava descansando em suas palavras.

— Como poderei lhe agradecer por essa amizade tão gentil? Ela me mantém de pé.

Ele assentiu com a cabeça, e a cinza do cigarro caiu sobre o tapete.

Expirei e agitei as mãos pelo ar.

— Mas estou aqui para celebrar as festas, não para trazer desgraça e melancolia. Vamos jogar um pouco de Scrabble e esquecer isso por enquanto. — Apontei para o jogo inacabado na mesa a alguns metros de distância.

— Sim — ele concordou.

— Podemos usar palavras em latim e grego também? — perguntei.

Ele riu com aquele som profundo e grave.

— Qualquer idioma. Se a palavra foi usada em um livro, então está valendo.

— Alemão? Francês?

— Qualquer coisa — ele disse.

— Essa é a melhor maneira de jogar — respondi. — Warnie? Vai jogar conosco?

— Hoje, não. — Ele se levantou, mas sorriu para mim.

Jack e eu fomos para a mesa e nos sentamos, inclinando a cabeça sobre o tabuleiro. Era um jogo que ele devia ter começado com Warnie. Passei os olhos pela minha fileira de letras na bandeja e escolhi cinco peças para formar *verti* cruzando a palavra *article* dele, e tripliquei minha pontuação. Jack se recostou na cadeira e gritou alto o suficiente para fazer Warnie enfiar a cabeça de volta na sala.

— Encontrei meu par!

Capítulo 24

Como o vento
Açoita toda a nossa conversa e riso para longe da mente,
E o tempo, muito mais do que o Tâmisa, tem poder para afogar

Soneto 7, Joy Davidman

Acordei lentamente naquele quarto frio da casa de Jack e puxei as cobertas até o queixo. Uma batida vinha do interior das paredes, como se fosse alguém tentando escapar de uma masmorra com tijolos de pedra. Era o encanamento antigo, gemendo como as estátuas congeladas fictícias de Jack que ganhavam vida.

A casa se agitava ao meu redor: portas se abrindo e fechando, a voz de Warnie chamando a sra. Miller, a voz grave de um homem que devia ser Paxford, e então a resposta de Jack, aquele ronco familiar.

Estiquei-me e me virei na cama para olhar o relógio. Já eram nove da manhã. Deviam estar me achando preguiçosa, mas não me importei. Em casa, esse pensamento de que eu era *preguiçosa* teria me deixado nervosa, devido à sensação de inquietação me invadindo ao pensar que Bill ficaria bravo por eu ter dormido até tarde.

Depois de me vestir e terminar minha rotina matinal, entrei na sala comum e encontrei Jack lendo a Bíblia, uma versão em latim, naquela manhã.

— Bom dia — eu falei, baixinho.

Seu cachimbo desceu do canto de sua boca e ele se assustou, fazendo-o cair em seu colo. Ele abanou as cinzas para o tapete como se fossem migalhas de café da manhã e sorriu para mim.

— Bom dia, Joy.

Ele não se levantou, mas manteve o dedo firme no lugar onde estava na Bíblia, em Salmos.

— A sra. Miller preparou o café da manhã e está na cozinha, se você quiser. Ganhamos mais ovos da vizinha. — A guerra acabou, mas o racionamento de ovos, não, e Jack sempre dava um jeito de contornar a situação e conseguir mais.

— Obrigada — disse eu, de repente um pouco tímida. Não estávamos mais em um pub, nem fazendo uma caminhada, nem em seus aposentos em Oxford. Esta era a casa dele, e ele tinha sua rotina.

Passei algum tempo na cozinha ensolarada e quente com a sra. Miller, satisfeita com chá e biscoitos, quando Jack se juntou a nós.

— Já respondi minha correspondência de hoje, e Warnie foi trabalhar em seus escritos sobre o Rei Sol. Que tal uma caminhada, só para fazer o sangue circular antes do trabalho do dia?

Respondi com um sorriso.

Depois de nos agasalharmos e sairmos de casa, o vento veio em grandes rajadas, como se o céu tivesse prendido a respiração e depois soltado. Enrolei meu cachecol com mais força ao redor do pescoço e me aproximei o máximo possível de Jack. Estávamos indo para a Igreja da Santa Trindade, perto da Pedreira de Headington, uma caminhada de oitocentos metros em calçadas e depois por um caminho de lama congelada. Um alto muro de pedra, com pedaços de garrafas quebradas cobrindo o topo como uma coroa, cercava o estreito caminho até a igreja. Jack caminhou à minha frente, pois só havia espaço para um de cada vez, e eu o segui em silêncio. Quando nos aproximamos do cemitério da igreja, ele abriu um portão de ferro e entramos em uma área com um pequeno bosque de lápides.

Eu me afastei do irrefutável sinal da morte e me concentrei na igreja. Ela parecia tão velha quanto o terreno onde estava; era um edifício de calcário com um campanário e dois sinos na extremidade oeste. O telhado de ardósia descia até o chão, mas parecia parar abruptamente na borda do edifício. Branca e impassível, a igreja se estendia para o leste e para o oeste, tendo sua porta escondida sob um pórtico de pedra onde uma cruz estava montada: outra cruz, gravada em um círculo acima da porta.

— Você é anglicano.

— Sim. — Jack observava a igreja com uma postura orgulhosa. — E você?

— Se eu fosse me definir, penso que anglicana, mas sou resistente a ser colocada em categorias.

— Eu não acho que você precisa de uma categoria — ele afirmou, e pareceu muito um elogio.

— A aparência é bastante medieval — acrescentei com um arrepio, fechando meu casaco com mais força —, como algo saído de uma das histórias de MacDonald.

— Tenho certeza de que era isso que o arquiteto tinha em mente; ele ficaria lisonjeado em saber que você pensa assim. — Jack apagou o cigarro em uma poça d'água. — Vamos ver se está mais quente lá dentro. — E abriu a porta da igreja, se afastando para me deixar entrar.

Os bancos, feitos de madeira escura e brilhando na luz tênue, estavam posicionados virados para o altar e para uma janela de vitral de Cristo com as mãos abertas. Comparada às grandes catedrais de Londres, essa igreja tinha uma simplicidade que levou meu coração à humildade. Paredes de gesso branco nos cercavam. À esquerda, uma cortina branca estava pendurada, separando o santuário do corredor dos fundos. Castiçais surgiam das extremidades dos bancos, e a fraca luz solar passava através das janelas de vitral em tons multicoloridos, criando um halo sobre os anjos e os santos, sobre os bancos e o chão.

— Que lindo… — falei, apontando para a janela acima do altar. — Tão lindo que eu queria ter uma palavra melhor para descrever.

— Palavras… — Jack disse suavemente. — A alegria e a arte delas. Poder dizer exatamente o que você quer dizer.

Pensei por um momento, olhando a igreja e depois fechando os olhos.

— Sublime — sussurrei.

— Sim! Isso mesmo. — Ele fez uma pausa. — Essa janela só foi instalada no ano passado, como um memorial para aqueles que morreram na Segunda Guerra Mundial.

— Eu às vezes me pergunto como foram aqueles dias para você. Para todos vocês.

Jack passou a mão pelo encosto de um banco, e seu olhar pareceu distante, como se aqueles dias de guerra dançassem no altar.

— Houve um tempo em que eu acreditava que invadiriam nosso país e que passaríamos a pertencer a eles — confessou. — Joguei meu revólver no rio do alto da ponte Magdalen, porque circulavam boatos de que a SS iria atrás de mim por causa das muitas palestras que dei à Força Aérea Real, e que ter uma arma seria morte certa. — Ele meneou a cabeça, lembrando-se daquilo.

— Sentimos medo nos Estados Unidos — eu lhe contei —, mas nada comparado a isso. Não sei se eu teria conseguido aguentar o medo de uma invasão.

— Quando as coisas acontecem ao nosso redor, aguentamos o que precisamos. — Jack apontou para um banco no meio, do lado esquerdo, e fomos até lá.

— Este é o nosso banco, meu e do Warnie. — Jack se sentou e eu me juntei a ele. — Não é exatamente nosso, mas é onde preferimos nos sentar. Começamos a vir aqui lá em... não sei, 1930... por aí? Eu gosto da missa das oito da manhã. A música do órgão nas outras missas me dá nos nervos. — Ele abaixou a voz, como se o órgão pudesse ouvir seu insulto.

Aproximei-me dele.

— Eu não me incomodo muito com música de órgão; o que eu não suporto são os sermões eternos.

Jack riu e apontou para a mesa da Comunhão.

— Foi aqui, durante a Eucaristia, na Segunda Guerra Mundial, que eu pensei em Vermelindo e sua história.

— Ah, Jack! — eu disse. — Me conte! Eu adoro saber como as histórias começam.

Ele se virou ligeiramente no banco para me olhar.

— Eu ouvi um discurso que Hitler fez no rádio e fui facilmente convencido por ele, mesmo que só por um momento. Comecei a pensar no que seria necessário para convencer alguém do mal, assim como a missa daquela manhã tentava convencer as pessoas do bem.

Sua voz ficou mais baixa do que o normal. Eu não queria que ele parasse de falar; queria que derramasse seu coração no meu. Jack continuou:

— Enquanto o pregador falava sobre a tentação, minha mente divagava. Como um demônio-chefe ensinaria essas coisas a seus subordinados? Ele faria isso de maneira semelhante, mas oposta à daquele pregador?

Ele fez uma pausa e sorriu para mim.

— Eu tinha quase o livro inteiro na minha cabeça antes de voltar para casa. E, então, acredito que escrevi tudo durante a Batalha da Grã-Bretanha, enquanto os aviões sobrevoavam. Crianças pequenas foram enviadas para morar aqui. Hitler estava no rádio com sua voz feroz. E, em meio a tudo isso, minha mente estava fervilhando com aquela ideia.

— Que inveja — admiti. — Você simplesmente decide escrever um livro e então o faz.

A igreja foi ficando quente, ou era eu. Tirei o casaco, coloquei-o suavemente no meu colo e disse:

— Você tocou em algo que outros não tocaram.

— Não me admire assim, Joy. Eu escrevo histórias tal como você, uma depois da outra. As pessoas acreditam que passei anos estudando para criar Maldanado e Vermelindo, mas a ideia e as palavras vieram da perversidade do meu próprio coração.

Ele se levantou do banco e fez um gesto para sairmos.

Continuei sentada por um momento.

— Talvez esse seja o tipo de história que imaginamos durante a guerra: o diabo e suas obras. *Paraíso perdido* foi escrito durante a revolta inglesa — apontei.

Então levantei-me e o segui.

Ele abriu a porta para o lado de fora e apertou o casaco.

— Eu li esse poema quando tinha nove anos e fiquei me imaginando como um crítico literário. — Fez uma pausa. — E como você sabe dessas coisas, Joy?

Coloquei meu casaco e estreitei os olhos diante da luz do sol.

— Porque estou escrevendo sobre o rei Charles II. Foi o pai dele que foi executado naquela época. Eu guardo informações muito estranhas, Jack. Não consigo me lembrar de pagar as contas, ou de comprar um botão novo para o meu casaco, ou de responder a uma carta, mas consigo me lembrar de uma partitura de piano depois de vê-la apenas uma vez, e de fatos pequenos, como Milton ter escrito *Paraíso perdido* durante aquela guerra terrível. Essas coisas obscuras se enterram no meu cérebro. Mas lembrar de pegar um trem a tempo...

Ele riu.

— Ninguém conhece você por completo, não é, Joy?

— Eu não diria "ninguém".

Com alguns passos hesitantes de volta ao pátio, Jack falou:

— Tollers também diz isso sobre mim. Mas não acredito que diga com grande afeição, apenas com irritação.

Eu ri.

— Conte-me mais sobre o Tollers. Como vocês se tornaram amigos tão próximos?

— Nós nos conhecemos em 1926, em uma reunião do corpo docente da disciplina de inglês do Merton College. — Jack e eu nos sentamos em um banco no pátio. — Eu o achei um rapaz pálido, mas logo percebi que tínhamos a mesma opinião sobre muitas coisas, de poesia a literatura inglesa. Fomos os primeiros leitores um do outro desde o início, e nem sempre gostamos do que lemos. — Ele fez uma pausa antes de me contar: — Ele não é muito fã das histórias de Nárnia.

— Que direito ele tem de dizer isso? — exclamei eu, obstinada e horrorizada.

— Ah, ele tem, e muito. Como todos os bons amigos, temos vários desses momentos em que um vira para o outro e diz: "Você também?".

— Como?

— Não gostamos de política. Ambos não nos demos o trabalho de aprender a dirigir um carro. Gostamos de Dante. Teologia. Mitologia nórdica.

Eu assenti, mas também senti inveja. Jack continuou:

— Mas ele e eu também temos nossas diferenças. Ele é mestre em linguística e idiomas, não um fã de literatura como eu. Mesmo assim, o que une duas pessoas em uma amizade é o que uniu você e eu: o fato de enxergarmos a mesma verdade e a compartilharmos. Por exemplo, houve um momento em uma reunião dos Inklings em que Tollers e eu concordamos nisto: se ninguém escreve o que queremos ler, então devemos escrevê-lo nós mesmos. — Jack fez uma pausa. — Tanto é verdade que agora ele está trabalhando em uma sequência de *O Hobbit*. Eu fico bastante impressionado com a habilidade dele de criar outro mundo.

— Você também fez isso.

— Eu tento, pelo menos.

— Então vamos sempre fazer isso.

— Sim. — Ele assentiu com aquele sorriso, e nos levantamos para seguir caminho.

Em casa, Jack se retirou ao seu quarto para "entrar na quarta dimensão". Já eu levei seus papéis de OHEL para a sala comum, e comecei a lê-los com um lápis na mão. Em várias páginas, tive de fingir que eu não estava escrevendo em um trabalho dele, fingir que eu estava fazendo marcações em um papel velho qualquer, para não ficar confusa com tanta admiração e me esquecer de ser honesta.

Uma nova reviravolta, mas muito boa, escrevi na margem e continuei.

O fogo foi se apagando, e a sra. Miller apareceu para reabastecê-lo. Ela se virou e sorriu para mim, e eu agradeci.

— Que maravilha ter uma mulher agradável nesta casa! — ela disse, pendurando o atiçador no gancho.

— Houve uma mulher não tão agradável aqui antes de mim? — perguntei alegremente, não esperando uma resposta.

— Ah, "não tão agradável" é uma forma gentil de descrevê-la.

Com isso, a sra. Miller foi para a cozinha, e não pude fazer mais perguntas.

Fechei os olhos enquanto o fogo reacendia e uma torrente de gratidão e graça me enchia. Como eu era abençoada por estar ali, lendo um trabalho de Jack, aquecendo-me perto do fogo depois de passar a manhã em sua igreja. Mas... hum... quantas mulheres será que a sra. Miller viu entrar e sair desta casa?

Eu não tinha certeza de querer saber.

Capítulo 25

Por quê? Você pode chamar isso de "idolatria"
E não será mentira, pois tenho visto você brilhar

Soneto 10, Joy Davidman

Jack acordava cedo, algo que não estava no meu conjunto de habilidades, e começava a responder às cartas de sua ampla lista de correspondentes, alguns fantásticos e outros tediosos. Percebi que talvez a escrita matinal de cartas lubrificasse suas engrenagens mentais para suas histórias. Passava horas fazendo isso, curvado sobre sua mesa, com um cigarro queimando uma longa cinza seca antes de cair no tapete ou no cinzeiro, seus óculos empoleirados na ponta do nariz e sua testa franzida de tanto pensar. Lia a Bíblia todos os dias — não do começo ao fim, mas onde quer que seus olhos parassem. Às vezes a examinava no grego original e, outras vezes, em latim.

Ele trabalhava em seu escritório no andar de cima, e eu adorava aquele lugar: abarrotado de livros de canto a canto e do piso até o teto, empilhados e alinhados no chão, nas mesas e nas prateleiras. Havia duas cadeiras estofadas, e ele me convidava a me sentar em uma delas nas várias vezes em que estávamos trabalhando em escritos separados. A mesa, grande e de madeira escura, pertencera ao seu pai, e estava posicionada de modo a permitir que Jack olhasse pelas janelas da frente para o jardim e além. À esquerda de sua mesa estava a porta do seu quarto, sempre fechada e trancada. Ele nem sequer a destrancava a fim de passar pelo escritório e descer as escadas internas para usar o banheiro de baixo, preferindo usar a porta de seu quarto que dava para o lado de fora, onde uma escada de metal descia até a porta lateral da cozinha. Então entrava na cozinha e usava o único banheiro da casa. Eu queria perguntar por que ele tinha esse hábito estranho, mas comportamentos relacionados ao banheiro não pareciam muito adequados para discussão.

No seu escritório, Jack não apenas lia; ele mergulhava fundo no trabalho em que seus olhos se fixavam, desmembrando as frases e os temas. E, quando eu estava por perto, ele costumava me chamar.

— Joy — ele dizia —, o que você acha de...

E lá íamos nós para uma discussão teológica ou sobre um tema específico. Às vezes eu tinha medo de acordar e estar de volta em minha casa caindo aos pedaços em Staatsburg, com Bill tropeçando bêbado pelo corredor, cheirando a sexo e uísque, e descobrir que meu tempo com Jack foi apenas um sonho. Porém, em vez disso, eu me sentava na poltrona de seu escritório no topo da escada, discutindo o significado oculto nas histórias.

Certa manhã, quando a chuva batia nas janelas do escritório, levantei os olhos de meus papéis e falei:

— Você tem sorte de estar profundamente enraizado em um único lugar; isto é, de ter estudado em Oxford e agora ser tutor ali. Dá para ver que aquele lugar é seu lar. Eu me pergunto se Oxford tem ideia da sorte que tem em ter você.

— Eles não me dão essa reverência toda que você imagina — respondeu sem levantar os olhos dos papéis, mantendo os dedos firmes em sua caneta-tinteiro.

— Eu não acho. — Levantei-me com cuidado e fui até a janela, vislumbrando a propriedade envolta na tempestade.

— Recentemente fui rejeitado para o cargo de professor de Poesia em Oxford — ele revelou, com sua voz se afastando da costumeira jovialidade. — Um bando de professores de inglês não queria que eu ocupasse a posição. — Eu me virei para Jack e ele colocou a caneta no tinteiro. — Foi algo político, mas ainda assim decepcionante.

Apoiei-me no parapeito da janela.

— Eu lamento, Jack.

Ele riu e meneou a cabeça.

— Minha querida Joy, não precisa lamentar. Faz parte da vida acadêmica.

— Mas sua poesia é brilhante! Como eles não...?

— Sim, *você* acha isso, mas a maior parte de minha poesia foi publicada sob meu pseudônimo, Clive Hamilton, então alguns nem sabem disso. Eu não era sofisticado o suficiente.

— Eu não entendo — disse, ainda lamentando por ele, como se fosse eu quem tivesse sido rejeitada.

— Não é a minha primeira decepção com Oxford. E não será a última.

— Não é a primeira?

— Há apenas cinco anos, quando a cadeira de Professor Merton de Literatura Inglesa ficou disponível, Tollers acreditou que eu seria o melhor candidato para o cargo. Ele uniu forças e sugeriu que nós dois poderíamos compartilhar o título. Mas, ao que tudo indica, eu não estava à altura. Para os eleitores, eu não chegava nem perto de ter publicações acadêmicas suficientes. — Ele sorriu para mim, mas eu senti sua tristeza.

— Pelo amor de Deus, de quantas publicações eles precisavam?

— Não era o número, era o tipo. Parece que meus trabalhos mais populares eram meus romances, e isso não era o que eles queriam.

— Tollers ficou com o cargo? — perguntei.

— Sim. E foi meu antigo tutor, Wilson, quem ficou com o cargo que era para ser meu. Dizem que eu teria descreditado a grande reputação deles.

— Que absurdo.

— Bem, se ao menos *você* estivesse no comitê… — Ele mergulhou novamente sua caneta no tinteiro.

— Não sei se isso ajuda, mas acho que o mundo prefere suas histórias aos seus títulos.

Ele concordou com a cabeça.

— Bem, chega de academia. Vamos voltar ao nosso trabalho.

Várias vezes Jack achava que eu estava trabalhando, mas a verdade é que eu o estava observando escrever. Ele usava a caneta-tinteiro, mergulhando-a lentamente na tinta e depois levando-a de volta ao papel. Ele dizia que isso "permitia que um pensamento se formasse entre a tinta e o papel". Eu imaginava histórias e fantasias se desenrolando na dança lenta da caneta com a tinta, voltando ao papel e depois novamente à tinta. Quando me ofereci para datilografar aquelas palavras escritas em seu lugar, ele aceitou imediatamente.

Mas naquele dia ele não estava escrevendo; estava fazendo anotações no meu manuscrito dos Dez Mandamentos. Um nervoso tremor subiu pela minha garganta até que ele levantou os olhos, sentindo o meu olhar.

— Se você quiser que eu escreva o prefácio, eu escrevo — ele acrescentou. — Quando for a hora da edição britânica, me avise.

— Se eu quero que você escreva o prefácio? É óbvio que sim! Muito obrigada!

Ambos baixamos a cabeça de volta ao papel.

Às manhãs, nós trabalhávamos; às tardes, caminhávamos, bebíamos, comíamos e líamos.

Uma tarde, depois de uma soneca, abri a gaveta inferior da cômoda do meu quarto procurando meu suéter verde favorito, que eu tricotei antes de vir para cá e que parecia estar desaparecido. Em vez disso, encontrei uma pilha de desenhos, desenhos infantis. Eu os peguei e logo soube o que eram: desenhos de Jack e Warnie sobre um país chamado Boxen. Desenhos a lápis de criaturas antropomórficas — havia um gato usando um *smoking* e uma cartola, fumando um cigarro e tomando *drinks* com homens. Um sapo de terno e um pássaro com traje formal. Sorri e senti como se estivesse em um sonho e acordasse no sótão de Little Lea, a casa onde ele cresceu, onde eu sabia que esses desenhos foram feitos e imaginados.

Levei os desenhos comigo, apenas duas pilhas, até a sala comum, onde Jack e Warnie estavam sentados ao lado do fogo, lendo. Ambos olharam para cima sorrindo quando entrei na sala.

— O que você tem aí? — Warnie perguntou.

Fiquei ali, descalça, ainda não tendo colocado meus chinelos. Meu cabelo caía sobre os ombros, e passei a mão livre por ele, de repente bastante autocrítica.

— Eu encontrei isso. Fiquei encantada.

Jack se levantou e foi até mim.

— Está sonâmbula, Joy? — ele brincou, pegando os papéis da minha mão e dando uma risada. — Olhe, Warnie, é o visconde Puddiphat.

Warnie também se levantou, segurando uma bebida em uma mão e mexendo em seu bigode com a outra.

— De fato. Ele estava nos visitando em Little Lea. Acho que não o vejo desde que o guardamos naquela cômoda. Não importava por quanto tempo estivéssemos trancados naquele pequeno quarto no sótão, sempre tínhamos papel, lápis e caixas de pintura.

— E a imaginação — falei.

— Sim — Jack respondeu. — Sempre a tivemos. De que outra forma poderíamos ter sobrevivido? Criamos um mundo inteiro, não foi, Warnie?

— Eu acredito que ainda o estamos criando — ele complementou.

Empurrei o cabelo para trás dos ombros e disse:

— O mundo tem que ver isso. Não deveria estar escondido em uma gaveta. — Olhei de um para o outro. — É como se vocês já tivessem imaginado Nárnia desde aquela época. Como se sempre soubessem o que estava por vir.

— Como poderíamos saber o que estava por vir? — Jack sorriu para mim. — Quem poderia saber que *você* estaria aqui conosco? — Ele pegou os papéis de minha mão e se afastou em direção ao seu escritório, sem dizer mais uma palavra.

Foi durante esses momentos em que Jack nos deixava a sós que Warnie e eu nos conhecemos melhor. Conversávamos sobre história e ideias de livros.

— Joy — ele me falou quando Jack desapareceu com o visconde Puddiphat —, como você se sentiria em fazer uma colaboração comigo?

— Uma colaboração? Que incrível, Warnie! — eu comemorei, sentando-me na cadeira ao lado dele e me inclinando para frente. — É claro que quero. Qual é a sua ideia?

— Madame de Maintenon, a esposa de Luís XIV. Ninguém escreveu sobre ela, e é a personagem mais fascinante daquela corte.

— Ela era das Índias Ocidentais, certo? — perguntei. — E não foi casada com outra pessoa antes?

— Sim, de fato. É uma Cinderela dos tempos modernos — ele disse — e eu sei que você pode fazer justiça a isso. Ela era a governanta que cuidava dos filhos ilegítimos do rei, e ele se apaixonou por ela.

— Conte mais! — eu exclamei. — Conte-me tudo.

E, assim, Warnie e eu mergulhamos em *Rainha Cinderela*, como eu a chamei, e começamos a trocar ideias um com o outro como se já fôssemos uma dupla de escritores há muito tempo. Warnie já havia escrito um esboço e feito a maior parte da pesquisa, e eu escreveria a história. Era uma parceria feita no céu: os Lewis e eu.

Ou, pelo menos, foi o que eu pensei.

À noite, eu voltava aos meus sonetos. Se algum dia, em um futuro distante, alguém os lesse e os comparasse com as minhas cartas para casa, será que perceberia as partes díspares e divididas de meu ser?

O que a carta de Bill libertou dentro de mim, algo que eu me negara a admitir conscientemente e que meus sonetos vinham insinuando há muito tempo, não podia mais ser negado: eu não apenas amava Jack; eu estava *me apaixonando* por ele.

Capítulo 26

Você não é Deus, e tampouco é meu

Soneto 10, Joy Davidman

Acordei na manhã de Natal e fiquei um bom tempo deitada na cama, pensando em casa, em meus filhos acordando com Renee e Bill. Imaginei a árvore de Natal e me perguntei se a colocaram no balde de metal como eu sempre fazia. Imaginei Topsy rasgando os papéis de presente, e quase senti o cheiro da cidra borbulhando no fogão. Eu praticamente entregara minha família para Renee e agora estava descansando em um quarto vazio em Oxford.

A névoa se dissipou dias antes, e no momento havia gelo, neve e ventos furiosos. Mesmo com esse clima, todos os dias aqueles homens se agasalhavam e me levavam para caminhar por quilômetros até Oxford: íamos ao Pássaro e o Bebê ou à livraria Blackwell's, ou subíamos a colina Shotover, ou entrávamos nos parques do Magdalen. Caminhávamos. E como conversávamos! Ríamos tão intensa e deliciosamente que, se isso tivesse que durar até o fim da minha vida, eu seria capaz de prolongar esse tempo.

Duas noites antes, fomos a uma pantomima de Natal, onde Jack cantou a plenos pulmões, e eu me diverti com a apresentação boba como uma criança.

Ainda na cama, conseguia ouvir os homens juntando lenha para a lareira, murmurando um com o outro, um som que agora era familiar.

Levantei-me e me arrumei, demorando o tempo necessário para cuidar de minha aparência para a manhã de Natal. Peguei em minha mala os dois presentes que comprei e embrulhei para eles — livros — e entrei na sala comum, já aquecida e cheia de fumaça. Ambos relaxavam em suas poltronas: Jack estava lendo um livro que eu não conseguia ver, e Warnie repousava de olhos fechados.

Tínhamos decorado a casa na semana anterior, quando insisti que cortássemos o menor pinheiro da propriedade. Paxford fez esse serviço e trouxe a árvore para dentro da sala, colocando-a em um balde e temporariamente transformando o aroma de fumaça em cheiro de pinho fresco. Nós decoramos o pinheiro com fios de pipoca e pinhas, inventando musiquinhas bobas sobre a data.

— Feliz Natal! — gritei e me abaixei para colocar meus presentes embaixo da árvore.

Os dois se assustaram, e Jack se levantou com um alongamento.

— *Feliz Navidad*, Joy!

Ele foi direto para a árvore e pegou um pacote embrulhado em papel pardo com uma fita vermelha:

— Para você.

— Espere. Eu também tenho algo para vocês.

— Abra o seu primeiro — disse Warnie, levantando-se para alimentar o fogo.

Fiquei parada por um momento, absorvendo a sala e os irmãos Lewis, que eu aprendi a amar com tamanha intensidade. Em breve tudo isso acabaria. Eu queria agarrar aquele momento e guardá-lo no coração, pois precisaria dele quando voltasse para casa.

Peguei o pacote de Jack e então me sentei na cadeira surrada, que eu passei a considerar minha, abrindo-o devagar. Era uma cópia de *O grande divórcio*. Virei o livro e encontrei uma citação escrita na caligrafia cursiva apertada de Jack, que agora era tão familiar para mim, feita com a tinta da caneta-tinteiro permeando o papel de algodão.

Existem três imagens em minha mente que preciso continuamente abandonar e substituir por melhores: a falsa imagem de Deus, a falsa imagem do meu próximo e a falsa imagem de mim mesmo.

E então sua assinatura: C.S. *Lewis*.

Apertei o livro num abraço.

— Não consigo expressar quanto isso significa para mim — confessei. — De onde é essa citação?

— De um capítulo que não incluí — ele respondeu com um aceno de cabeça.

— E tem mais — anunciou Warnie.

— Espere, é a minha vez! — Coloquei meu novo livro em uma mesinha lateral.

Embaixo da árvore, peguei presentes para os dois. Para Jack, *O homem ilustrado*, de Ray Bradbury. Dentro eu escrevi um verso de *A balada do cavalo branco*, de G. K. Chesterton, ligeiramente modificado para refletir minha própria influência: *E os homens se cansam do vinho verde, e adoecem dos mares de carmesim.*

Para Warnie dei um novo livro sobre a história da França, que comprei na livraria Blackwell's, e escrevi: *Para Warnie, com muito amor, Joy.*

Nunca vi dois homens mais satisfeitos com seus presentes. Eles examinaram os livros imediatamente e me agradeceram como se eu lhes tivesse dado uma segunda casa em Oxford.

Depois de um longo momento, Jack me entregou outro presente. Desta vez, não era uma obra sua, mas *Diary of an Old Soul*, de George MacDonald, o autor que ambos amávamos quando éramos crianças. Olhei para a capa vermelha com letras caligráficas formando o título, e lágrimas surgiram em meus olhos. Passei a mão atrás dos óculos e as limpei antes de abrir o livro e ver que George MacDonald o autografou em 27 de abril de 1885. Abaixo da assinatura de George, Jack escreveu: *Mais tarde, de C.S. Lewis para Joy Davidman. Natal de 1952.*

Ele me presenteou com seu exemplar autografado por MacDonald e o autografou para *Davidman*. Não Gresham.

Um sentimento de gratidão me invadiu, preenchendo as brechas da minha dor. Talvez eu estivesse vendo sinais onde eles não existiam, assim como os antigos gregos ao acreditar que as Nove Musas escondidas atrás de uma nuvem dourada influenciavam sua escrita e criação. Mas eu vi aqueles sinais.

Tomei uma decisão que ainda não havia tomado e fui até Jack, coloquei meus braços ao redor dele e lhe dei um abraço apertado. Fiquei abraçada a ele por mais tempo do que ele ficou a mim, e então me afastei um pouco para olhá-lo, com as mãos em seus ombros. Seus olhos, umedecidos com lágrimas não derramadas, pareciam penetrar no fundo da minha alma.

— Jack, não sei como agradecer.

— Disponha, Joy.

Deixei meus braços caírem de lado, mas mantive os olhos fixos nos dele.

— Você é precioso para mim. *Você* é um presente.

Ele sorriu e tocou meu braço por um breve momento.

— Você também é para mim.

Virei-me para Warnie.

— E você também, Warnie. Não quero deixar você nem este lugar.

— Não pense nisso agora — Warnie me consolou. — É Natal. Há muito o que celebrar.

Jack sacudiu a cinza das pernas da calça e endireitou o paletó.

— Vamos pegar nossas coisas e começar a caminhada até a Santa Trindade — disse ele. — A Eucaristia de Natal começa em trinta minutos.

Abracei o livro de MacDonald e fiz uma oração pela minha família. Senti a oração subir até os céus. Então abri os olhos para Jack, Warnie e tudo o que aquele dia poderia trazer.

Depois que voltamos da igreja, Jack me parou no corredor:

— Joy, eu preciso lhe dizer o quanto suas edições e seu trabalho em OHEL significaram para mim. Vou mencioná-la nos agradecimentos.

— Eu?

Ele fez que sim com a cabeça e sorriu, como se tivesse acabado de dar o mais lindo presente de Natal: incenso ou mirra. E ele estava certo. Era um presente.

Quando os homens foram tirar uma soneca, me vi sozinha na sala comum. Caminhei por ali, pegando fotos emolduradas na tentativa de vislumbrar o Jack do passado: o menino, o adolescente, o soldado, o ateu, o homem. Dezessete anos de sua vida se passaram antes mesmo de eu entrar no mundo sujo do "gueto judeu" de Nova York.

Lá estava ele: um menino usando calças curtas e meias pretas até os joelhos, uma camisa social com uma gola triangular branca, um cordão com um apito branco que descia e entrava no bolso superior esquerdo. Peguei a foto, passei o dedo pela superfície áspera preta e branca do menino com uma mãe que o amava e que ainda não havia adoecido. Depois, outra foto: um menino de oito anos, talvez, em pé com seu irmão na zona rural da Irlanda, ambos de terno e gravata, segurando suas bicicletas e olhando quase sem expressão para a câmera. Então veio a foto de um soldado com um cachimbo na boca e um sorriso travesso no rosto, como se soubesse que iria sobreviver e que Deus estava no seu encalço. A foto posada de um homem de talvez 20 anos, sentado de terno e colete, com um livro no colo, me deu um grande arrepio. Meu Deus, ele estava tão elegante na foto! Tão esbelto enquanto olhava diretamente para a câmera! Seu sorriso, o mesmo, travesso e pronto para confusão. Eu amava aquele jovem que eu não conheci. Olhando para trás, senti um anseio distante pelo mundo em que Jack vivera quando eu ainda era pequena e estava a um oceano de distância. Lamentava o tempo perdido, lamentava algo e alguém que eu nunca poderia ter tido, mesmo naquela época.

Deixei o passado de lado e entrei na cozinha. Eu me ofereci para fazer o jantar de Natal e meio que esperava que os homens se retirassem para a sala comum ou para seus escritórios enquanto eu me movimentava pela cozinha. Em vez disso, eles se instalaram à mesa de madeira, contando-me histórias enquanto eu regava o peru, fervia as *cranberries*, acendia o fogão e cortava as batatas.

Na pausa de mais uma história sobre Warnie e sua infância feliz em Little Lea, eu falei:

— Eu costumava acreditar que seria o cristianismo que finalmente me faria feliz.

— Ah, a história da humanidade em busca de algo que a faça feliz — Jack sorriu.

— Mesmo com a melancolia de sentir falta dos meus meninos, não sei se eu já estive mais feliz do que hoje.

— Se você está procurando uma religião que a faça feliz, não é o cristianismo — Jack comentou, com uma risada. — Uma garrafa de vinho do Porto talvez faça isso, mas o cristianismo não está aqui para nos deixar confortáveis ou felizes.

— Um brinde a isso — comemorei, levantando meu copo. — Quero que me contem outra história da infância de vocês. — Despejei uma taça de vinho tinto da adega do Magdalen no molho e mexi.

— Espere! — Warnie se levantou. — Você coloca vinho no molho?

Parei no meio da mexida.

— Você nunca viu?

— Nunca — Jack confessou.

— Bem, então eu estou aqui para ensinar a vocês a alta gastronomia.

Warnie riu, zombeteiro.

— Ah, não deixe a sra. Miller ouvir você falar que existe uma comida melhor que a dela!

— Não vou deixar, mas, pelo amor de Deus, é claro que existe!

O silêncio se instalou por um momento, e então Warnie atendeu meu pedido:

— Minha época favorita era quando nossa família ia para a praia. Foi aí que me apaixonei pelo oceano. Pelos navios e pelos marinheiros.

— Quando mamãe ainda estava viva... — Jack acrescentou, com uma voz tão terna, que precisei de um grande domínio próprio para não largar o batedor e me sentar em frente a ele, acolhendo seu rosto suave e belo no meu, e beijando cada canto dele.

— Não vamos falar disso no Natal — Warnie pediu, com firmeza. — Olhe para esse peru enorme. Não sei onde você encontrou um desse tamanho, mas a expectativa é tanta que vamos brindar imediatamente.

— O que precisamos — sentenciei — é de champanhe.

— Ah, não! — Jack colocou o copo de vinho tinto na mesa e levantou as mãos em rendição. — Tudo, menos champanhe.

— Quem não gosta de champanhe? Isso parece quase impossível.

Sua testa se franziu entre os óculos e seus olhos ficaram distantes, com aquela expressão que aprendi a interpretar como um sinal de que seus olhos da mente estavam vendo o passado.

— Foi na Batalha de Arras, em 1915 — ele disse, mas então ficou em silêncio.

Era a primeira vez que o ouvia falar de seu tempo na Primeira Guerra Mundial. Sabia, por seus escritos, que ele fora um oficial comissionado na Infantaria Leve de Somerset e que chegara à linha de frente na França em seu aniversário de dezenove anos. Eu mal podia imaginar o medo que ele sentira, mesmo nunca tendo falado disso comigo. Naquele mês de maio, ele fora ferido na Batalha de Arras. Além disso, eu não sabia mais nada. Coloquei minha taça de vinho no balcão, em um silencioso incentivo para que ele continuasse.

— Foi durante um bombardeio de artilharia, quando levei meus homens por cima do parapeito da trincheira. — Ele meneou a cabeça. — Um desastre. Meu sargento morreu no meu lugar. — Ele piscou lentamente, como se, mesmo depois de todos esses anos, aquilo ainda doesse com profundidade em sua psique. O que o público via era uma máscara, como qualquer uma que eu usava. Por trás dela estava um homem que ainda tremia de tristezas e dor: a morte de sua mãe, a educação rígida no internato que o torturara quando menino, duas guerras, seus fracassos em Oxford.

A crueldade da humanidade em sua totalidade.

— Os estilhaços se enterraram no meu corpo e me mandaram para o hospital. Enquanto os gritos de outros homens ecoavam em meus ouvidos, me levaram para trás das linhas. O único licor disponível era champanhe, e engoli rios disso. Desde então, não suporto o gosto.

Aproximei-me dele.

— Perdão por isso. Esqueça o champanhe então. Vamos abrir mais vinho!

— Tudo ficou no passado — disse Warnie.

— Exceto quando não ficou — Jack respondeu, e eles trocaram um olhar daquele tipo que só quem conhece seu íntimo consegue ler.

— Gostaria de poder apagar as partes horríveis do passado de vocês dois. — Fiz uma pausa. — De todos nós.

Ficamos em silêncio por mais um tempo até eu servir a comida e Warnie acender as velas, e então começamos a cantar um trecho da pantomima de Natal a que tínhamos assistido algumas noites atrás.

Jack primeiro:

— Eu vou ser um menino mau? Não. Não. Não.

Warnie em seguida:

— Eu vou aprontar? Não. Não. Não.

E, finalmente, minha voz desafinada:

— Eu prometo não derramar o molho! — E, com isso, derramei o molho à Borgonha do Magdalen em cima do peru e nos sentamos para comer.

Oramos pela refeição e erguemos o copo para brindar ao Natal. Antes de dar a primeira mordida, Jack estendeu a mão e segurou a minha.

— Feliz Natal, Joy. — Ele deslizou o polegar sobre minha pele em um gesto tão inocente e, ao mesmo tempo, tão íntimo que meus membros relaxaram e perdi o fôlego.

— Feliz Natal para você também, Jack.

Capítulo 27

Algo para levá-lo a rir ou a zombar;
Ainda assim, você pode ter meu amor pelo que ele vale

Soneto 12, Joy Davidman

Na manhã da minha partida, fiquei no corredor de The Kilns, sentindo sua acolhida me envolver uma última vez. Minha mala grande e também a pequena estavam prontas e esperando junto à porta, e eu as olhei com desprezo, odiando-as pelo que representavam.

Jack e Warnie estavam atrapalhados nos fundos da casa; eu ouvia seus passos e a água correndo com força pelos canos.

A cozinha estava vazia. As panelas de cobre pendiam limpas de seus ganchos, onde a sra. Miller as colocou, sem qualquer vestígio de nossas frivolidades ou conversas profundas. Quando eu fosse embora, a casa retomaria seu ritmo natural.

Eu me sentia em casa naquela cozinha. Peguei uma frigideira do gancho. Ela fez barulho ao atingir o fogão: ferro contra ferro. Os ovos do mercado paralelo de Jack estavam amontoados em uma tigela no balcão. Peguei um deles e o quebrei contra uma tigela de porcelana branca. A gema permaneceu inteira e flutuou nas claras viscosas. Levantei um garfo e furei aquela cúpula amarela, observando-a se espalhar e tingir o restante antes de misturá-la. Em algum lugar no fundo da casa, Warnie chamou Jack, e então houve risadas e uma porta se fechando, depois passos arrastados.

Coloquei uma porção de manteiga na frigideira aquecida e inspirei o aroma reconfortante da gordura se espalhando e derretendo, deslizando até as bordas da panela. Senti na garganta um nó, de medo de voltar para casa.

Despejei o ovo na frigideira quente e comecei a mexê-lo enquanto cozinhava. Com uma pitada de sal, misturei até finalizar.

— Bom dia, Joy. — A voz de Jack me assustou, e a espátula caiu no chão.

— Jack! — Virei-me e forcei um sorriso, levantando o utensílio e limpando-o em uma toalha.

— Hoje vai você nos deixar... — Ele passou a mão pela barba por fazer, olhando através das janelas amplas para o jardim lá fora.

— Sim. Hoje — respondi. Coloquei meu ovo mexido em um prato e sentei-me à mesa da cozinha. Jack se juntou a mim e eu anunciei: — Tenho uma história que quero contar a você.

— Por favor! — Ele se aconchegou em suas roupas confortáveis e chinelos gastos.

— Quando eu era pequena — comecei a dizer suavemente —, meu irmão, Howie, e eu costumávamos sair escondidos à noite para ir ao zoológico. Percorríamos sorrateiramente as ruas escuras do Bronx, dando as mãos com tanta força que até doía. Deslizávamos por um buraco na cerca, e a primeira coisa que eu fazia era correr até as jaulas dos leões.

— Você quando era criança... — Jack sorriu com ternura. — Eu adoraria ter conhecido essa garotinha.

— Ah, você conhece! — disse eu, rindo. — Ela também está aqui.

Ele cruzou os braços sobre o peito, com as sobrancelhas erguidas em curiosidade:

— Prossiga.

— Eu os chamava pelo nome: Sultão e Governanta. Eram leões da Barbária e vinham até mim. Até *mim*. Às vezes, eu lhes dava pequenos pedaços de carne e sempre enterrava, mesmo que por um momento, minhas mãos na juba de Sultão. Aqueles olhos dourados, não sei como descrevê-los. Era como me lançar em outro mundo, um mundo onde tudo era possível. O tempo parava. Era para sempre, e ao mesmo tempo nunca era o suficiente. Significava tudo para mim quando aquele animal ficava imóvel e me deixava tocá-lo.

— Ah, essas feras magníficas! — ele exclamou. — Você não tinha medo?

— Tinha. Mas, mesmo assim, os tocava. Eu precisava. Não parecia haver outra opção.

— Que grande maravilha! — ele exclamou, meneando a cabeça.

Continuei, porque sabia aonde queria levar Jack, sabia o que precisava que ele visse e sentisse naquela fria manhã da minha partida. Queria entender o que poderíamos estar nos tornando; queria ouvir o coração dele.

— Era incrível, Jack. Anos depois, abri *O leão, a feiticeira e o guarda-roupa*, e novamente enterrei minhas mãos na juba de um grande leão. Senti que Sultão tinha me acompanhado por toda a vida, ido visitar você e depois voltado para mim.

Os olhos gentis de Jack estavam úmidos, e suas sobrancelhas se juntaram em forma de V. Ele se inclinou mais para perto de mim.

— É uma linda analogia. Uma maneira graciosa de ver o passado.

— Não é uma analogia, Jack. Você não percebe? É graça, um tipo de graça que nos persegue e não nos deixa ir. Ela nos uniu. A graça que mantém os planetas em suas órbitas e faz com que os lírios abram suas faces para o sol. — Ousei encontrar seu olhar com o meu. — É amor.

Ele cruzou as mãos no colo.

— *Philia*, sim. Devemos amar dessa maneira. Esse amor não cresce apenas uma vez, mas de novo, e de novo, e de novo. Eu valorizo a nossa *philia* além do que se pode medir.

— *Philia* verdadeira — repeti, com meu ovo agora frio e endurecido no prato. Sim, era desse modo que ele pensava em nós; essa conexão vibrante e bondade não eram nada mais que uma amizade profunda. Então, por que parecia mais do que aquela única palavra? Por que eu estava confusa?

Ele respirou profundamente e continuou.

— É difícil para Warnie e eu pensarmos em você voltando para aquela confusão em casa. Nos condoemos. Gostaria que houvesse alguma maneira de ajudá-la, algo mais que pudéssemos fazer além de encaminhá-la com nossas orações. Se decidir voltar, estaremos aqui. Sempre estaremos aqui para você.

Contudo, como o leão atrás das grades, eu não podia me libertar para oferecer o que não estava em posição de dar: minha liberdade de estar com ele.

— Esses dias estão entre os mais felizes da minha vida — eu disse.

— Esses também foram dias felizes para nós, Joy.

— Obrigada por me acolherem e permitirem que eu passasse o Natal com vocês. Obrigada pelos presentes, pelas noites quentes, os jogos, as longas caminhadas e as conversas.

Por baixo de tudo isso fervilhavam tantas palavras não ditas, tantas emoções não expressas... Como eu poderia deixá-los?

Warnie entrou na cozinha, tossindo na palma da mão para afastar o frio da manhã. Seus olhos estavam vermelhos e suas bochechas cobertas por três dias de barba.

— Bom dia — ele nos cumprimentou ao nos ver.

— Você precisa ir ao médico, Warnie — eu o alertei —, antes que essa tosse se instale fundo no peito.

— Sim — ele respondeu. — Já liguei para o dr. Harvard e marquei uma consulta.

Foi nesse momento que o som de uma buzina de táxi nos assustou. Jack e eu nos levantamos.

— Preciso ir — falei. — Preciso voltar a Londres, ao porto e depois...

— Sentiremos sua falta, Joy — ele assentiu, com seu espírito fechado para mim. Eu não conseguia discernir: será que ele estava triste ou frustrado? Bravo? — Por favor, escreva para nós.

— Eu vou sentir uma falta enorme de vocês dois.

Warnie veio até mim e também me abraçou:

— Joy, nós não vamos a lugar nenhum. Quando você voltar, estaremos aqui.

As lágrimas se acumularam no meu peito e logo chegaram aos meus olhos, caindo antes que eu pudesse contê-las.

— Não sei se encontrarei um jeito de voltar, mas, se puder, voltarei.

Eles concordaram com a cabeça e eu me virei, saindo pela porta verde de The Kilns e entrando no táxi que me esperava lá fora.

Eu ofereci meu coração, e agora pagaria o preço — eu sempre pagava.

Parte 3

ESTADOS UNIDOS

Janeiro a novembro de 1953

Coragem, caro coração.

Aslan em *A viagem do Peregrino da Alvorada*, de C.S. Lewis

Capítulo 28

Dizendo que não devo mais amá-lo;
Mas agora, finalmente, aprendo a desobedecer
Soneto dos mal-entendidos, Joy Davidman

9 de janeiro de 1953

A casa da fazenda reluzia, coberta de gelo e neve como um véu. Fiquei parada na varanda como quem entra em uma prisão. Eu me submeti voluntariamente à sentença e encontraria forças para enfrentar a confusão. Para assumir minha parte nela. Cuidaria dos meus filhos e escreveria de forma intensa e completa. Eu seria corajosa.

Entrei em casa e um silêncio estranho me envolveu, um silêncio de espera, como aquele que acontece pouco antes de uma batalha começar. As crianças estavam na escola. O corredor, cheio de sapatos e casacos, livros escolares e luvas, em pilhas organizadas ou pendurados em ganchos. A vida familiar, algo que eu sempre quis e do qual precisei, parecia uma miragem. Renee ocupou meu lugar, e ainda assim este era o *meu* lugar. Meu coração estava em The Kilns e meu corpo estava aqui. Nada no mundo fazia sentido.

Bill desceu as escadas e, sem ter me ouvido entrar, surpreendeu-se ao me ver parada no corredor, de casaco e chapéu, com minha mala e baú aos meus pés. Ele estava usando jeans azuis passados e um suéter preto que eu nunca tinha visto, mas sua expressão de desagrado era a mesma.

— Joy — ele disse secamente. — Você voltou.

E eu o odiei. Assim: repentina e completamente. Toda a determinação e todas as promessas de ser uma boa menina se dissolveram de forma tão definitiva como se uma enchente tivesse invadido o corredor e me arrastado embora.

— É isso mesmo, Bill, eu voltei. Para o seu pequeno ninho de amor.

Era veneno. Era o pecado que eu já havia colocado diante de Deus mais vezes do que qualquer outro: minha raiva e minha língua ácida. Mas era a verdade, e minha alma fora ferida e deixada em carne viva. Era esse o problema.

Bill desceu os últimos degraus de um salto e agarrou meus ombros, com o rosto contorcido de raiva.

— Não venha arruinar a paz e o amor que Renee e eu construímos.

— Renee e você?! — Minha voz subiu para um grito agudo de dor. — Você é uma pessoa horrível, Bill Gresham. Você é um sociopata, e ela não faz ideia de quem você é e do que é capaz. Você a seduziu para ter a vida que sempre quis, uma vida de adoração enquanto escreve suas histórias medíocres sozinho no seu quarto.

Num instante, como o bote de uma cobra, suas mãos se fecharam ao redor da minha garganta. Fiquei completamente imóvel, com um olhar desafiador. Ser estrangulada no saguão da minha própria casa seria um final melhor do que conviver com ele. Seus dedos pressionaram a carne acima da minha clavícula, em uma raiva que era uma corrente elétrica passando por suas mãos. O desespero me enterrou, escuro como uma sepultura.

— Você é repugnante — ele disse, e me empurrou para longe. Saliva voou de seus lábios.

Cambaleei para trás e minha cabeça bateu na parede. Recuperei o equilíbrio e dei um passo em sua direção:

— Você não me assusta. É um homem traiçoeiro e mentiroso, mas não me engana nem um pouco.

— Você não sabe de nada — ele argumentou. — Se um dia eu a amei, e duvido que tenha amado, não chega nem perto do que sinto por Renee.

Um som baixo de choro veio do alto da escada, e eu olhei para lá, achando que era meu gato; em vez disso, vi Renee parada com um cesto de roupas nos braços e lágrimas escorrendo livremente por seu rosto bonito.

— Parem. — Ela deixou cair o cesto, e uma torrente de roupas rolou escada abaixo: meias e roupas íntimas, camisas e calças das crianças. — Vocês dois, parem com isso! Não aqui. Não agora.

Peguei uma de minhas malas, passei por Bill e subi a escada, chutando as roupas para longe a cada passo. Nem conseguia olhar para o quarto que Bill e eu costumávamos compartilhar. Em vez disso, fui direto para o quarto que dividi com Renee. Os pertences dela enchiam o ambiente. Sua escova de cabelo estava sobre a cômoda, com longos fios de cabelo preto presos nas cerdas; seus perfumes e maquiagem, organizados em uma linha reta; suas roupas dobradas postas com cuidado no banco ao pé da cama. A cama, arrumada; os travesseiros, afofados e em pé.

Agarrei os pertences dela, um por um, jogando-os deliberadamente no corredor: suas roupas, sua maquiagem, seus sapatos e, por fim, seu travesseiro. Só então, quando o quarto se tornou novamente o que era, exceto pelo perfume enjoativo dela, bati a porta e caí na cama de solteiro, aquela em que eu me deitei poucos meses atrás, confidenciando à minha prima a crueldade e a traição de meu marido.

Lágrimas quentes escorreram, e estremeci ao derramá-las. Se ao menos eu acreditasse que Deus desceria e consertaria tudo... Se ao menos a dor pudesse sair de mim junto com as lágrimas... Se ao menos eu soubesse o que fazer e como fazer... Se ao menos eu pudesse correr para Jack, me refugiar nele e começar uma nova vida...

Mas, em vez disso, me encolhi exausta na cama, puxei o travesseiro para perto e fechei os olhos. Em algum lugar distante na casa, uma vitrola tocava Nat King Cole cantando sobre amor. Meus meninos voltariam da escola em algumas horas e eu iria me recompor, por eles e por mim mesma.

Bill queria uma casa no estilo sulista. Queria fingir que era um Rhett Butler moderno. Bem, então eu poderia fingir que era uma Scarlett O'Hara moderna. Eu pensaria no que fazer... amanhã. Amanhã seria um novo dia.

Virei-me na cama, peguei *Cartas de um diabo a seu aprendiz*, que ainda estava sobre a mesinha de cabeceira, e abri em uma página aleatória. "A suspeita muitas vezes cria o que suspeita."

Fechei o livro com força. Palavras não me ajudariam como antes; elas não me curariam. Um livro não me salvaria, nem o seu autor.

Eu precisava me salvar.

Sim, Deus salvara minha alma — estava me puxando lentamente para fora da minha visão de mundo autocentrada —, mas só eu podia arrumar minhas coisas e ir embora; só eu podia proteger meu coração e meus filhos.

Levantei-me para colocar tudo em ordem, como se eu nunca tivesse partido. Pendurei meus vestidos e pensei em cada lugar onde os usei com Jack. Pus meus livros, um por um, na cômoda onde os cremes de beleza de Renee estavam momentos atrás.

Logo, a porta da frente bateu, e a doce e familiar voz do meu filho mais novo ecoou pela casa.

— Mamãe?

Saí correndo do quarto, desci as escadas e atendi a esse chamado, aquele que eu não conseguira atender há meses: o chamado de ser mãe.

Davy e Douglas estavam no corredor, segurando seus livros nos braços. Davy ajeitou os óculos como se quisesse ter certeza de que realmente era eu, depois largou os livros com um estrondo. Seu pequeno corpo se lançou a mim, me desequilibrando. Douglas veio logo atrás, e eu ri, ajoelhando-me para envolvê-los em meus braços, com um grito de pura alegria. Senti seus corpos contra o meu, respirando-os; meus sentidos foram preenchidos com o aroma de neve e terra de sua caminhada até em casa, o cheiro de cabelo úmido e de sabonete, e suas bochechas rachadas esperando meus beijos.

— Meus poogles! — exclamei, afastando-me para olhar seus rostos. — Quero que me mostrem tudo agora. Quero conhecer o sr. Nichols, a cobra, e ver seus trabalhos da escola e todos os presentes de Natal.

— Mamãe — Davy chamou, tocando meu rosto como se para ter certeza de que ele era real.

— Sim, meu amor?

— Você vai ficar?

— Eu nunca vou deixá-los novamente. Senti saudade de vocês do fundo do meu coração.

— Eu também — Davy disse.

Eu me levantei.

— Agora, deixem-me dar uma olhada melhor em vocês. — Dei um passo para trás. — Douglas, você cresceu uns trinta metros. E você, Davy, parece um homem feito, pronto para ir trabalhar na cidade — brinquei, puxando seu casaco abotoado.

— Renee consertou todas as minhas roupas.

— Que bom para ela — eu falei, mas sorri. — Vamos dar uma volta pelos campos. Senti falta dos meus jardins, do nosso riacho e dos meus pomares.

— Mas nada está crescendo agora, mamãe — Davy me informou com a voz madura e preocupada do filho mais velho.

— Não importa o que está crescendo ou não. Está tudo escondido lá embaixo, esperando para aparecer. — Estendi as duas mãos. — Vamos lá ver.

Coloquei meu casaco e cachecol, puxei minhas luvas e ignorei Renee, que entrou no *hall* com um pano de prato nas mãos. Com precisão, meus meninos pegaram minhas mãos e saímos para ver o brilho do sol de inverno.

Foi ali que comecei a reivindicar minha vida.

Eu não sabia o que aconteceria em seguida, mas podia dar um passo de cada vez com meu trabalho e meus filhos ao meu lado.

Capítulo 29

O melhor de mim é meramente comum,
E estou cansada, e estou envelhecendo

Soneto 12, Joy Davidman

O trem para Manhattan cheirava a fruta podre, um fedor que permeava o vagão. Levantei-me com dificuldade e fui para outro vagão enquanto o trem balançava em direção à cidade de Nova York. Encontrei um assento, fechei os olhos e imaginei que estava sentada ao lado de Phyl em um trem completamente diferente, indo da estação Paddington para Oxford. Mas não adiantava.

Era fevereiro, e o inverno nos mantinha em suas garras. A casa estava uma desgraça: Renee se escondia e chorava no quarto de visitas para o qual se mudou; as crianças estavam confusas e ansiosas, andando na ponta dos pés pela casa; Rosemary e Bobby se comportavam como ratos assustados, com medo de serem pisoteados.

Às vezes eu sentia que minhas orações angustiadas de incerteza estavam sendo recebidas pelas mãos do grande Amor, e outras vezes parecia que elas batiam no teto e caíam de volta no meu colo, empoeiradas, murchas e inúteis. Comecei a ver que fé não era o que eu *sentia*, mas aquilo em que eu acreditava.

Enquanto isso, Bill e eu brigávamos como se nossa vida dependesse da próxima grosseria. Quando eu comparava esses momentos com Oxford — com a paz cheia de fumaça da sala comum de The Kilns, com as pedras cobertas de hera de Headington e com o caminho ladeado de bétulas prateadas até a casa de Jack —, um desespero me invadia, completo e irreversível.

Joy:

Querido Jack,

Que tormento. Renee e Bill se escondem para ficar juntos, mas, ao mesmo tempo, ele tenta me convencer a ficar e criar a família, desde que permitindo que eles sejam felizes em seu amor. Como um homem pode ser tão desprezível? Eu preciso me divorciar. Será que isso é vontade de Deus? Não entendo como pode ser vontade dele que eu fique, mas... E as crianças? Não faço ideia de como saber o que Deus quer de mim — será que alguém realmente sabe?

Jack:

Destruir o que foi feito para "ser um" é brutal, mas às vezes é necessário. Estou com você, Joy, e oro em seu favor o tempo todo. Aqui, Warnie está bebendo de novo; acredito que ele precisa buscar tratamento. Parte meu coração vê-lo assim. Olhe para nós, minha amiga: ambos devastados pelo vício na bebida daqueles que amamos.

Ah, querida Joy, como saber o que Deus quer de nós? Imagine que você é uma casa e ele veio reconstruí-la; sim, algumas coisas precisam ser derrubadas e jogadas fora. Fé, paciência e coragem, querida — mais do que você imaginou ser possível.

Em janeiro, quando chegou um convite para uma reunião da Colônia MacDowell em Nova York, eu me agarrei a ele como se fosse comida para os famintos. A primeira coisa que fiz foi ligar para Belle:

— Vou visitar você — eu disse.

Como minha melhor amiga, colega de quarto no Hunter e confidente ao longo dos anos, Belle, tão bonita naquela época, foi gentil com sua colega de quarto de Nova York, que tinha a pele pálida e doente, andava por aí com um chapéu vermelho e tentava se reinventar durante todos aqueles anos lá atrás. Eu estava ansiosa por vê-la.

Quando o trem chegou, Belle me esperava sob os arcos majestosos da estação Grand Central. As constelações pintadas balançavam acima de seu cabelo preto ondulado, que estava preso em lindos *victory rolls* que eu nunca conseguiria fazer. Seu rosto arredondado estava com um grande sorriso. Ao conhecê-la na faculdade, sua beleza fez com que eu me retraísse. Afinal, a comparação é inimiga da autoestima. Contudo, sua amizade me derreteu. Agora, ali estava ela em seu terno elegante, abotoado apertado em sua cintura fina. Tanto quanto seus saltos altos permitiam, ela correu em minha direção e jogou os braços ao meu redor.

Abracei Belle por mais tempo do que ela talvez esperasse, e só então me afastei para observá-la depois de todo esse tempo.

— Senti tanto a sua falta...

— Eu só estava a uma viagem de trem de distância — respondeu, com seu leve sotaque russo, um traço que ainda permanecia, embora tivesse se mudado para os Estados Unidos na infância.

Enquanto meus pais me sustentavam durante a faculdade, ela vendia livros no baixo escalão do segmento editorial. Belle esteve comigo nos dias eufóricos de narcisismo e descoberta sexual na adolescência. Ela esteve comigo quando me casei e tive filhos. Esteve comigo quando eu encontrei Deus, ou, mais precisamente, quando ele me encontrou. Não havia muito que Belle *não* soubesse, e ter alguém como ela ainda presente em meu mundo instável era uma âncora que me mantinha firme.

Juntas já havíamos rabiscado nossos textos e poemas, derramado nosso coração no papel. Ela publicou seu primeiro poema quase na mesma época que eu — o dela falava de sua infância faminta e terrível na Rússia. Quando meu livro *Anya* foi lançado, eu desejava sua aprovação acima de quase todas. Mais tarde, Belle e eu concluímos o mestrado em Columbia, acreditando que nossa vida transbordaria de homenagens literárias, festas e publicações.

Lá na estação Grand Central, demos os braços e fomos para a cidade almoçar, conversando sem parar até nos sentarmos em uma mesa com toalha branca impecável, numa sala cheia de homens de negócios elegantes bebendo martínis e lançando olhares para Belle. Pedi um xerez, e o garçom me olhou com sobrancelhas erguidas. Belle pediu uma taça de vinho branco.

— Xerez? — ela riu. — Você virou mesmo uma amante da Inglaterra?

— Acho que sim. O que não combina muito com ser uma dona de casa no interior do estado de Nova York.

— Você nunca foi uma dona de casa! — ela admitiu, com uma gargalhada. — Mesmo antes, você nunca foi.

— Infelizmente, acho que você tem razão — eu assenti, com um pequeno suspiro.

— Ah, Joy, me conte como você está desde que voltou para casa. Adorei suas cartas da Inglaterra. Elas estavam cheias de felicidade, aventura e pessoas interessantes.

— Vou voltar — eu disse.

— O quê? — Ela tirou o casaco, revelando um lindo vestido de lã preto com decote em V, realçando seus seios. Homens passando por nossa mesa olhavam, e olhavam de novo.

O garçom chegou com meu xerez em uma linda taça de cristal lapidado, e eu o cheirei de olhos fechados antes de dar um longo gole. O aroma me transportou para o Hotel Eastgate no meu primeiro encontro com Jack, para o refeitório do Magdalen, para a sala comum de The Kilns e para a sensação doce e suave do outono no ar dourado.

Abri os olhos e olhei direto para Belle.

— Eu não sabia disso até dizer em voz alta. Mas é verdade. Eu *vou* voltar. E vou levar meus meninos comigo e começar uma nova vida.

— Você não pode.

— Sim, eu posso.

— Que Joy é essa aqui à minha frente? O que está acontecendo com você?

Desabafei tudo com ela, como um odre de vinho explodindo e transbordando sobre a mesa. Contei sobre Bill e Renee, e sobre a dor e o sofrimento em casa.

— Isso é um pesadelo. Por que ele simplesmente não se muda com ela? Por que vocês simplesmente não se divorciam?

— Estamos de mãos atadas, Belle. Não temos o que fazer. Não temos dinheiro para nos divorciar. Eles não têm dinheiro para morar em outro lugar. Estou torcendo para vender alguma coisa, qualquer coisa, e então sair daquele inferno. Coitados dos meus meninos...

— Você pode tirá-los do Bill? Ele vai deixar?

— Não estou muito preocupada com o que ele vai ou não vai deixar agora, Belle.

Ela assentiu com a cabeça.

— Sei que pareço cruel, mas ele me dá nojo. Juro por tudo o que é sagrado: ele está tentando se tornar um mágico agora. Escreveu um livro de não ficção chamado *Monster Midway* sobre a vida no circo. É como viver com um adolescente asqueroso que quer engolir fogo sobre um palco. O ódio está me matando.

— O que eu posso fazer?

— Não sei. Ficar aqui e beber comigo? — Sorri para ela. — Bill me pediu, realmente *me pediu*, para formarmos um trio com a Renee. Um trio!

— Puxa... além de horrível, é repugnante. — Belle estremeceu. — E, enquanto isso, você se apaixonou pela Inglaterra.

— Sim, mas não só pelo país; também pelos amigos, pela natureza e pelos irmãos Lewis.

— Eu já vi você apaixonada muitas vezes, Joy. — Ela fez uma pausa e se inclinou para frente, como se alguém estivesse nos ouvindo. — Você está *apaixonada* pelo C.S.?

— Não. — Tomei outro gole de xerez. — Estou confusa. Sinto falta dos dois como se os conhecesse a vida inteira, mas é mais do que isso... Sobre Jack, eu não sei. Desta vez, não é apenas uma necessidade física. Pelo amor de Deus, o homem fuma sessenta cigarros por dia e ainda intercala com o cachimbo. Ele é dezessete anos mais velho que eu. Mas tem um grande entusiasmo pela vida: pela cerveja, pelo debate, pela caminhada e pela amizade profunda. O cristianismo definitivamente não o transformou em um fracassado. Não é uma fantasia movida a luxúria. Existe uma conexão entre nós. Conversa. Empatia. Vivências semelhantes. Não é uma obsessão por conseguir algo, Belle. É a sensação de finalmente estar em casa. É, no mínimo, confuso.

Belle se recostou na cadeira, retocando o batom com um guardanapo antes de tomar um gole de seu vinho.

— Não quero que cometa um grande erro que vá destruir sua família para sempre.

— Destruir minha família? Como se isso já não tivesse acontecido! — Senti o calor subir pelo rosto com uma determinação ardente. — Eu conheço os meus erros do passado, Belle. Mesmo no meu casamento, eu enxergo meus erros. Não se trata apenas de culpar alguém. E eu não estou dormindo com Jack. Apenas o amo, e ao irmão dele também, mas de maneiras diferentes. Nós parecemos uma família. É um fato tão inevitável quanto respirar.

— Mas é isso que eu quero dizer. Não estou sendo cruel. Você sabe que eu a amo. Mas você se apaixona intensamente e depois não escuta a razão.

— O amor tem alguma razão? — As lágrimas brotaram facilmente, e eu quase senti saudade do tempo em que só chorava de raiva.

— Não, não tem. Mas *você* tem. Por que alguém iria embora de Nova York?

— Belle... — Inclinei-me para frente com a ânsia de fazê-la entender. — O meu marido está dormindo com a minha prima. Ele está "apaixonado". Ele diz que está "mais casado" com ela do que jamais esteve comigo. Por muito tempo eu precisei reprimir quem eu sou, tentando ser alguém que os homens querem ou precisam que eu seja, e, na Inglaterra, com aqueles amigos, isso simplesmente não acontece.

Os olhos de Belle se encheram de lágrimas.

— Queria poder ter estado com você.

— Você sempre esteve comigo. Sempre. Lembra da noite em que ganhei o Prêmio Russell Loines? Quando mil dólares pareciam um milhão? Foi uma grande vitória, e eu estava orgulhosa porque Robert Frost ganhou o mesmo prêmio anos antes. Levei você para a cerimônia de premiação e bebi tanto que mal consegui falar no microfone. Você cuidou de mim.

— Eu lembro! — Belle riu. — Claro que lembro.

— E você estava lá para comemorar comigo quando voltei para casa depois do inferno e da infestação de Hollywood. E continuou sendo minha amiga na época do comunismo, me convidando para suas festas e para sua casa. Lembra quando eu tive uma discussão aos gritos com seu amigo Kazin? Você já viu o pior de mim, Belle. E eu estou tentando dizer a você que sou o *melhor* de mim quando estou com Jack.

Uma garçonete de cabelo vermelho brilhante chegou e, depois de ambas pedirmos salmão, Belle esfregou as mãos e as uniu em oração.

— Quero que você encontre paz sem fugir.

Uma determinação surgiu em mim. Olhei ao redor da sala de jantar e abaixei a voz.

— Eu não estou fugindo. Estou correndo em uma *direção*. Quero construir uma vida tranquila e intelectualmente estimulante lá. Sei que pareço irracional. Mas há uma vida a ser vivida na Inglaterra, em Londres, e é uma vida que eu quero.

— E seus filhos?

— Eles ficarão bem melhores. — Tentei mais uma vez: — Belle, por algum motivo eu acreditava que precisava suportar as infidelidades e as fúrias do Bill, que esse era meu dever como esposa. Mas isso não é verdade. Tenho meus defeitos, sem dúvida. Mas meus defeitos não significam que eu deva ficar e suportar os dele.

— Essa é uma das maiores verdades que já ouvi você dizer. — Os cachos de Belle balançaram em concordância.

Mudei de assunto e foquei minha atenção na vida dela:

— Como vai sua escrita? — perguntei. — E como estão Jonathan e Thea?

— Ah, meus filhos ocupam muito do meu tempo, assim como os seus. Mas continuo escrevendo artigos para a revista *Esquire* e trabalhando em um livro sobre uma professora de inglês em Nova York. Dei o título de *Subindo uma escada que desce*. Parece emocionante, não? — Ela revirou aqueles olhos lindos e deu uma risada encantadora. — Provavelmente nunca verá a luz do lado de fora da sala onde escrevo.

— Tudo o que você escreve é fascinante. Ainda lembro das pontadas de inveja que eu sentia quando lia seus poemas no nosso dormitório.

Ela sorriu e estendeu a mão sobre a mesa para pegar a minha.

— Não fui eu que ganhei o Prêmio Jovens Poetas da Yale e tive o primeiro livro de poesia publicado aos 22 anos. Acho que sua inveja não faz sentido, minha amiga.

— Nada disso parece importar agora. Essas coisas que eu pensava que trariam felicidade eterna foram pura frustração. — Olhei para o lado ao

ver a garçonete se aproximando e depois voltei a atenção para minha amiga.
— Como está seu casamento, Belle? Diga que está maravilhoso, para eu poder acreditar em amor verdadeiro.

— É um bom casamento. — Ela pegou o garfo e começamos a almoçar, preenchendo o restante do tempo com fofocas literárias que ela ainda ouvia em Nova York. A peça *As bruxas de Salém*, de Arthur Miller, estreou na Broadway; Saul Bellow e Ray Bradbury tinham novos livros saindo nos próximos meses, supostamente os melhores que já escreveram. E Belle tinha se encantado com *Sete anos no Tibet*, de Halley, tanto que o lera duas vezes.

Quando terminamos a sobremesa, um *crème brûlée* que dividimos, andamos pelas ruas de Manhattan, olhando as vitrines e fingindo que podíamos ter tudo o que víssemos.

— Lembro de quando acreditava que seria rica o suficiente para comprar tudo o que quisesse — eu disse enquanto passávamos pela Bonwit Teller. — Eu achava que nosso sucesso literário traria o mundo aos nossos pés.

— Sinceramente, Joy, eu nem gosto de escrever tanto quanto você.

Eu parei e olhei para ela, apertando meu casaco.

— Eu não conseguiria viver sem escrever.

— Acho que eu também não conseguiria, mas continuo não gostando tanto quanto você. Eu vivo pelo único momento em que funciona. É como um êxtase que eu procuro várias vezes e raramente encontro.

— É melhor do que os tipos de êxtase que meu marido procura.

Belle apertou meu braço.

— Você sempre disfarça sua dor com piadas.

— Eu sei — respondi. — Mas é melhor do que arrastar você para a sarjeta comigo.

Na esquina da rua Fifty-Second com a avenida Park, sentamo-nos em um banco, sentindo o vento gelado soprar sobre nós com um aroma de castanhas assadas, ouvindo os táxis buzinando sem parar na avenida Park.

— O sr. Lewis já esteve apaixonado alguma vez? — Belle perguntou em voz baixa, como se a própria pergunta pudesse me machucar.

— Eu não sei. — Virei-me para ela no banco e levantei a mão para proteger os olhos do vento. — Não perguntei. Ele nunca se casou. Mas li suas opiniões sobre sexo, e elas *não* são provincianas. Ele não é um homem que foi celibatário a vida toda. — Suprimi um sorriso. — E nem sempre foi cristão, um homem tão devoto às suas virtudes.

— Então por que ele nunca se casou?

Em tons baixos, contei à Belle tudo sobre a sra. Moore e Maureen.

— Você acha que...? — ela indagou, deixando a pergunta no ar.

— Eu não sei. Quem sabe. — Sentei-me de volta e tentei *não* imaginar o que Belle estava sugerindo. — Lembra-se de todos aqueles anos em que éramos obcecadas por Freud e achávamos que tudo tinha a ver com nossa mãe, nosso pai ou sexo?

— Lembro!

— Bem, se eu tivesse de adivinhar, a sra. Moore foi uma mãe substituta para ele, além de ser uma promessa que ele cumpriu. Eu não perguntei... — Estremeci só de pensar.

— Você precisa perguntar! — ela disse com uma risada, e ficou de pé em um pulo. — Um táxi vazio! — Levantou o braço, acenou e assobiou, e o táxi amarelo parou na calçada. Era hora de eu pegar um táxi para o Clube Columbia, onde seria a festa da Colônia MacDowell.

Eu a abracei com força.

— Eu te amo, Belle.

— Também te amo, Joy. Cuide-se.

Sentei-me no banco de trás surrado e acenei para minha melhor amiga. Eu não sabia quando a veria novamente, mas nem mesmo suas palavras me manteriam com Bill ou em Nova York por muito mais tempo.

Capítulo 30

Senhor, pode me punir com tua vara.
Mais do que a meu Deus, eu te amara

Soneto 10, Joy Davidman

Nos meses seguintes em Nova York, eu escrevia como se as frases fossem sangue, como se elas fossem me salvar. Pus para fora artigos e contos, qualquer coisa para conseguir dinheiro suficiente para partir. No entanto, nenhum de meus trabalhos vendeu. Derramei horas da minha vida para nada.

No privado, esvaziei sonetos do meu coração, sentindo falta da Inglaterra, de Oxford e, sim, de Jack. Às vezes eu escrevia esses poemas para Deus; outras, para mim mesma, e, outras, para um amor perdido. A velha máquina Underwood batia por tanto tempo e com tanta força que eu a ouvia em meus sonhos, como se até meu eu adormecido datilografasse em vão.

Se a minha vida inteira eu soubesse que existia um lugar como The Kilns e homens como Warnie e Jack, teria suportado fardos com mais facilidade. Estar cercada pelo calor desgastado de móveis antigos, tapetes manchados e paredes feitas de livros era como viver em uma terra de histórias. Era inevitável eu pensar que deveria estar lá desde o começo, que fui feita para aquele lugar.

Guardei aquelas lembranças como lã para me aquecer: caminhar pela colina Shotover com Jack e Warnie. Ouvir suas histórias de infância. Acordar e ver o campo inglês pela minha janela, a luz do sol abundante, mesmo no frio congelante do inverno. As pequenas ondas brancas no lago durante o vento e os desolados jardins hibernantes de The Kilns.

Os pubs. O Hotel Eastgate, onde nos encontramos pela primeira vez e depois fomos inúmeras vezes para tomar uma cerveja e comer perdiz.

Ampleforth e Headington. O Pássaro e o Bebê. As noites silenciosas e as manhãs com canto de pássaros. A sala comum cheia de fumaça e o murmúrio das vozes graves masculinas se espalhando pelos corredores da casa velha e rangente.

Nas primeiras semanas depois de chegar em casa, eu verificava a caixa de correio, mesmo sabendo que a correspondência ainda não havia sido entregue, com medo de que Jack nunca mais me escrevesse, temendo que eu tivesse dado o golpe final em nossa amizade com minha carência humilhante ao partir. Então uma carta chegou e, com ela, a dor do nosso mal-entendido na minha despedida começou a se dissolver lentamente.

Joy:

Querido Jack,

Talvez essa dor seja um castigo pelas coisas que fiz na minha vida.

Jack:

É perigoso presumir que a dor seja um castigo. Acredito que toda dor seja contrária à vontade de Deus. Você deve deixar Bill, Joy. Não há razão para continuar em tamanha miséria.

Warnie:

Tivemos uma gripe aqui, mas estamos trabalhando alegre e intensamente em nossos novos livros. Como está seu trabalho em nosso pequeno projeto? Nossa Rainha Cinderela está ganhando vida?

Uma noite, fiquei em frente ao espelho e tentei ver o que Jack devia ver: meu cabelo castanho (não loiro!) começava a apresentar fios grisalhos; as linhas no meu rosto se aprofundavam a cada dia. Inclinei-me mais perto e olhei para o contorno abaixo dos meus lábios, cujas linhas finas resistiam a todos os cremes hidratantes; a dobra extra nas minhas pálpebras; a meia teia de aranha que parecia ter sido costurada da noite para o dia no canto dos meus olhos. Não havia nada que eu pudesse fazer quanto a isso, quanto ao que o tempo tirou de mim, e mais uma vez o desespero apertou minha esperança em sua mão, espremendo-a até secar sua vida.

Afundei-me em minha escrivaninha e, com uma caligrafia apertada pela mágoa, despejei minha tristeza em mais um soneto.

Você tem tantas razões para não me amar...

Uma batida soou na porta; fechei os olhos, preparando o coração para lidar com mais um golpe das palavras cortantes de Bill. Mas foi Renee que entrou.

— Joy — ela disse —, não posso mais viver assim. — Ela deu um passo hesitante para frente. — Meu coração está partido, e nossa amizade destruída me despedaçou.

— Podemos parar com isso, então? — perguntei. — Eu quero o divórcio tanto quanto você, Renee. Podemos trabalhar juntas para acabar com esse inferno? Em nome da família e da paz?

— Sim. — Seus olhos estavam inchados de tristeza; seu lindo rosto, contorcido. — Afinal, você nem ama o Bill. Dá para ver que ama outra pessoa. Então, por que está sofrendo?

Levantei-me da escrivaninha, e a caneta caiu no chão como um ponto de exclamação.

— Por quê? Minha querida, por que eu não sofreria? Primeiro, minha mãe amava mais você do que a mim, e me mostrava todas as formas pelas quais você era mais querida, mais doce, mais bonita, mais magra e mais gentil. E, depois, você entra na minha casa para que meu marido possa dizer o mesmo em uma espécie de pesadelo repetido, para que eu ouça o que já sabia?

— Não é assim, Joy.

— Claro que é. Não vou me iludir para ficar bem e ser amada de uma forma inferior. Mamãe amava mais você. Bill ama mais você. — Engasguei-me com a verdade, sentindo o ardor dela na minha garganta. — Pode ficar com ele, Renee. Mas eu não entendo por que você o quer.

— Por que está sofrendo? Se está tudo bem para você, e se pode me ajudar, eu não entendo.

— Minha vida está desmoronando, Renee. Será que não há tristeza nisso? Existem regras com motivos pelos quais eu posso ou não posso ficar triste? — Tirei os óculos e esfreguei o rosto. — Sabe o que Bill me falou?

Ela ficou em silêncio e mordeu o lábio inferior, esperando.

— Além de todas as palavras dolorosas que você viu nas cartas dele e dos ataques verbais ao meu caráter, agora ele me deu um sermão dizendo que, se eu fosse realmente cristã, uma cristã de verdade, minha bondade e graça ficariam felizes por vocês dois. Ele me disse que eu estou impedindo vocês de desfrutarem desse novo e maravilhoso amor.

— Sinto muito, Joy. Lamento que ele tenha dito essas coisas horríveis para você, mas você também falou coisas horríveis para ele.

— Você o defende. — Coloquei meus óculos de volta. — É claro que defende. Você está apaixonada. E quanto ao fato de ele ter me pedido para fazer parte de um trio com vocês? Para viver aqui nessa situação bizarra e ele não perder dinheiro? O que você acha disso?

Um ponto de sangue apareceu em seu lábio, onde ela mordeu com força.

— Acho que é do Jack que você sente falta, não desta vida.

— É mais do que isso. — Aproximei-me dela. — Olhe para mim, Renee. Eu não sou Helena de Troia. Sou apenas Helen Joy Gresham. Nunca fui celebrada por minha beleza. Se sou bonita, é de uma forma comum, e agora a idade se aproxima, roubando o pouco que ainda tenho. O que há em mim para um homem querer ou amar? Se é que um dia houve alguma coisa.

— Pare com esse absurdo, Joy. Você *é* bonita, e inteligente e, nos seus melhores momentos, é gentil, generosa e engraçada. Você bebe da taça da vida com palavras e risadas mais intensas do que qualquer pessoa que eu conheço. Lembra de quando me arrastava para o zoológico e o leão vinha até você? O leão, ele vinha até você! É assim que você é. A vida vem, rápida e rugindo, e você a toma por completo. Eu não sou assim, Joy. Preciso pegar o pouco que consigo encontrar e aproveitar ao máximo.

— Não se trata de encontrar outro homem, Renee. Não se trata de nada além de salvar meus filhos e a mim mesma. Nas longas horas sozinha em Londres, eu enxerguei a verdade. — Inclinei-me para frente. — Bill usa a autoridade dele para acalmar a ansiedade; ele descarrega a dor para se sentir melhor. E eu suportei tudo porque queria muito ser uma boa esposa e, nos últimos anos, ser uma boa cristã. — Ri, mas o som não tinha alegria. — Eu nem sequer sei o que é isso, mas agora sei o que não é: me submeter ao abuso.

— Eu não entendi. — O rosto dela era uma tela em branco.

— Bill transfere a dor dele para outra pessoa para não ter de senti-la ou lidar com ela. É o jeito dele, Renee. Cuidado. — Afundei-me de volta na cadeira e olhei para sua beleza impecável. — Vou encontrar uma forma de conseguir esse divórcio, e vocês dois terão a vida que desejam. Mas *vou* levar meus filhos. Nunca mais os deixarei com vocês.

— Para onde você vai?

— De volta para a Inglaterra — respondi.

— Você não pode tirar os meninos do Bill... — Sua voz murchou, já sabendo que isso não era verdade. Eu podia e os tiraria dele.

— Sim, eu posso.

Jack:

Querida Joy,

Sentimos sua falta aqui. Se você tivesse visto Warnie contradizer Tollers em nosso encontro ontem, teria gargalhado em aprovação. E precisa ver o jardim onde sugeriu que Paxford plantasse um canteiro de flores: está florescendo em plena glória. Lamento por seus problemas aí. Espero que em breve encontre paz. Por favor, nos avise se planejar voltar; ficaremos muito felizes. Estou orando por você e espero que esteja fazendo o mesmo por nós.

Joy:

Eu sonho com longas caminhadas pelas charnecas, com a lareira aquecida na sala comum e com as cervejas encorpadas no pub. Lembro do ar dourado e dos passeios compridos, da colina Shotover e de sua vista de Oxfordshire. Aqui a primavera trouxe vida à terra encharcada, o que me deixou feliz. Minhas peras e maçãs, meus legumes e flores renasceram.

Fiz geleia e conservei os feijões. Sinto falta de tudo aí, inclusive de você e Warnie.

Com todo o meu amor,

Joy

Numa manhã de início de primavera, no final de março, fui ao jardim para observar os botões de narcisos que começavam a mostrar seus rostos tímidos acima da terra. Se eles tinham sobrevivido ao inverno, eu também sobreviveria, e até mesmo *floresceria* como sua bondade amarelo-dourada.

— Joy… — A voz de Renee me chamou quando eu cheguei ao final do jardim.

Virei-me para ela. Tínhamos encontrado formas de evitar nos ver dentro de casa, mas agora ela estava me chamando. Fiquei parada, esperando que se aproximasse.

— Vim para lhe dizer que estou indo embora. — Seus olhos e lábios estavam determinados. — Uma amiga me ofereceu um lugar para morar em Miami. Bill vai colocar Rosemary e Bobby em um internato aqui perto e, quando eu estiver estabelecida, ele os mandará para mim. — Ela respirou fundo. — E eu disse ao Bill que quero que ele venha ficar comigo.

— Certo, Renee — concordei.

Ela esperou, mas não sei pelo quê. Eu não tinha mais nada a dizer a ela ou ao Bill. Eu estava poupando todas as minhas palavras para o meu trabalho, para os meus filhos, para Jack e Warnie, e para minhas orações.

Capítulo 31

Meu espelho diz. Uma mulher é destruída
De pequenas maneiras, pelos lentos e pequenos anos

Soneto 12, Joy Davidman

— Joy! — A voz de Bill gritou do alto da escada apenas duas semanas depois de Renee ter se mudado.

Eu saí da cozinha, enxugando as mãos em um pano de prato, e olhei para cima. Lá estava ele, vestido de forma ridícula, como se fosse para um circo: uma calça pantalona e uma camisa com chamas de tinta vermelha subindo da cintura.

Senti arrepios. Renee partiu, e agora ele precisava de mim.

Mas era a isto que as coisas tinham chegado: repulsa.

Ele desceu as escadas e parou na minha frente com um grande sorriso.

— Poogle, tive uma revelação. — Ele fez uma pausa dramática. — Podemos consertar tudo. Fazer funcionar. Podemos recomeçar, agora que somos só nós quatro de novo. Consegui um trabalho, e você está escrevendo. Vamos tentar. — Ele estendeu os braços para mim.

Dei um passo para trás com tanta rapidez que tropecei em um cesto, me equilibrei e olhei para ele, confusa.

— Não.

— Podemos fazer isso. Sei que podemos.

Ele inclinou a cabeça, pedindo que eu o seguisse até a sala de estar, onde nos sentamos de frente um para o outro no sofá puído. Topsy viu uma chance de se juntar a nós para se aquecer, e pulou para se encaixar ali. Afundei minha mão em seus pelos sujos. Seu cheiro de gambá era melhor do que o toque de Bill.

— Por favor, Joy. Eu não suporto a ideia de você ir embora daqui e levar nossos filhos. Faço qualquer coisa que você quiser, desde que fique aqui e não os tire de mim.

— O amor não pode ser conquistado nem experimentado com força de vontade — respondi. — Lembra do que você me escreveu? — Balancei a cabeça, sentindo em minhas têmporas uma leve dor que não passava há semanas. — Se tivéssemos um pouco de dinheiro que fosse, a essa altura você já estaria em Miami com a sua amante. Eu sei disso. Aliás, os meninos têm medo dos seus acessos de raiva. Não, Bill. Eu não vou ficar.

— Eles não têm medo de mim. — Seu rosto empalideceu, e por um momento senti pena dele.

— Eles têm, sim, Bill. Talvez, se eu os levar embora, eles se lembrem apenas das coisas boas sobre você.

— Ouça, Poogle. Escrevi para a Renee. Disse a ela que quero tentar fazer dar certo aqui. Nós temos uma família. Ainda há amor suficiente entre nós para fazer dar certo. Eu acredito nisso.

— Amor? — Eu ri com desdém. — Não, Bill. Não sobrou nenhum amor entre nós. E quanto à Renee? Você fez uma promessa a ela. Vai quebrá-la também?

Ele deu de ombros.

— As coisas mudam. Isso foi antes, quando eu estava neurótico e você não estava aqui. Como pode esperar que uma personalidade dinâmica como a minha não mude de ideia de vez em quando? — Ele tentou um olhar sedutor, uma piscadela.

Aquilo me deu nojo.

— Coitada da Renee.

A raiva pulsou sob os músculos dele quando eu me levantei.

— Não saia de perto de mim — ele avisou.

Porém, já havia sido causado dano suficiente, e eu não me permitiria ouvir mais uma só palavra de repreensão. Era o bastante.

Ainda assim, mesmo saindo da nossa sala de estar e abrindo a porta da frente para fugir para o pomar, eu reconhecia uma coisa: Bill era o pai dos meus filhos. Não havia espaço para reconciliação hoje, nem por muitos dias, talvez. Mas o antigo instinto de apaziguar as coisas não morria facilmente. Apenas a coragem me levava adiante agora.

Renee:

Querida Joy,

Estou arrasada com a decisão do Bill de ficar aí com você. Não sei o que fazer.

Joy:

Querida Renee,

Não fique triste, minha linda. Nós duas fomos feitas de bobas. Fiz tudo o que pude para que ele ficasse com você. Agora, não me resta nada a fazer além de consolá-la com o fato de que eu também fui vítima dele. Mas lembre-se: a maioria dos homens não é tão ruim quanto ele. Tenho um favor a lhe pedir. Você poderia assinar um papel admitindo um caso para que eu possa pedir o divórcio com justa causa?

Os dias se arrastaram enquanto eu lutava para não acreditar nas ameaças e nos insultos de Bill. Eu sabia que não precisava mais ficar e tolerar o abuso. Eu tinha escolha; havia outras maneiras de viver. E essas eram escolhas que eu faria, por mais difíceis e terríveis que fossem. Talvez, pelas regras e leis de Levítico, eu estivesse mergulhada em pecado, mas, da mesma forma que Deus esteve comigo naquela noite no quarto dos meus filhos, ele estava comigo na agonia — não resolvendo tudo, mas sempre perto.

Em abril, fui ao advogado e entrei com um pedido de separação legal. No caminho de volta para casa, parei para um check-up com nosso médico da família, Fritz Cohen.

Contei a ele sobre nossas dificuldades.

— Acredito que ele seja um psicopata, Joy. — Foi isso que o médico que nos conhecia há anos me disse.

— Dr. Cohen, eu acho que ele é apenas um cretino. Mas isso não importa; só quero minha liberdade.

O check-up mostrou que eu estava mais saudável do que quando parti, mas ainda com a tireoide fraca e dores que o médico atribuía à meia-idade.

— A meia-idade é aos 38? — perguntei, com um sorriso triste.

Ele deu uma tapinha na minha perna.

— Por favor, cuide-se, Joy. Sua situação de vida provavelmente está contribuindo para a sua saúde debilitada.

O tempo passou devagar, e eu economizei dinheiro. Bill acabou conseguindo um emprego que o levava para fora da cidade durante a maior parte da semana: viajar com uma empresa de relações públicas como agente de imprensa. Quando estava em casa, ele passava os dias com comprimidos para dormir e acessos de raiva. Seus ataques agora terminavam em crises de choro, e eu frequentemente sentia que estava cuidando de um adolescente tentando decidir o que queria ser quando crescesse.

Em maio e junho, meus dois artigos na *Presbyterian Life* foram publicados um após o outro, e Chad Walsh me orientou sobre qual editor seria o melhor para transformar toda a série de artigos em um livro. Eu estava perto de juntar dinheiro suficiente para as passagens para o exterior.

Embora sentisse falta de Jack e ansiasse um reencontro, minha decisão não tinha a ver com ele. Eu não estava indo embora *por causa* dele, pois não havia como ir *até* ele. Eu estava indo embora por causa da minha alma e das almas dos meus filhos.

Joy:

Querido Jack,

Entrei com o pedido de separação. Tem sido um inferno viver aqui, e às vezes acredito que arruinei nossa vida. Mas a coragem vai me levar adiante agora.

Jack:

Você vai superar isso, Joy. Você é forte. Não pode continuar amando alguém que não respeita. Não pense em si mesma, e sim nos meninos. Não acredite que arruinou sua vida. Você ainda está na flor da idade, só tem 33 anos. Há uma vida pela frente.

A verdade é que eu já estava com 38 anos, mas não o corrigi.

— Há uma vida pela frente — eu disse a Davy e Douglas, quando lhes contei sobre nossa iminente mudança para a Inglaterra.

Há uma vida pela frente, eu dizia a mim mesma.

Há uma vida pela frente, eu murmurava em minha mente enquanto Bill me xingava, bufava, gritava e batia as portas.

Em julho, ele começou a viajar com um circo. Sem Bill em casa, meus nervos se acalmaram e comecei a pensar com mais clareza novamente. Aos poucos, deixei de sentir medo e comecei a sentir pena. Embora ele tivesse levado o carro e eu precisasse pegar carona até Poughkeepsie para fazer compras, a paz que encontramos sem ele em casa compensou o isolamento.

Passei bastante tempo com Douglas e Davy nessa época, lendo livros à noite — principalmente os três livros de *As crônicas de Nárnia* já publicados, *O mágico de Oz* e *A teia de Charlotte*. Eu tentava levá-los para o mundo da fantasia que poderia sustentá-los até que nossa nova vida começasse.

Quando Bill voltava para casa nos fins de semana, eu me fazia de ausente.

Uma tarde de agosto, enquanto ele estava fora, eu e meus filhos penduramos uma placa de VENDE-SE preta e branca em um poste.

— Então é isso — falei, pegando as mãos deles. Ficamos lado a lado olhando para aquela placa, como se ela tivesse brotado da terra.

— Você acha que alguém vai comprar? — Davy perguntou.

— Claro que sim — Douglas se pronunciou, como se fosse o irmão mais velho e sábio. — É a melhor casa.

— Se é a melhor, por que vamos embora dela? — Davy soltou minha mão e empurrou o irmão.

Abaixei-me e segurei o rosto de Davy em minhas mãos.

— Porque vamos viver uma grande aventura na Inglaterra. Uma vida totalmente nova.

— Eu gosto *desta* vida — disse Davy.

Minhas certezas e promessas já haviam se esgotado, então o peguei em meus braços e o abracei o mais forte que pude, pelo tempo que ele me permitisse.

Nas semanas seguintes, vimos casais e famílias visitando aquilo que um dia fora meu sonho. A casa da fazenda foi vendida rapidamente, e os móveis com ela. Devíamos tantos impostos atrasados e prestações de hipoteca que a maior parte do dinheiro foi direto para o tesouro nacional.

Quem comprou a casa foi um casal adorável, Sara e Wade, cujo sobrenome eu não guardei. Eles andaram pela propriedade com suas duas filhas pequenas e se apaixonaram por tudo aquilo pelo que eu um dia me apaixonei: o riacho Crum Elbow, o pomar e as flores silvestres, o jardim planejado e a varanda da frente, que parecia oferecer tardes relaxantes tomando uma limonada gelada enquanto a família perfeita corria pelo jardim com alegria. Para mim, aquilo tinha sido real, mesmo depois que se tornara uma ilusão. Perder aquilo doía mais do que uma morte.

À medida que os transportadores e os caminhões chegavam para desmontar minha vida pedaço por pedaço, eu sentia que estava desmoronando junto com a madeira apodrecida da varanda. Mas o que me partiu em lágrimas foi o piano. Eu não o tocava há anos, e, ainda assim, quando vieram levá-lo, sentei-me no banco do meu Steinway e comecei a tocar a *Sonata ao Luar*, de Beethoven. Meus dedos lembraram da partitura e deslizaram pelas teclas, com a dor do coração pressionando o marfim e o ébano enquanto a música ganhava vida. Meus filhos assistiram com os punhos fechados, como se estivessem prontos para lutar e ficar com o instrumento.

Os transportadores, dois homens grandes suando com o calor do final de agosto, também me assistiram e não se mexeram.

— Senhora, gostaria que deixássemos isso aqui?

— Não dá para levar no navio — admiti. — Tem de ir.

— Mamãe? — Davy veio se sentar ao meu lado no banco do piano. Com sua mão pequena, ele enxugou meu rosto molhado. — Não chore. Lembra-se daquela história que você nos contou? A do homem esperando na floresta? Pense nela em vez disso.

Ah, a sabedoria das crianças pequenas.

Numa noite triste, depois que a casa foi vendida, eu contei para eles a história de duas crianças perdidas na floresta que encontraram a casa de um pastor — uma cabana coberta de hera que lembrava muito The Kilns, um lago que imitava muito o deles, e um homem velho que se parecia muito com Jack. Foi minha maneira de dizer aos meus meninos que, sim, estávamos perdidos e assustados, mas encontraríamos nosso caminho.

E agora era meu filho quem me confortava com a mesma história.

Como Jack escreveu para mim, "O mundo tem uma longa e sórdida história de homens buscando a felicidade em tudo, menos em Deus". E eu não faria mais isso — ou, pelo menos, essa era a minha intenção, uma intenção que eu esqueceria e esqueceria, e lembraria e lembraria.

Fechei com cuidado a tampa do piano e então me levantei. Virei de costas para não ver os homens levarem meu Steinway, e fomos para o riacho. Os meninos pescaram carpas, e eu colhi maçãs do pomar pela última vez.

Joy:

Queridos Jack e Warnie,

Consegui. A casa foi vendida e estaremos em Londres em novembro.

Jack:

Que notícia maravilhosa, a melhor que ouvi em semanas! Entre infecções dos seios nasais, exames e demandas dos alunos, estive bem ocupado. Logo nos veremos. E, como sabe, se precisarem de qualquer tipo de ajuda, Warnie e eu estamos aqui para vocês.

Em outubro, meus filhos e eu nos mudamos para uma pensão na baía castigada pelo inverno em New Rochelle, Nova York, onde compartilhamos uma cozinha com outras mulheres, passamos o tempo e esperamos nossa partida em 13 de novembro.

Eu orava fervorosamente, em voz alta, em silêncio, o dia todo. Orei todos os tipos de oração existentes: súplica, arrependimento, todas elas para nos conduzir a uma nova vida. Enquanto meus meninos brincavam na areia da praia, procurando conchas e descobrindo carcaças de vida marinha como tesouros, eu me preparava para a viagem. Bill finalmente parou de lutar contra nossa partida, exausto à sua maneira, assim como eu, e prometeu que nos mandaria dinheiro quando estivéssemos na casa de Phyl.

Parecia impossível, mas os bens da minha vida inteira foram reduzidos a isto: quatro baús, três malas e três passagens para a Inglaterra no SS *Britannic*, uma viagem de oito dias até Londres.

Parte 4

INGLATERRA

Novembro de 1953 – julho de 1960

— Seguro? — disse o Sr. Castor. — Você não ouviu o que a Sra. Castor contou? Quem falou qualquer coisa sobre seguro? Claro que não é seguro. Mas ele é bom.

Sobre Aslan, em *O leão, a feiticeira e o guarda-roupa*, de C.S. Lewis

Capítulo 32

Eu gostaria que você fosse a mulher, e eu, o homem;
Eu o faria superar seus doces tremores

Soneto 37, Joy Davidman

Novembro de 1953

A Inglaterra nos acolheu com seus braços frios e enevoados. Douglas completou oito anos a bordo do *Britannic,* no meio de uma tempestade feroz e selvagem. Ele se agarrou a mim e, de forma dramática, imaginou se conseguiríamos chegar ao porto vivos. Bem, conseguimos. Vivos, sujos e bastante nervosos.

Há uma vida pela frente.

Quaisquer sonhos e fantasias que eu formulei sobre nossa romântica chegada à Inglaterra evaporaram no ar úmido, quando Davy ficou à beira do cais e declarou:

— Eu não gosto daqui. É feio e frio.

Eu organizei tudo para ficarmos no Hotel Avoca House, perto de Phyl e seu filho Robyn, no conveniente bairro de Londres que eu já conhecia. Quando chegamos, Davy se agarrou a mim com medo e Douglas estava de olhos arregalados, cheio de uma hesitante surpresa. Meus filhos se esconderam atrás de mim quando entramos na pensão, procurando chá e biscoitos.

— Mamãe, eu quero voltar para casa. — A voz de Davy se partiu sob o cansaço e a estranheza do local.

— Davy... — Segurei seu queixo em minhas mãos enquanto o recepcionista vinha para fazer nosso *check-in* e nos entregar a chave. — Esta é a nossa casa.

— Não — ele murmurou. — Nossa casa *de verdade*.

— Meu amor, às vezes sentimos falta do que é familiar, mesmo quando há algo melhor para nós em outro lugar. Só dê uma chance para Londres.

— E a escola, meus amigos e o riacho Crum Elbow? — Seus olhos transbordaram de lágrimas, e os meus também. Será que a dor no coração algum dia acabaria?

— Nós vamos encontrar uma nova escola e novos amigos. E espere só até ver o lago atrás da casa do sr. Lewis. Sabe o que ele me disse uma vez? Que às vezes queremos ficar e brincar numa poça de lama, quando Deus tem uma praia inteira para nós brincarmos. A Inglaterra é nossa nova praia.

Eu balancei The Kilns como uma isca para meus peixinhos, mas também estava apavorada, me perguntando o que tinha feito.

Há uma vida pela frente.

A primeira semana nos atingiu duramente. Fomos direto do hotel para a casa de Phyl e descobrimos que Bill não havia enviado o dinheiro que prometera. Por causa da Lei dos Estrangeiros, de 1920, eu precisava me registrar como imigrante, o que significava que não poderia procurar trabalho até receber uma resposta do governo. Mentalmente, eu calculava e recalculava o dinheiro que tinha e quanto tempo ele duraria, e a resposta era: *não muito tempo*. Será que eu fui impetuosa demais? Saí dos Estados Unidos cedo demais?

Afastei o medo da cabeça, fiz a comida render o máximo que pude, e não deixei transparecer que estava tão aterrorizada quanto nunca. Será que eu era tão tola quanto Bill disse que eu era? Não. Era mudar ou morrer — e eu decidi que havia muito que valia a pena viver.

Quando visse Jack no mês seguinte, poderia pedir dinheiro, mas estava relutante em fazer isso. Eu queria muito dele, mas nada material.

Preenchi nosso tempo, o dos meninos e o meu, com passeios e uma alegria forçada para tentar ajudá-los a se adaptar. Fomos engolidos por uma chuva até a Abadia de Westminster, e eu me lembrei da terrível tarde em que fui até lá de joelhos, me arrependendo de meus pecados e querendo voltar para casa e consertar o que restava. Isso havia sido apenas um ano atrás. Enquanto os meninos caminhavam atrás de mim, eu olhava para a janela com um vitral de onde Jesus me observava. Silenciosamente, perguntei a ele: *Eu fiz a coisa certa para todos nós?*

Nenhuma resposta veio.

O Palácio de Buckingham, com suas estátuas e jardins, fascinou ambos os meninos, e eles, imóveis como as estátuas, ficaram observando a Guarda da Rainha: soldados de vermelho com seus chapéus pretos e peludos.

— Eles são como as estátuas do castelo da Feiticeira Branca — Douglas sussurrou.

— Mas não estão congelados — eu contra-argumentei, puxando para baixo sua touca com protetor de orelhas.

— Para mim, parecem congelados.

— Mas não estão — comentei. — Quando o turno acaba, eles saem andando assim como nós, indo para casa, para a família e para a cerveja. — Eu ri. Então, reparando de relance em um soldado, juro que vi o canto de sua boca se mover um pouquinho em direção a um sorriso.

Na praça Trafalgar, uma pomba pousou no ombro de Douglas, e ele gritou. Caímos na risada e nos sentamos na calçada. A fonte no centro da praça, maior do que a maioria das piscinas que eu já vi, jorrava água, e Douglas perguntou se alguém já tinha pulado nela.

— Tente você — eu disse.

— Você primeiro — ele respondeu, brincando.

Na Coluna de Nelson, Davy notou quatro grandes leões esculpidos.

— Ah, olha — ele reconheceu, apontando para um deles. — Aslan.

— Não, é só um leão qualquer. Mas posso contar a você um segredo que sei sobre esse aqui — falei. — Os nazistas iam levá-lo se tivessem vencido a guerra. As pessoas gostam muito de leões.

— A guerra... — Douglas refletiu com a voz baixa. — Ela realmente aconteceu aqui.

— Aconteceu mesmo — confirmei. — Não foi só algo que a gente lê nos livros.

Mais tarde naquele dia, Davy fez a pergunta que parecia incomodá-lo:

— E a escola? O que vamos fazer? Não temos que ir? Até agora nós só brincamos. Não que eu me importe muito. — Ele estava certo: fomos ao zoológico e aos museus, ao aquário e aos parques.

— Tenho pensado bastante sobre isso, querido, e acho que a melhor opção para vocês dois é um internato. Aqui eles chamam isso de escola pública.

— Não, mamãe! — Davy se exaltou. — Eu não quero ficar longe de você de novo! — Ele colocou os punhos na cintura, parecendo um homem com seu casaco abotoado e chapéu peludo.

Eu ajeitei o chapéu em sua cabeça.

— Você não vai ficar longe de mim, de jeito nenhum. Vai voltar para casa em todos os feriados e nas férias de verão. Qualquer escola que eu escolher vai estar apenas a uma curta viagem de trem. Amanhã vamos almoçar com uma mulher cujo filho estudou em uma das escolas que estou considerando. A sra. Travers. — Passei a mão pelos cabelos de Davy, endireitando seus óculos tortos. — Ela escreveu *Mary Poppins* e tem um filho da sua idade, nove anos. Aposto que ele vai contar a você que tudo é maravilhoso.

Ele parou de se mexer e me olhou fixamente.

— Eu não vou achar maravilhoso.

Beijei o topo de sua cabeça. Parecia que essa era a única resposta que eu tinha ultimamente.

Quando voltamos para casa naquela tarde, exaustos e famintos, a dona do Avoca House entrou na cozinha. A sra. Bagley tinha os cabelos enrolados em um lenço vermelho-vivo e o roupão abotoado apertado, com um cinto amarrado em um nó que parecia forçado demais para segurar.

— Boa tarde, sra. Gresham — ela disse com seu sorriso enrugado, que se tornou familiar de uma maneira acolhedora.

— Boa tarde para a senhora também. — Tirei o casaco e o chapéu para sorrir para ela, e os meninos e eu nos sentamos à pequena mesa de carvalho para o chá da tarde com biscoitos.

A sra. Bagley se sentou conosco. Seu queixo duplo balançava para cima e para baixo com seu sorriso e aceno com a cabeça. Seus olhos castanhos e carinhosos, profundamente enterrados nas dobras de suas pálpebras, pareciam me ver por dentro.

— Vocês devem estar muito cansados, meus queridos, com toda a viagem e os ajustes.

— Mal consigo contar à senhora — confessei, suspirando e relaxando. — Mas há muito a ser feito e, sinceramente, sra. Bagley, não acho que posso pagar pela pousada por muito mais tempo.

— Conte-me, querida, qual é a sua situação?

Eu parei, constrangida, mas então revelei a verdade a seus olhos gentis.

— Estou passando por um divórcio terrível e ainda não posso legalmente procurar um emprego. No momento, sou uma mãe solteira sem muito dinheiro. — Olhei para Douglas e Davy, sem dar mais detalhes.

Os olhos da sra. Bagley, que estavam abaixados, se encheram de compreensão.

— Eu já estive no seu lugar. — Ela esfregou o rosto como se a memória coçasse. — Quase trinta anos atrás, me vi sozinha com uma filha pequena e um filho bebê. Quero dizer a você que foi muito difícil, mas nós renascemos das cinzas e nos tornamos melhores por causa disso. — Ela finalizou suas palavras com um aceno de cabeça firme. — Ouça, sra. Gresham, eu tenho o anexo de um sobrado por doze guinéus por mês. Gostaria de ver se é satisfatório para a senhora? — Ela sorriu para Davy e Douglas, que se aproximaram de mim.

Eu calculei de cabeça: 36 dólares. Era menos do que eu pagava agora e um pouco mais do que eu podia pagar. Mas poderia conseguir um emprego. Bill finalmente mandou 60 dólares e, se eu apertasse o cinto, daria certo.

— Sim. Por favor. Eu procurei, mas ninguém quer receber uma pensionista com dois meninos pequenos.

— Eu sei — ela disse. — Sei, sim.

A breve caminhada até o anexo foi fria e chuvosa, um mau presságio que ignorei. Mas, quando a sra. Bagley abriu a porta para os cômodos, fiquei totalmente aliviada. Lembrei-me, com muito remorso e tristeza, da primeira vez que Bill e eu entramos em nossa casa em Staatsburg, cheios de sonhos com nossos bebês, nosso dinheiro e nosso otimismo. Mas, ao entrar pela porta da frente do anexo do Avoca House, meus sonhos se reduziram ao que havia de mais simples: paz, segurança e descanso em Deus.

Entrei em um espaço de vivência quadrado com teto alto de gesso moldado: um cômodo do mesmo tamanho de nossa sala de estar em Staatsburg. E estava mobiliado! Havia uma mulher, baixa e vestida com um casaco, o chapéu puxado para baixo sobre um rosto cansado, mas com um sorriso largo, em pé no final da sala. Eu me assustei e dei um pulo, mas então explodi em uma gargalhada.

— Pensei que fosse alguém em casa!

A imagem era um reflexo meu em um espelho embutido que ia do chão ao teto, cercado de uma moldura ornamentada.

A sra. Bagley também riu:

— Isso já aconteceu antes!

— É um lindo sobrado — suspirei aliviada.

— Bem, vou mostrar a casa para vocês.

Fomos até o outro lado da sala, e minha atenção se voltou para algo que fez minha mão voar até a boca, abafando um grito.

— Um piano de cauda!

— Sim — confirmou a sra. Bagley. — Podemos removê-lo, se você quiser.

Não respondi. Fui direto até ele, levantei a tampa e fiz uma rápida escala, sentindo o instrumento desafinado ganhar vida em minhas mãos.

— Não — eu pedi. — Por favor, deixe-o aqui.

— Vamos ter música — Davy disse a Douglas, sério e confiante.

A sra. Bagley sorriu.

Caminhando pelo corredor, ela nos contou:

— Aqui o aquecimento é a gás. Nada de jogar carvão.

— Que alívio... — falei baixinho.

— A pousada faz a limpeza diária, com roupa de cama e arrumação. O café da manhã e o almoço são do outro lado da rua, na casa principal, e vocês têm uma pequena cozinha, que é compartilhada com os outros residentes. — Ela apontou para uma porta. — Seguindo ali... é onde ficam os banheiros compartilhados também.

Ao lado da sala de estar havia uma pequena mesa e um fogão portátil a gás para pequenas refeições, caso eu não quisesse ir até a cozinha. Também dois quartos, um para os meninos, na frente da casa, e o meu nos fundos. Davy entrou primeiro no quarto deles, correndo até a cama alta, e virando-se para mim com uma risada:

— Como se sobe nessa cama?

— Acho que só pulando. — Fingi me agachar.

Rindo, Davy pulou para cima de um dos beliches suspensos de madeira, onde havia uma colcha creme e um travesseiro.

Em um piscar de olhos, imaginei nossa vida naquela casa. Vi as roupas e os livros dos meninos espalhados pelo quarto de teto alto, com janelas voltadas para a rua. Ouvi a música do piano e o riso. Vi nossa família abraçada, lendo e conversando.

— Seu quarto é por aqui — apontou a sra. Bagley.

Davy pulou da cama e Douglas o seguiu pelo corredor de pintura branca e molduras detalhadas. Entrei em um quarto onde uma cama *queen-size* dominava o centro do ambiente. Um lustre de latão, cercado por um medalhão ornamentado e dourado, iluminava com apenas uma lâmpada; as outras quatro estavam apagadas. Havia uma cômoda de madeira escura com seis gavetas e um espelho trincado pendurado. Em cima dela, imaginei fotos emolduradas de nossa nova pequena família, de Londres e Oxford, junto com minha escova de cabelo e frascos de cosméticos. Eu já estava vivendo no quarto para o qual ainda nem tinha me mudado.

De volta à sala principal, vi as portas francesas que se abriam para o "jardim" dos fundos, apenas um quintal com plantas secas e mortas. Mas isso não importava. Eu sabia como plantar um jardim; sabia como deixá-lo melhor do que estava. Virei-me para a sra. Bagley, com lágrimas se formando nos meus olhos. Estendi a mão para enxugá-las, mas derrubei no chão meus óculos de armação de casco de tartaruga. Davy os pegou e me deu.

— Não sei como agradecer. Isso é um lar. E nós três precisamos muito de um lar.

Ela pegou minhas mãos e as segurou nas dela.

— Não precisa agradecer. Um dia eu precisei da mesma coisa, e todos nós devemos ajudar uns aos outros.

Os meninos e eu nos mudamos na manhã seguinte. Desempacotamos nossas coisas e depois nos acomodamos nos quartos para tirar uma soneca. Caímos em um sono tão profundo e sem sonhos que parecia estarmos esperando por isso. Quando acordei, os meninos ainda estavam deitados de bruços com suas roupas, e o barulho e as buzinas do trânsito de Londres ecoavam pelas janelas.

Deixei-os descansar e me acomodei na pequena mesa da cozinha, onde comecei a escrever uma carta para o Bill. Eu concordei em alugar esse anexo, mas também sabia dos fatos: não tinha condições de continuar ali se ele não mandasse dinheiro ou se eu não conseguisse arrumar alguma renda. Tínhamos chegado até ali: a casa vendida, o divórcio nos trâmites, a travessia do oceano com meus meninos, e agora um lugar para morar. Um passo, depois outro, e depois outro.

Eu seria corajosa. Precisava ser.

Querido Bill,

Você não pode fazer isso com seus meninos. Não deve privá-los do seu dinheiro para me punir. Decidi que eles vão para a escola pública daqui...

Levantei a caneta quando ouvi um barulho vindo do quarto da frente.

— Mamãe? — Davy chamou.

Quando me levantei, uma pontada de dor no lado esquerdo do quadril me fez bater contra a mesa. Deixei a dor de lado e fui até ele:

— Sim, meu querido? — perguntei ao entrar, com o sol de fim de tarde invadindo rapidamente a sala, no entardecer nublado de Londres, todo silencioso e cinza, como flanela.

— Onde eu estou? — Ele se sentou na cama, esfregando o rosto.

Douglas, na cama ao lado, também se mexeu e se sentou, olhando ao redor:

— Estamos no nosso quarto novo em Londres.

— Sim... — Davy se jogou de volta no travesseiro. — Eu só esqueci.

Saltei para a cama de Davy. Ele se aconchegou no macio de minha pele. Como pude deixá-los, por um momento que fosse? A consciência pesada e a ansiedade que eu senti no ano passado não eram por conta de Bill, e sim pela falta que meus filhos faziam.

Douglas pulou da cama e foi até a janela, puxando a cortina cor de damasco para olhar a rua.

— Fica essa neblina o tempo todo?

A decepção na voz dele fez meu coração apertar.

— Não, querido. Na verdade, só vi isso uma vez quando estive aqui. Quando a neblina passar e a primavera chegar, você vai achar que está em uma terra das fadas. É o país mais bonito do mundo.

— Você não tem como saber — Douglas disse, virando-se para mim e deixando a cortina voltar a cobrir a janela.

— Ah! Tenho, sim. — Eu ri e pulei da cama para abraçá-lo. — Espere e verá.

— A casa do sr. Lewis vai ser assim também... — Davy especulou.

— Sim, sim, vai ser — concordei.

Douglas caminhou até nós e esfregou a barriga.

— Estou com fome.

— Pois bem, eu tenho um caldo de carne com curry. Podemos esquentá-lo no nosso novo fogão a gás.

— Eu não gosto disso — Davy se posicionou com um tom desafiador. — Ouvi você dizendo à sra. Bagley que não temos dinheiro e que ainda não pode conseguir um emprego. Não temos dinheiro para comprar outra coisa?

— O dinheiro vai aparecer, Davy. *Vamos* dar um jeito. Sempre damos um jeito. Deus está conosco; eu sei disso.

— Como você sabe? — O rosto dele se endureceu.

Fechei os olhos, busquei dentro de mim um espaço calmo e centrado, contornando meu ego, minha ansiedade e meu medo prementes, e então os abri, olhando diretamente para o meu filho.

— Eu não tenho como *saber*. Mas eu confio.

Capítulo 33

Dizendo que eu não deveria mais amá-lo;
Mas agora, finalmente, aprendo a desobedecer

Soneto 8 (anteriormente intitulado *Soneto dos mal-entendidos*), Joy Davidman

17 de dezembro de 1953

O pequeno pátio do Avoca House era apenas um substituto sujo e em miniatura dos jardins e do terreno de nossa casa em Staatsburg, mas era melhor do que concreto. Naquela manhã de dezembro, fora de casa, meus filhos brincavam de algo que eles mesmos inventaram, enquanto eu arrumava as coisas para nossa primeira saída a fim de visitar Jack. Coloquei sanduíches em uma cesta, uma garrafa térmica com chá quente e toalhas.

Fazia um ano que eu não via Jack e Warnie, e a expectativa crescia em meu peito: angústia e alívio, angústia e alívio. Fazia um ano que eu havia escrito o *Soneto dos mal-entendidos* no RMS *Franconia*, voltando para os Estados Unidos — um soneto sobre deixar Jack e o que ele devia achar de meus sentimentos; um soneto sobre ele parecer me mandar embora com uma ordem indireta para não amá-lo, a não ser com *philia*.

— Meninos — gritei para o pátio —, estou me vestindo e, para pegar o trem, precisamos sair em uma hora. Por favor, não sujem suas roupas.

— Tudo bem, mamãe. — Davy nem olhou para mim, mas continuou sua luta de espadas invisíveis com Douglas.

Meu coração se apertou. Eu estava em Londres com meus filhos. *Começar uma nova vida nunca foi fácil*, lembrei a mim mesma. Haveria dificuldades pelo caminho.

Optei pelo internato Dane Court para os meninos — uma escola que ficava a apenas meia hora de trem e que permitia que os pais visitassem os filhos quanto quisessem. Assim que os meninos estivessem lá em janeiro, eu encontraria um emprego e começaria a escrever novamente. Eu poderia construir — e construiria — uma nova vida.

Minha coragem não tinha o direito de se enfraquecer agora.

— É estranho — comentei com Mical enquanto bebíamos na noite anterior. — Eu achava que ser cristã me manteria no meu casamento, mas foi a confiança em Deus que me permitiu começar uma nova vida.

Ela riu e balançou seus cachos macios.

— Ser cristã não é o que a maioria pensa que é: um monte de regras e regulamentos. — Ela fez seu copo com marca de batom vermelho na borda tilintar contra o meu. — Ser cristã tem a ver com confiança, entrega e transformação, da melhor forma possível.

No meu quarto, três conjuntos estavam espalhados pela cama. O vestido de tweed com cintura justa, que destacava os meus melhores atributos, a calça de flanela com um casaco de lã e um colarinho branco, e uma saia de lã cinza com um casaco combinando. Eu tremi de frio e peguei o vestido, colocando os outros dois conjuntos na mala.

Pus minha cinta e acomodei as partes de mim que eu desejava esconder no tecido grosso. Ajustei o sutiã e entrei no vestido, deixando-o cair ao meu redor, e então me virei para o espelho. Adicionei um lenço de chiffon azul em que esbanjei dinheiro em minha última viagem à Inglaterra. Que mulher Jack veria agora?

Nós três trancamos as portas, e logo chegamos à estação Paddington, cada um com sua mala e eu com uma caixa longa contendo um presente de Natal para Jack. Embora não fôssemos passar o Natal lá, eu queria que o presente ficasse embaixo da árvore dele.

Segurei a mão dos meus filhos sob o pórtico de aço e vidro manchado de fumaça que se erguia acima de nós. Douglas inclinou a cabeça para trás e ficou olhando para o teto.

— Está tão sujo... — ele disse.

Apontei para cima com minha mão enluvada.

— Se você apertar os olhos e se esquecer da fumaça, verá que é bonito. Olhe os intrincados arabescos e as janelas arqueadas.

O sol atravessava as decorações de filigrana vitoriana e cintilava contra o metal e o ferro, aberto em padrões de flocos de neve no chão de concreto. Homens e mulheres, crianças e bebês chorando nos braços se aglomeravam como peixes em um lago apertado, se movendo em círculos e disputando o espaço.

Douglas endireitou a cabeça e olhou para mim, mas não respondeu, e, mesmo que o tivesse feito, sua voz teria sido abafada pela aguda e metálica voz dos alto-falantes anunciando a chegada dos trens. Carrinhos de bagagem eram puxados apressadamente pelos viajantes, enquanto outros passageiros estavam sentados nos bancos em forma de S, lendo e conversando, como se tivessem todo o tempo do mundo. Os policiais, com seus chapéus vermelho--brilhantes, pairavam sobre a multidão, observando todos com desconfiança. Este era o meu novo mundo.

— Trem 144 para Reading e Oxford, agora na plataforma 6 — uma voz bradou pelos alto-falantes e, juntos, um pequeno grupo de três, nos apressamos pelo piso de concreto até a plataforma de dois lados.

Com nossas passagens de terceira classe (uma inteira e duas meias) na mão, conduzi os meninos para dentro do trem.

— Eu sou uma meia — Davy brincou, enquanto eu colocava nossas malas na rede de couro para organizar a bagagem acima de nós. Não parecia forte o suficiente para aguentar o peso.

Acomodei-me em um assento, com os meninos um de cada lado, e Douglas segurou minha mão.

— Mamãe? — ele perguntou com uma voz mais baixa do que de costume.

— Sim? — Afastei o cabelo de sua testa.

— E se eles não gostarem de nós? Eles não têm crianças, e são muito famosos. E se não quiserem falar sobre Lúcia e Pedro comigo, ou ficarem bravos por estarmos lá?

A lembrança de Bill subia como bile nessas horas, como um fantasma furioso. Meu filho conheceu anos de ira, e estava esperando mais.

— Os irmãos Lewis não são assim, Douglas — eu o tranquilizei. — Eles são homens gentis. E, mesmo que não gostassem de nós, o que não é possível, porque vocês são os meninos mais adoráveis do mundo, eles nunca ficariam bravos nem seriam maus. Você vai ver. Tudo é diferente agora.

Ele se aproximou de mim e entrelaçou seus dedos nos meus, enquanto Davy desenhava pequenos círculos na janela com a palma da mão, como se pudesse limpar a névoa do lado de fora. Em pouco tempo, Douglas adormeceu em sono profundo, como só as crianças conseguem: completa e instantaneamente. Davy vasculhou sua mala até encontrar sua cópia esfarrapada de *Príncipe Caspian* e a abriu em uma página aleatória.

— Em que parte você está? — perguntei, conforme o trem avançava, hesitando e depois ganhando velocidade à medida que nos dirigíamos para Oxford.

— Pedro acabou de desafiar Miraz para lutar. — Davy colocou o dedo mindinho na página e olhou para mim. — Você acha que o sr. Lewis apenas os imaginou do nada ou conheceu alguém parecido com eles?

— Por que você não pergunta isso a ele? Ele vai contar, pois é muito gentil.

Movi-me para permitir que a cabeça de Douglas descansasse sobre meu ombro e observei a paisagem passando rapidamente. O cenário industrial deu lugar a campos com igrejas de pedra apontando para o céu enevoado e os vilarejos aglomerados sob a fumaça das chaminés. Quando paramos em Reading, apontei na janela a Fábrica de Biscoitos Huntley e Palmer e expliquei que em breve eles saberiam exatamente o que eram aqueles biscoitos, e por toda a vida iriam se empanturrar deles. Os meninos concordaram preguiçosamente e voltaram a dormir.

Quando o trem finalmente se aproximou de Oxford, parou com um rangido estridente, e os dois acordaram.

— Onde estamos? — Douglas esfregou os olhos e apontou para um cemitério do lado de fora da janela.

— O trem sempre para nesse cemitério por uns dez minutos — contei a eles. — Não sei por quê. Acho que ninguém sabe.

— Talvez a mãe do maquinista esteja lá — Davy disse, muito sério.

— Talvez. — Beijei o topo de sua cabecinha.

Ao chegarmos a Oxford, descemos na plataforma e piscamos sob a luz do sol. Era uma estação de trem simples comparada à Paddington, e eu a amava ainda mais por isso. Endireitei as gravatas dos meninos e alisei suas calças; mexi em seus bonés de lã até que ficassem bem-colocados. Subimos no ônibus e ficamos no andar de cima, indo até a rotatória da rua Green, e seguindo pela rua High até Headington.

Agora descansados, os meninos estavam agitados, mexendo-se e trocando de lugar, recebendo olhares irritados de outros passageiros. Finalmente, chacoalhamos juntos ao descer na rua Green e começamos a caminhada até a rua Netherwoods, e depois até a alameda Kiln — um caminho que eu conhecia bem, tanto de memória quanto de sonhos. As árvores de bétula brancas e seus galhos nus cantavam sobre o inverno, mas, ao chegarmos perto de The Kilns, a canção falava de uma vida renovada. A história que eu contara sobre meninos perdidos andando pelos bosques e encontrando a acolhedora cabana de um pastor estava silenciosamente entre nós.

— Olhem. — Apontei, beijando-os nas bochechas e logo limpando os vestígios de batom vermelho que eu deixara em seus rostos. — Chegamos.

Capítulo 34

Meu amor, que não me ama, mas é gentil,
Recentemente se desculpou pela falta de amor

Soneto 20, Joy Davidman

Como um grupo esfarrapado, estávamos em frente a The Kilns, com seu telhado de palha parecendo um castanho tapete de boas-vindas estendido para nos receber de volta. A fumaça subia em voltas pela chaminé, imitando o cachimbo de Jack. Mesmo no inverno, a hera crescia pelas paredes de tijolos, e a porta da frente, verde e alegre, estava fechada para nós. Mas dentro eu sabia o que nos esperava.

— Estou com fome, mamãe — disse Davy, já que havíamos comido nossos sanduíches no trem.

— A sra. Miller vai nos preparar algo quente e delicioso — previ.

— Então por que estamos parados aqui fora? — Douglas, sempre pragmático, puxou minha manga e seguimos em frente, sob o arco e pela trilha de cascalho, onde as pedras rangiam sob nossos pés. Quando chegamos à porta, os meninos ficaram atrás de mim, de repente tímidos.

Toquei a campainha, a mesma que aparecia nos meus sonhos, e coloquei aquele sorriso no meu rosto, esperando. A sra. Miller abriu a porta. Sua figura imperturbável, coberta pelo vestido e avental de trabalho, a fazia parecer exatamente o que era: a guardiã da casa.

— Ora, vejam só quem finalmente voltou! — Ela nos fez entrar apressadamente. Os meninos a olharam e depois me encararam com uma expressão que parecia perguntar se tínhamos entrado na casa errada.

O saguão era quente e familiar, com seu banco de madeira escura trabalhada e ganchos para as roupas na parede. A sra. Miller pegou nossos casacos e os pendurou nos ganchos, informando-nos que ela se apressaria para preparar o almoço.

— Vocês chegaram! — A voz de Jack ressoou do fundo da casa, e, então, de repente, ele estava diante de nós.

Seu sotaque, facilmente esquecido nas cartas, voltou ao meu coração. Ele cheirava a fumaça de cachimbo e livros empoeirados quando me cumprimentou com um abraço e depois se agachou para se apresentar a Davy e Douglas, sem esperar que eu fizesse as honras.

— Bem, o que temos aqui? Dois meninos estadunidenses na Inglaterra. Sejam bem-vindos!

Davy estendeu a mão e apertou a de Jack, mas Douglas o encarou com a boca aberta, confuso.

— O senhor não pode ser o sr. C.S. Lewis — articulou com uma voz baixinha.

— Meu menino... — Jack endireitou o corpo e pôs as mãos na cintura. — Acho que você esperava o Aslan, e por isso devo me desculpar. Eu sou apenas um homem gordo e careca, com roupas esfarrapadas.

Eu olhei para o Jack com os olhos de Douglas e ri: lá estava um homem com a cara amassada, usando calças de flanela cinza com buracos puídos nos joelhos; uma camisa de colarinho amassada, que um dia fora branca, agora estava quase cinza, e os chinelos estavam amassados no calcanhar, por caminhar sem calçá-los direito; por fim, pequenos grãos de tabaco caíram sobre seu colarinho, e os óculos estavam tortos em seu rosto. Para mim, era um homem tão cheio de calor e carisma, tanta luz e ternura... mas, para Douglas, não era um homem capaz de escrever sobre Aslan, Edmundo e a Feiticeira Branca. Era... bem, apenas um homem careca com dentes amarelados e uma voz retumbante.

Douglas se mexeu atrás de mim e puxou a saia do vestido ao redor dele como se fosse um casaco. De seu esconderijo, ele falou:

— Não é o Aslan, senhor, mas talvez... eu não sei...

— Ah, Jack — falei.

— Acontece o tempo todo. Eu escrevo histórias para dar a eles fantasia, e então estrago tudo com a realidade. Agora venham — disse, abaixando-se novamente para Douglas. — Vamos almoçar e depois explorar a floresta. Quem sabe o que vamos encontrar!

— O sr. Castor? — perguntou Douglas, com um sorriso tímido.

— Você se recupera bem, filho — Jack deu-lhe uma palmadinha na cabeça, como se tivesse tido dez filhos e soubesse a linguagem e o carinho envolvidos, e eu o amei ainda mais por isso.

A sra. Miller se movia ao nosso redor, arrumando a saia, falando sobre a comida e querendo nos mostrar nossos quartos.

— Vejam só — Jack brincou com meus meninos. — Vocês a deixaram toda confusa.

Rimos, mas o nervosismo no fundo do meu estômago começou novamente, subindo em uma mistura deliciosa e devastadora de amor e anseio.

Depois que os meninos conheceram a casa, Jack anunciou:

— Preciso pegar uns papéis na faculdade. Que tal vocês fazerem seu primeiro passeio até o Magdalen?

— Mas eu quero ver o lago e a floresta — Douglas afirmou com tanta petulância que eu senti um quente rubor subir pelo rosto.

— Ah, vocês terão muito tempo para isso. Temos quatro dias pela frente — observou Jack. — Vamos fazer uma coisa de cada vez.

— Afinal — enunciei com uma voz grave e uma péssima imitação de sotaque britânico —, "não se consegue as segundas coisas colocando-as em primeiro lugar".

Jack sorriu. A frase que eu citei era de uma das suas cartas. Tivemos ali um momento de compreensão: estava tudo bem entre nós. Tudo estava bem. A proximidade e a intimidade retornaram como se eu tivesse deixado aquela casa há apenas duas semanas.

— Então vamos lá. — Davy puxou o meu casaco.

Warnie apareceu e me cumprimentou, segurando minhas duas mãos.

— É como se minha irmã tivesse voltado.

Logo, nós cinco estávamos pisoteando os caminhos e as calçadas em direção a Oxford. Jack vestia calças de flanela gastas e um sobretudo, com sua velha boina grega afundada na testa. Warnie estava igual a ele. A cada passo, batiam no chão com suas bengalas e, a cada quarto ou quinto passo, giravam-nas para cima e para trás, deixando-as bater no chão novamente. Será que eles gostavam de fazer aquilo?

Ouvi a voz de Douglas:

— Mamãe disse que eu podia perguntar uma coisa para o senhor.

— O que é, filho? — A bengala de Jack fez um clique contra uma pedra e ele parou para encarar Douglas, exatamente como eu imaginava que faria com um estudante de pós-graduação em posse de uma tese.

— É verdade que o seu jardineiro é o Brejeiro?

A risada de Jack assustou Douglas, e ele deu um pulo.

— Só é verdade que eu fiz o Brejeiro muito parecido com o Paxford. Mas Paxford é apenas Paxford. Maravilhoso à sua maneira.

Warnie e eu ficamos para trás e conversamos a respeito do livro dele sobre o rei Sol, a ajuda que eu lhe dei com o apêndice e quanto ainda faltava fazer.

— Deve ser a viagem e o processo de nos acostumarmos a uma nova vida, mas estou exausta — desabafei. — Olhe para eles lá na frente, estão praticamente correndo.

— Você passou por muita coisa, Joy. Seja gentil consigo mesma.

Sorri para ele e continuamos em um silêncio agradável, como se eu nunca tivesse ido embora, como se fosse mais um dia dos muitos que passamos juntos. Na minha cabeça, Londres e Oxford eram opostos: Londres, com seus restos devastados pela guerra ainda não totalmente restaurados, e Oxford, com sua natureza e colinas brilhando em uma mistura invernal. Caminhamos em direção ao *campus* do Magdalen, e meu coração bateu forte no peito.

Davy e Douglas, com o rosto vermelho e cheios de risadas, correram para o meu lado.

— Mamãe — chamou Douglas, apontando para o céu e para a torre do Magdalen à medida que nos aproximávamos do *campus*. — O sr. Lewis falou que podemos subir até o topo da torre. Você precisa ir junto.

— Preciso?

— Sim, precisa — disse Jack.

Warnie ficou embaixo, e nós subimos uma escada estreita com degraus de mármore lisos como seda. Mesmo caminhando em fila única, as paredes de pedra estavam próximas. Jack subia à minha frente. Era só esticar a mão e tocar no cabelo em sua nuca para saber qual era a sensação de sua pele nos meus dedos. Não havia como evitar o primeiro pensamento, mas o segundo e os seguintes, sim. E foi o que fiz.

Chegamos ao topo da torre, sem fôlego, mas descobrimos que ainda havia uma pequena escada adiante. Com cuidado, degrau por degrau, subimos até chegar ao topo, de onde se via toda Oxford. Warnie estava lá embaixo, no gramado, olhando para cima com um sorriso.

— Ô de baixo! — Davy gritou.

Warnie não conseguiu ouvir, mas acenou como se tentasse decolar. Então os meninos apontaram para a vasta extensão de grama que se estendia em direção ao rio.

— O que é aquilo? — perguntou Douglas.

— O parque dos cervos — respondi.

— Parque dos cervos? Cervos vivem em parques? — Davy colocou a mãozinha sobre a testa para estreitar os olhos contra o sol de inverno.

— Sim — disse Jack. — São gamos e chegam bem perto de nós.

Douglas quase pulou para perto de Jack:

— Eles chegam bem perto de *mim*?

— Sim.

— Então vamos! — Douglas já estava se movendo em direção à escada para descer.

— Vamos ficar aqui um pouco e aproveitar a vista — orientei. — Precisamos fazer valer a pena a subida.

— Ah, mamãe — Douglas disse, como se eu fosse a criança. — É só subir de novo depois.

Jack olhou para mim, e juntos rimos com vontade!

— Sim, Douglas, é só subir de novo — concluiu Jack.

Contudo, meus filhos ficaram ali correndo, contornando o alto da torre para ver o *campus* de todos os ângulos: o rio, que se curvava e dava a impressão de que estávamos entre dois rios, a Trilha Addison e os portões de ferro trabalhados. Jatos de respiração fria vinham dos professores de toga apressados pelo *campus*, como se estivessem fumando cigarros invisíveis. Os meninos esticavam o pescoço para espiar cada gárgula e anjo de pedra que sustentavam os grandiosos edifícios. As outras faculdades pareciam miniaturas de países, cada uma com seu próprio castelo e torre. Ao longe, as colinas de Headington se erguiam e ondulavam como ondas no mar que acabáramos de cruzar.

Jack e eu ficamos a sós pela primeira vez.

— As suas cartas — eu confessei — me sustentaram e encorajaram.

— As suas fazem o mesmo por mim, Joy.

— Desde o começo. Desde a primeira carta.

Ele baixou os olhos. Emoções expressas de forma direta como essa sempre foram algo de que ele desviava o olhar.

— Está escrevendo agora? — Jack perguntou, enquanto os meninos passavam por nós pela quinta vez.

— Entre a mudança, os meninos em cima de mim e encontrar um lugar decente para morar em Londres, não tive muito tempo para a escrita em si. Acabei de falar com Warnie sobre ajudá-lo com o apêndice de seu livro sobre o rei Sol, mas primeiro preciso acomodar as crianças.

— Você escolheu o internato Dane Court? — Jack perguntou.

— Sim. Espero conseguir dinheiro suficiente com o Bill quando voltar para Londres em alguns dias. Obrigada por suas sugestões. Um dos motivos pelos quais escolhi essa escola foi ser a única que não bate nas crianças. Não que eu mesma não tenha batido nelas algumas vezes. — Sorri, com um toque de arrependimento.

Jack riu quando os meninos passaram voando por nós mais uma vez, agora agarrando meu casaco para me puxar em direção à escada.

— Os cervos! — Davy se exasperou. — Vamos ver os cervos!

— Não consigo imaginar como alguém pode ficar tão irritado a ponto de bater nesses meninos. Eles são cheios de energia.

— Exaustivos, não são? — perguntei.

Sua única resposta foi sorrir e tocar a ponta do chapéu.

Juntos, descemos a escadaria sinuosa. Em vez de tirar meu fôlego, dessa vez os degraus massacraram meus joelhos, mas nossas vozes continuaram em conversa.

— Joy, eu tenho um fundo de caridade para crianças, o Fundo Ágape. Se estiver apertada, estou aqui para ajudar. — A voz dele ecoou na parede de pedra, rolando para baixo da escada.

Eu parei no meio do degrau e me virei para encará-lo.

— Isso é generoso e amável, mas não estou aqui para pegar o seu dinheiro.

— Joy, eu reservei esse fundo para a educação de crianças; ele já existia. Você não está pegando nada que eu não tenha dado. O fundo será usado para esse mesmo propósito, quer seus filhos o usem ou não.

Coloquei minhas mãos sobre o coração.

— Obrigada, Jack. Se o Bill não conseguir me ajudar, saber disso me dá uma paz de espírito tremenda. Mas saiba que não o usarei, a menos que seja necessário. — Continuei descendo a escada, segurando firmemente o corrimão.

Chegamos ao térreo e depois ao parque dos cervos, onde Jack abriu o portão para nos deixar entrar. Warnie se juntou a nós de novo.

— Você sente falta de casa? — ele perguntou calmamente, enquanto observávamos os meninos se aproximarem de um gamo com Jack.

— Não. — Puxei o chapéu para baixo e apertei mais o casaco ao redor do corpo. — Não sinto falta nenhuma de Nova York.

— Estamos felizes por tê-la aqui — Warnie me alentou. — E seus filhos... Eles trarão vida para a casa.

— Faz muito tempo que Nova York não parece um lar como The Kilns — admiti.

— Esse lar é seu também, Joy.

— Espero que os meninos se adaptem bem. — Olhei para longe, assistindo-os correr. — Arrisquei ao trazê-los para cá. Pode não dar certo. Mas foi um risco que eu precisava correr. Tinha que tentar.

— Isso é o melhor que todos podemos fazer — Warnie me consolou. — Tentar.

Capítulo 35

Ser rejeitada, ó pior das feridas.
Não por amor a Deus, mas por amor a loiras!

Soneto 20, Joy Davidman

O sol nascente mal havia iluminado as árvores, e os meninos já estavam empanturrados da linguiça e dos ovos da sra. Miller, agasalhados com suas toucas de pele com abas, apertadas com cordões embaixo do queixo. Lá fomos nós para um novo dia, interrompendo a rotina matinal lenta de Jack, que envolvia ler a Bíblia e responder à sua correspondência. No entanto, seu bom humor negava qualquer incômodo, se é que ele sentia algum.

Já bem adentrados na floresta, com o gelo tilintando nas árvores e estalando sob nossos pés, Jack se agachou como se estivesse espiando atrás de um carvalho, e seu casaco tremulou ao vento, fazendo o leve cheiro de tabaco flutuar em minha direção.

— Continue procurando o sr. Tumnus — disse ele a Douglas.

— Ele não está *aqui* — Douglas sussurrou.

Davy continuou andando, parecendo não querer participar da fantasia, ainda avaliando os méritos e deméritos da Inglaterra à sua maneira, de um garoto de nove anos.

— Mas como podemos saber que ele não está aqui? — Jack perguntou a Douglas, com as mãos descansando sobre sua bengala.

— Não dá para saber com certeza — Douglas olhou para o chão.

— E quanto aos gigantes? — Jack questionou em voz baixa.

Douglas parou e olhou para cima, como se esperasse ver um gigante tão real e obstinado quanto uma bétula com sua casca prateada brilhando na geada do inverno.

— Mas gigantes não podem se esconder — interferiu Douglas, com suas palavras ecoando no silêncio do inverno.

Jack puxou sua velha boina grega para baixo e falou com autoridade:

— Ah, Douglas, meu rapaz. Como pode saber? Você só veria o pé dele e talvez pensasse que fosse uma árvore. E, se não prestar atenção, pode nem perceber. — Sua risada ecoou e lá foram eles em busca de criaturas mágicas.

Eu vi a floresta e o lago, a casa de hóspedes e os jardins pelos olhos dos meus filhos, e depois pelos olhos de Jack, o contador de histórias. Sim, uma Feiticeira Branca poderia descer o caminho até o lago em seu trenó. Tumnus poderia dançar nessa floresta coberta de neve com seu guarda-chuva. E o lago, com as bordas cobertas de altas gramíneas, bem poderia esconder um castor falante. E, claro, Aslan poderia aparecer, saltando pela floresta, abrindo caminho em direção às crianças ou carregando-as nas costas até um local seguro.

Esse homem, com a mente mais afiada que eu já conhecera, era capaz de se tornar tão infantil quanto meus filhos, imaginando um mundo tão intenso e tão cheio de cores e mitos que se tornava mais real do que a própria realidade.

Quando chegamos ao lago, Douglas perguntou a Jack como atravessá-lo com o velho barco, que balançava contra o cais precário.

— Está vendo aquele tronco velho em pé no meio do lago? — Jack perguntou.

Douglas apertou os olhos contra o sol e deu dois passos até a beira do lago, onde o gelo fino estalou quando uma ondulação o tocou.

— Sim! Estou vendo.

— Quando fica quente, eu amarro o barco ali e dou um mergulho. Dá para nadar até cansar. — Jack sorriu, como se já imaginasse o próximo dia de sol, quando as folhas descansariam sobre a água turva e ele mergulharia nas profundezas geladas.

— Vamos lá. — Douglas deu mais um passo à frente.

— Agora não — eu o alertei. — O lago está congelando e, se vocês caírem, não sou eu que vou salvá-los. Vou deixar vocês chegarem até o fundo dessa lama.

— Está muito frio — Davy disse, aproximando-se de mim. — Quero voltar para casa e jogar xadrez com o Warnie.

— Não! — Douglas gritou, e eu coloquei os dedos nos meus lábios, pedindo silêncio.

— Shhh. Você vai espantar o sr. Tumnus.

Com isso, Jack e Douglas explodiram em risadas.

Eu segurei a mão de Davy.

— Vou levar o Davy de volta para casa, e vocês dois podem vir quando quiserem.

Davy e eu começamos a voltar, contornando galhos caídos e pedaços de gelo. Ao longe, ouvimos um estrondo de algo se quebrando. Davy olhou para o céu:

— Não tem gigantes aqui de verdade, tem?

— Só se você quiser que tenha.

— Eu não quero que tenha. — Ele se aproximou e sua cabeça bateu contra as minhas costelas. — Mamãe?

— Sim, querido?

— Tem um barulho horrível na parede do quarto onde Douglas e eu dormimos. E se o gigante estiver *lá*, e não aqui?

— Se houver um gigante, ele não está dentro das paredes.

— Mas ouvi um barulho horrível.

— Talvez o sol faça um barulho para você ao nascer! — Tentei brincar com meu filho, para aliviar seu humor sombrio.

— Não, mamãe. Isso não pode ser verdade ou eu teria ouvido antes.

— Estou brincando, querido. — Apertei sua mão. — Eu ouvi o mesmo barulho quando fiquei naquele quarto. É a água nos canos. A casa é velha e eles não fizeram muita coisa para consertá-la.

— E é muito frio — Davy disse. — Exceto perto do fogo.

— Você não gosta daqui? — perguntei.

— Eu *gosto*. — Davy parou diante da porta verde e levantou o polegar para obedecer ao aviso APERTE.

— Podemos entrar sem esperar — orientei, abrindo a porta.

A sra. Miller deve ter ouvido nossa aproximação e logo veio se agitando ao nosso redor, pegando nossos casacos e limpando o gelo do boné de Davy.

— Tenho chá para vocês — ela sinalizou.

— Muito obrigada, sra. Miller. Eu sei que a senhora não estava esperando três hóspedes bem antes das festas. E, ainda por cima, dois meninos pequenos.

— É adorável — ela afirmou com seu forte sotaque. — Absolutamente maravilhoso. A casa parece acordar quando a senhora chega, sra. Gresham.

Guardei essa mensagem e deixei que ela aquecesse todas as dúvidas frias sobre meu lugar neste novo mundo.

Naquela noite, enquanto Warnie ensinava xadrez a Davy, como prometido, e Jack e eu líamos à luz da lareira, Douglas entrou correndo pela porta carregando um monte de lenha.

— Cortei tudo isso com o Paxford — ele gritou e despejou a lenha na lareira. — Mamãe, aqui tem fornos de verdade. É por isso que esta casa se chama The Kilns. Tem até um abrigo contra bombardeios aéreos perto do lago.

— Eu vi, Douglas. Não é incrível? A menos que você não tenha que ir para lá durante uma guerra.

— Sim — ele confirmou e caiu em uma cadeira, coberto de lascas de madeira. Poucos instantes depois adormeceu com a boca aberta, por causa de toda aquela energia gasta. Ele estava tão exausto quanto nós. Eu imaginava que Jack e Warnie não faziam tanto exercício físico desde a guerra.

— Meninos — eu disse —, está na hora de irem para a cama.

Davy gemeu:

— Mas eu estou quase ganhando...

— É verdade — reconheceu Warnie. — Obrigado, Joy, você me salvou do desastre de perder para um garoto de 9 anos que nunca jogou xadrez. Então, vamos para a cama.

Eu cutuquei Douglas gentilmente.

— Hora de dormir, filho.

Ele acordou e foi com o irmão, tropeçando até o quarto dos fundos onde estavam dormindo, com os navios a vapor emoldurados na parede acima deles.

Os dois se acomodaram em seu pequeno quarto ao lado da cozinha, com garrafas de água quente enfiadas nas camas para afastar o frio. Pilhas de cobertores cobriam seus pequenos corpos enquanto eu os colocava para dormir.

— Nada aqui é igual a lá em casa — Davy reclamou quando beijei sua bochecha. — Não gostei daqui tanto quanto achei que ia gostar.

— Eu estou aqui e seu irmão também. Vai ficar tudo bem. Leva tempo, meu amor.

— Eu gostei — Douglas confessou na cama ao lado. — Queria que a gente pudesse ficar aqui em The Kilns, com o lago, e a floresta, e a casa de hóspedes cheia de bichos pequenos, e o jardim, e o Paxford...

Eu me ajoelhei ao lado da cama para a oração da noite, fechei os olhos e disse a verdade.

— Eu também, filho. Eu também.

Quatro dias passaram rápido demais. Paxford e a sra. Miller se apegaram aos meninos como se já os conhecessem há muito tempo. Warnie tocou um gongo para o almoço (só ele tinha permissão para tocar o pequeno tesouro de seu tempo em Hong Kong durante a Primeira Guerra Mundial), e a sra. Miller cozinhou para nós. Paxford mostrou aos meninos toda a propriedade, dando-lhes tarefas e ensinando sobre a terra. Enquanto Davy olhava para as estrelas e queria reconhecer todas as constelações, Douglas tocava cada planta e queria saber cada nome. Cada um à sua maneira, ambos estavam tentando encontrar seu lugar no mundo.

Na última noite, eu me aproximei de Jack na sala comum.

— Eu tenho um presente para você.

— Ah, é mesmo? É um presunto?

— O presunto! Eu o enviei faz tantos anos! — Ri e comecei a ter uma crise de tosse; era o frio se instalando no meu peito. Meneei a cabeça. — Não, não é um presunto. — Levantei um dedo. — Espere aqui, está no meu quarto.

Voltei rapidamente com a caixa comprida que eu trouxe de Londres:

— Você pode guardar embaixo da árvore para abrir no Natal ou...

— Prefiro abrir agora — ele interrompeu e rasgou a parte de cima da caixa.

Era uma espada persa antiga que encontrei em um bazar em Londres na semana anterior. Ele a tirou da bainha, e ela brilhou à luz do fogo.

— Me lembrou das suas histórias, da magia que elas têm — eu disse.

— Joy... uma cimitarra... uma espada mágica de todos os contos de fadas. Que requintada. Vou pendurá-la bem em cima da lareira, para que ela me lembre de você, de nossa amizade e dos seus meninos lutando com espadas invisíveis.

Ele passou a mão sobre a parte achatada da espada de metal, e então seu dedo escorregou ligeiramente. Uma fina linha de sangue apareceu em seu dedo indicador quando ele retirou a mão.

— Ah, Jack. — Peguei sua mão na minha e me inclinei para beijar o ferimento, uma reação rápida e natural a um machucado.

Ele a retirou com tal rapidez e destreza que meus lábios pousaram no ar. Apertando o dedo na lã do casaco, ele riu:

— Sou um sujeito tão desastrado! Não é à toa que nunca me deixaram praticar esportes.

Um calor vermelho preencheu meu peito. Ele se virou para colocar a espada na prateleira da lareira, e a estrutura de seu queixo, com as linhas de seu sorriso, capturou a luz do fogo. Um verso de poesia surgiu em minha mente: *a inesperada beleza de seu rosto.*

Eu estava perigosamente próxima de deixar esse amor se tornar o que não deveria ser.

Ele colocou a espada sobre a prateleira da lareira.

— Obrigado, Joy. Olhe para ela ali em cima, tão imponente!

Juntos, sentamo-nos nas cadeiras e olhamos para o fogo, com o silêncio se estendendo até a sonolência, quando me mexi na cadeira.

— Eu estava querendo contar a você sobre um livro que acabei de ler. Ele *precisa* ser a sua próxima leitura.

— Conte-me.

— Acho que já lhe falei de Arthur Clarke. É um dos rapazes da ficção científica em Londres, e escreveu um livro chamado *O fim da infância*, que vendeu muitas cópias. Ele praticamente ganhou na loteria.

— Ganhar na loteria nem sempre é algo bom. Mas será minha próxima leitura para que possamos conversar sobre isso. — Ele se inclinou para frente, e seus olhos foram obscurecidos pelas sombras do fogo. — Conversar sobre histórias com você é uma das coisas que mais gosto de fazer.

— Eu digo o mesmo. — Olhei ao redor da sala. — Para onde o Warnie foi?

— Ele dormiu na cadeira quando você colocou os meninos na cama. Eu o ajudei a subir as escadas. — A voz de Jack carregava uma ansiedade e dor que eu conhecia bem: a de amar alguém que está se destruindo com o álcool.

— Sinto muito, Jack. Eu sei como se sente.

— Justo quando eu achava que ele tinha superado, ele não superou. É a guerra. Ela ainda vive dentro dele, e ele tenta silenciá-la. Eu prefiro não falar sobre isso, mas agradeço sua simpatia. É uma coisa do inferno.

Então estendi a mão até ele, atravessando o espaço entre nós. Toquei sua pele, o pequeno espaço entre a manga da camisa e o pulso. Corri o dedo até as articulações dos dedos, um traço suave, e então dei um leve aperto de simpatia em sua mão. Dessa vez ele não se retraiu.

— Você ama o Warnie com tanta intensidade e devoção... Quem dera todos no mundo tivessem esse mesmo amor.

— Ele é meu irmão — Jack afirmou, como se isso explicasse toda a dúvida. — Quando nossa mãe morreu, eu também teria morrido, se não fosse por ele.

Retirei minha mão de seu pulso e me recostei na cadeira.

— Jack, você já se apaixonou alguma vez?

Ele riu e, à sua maneira, dispersou a pergunta pela sala como se fossem cinzas.

— Se um dia eu encontrar a linda loira que procuro a vida inteira, aviso a você.

Era a cara dele usar essa estratégia para fugir, e aquela piada doeu tanto quanto se ele tivesse tirado a espada de cima da lareira e lançado-a contra o meu coração. Mas tentei rir.

— Vou ajudar você a procurá-la. — Sorri.

— Estou brincando, Joy.

— Seu humor, Jack, você o usa para esconder seu coração, como se fosse uma armadura para impedir que algo o toque. Eu sei disso porque faço a mesma coisa.

Ele ficou em silêncio por um bom tempo, e me perguntei se eu havia passado dos limites. Quando ele falou, foi com o rosto voltado para o fogo crepitante.

— Você conhece a palavra alemã *sehnsucht?* — ele perguntou.

— Sim — respondi. — A ideia de um anseio inconsolável por algo que não sabemos o que é. Você acredita que esse anseio é por Deus. Ou pelo céu. E que podemos confundi-lo com um anseio por algo ou alguém.

Ele se inclinou para frente, e por um momento pensei que fosse me tocar, mas não.

— Esta amizade profunda e duradoura significa mais para mim do que eu consigo dizer.

— Sim. — Inclinei a cabeça. — Significa mais do que conseguimos dizer.

A manhã surgiu clara e brilhante, com a névoa se dissipando pela primeira vez desde nossa chegada. Quando apareci na cozinha após uma noite de sono agitado, os meninos já tinham devorado o café da manhã e saído à floresta para se despedirem dela, do lago e de The Kilns. Deixei as malas feitas à porta da frente. Jack estava sentado à mesa de madeira da cozinha: ainda com a roupa de ficar em casa, mas com um cigarro já aceso.

— Você precisa comer antes de ir.

— Não estou com fome. — Bati de leve nas malas arrumadas. — Vou comer quando chegar ao Avoca, assim não fico enjoada durante a viagem.

De repente, os meninos entraram na cozinha como um ciclone rodopiando.

— Bem, meninos — Jack disse —, eu tenho uma coisa aqui de que vocês podem gostar.

Eles pararam imediatamente, embrulhados nos casacos, e olharam para ele.

— O que é? — perguntou Douglas, ansioso.

Davy ajustou os óculos tortos e deu um passo à frente.

Jack pegou na mesa lateral algumas páginas datilografadas.

— Este é o novo livro de Nárnia, que será lançado neste ano. Eu o dediquei a vocês dois. Chama-se *O cavalo e seu menino.*

Davy tirou as luvas, pegou as páginas das mãos de Jack e as segurou contra o peito.

— Ninguém leu ainda? — ele perguntou, com os olhos arregalados.

— Só o meu editor e a sua mãe, que datilografou algumas páginas para mim. E, se quiserem, posso contar alguns segredos sobre ele para vocês.

— Sim! — A empolgação de Douglas não podia ser contida. Assim como a mãe, ele não conseguia esconder o que fervilhava em seu coração.

Jack abaixou a voz e colocou as mãos de cada lado da boca de lábios grossos, como se estivesse contando um grande segredo:

— Eu o escrevi antes de *O leão, a feiticeira e o guarda-roupa* ser lançado. E a história acontece antes de *A cadeira de prata.*

— Sobre o que é a história? — perguntou Davy, olhando para o tesouro que segurava nas mãos.

Jack se endireitou e retomou sua voz normal:

— Depois do último capítulo de *O guarda-roupa,* há uma batalha em Nárnia.

— O que acontece? — A voz de Davy diminuiu.

— Não vou contar o que acontece, mas *vou* contar a minha parte preferida.

— Qual? — Davy perguntou.

— O grito de batalha. — Jack fez uma pausa dramática até os meninos se inclinarem para frente. — *Nárnia e o Norte!* — ele exclamou com grande entusiasmo, erguendo a mão para o céu. — *Nárnia e o Norte!*

— O lugar onde fica o lar — eu disse suavemente. — O Norte.

— Sim, o *verdadeiro* lar. — Os olhos de Jack tinham uma expressão tão bondosa que eu teria acreditado ser amor, se ele não tivesse me dito o contrário de todas as formas possíveis.

— Lar? — Davy perguntou, como se tivesse acabado de se lembrar de que não tínhamos um lar de verdade. — Onde vamos passar o Natal se não tivermos um lar? E o... Papai Noel?

Eu ativei minha voz mais animada.

— Ah, Davy, nós temos um lar. O Avoca House. Vamos arranjar uma árvore pequena, eu vou fazer peru e a sra. Bagley e outros amigos virão comer conosco. Jack... — Eu me virei para ele. — Foi muito gentil da sua parte dedicar o livro a eles.

— Eu não poderia pensar em dois meninos mais dignos. — E sorriu para as crianças.

— Feliz Natal adiantado — Warnie desejou ao entrar na cozinha. Eu o abracei e senti um ranço de uísque e suor; aquele cheiro fez um buraco no tempo: pensei em Bill chegando tarde em casa, com o mesmo cheiro pairando pela casa como algo maligno. Soltei Warnie e olhei para ele, ancorando-me no presente, na Inglaterra, em Oxford, em The Kilns.

Com despedidas generosas e promessas de retornar, meus filhos e eu caminhamos com o novo manuscrito na direção oposta a The Kilns.

De algum modo, senti que éramos um novo tipo de família. Quem poderia dizer que existia apenas uma maneira de amar alguém? Eu sabia que ele nos amava; não era preciso usar palavras. E, por ora, isso seria o suficiente.

Capítulo 36

E, mesmo assim, o horror ainda é uma mulher:
Ele se entristece porque não pode acariciar seu cabelo

Soneto 21, Joy Davidman

Abril de 1954

Minha primeira primavera na Inglaterra foi como o primeiro dia em que estive viva no mundo, o primeiro acorde de Beethoven para uma mulher surda. Narcisos, tulipas e prímulas azuis da cor do céu enchiam Londres em explosões selvagens. Anêmonas, jacintos e margaridas estreladas eram avassaladores em sua beleza intricada. Como a deusa grega da primavera, Perséfone, aquela estação chegava com uma lenta sedução. Primeiro as cerejeiras, espalhando suas pétalas rosadas e brancas pelo ar como neve, depois os arbustos de groselha com suas flores em chamas. Jardins irrompiam com o desejo da terra de criar uma torrente de cor e aroma.

Era abril. Os meninos estavam de férias escolares em casa, e logo iríamos para The Kilns. Eu veria Jack novamente, com seu sorriso levantado nos cantos, os olhos enrugados sob os óculos e as cinzas do cigarro caindo em seu colo.

Deixei os meninos dormirem um pouco mais antes de acordá-los para nossa viagem a Oxford.

Era final de janeiro quando deixei Davy e Douglas na estação Waterloo com um homem alto parecendo Adônis, que eles chamavam de "diretor". Outros meninos de uniforme, limpos e bem-arrumados, se reuniam como um rebanho de cordeirinhos ao redor daquela figura, que, com sua gravata borboleta e paletó, atraía meus filhos a si como se já os conhecesse. Definitivamente aquela foi a escolha certa, pensei. Embora os meninos tivessem dito que não queriam ir, eu via a importância disso. Sentiria falta deles, mas ao mesmo tempo um certo alívio. Eles seriam educados e bem cuidados, e eu poderia trabalhar novamente para nos sustentar.

Janeiro deu à luz um inverno tão feroz e gelado que eu comecei a lhe chamar de *Fimbulwinter*, em homenagem aos grandes invernos nórdicos que viriam pouco antes do fim do mundo. Eu escrevia como se a morte estivesse batendo à minha porta e meu trabalho pudesse convencer seu espectro sombrio a ir embora. Não é a melhor maneira de escrever — em um pânico de pobreza —, mas era toda a inspiração que eu tinha. Em quatro meses, terminei um romance chamado *Britannia* e também escrevi pelo menos 22 contos, que enviei ao meu agente da Brandt e Brandt.

Não venderam nada.

Também arranquei tudo que parecesse "americano" em *Fumaça na montanha* e o enviei para o editor inglês, que o quis porque Jack concordara em escrever o prefácio. Seu texto dizia o seguinte: "A ferocidade judaica, que aqui também é moderna e feminina, pode ser muito silenciosa: a pata parece aveludada, até que sentimos o arranhão".

Isso é sobre o meu trabalho ou sobre mim?, perguntei a mim mesma, mas não a ele.

Até removi minhas menções a Ingrid Bergman e Ginger Rogers, pois o editor temia que elas pudessem me processar por usá-las como exemplo de violação dos Dez Mandamentos.

Trabalhei em *Rei Charles* e mexi em *Rainha Cinderela*. De longe, minha vida parecia difícil e sofrida, como se a decisão de deixar os Estados Unidos não tivesse dado muito certo. Mas não! Apesar do trabalho sujo e úmido no baixo escalão da *European Press* — onde me mantinha acordada à base de estimulantes, pobreza ou privação de sono —, eu sentia que, de alguma forma, estava me tornando meu verdadeiro eu. Como eu disse a um dos meus colegas de ficção científica: "Por muito tempo houve uma distância entre a mulher que pretendo ser e a mulher que sou, e agora essa distância está diminuindo, lentamente. O problema é que esse processo não é muito bonito".

Enquanto isso, aceitei a oferta de Jack de pagar a escola dos meninos com seu Fundo Ágape. Eu odiei pegar seu dinheiro e comecei a pular refeições, apertando o cinto o máximo possível, com a intenção de pagá-lo de volta; meu único desejo era que tudo o que eu escrevesse gerasse lucro. Também implorei e supliquei a Bill por mais dinheiro, mas não se pode espremer água de uma pedra. Ele estava desempregado de novo, e eu suspeitava muito que tivesse voltado com Renee, embora me escrevesse dizendo que era apenas amizade. Mas esse era o mesmo homem que se casara comigo dias depois do primeiro divórcio, o que ainda não era o nosso caso, pois o processo estava se arrastando tão devagar quanto um caracol na lama.

No mês anterior, acordei certa manhã com o rosto de um homem no travesseiro ao meu lado: Harry Williams, do grupo de ficção científica. Seu leve ronco me informou que ele ainda estava dormindo. Havíamos flertado por algumas semanas e, então, numa noite em que o uísque e a cerveja forte fizeram seu trabalho de nos embriagar, admitimos que ambos precisávamos de um pouco de amor. Não do tipo permanente, do tipo "eu vou cuidar de você", mas apenas do tipo que nos esquentasse e expulsasse o intenso frio do inverno do nosso corpo.

Esse breve e morno caso não durou muito, mas foi o suficiente para saciar uma crescente fome de toque e pele. O único que eu queria ter por perto era Jack, mas foi Harry — com seu alegre sotaque *cockney*, sua profunda crença de que havia alienígenas em outros planetas e suas mãos grandes e macias — quem dormiu ao meu lado naquela manhã e em outras esporádicas.

Isso era pecado. Eu não era tola. Conhecia os mandamentos da minha religião e escrevia sobre eles. Ainda assim, caí. E me arrependi. E caí de novo. Talvez sempre fosse cair, mas de alguma forma a graça parecia grande e resistente o suficiente quando eu me erguia novamente, decidida a fazer melhor da próxima vez. Enquanto isso, escrevia meus sonetos. Eu aliviava minha dor e solidão criando montes de poesias que ninguém jamais leria.

Minha amizade com Jack e Warnie crescia: trocávamos cartas como sempre; nossas conversas pausavam e recomeçavam, e fazíamos planos para nos encontrarmos em Londres ou Oxford. Em raras ocasiões, conversávamos ao telefone, mesmo com o ruído do corredor.

Minhas horas mais prazerosas eram com o grupo de escritores nas noites de quinta-feira ou datilografando a autobiografia de Jack, tanto criticando quanto editando, como ele pediu. Chamava-se *Surpreendido pela alegria.* Ele estava começando a depender de mim para fazer seu trabalho, mas, infelizmente, o título do livro não tinha nada a ver comigo![3] Lentamente, eu passava os olhos por sua caligrafia, conseguindo decifrar até frases que ele mesmo não era capaz de ler depois de escrevê-las com sua tinta.

Durante as horas datilografando *Surpreendido pela alegria,* minhas emoções oscilavam intensamente. Suas palavras, o meio pelo qual passei a amá-lo, agora me contavam sobre sua infância e vida, e isso só me fazia amá-lo ainda mais. Li muitas coisas que ele já havia me contado: a dor de perder sua mãe quando tinha nove anos, o horrível internato, e a guerra e seus horrores. Também vislumbrei partes de nosso relacionamento no relato de sua história; ou será que eu estava apenas vendo o que desejava? Talvez fosse a descrição de sua conversão que se parecia com a minha, ou a formulação de uma ideia que ele verbalizara em nossas longas caminhadas pelas charnecas, quando urtigas picavam nossos tornozelos e risadas nos acompanhavam na subida pelas colinas.

Quanto a meus filhos, aos domingos eu ia às missas da Igreja Anglicana de São Paulo (onde fora purificada pelos sinos da uma da tarde) e depois pegava o trem para visitá-los em Surrey. Essas visitas eram o sangue que me mantinha viva para começar mais uma semana.

Quando a primavera chegou e as árvores reverdescentes ficaram cobertas por uma névoa leitosa, eu caminhava quilômetros e quilômetros em Londres, e sentava-me no Parque Primrose com um caderno e uma caneta, com vista para Hampstead e Belsize. Estendia, em cima da grama espessa, uma toalha laranja barata que encontrei no mercado, a fim de escrever e me deleitar com o renascimento da terra: os pilriteiros, as rosas por toda parte, os rododendros e os sabugueiros competiam em um concurso de beleza. Foi lá que estruturei *Rainha Cinderela* usando o esboço de Warnie como guia. Eu sentia que ela poderia ser uma verdadeira fonte de renda, algo que me libertaria de implorar dinheiro a Bill e de depender de Jack para a educação dos meninos.

Também plantei uma pequena horta atrás do nosso quarto no Avoca House, e em abril os legumes estavam começando a brotar do chão. Às vezes

3 Em inglês, *joy* significa "alegria". [N. T.]

eu imaginava uma vagem ou um tomate surgindo, e rapidamente era levada de volta à minha horta em Staatsburg. Mas agora outra família vivia lá, outras crianças corriam pela propriedade e brincavam no riacho. Desejei que fossem mais felizes do que nós fomos.

"Sente falta de lá?", Jack me perguntou por carta algumas semanas antes.

Vasculhei meu interior em busca da resposta. "Não", escrevi. "Eu lamento o que poderia ter sido. Sinto tristeza pelo que eu queria que fosse, mas nunca foi. Talvez eu sinta falta da ideia que tinha para todos nós. Mas, não, não sinto falta do que foi."

Nunca um homem tinha sido parte tão integral da minha vida sem estar na minha cama também. Eu me acostumava pouco a pouco com isso, o que incluía algum sofrimento.

Mas, nessa manhã de abril, em vez de datilografar mais da biografia de Jack ou de criar outro soneto (agora eram mais de trinta), aproveitei o tempo em silêncio para remendar as roupas gastas dos meus meninos e costurar etiquetas com seus nomes nas novas camisas e calças. Meu pequeno gato malhado, Leo, enrolava-se no meu colo, e eu trabalhava em volta de seu corpo macio e ronronante.

Os meninos acordaram sem que eu precisasse chamá-los e vieram voando me encontrar, com as roupas de viagem abotoadas e prontas. Leo pulou do meu colo, e Davy tropeçou, caindo de costas. Douglas deu uma gargalhada, mantendo-se de pé com um movimento ágil.

— Gato idiota! — Davy gritou, e Leo fugiu, escondendo-se debaixo do sofá.

— Estou pronto, mamãe — Douglas disse, com um leve toque de sotaque inglês.

— Douglas, meu poogle. Você está começando a falar como um verdadeiro menino inglês — comentei.

— Estou treinando. Sabe, o sotaque americano pode fazer você levar uma surra; os meninos podem ficar *barmy* com isso.

— *Barmy?* — Minha voz era um riso contido.

— Significa "irritados".

— Eu sei o que significa, Douglas. Parece muito elegante vindo de você. Gostei. — Coloquei meu dedo indicador no queixo dele e inclinei seu rosto para o meu. — Você está levando surras?

— Não, mamãe. — Ele lançou um olhar a Davy. — E Davy também não.

Davy ficou ali quieto, novamente em pé, com uma expressão zangada.

— Tem certeza?

— Sim — Douglas endireitou o corpo.

— Pois bem, os dois estão prontos para ir a The Kilns? — perguntei.

— Muito! — confirmou Douglas. — Queria que pudéssemos morar lá. Queria que o sr. Lewis nos ensinasse em vez de voltarmos para aquela escola.

Davy deu um empurrão no braço de Douglas, com o punho fechado:

— Não é tão ruim. — E lançou um olhar irritado ao irmão.

Então Douglas sorriu.

— Vou ajudar o Paxford a plantar algumas árvores de abeto e novas hastes de suporte para as vagens.

— Então é melhor irmos para a estação Paddington — observei.

Chegamos à acolhedora porta verde e apertamos o mesmo botão para sermos recebidos pela mesma sra. Miller. As mesmas vozes estrondosas ecoaram quando Jack e Warnie chegaram ao corredor dos fundos.

Sem precisar de casacos e agasalhos, fomos direto para a terra primaveril de The Kilns antes mesmo de abrirmos nossas malas. Os meninos correram para a floresta e desapareceram de vista, deixando-me parada na horta recém-brotada com Jack e Warnie. Toquei a ponta de um pé de tomate, cujo pequeno broto acabara de emergir da terra.

— A terra está despertando.

Warnie riu e afundou o pé no solo úmido, como se estivesse plantando a si mesmo.

— Acho que o Paxford está tentando impressioná-la. Em sua última visita, você lhe deu alguns conselhos, e agora ele quer provar que a horta é digna.

— Digna? Ora, isso é surpreendente. Essa terra nem precisa de um homem para cuidar dela. É um solo tão rico! — Abaixei-me e peguei um punhado em minha mão, deixando a terra escorregar por entre meus dedos. Levantando o olhar, abordei o próximo assunto com cuidado.

— Jack, quando você descreve a alegria em sua biografia, percebo que às vezes não consigo sentir essa emoção, como se ela tivesse me deixado para sempre. Mas agora, com o jardim prestes a florescer e os meninos rindo lá na floresta, ouvindo-os e sabendo que estão aqui, acho que estou sentindo alegria novamente.

Warnie deixou escapar um som bem próximo a um suspiro.

— A primeira experiência de alegria de Jack foi em um pequeno jardim.

Jack assentiu e também se abaixou, pegou um punhado de terra, cobriu-o com a outra mão e sacudiu antes de deixá-lo cair de volta.

— Sim — ele disse. — Já chegou a essa parte do livro? Quando eu era criança e estava doente, sem poder sair da cama, Warnie foi lá fora e fez para mim uma pequena caixa, um pequeno jardim de fadas. Dentro de uma lata de biscoitos, ele colocou gravetos, musgo, pequenas flores e grama, e até mesmo pedrinhas. Era um verdadeiro mundo, tão pequeno quanto uma mão. E eu senti a mais simples *alegria*. Era uma qualidade mística, e passei a maior parte da vida procurando por ela desde então. — Ele sorriu. — É uma sensação que pula dentro do meu peito.

— E aqui está ela — comentei. — Alegria. — Apontei para mim mesma em tom de brincadeira, com um grande sorriso se espalhando pelo meu rosto.

— Sim, de fato a temos — Jack deu aquela risada que eu amava.

— Mas, falando sério — continuei —, a maneira como você a descreve é palpável. É uma palavra que sequer tem uma definição, mas você dá um jeito, como se fosse um lembrete.

— E não é curioso — Warnie observou, batendo a bengala no chão — ele afirmar que, a princípio, a tristeza às vezes parece a mesma coisa que a alegria?

Fiz que sim com a cabeça.

— Exatamente — foi tudo o que Jack disse. Parecia constrangido por nos ver falar de seu trabalho em sua presença. Ele ficou em silêncio e deu alguns passos à nossa frente, balançando a bengala. Seguimos pelo caminho enlameado em direção ao lago, de onde vinham as risadas dos meninos. O ar cheirava a resquícios de chuva e terra fétida, a plantas e a nascimento. Respirei profundamente.

Quando me aproximei de Jack, ele olhou do chão para os meus olhos.

— E o que achou do livro até agora?

Toquei na manga do seu casaco e sorri para ele.

— Quando datilografo suas palavras e leio seu trabalho, de uma coisa eu sei: nossa experiência é semelhante, da surpreendente natureza mística que abriu nosso coração até a conversão relutante. Tudo o que posso dizer são coisas maravilhosas.

Ele assentiu.

— E acho que você está certo sobre a tristeza — reconheci. — Há certo prazer na intensidade dessa agonia, no aperto do coração. Não é o mesmo que alegria, mas não é parecido? — Fiz uma pausa. — Como você escreveu, "alegria é diferente de felicidade e prazer, e nunca está em nosso poder".

— "Surpreendido pela alegria, impaciente como o vento" — ele citou Wordsworth, o poema de onde tirou o título de seu livro.

Eu respondi da mesma forma.

— "Virei para compartilhar o êxtase, ah! Com quem, senão contigo."

— De fato — ele reconheceu calmamente, e então me fitou com seu olhar, firme e sereno. — Você não deixa nada passar despercebido, não é? Acho que você é mais encantada por este mundo e seus sentimentos do que qualquer outra pessoa que conheço.

Não consegui responder a esse elogio, à visão que ele tinha da mulher que eu era e sempre fui. Será que alguém me conhecera tão bem quanto ele? Permiti que a intimidade pairasse entre nós por um momento antes de respirar fundo e continuar:

— Se as pessoas esperam que você revele segredos da sua vida nessa biografia, elas vão se decepcionar.

— É para ser uma história de conversão, não uma revelação total — ele explicou.

— Claro. Você não é do tipo que faz revelações totais. — Toquei a ponta de meu chapéu imaginário para ele e ri. — Para mim, parece a história de uma conversão que está sempre acontecendo, como se você pudesse escrever esse livro a vida inteira. Mas há algo que quero perguntar — falei em tom baixo, para que Warnie não ouvisse.

— Diga.

— Vejo partes de *nós* no seu trabalho, pedaços do nosso relacionamento e das nossas conversas. — Engoli em seco. — Estou certa?

— Claro que está. Como você poderia não fazer parte disso? Mas, se algo ultrapassou os limites, é bom que me diga, porque nada será dito, feito ou plagiado sem sua permissão.

— Não, Jack! Não é nada disso. Mas, quando você descreve sua conversão, por exemplo, a forma como ela foi acontecendo em você lentamente, a "conversão relutante", ela se parece com o que digo no meu artigo.

Ele fez que não com a cabeça:

— Sua descrição trouxe a mesma lembrança que a minha.

Eu não sentia que ele estava roubando minhas palavras, e não queria que pensasse isso também. Jack começou esse livro muito antes de me conhecer. Eu queria que ele visse que chegamos à mesma praia depois de dois naufrágios diferentes, que nosso amor não era apenas intelectual, mas também espiritual. Eu tinha em vista nossa inevitabilidade.

Chegamos à beira do lago, e Douglas correu até Jack.

— Jack, podemos passear de barco? — Ele apontou para o barco vermelho afundando na terra macia da primavera. — Por favor! Estava muito frio da última vez.

— Claro que podem, filho, mas não assustem meus dois patos. Eles não estão acostumados com tanta animação, só com dois velhos se arrastando por aí.

— Velhos? — eu disse. — Sei!

Jack se inclinou para ajudar meus filhos a puxarem o barco da lama com um grande barulho de sucção. Com esforço e risos animados, eles partiram do cais com um remo. O barco balançou e chacoalhou, depois se acomodou no lago, fazendo as ondas irradiarem, um círculo de água deslocada que alcançou a margem para dançar com a grama alta.

Ficamos observando, até que Jack gritou para os meninos:

— Nárnia e o Norte!

— Nárnia e o Norte! — eles gritaram em uníssono, levantando os punhos enquanto remavam até a borda mais distante do lago.

Jack se virou para mim com uma expressão tão séria que imediatamente pensei que algo estava errado.

— Gostaria de falar com você sobre algo, Joy.

— Claro. O que é?

— Warnie — ele chamou, voltando-se para o irmão —, você se importaria de garantir que esses garotos não se afoguem enquanto eu volto para casa com a Joy? Quero perguntar a opinião dela sobre Cambridge.

— Acredito que sou apto para essa tarefa — Warnie disse, sorrindo.

Instalados na sala comum, à mesa de Scrabble, Jack adoravelmente colocou tabaco em seu cachimbo e o acendeu com um fósforo. Então olhou para mim, com a fumaça saindo de seus lábios, e o doce aroma do tabaco de qualidade preenchendo meus sentidos.

— Joy, me ofereceram um emprego em Cambridge e eu recusei, mas agora estou em dúvida. Conversei com o Tollers e queria saber se você também poderia refletir sobre esse problema comigo.

— Problema? — perguntei. — Você não se sente honrado?

— Claro. É Cambridge. — Ele tragou o cachimbo. — E eles criaram uma posição só para mim: Professor de Literatura Medieval e Renascentista.

— Ah, Jack, isso é maravilhoso! — Apoiei meus cotovelos na mesa, evitando as peças, e contei a ele: — Quando visitei Cambridge no ano passado, escrevi para o Bill contando que amei o lugar, que ele é mais compacto e harmonioso que Oxford, mais parecido com o Velho Mundo. Mas que prefiro a arquitetura de Oxford. É uma cidade gloriosa, Jack.

Ele ficou em silêncio, colocando uma palavra no tabuleiro de Scrabble entre nós, como se isso o ajudasse a pensar. Estava ganhando de mim. Então coloquei minhas quatro peças, triplicando a pontuação da letra z: zelo.

— Parece que o jogo ainda não acabou como eu pensava — eu disse.

Sua risada fez com que ele soltasse a fumaça de leve.

— Você está falando da minha carreira ou deste jogo?

— Dos dois. Conte-me tudo. Essa oferta deve estar parecendo uma redenção após a rejeição em Oxford.

— Sim, mas a minha preocupação é: como posso deixar este lugar, Joy? — Ele espalhou as mãos pela sala. — Estou em Oxford há 35 anos.

Concordei com a cabeça.

— Sim, é bastante tempo. Um pouco menos que uma vida para mim. Mas talvez a mudança seja algo bom. E Cambridge fica a apenas algumas horas de distância; não é outro país.

— O nome do lugar é praticamente igual ao daqui: Magdalene College. Só muda uma letra.

— Interessante. Você ficaria aqui ou se mudaria para lá? Qual seria o impacto?

— Eu não poderia deixar o Warnie nem esta casa.

Peguei mais quatro peças do monte, coloquei-as no meu suporte, mas sem olhar para elas.

— Deve haver um jeito — argumentei. — Se eles querem você tanto assim, a ponto de criarem um cargo só para encaixá-lo, então o ajudarão a encontrar uma maneira de morar aqui e trabalhar lá.

— Sim. — Ele deu uma tragada no cachimbo e fechou os olhos. — Mas talvez eu seja velho demais para mudar.

Nessa frase ouvi sua relutância quanto a todas as coisas novas, tudo que pudesse desestabilizar sua paz e tranquilidade. Ele construiu uma vida segura, e qualquer coisa que causasse ondulações, como o bote acabara de fazer em seu lago, devia ser evitada.

— Jack, perdoe a minha insolência, por talvez ofendê-lo com minha análise, mas eu o amo, você sabe disso. E posso ver partes do seu coração que outros não conseguem, que às vezes nem você mesmo consegue. Seu medo da mudança é palpável. Você esconde toda a turbulência e dor do seu passado dentro de si: a perda de sua mãe; o que quer que tenha acontecido na guerra; os internatos. E Paddy e a sra. Moore. E agora você está aqui, em paz no seu Jardim do Éden, com seu irmão, e sua propriedade, e seus alunos, e seus Inklings, e seus amigos, e sua cidade pitoresca. Todas essas coisas inspiram e protegem você. Mas talvez uma mudança seja necessária. Não uma mudança que perturbe, mas uma que expanda. — Pausei. — Deixe que coisas novas toquem sua alma.

Ele ficou me olhando por muito tempo; tanto que pensei ter passado dos limites. Mas piscou uma vez antes de afirmar:

— Você tem razão. E Tollers me disse praticamente a mesma coisa: que uma mudança de ares me seria útil. Ele acredita que Oxford não me tratou bem. E o novo trabalho paga três vezes mais pela metade do esforço. Mas o problema é que já recusei duas vezes com cartas muito eloquentes. — Ele meneou a cabeça. — Ou pelo menos eu as achei eloquentes. Não seria absurdo dizer que agora mudei de ideia?

— Jack, eles criaram o cargo para você! Por que seria absurdo mudar de ideia? Às vezes precisamos refletir, orar, conversar sobre o assunto, e então nossos olhos se abrem para o melhor caminho.

— E talvez eles me permitam ficar lá apenas quatro dias por semana para que eu possa estar aqui o máximo possível.

— Você sabe trabalhar e dormir no trem. Esse trabalho foi feito para você.

— Sabe o que me diz que eu devo ir? — Ele fez uma pausa e sorriu. — Já comecei a preparar algumas aulas na minha cabeça.

— Então vamos passar da imaginação para a realidade! — concordei.

— Sim, acho que você está certa. — Ele acenou com a cabeça para mim. — Escreverei hoje ao vice-chanceler e direi que quero o emprego, se não for tarde demais.

Então, ele colocou suas peças no jogo, formando a palavra *travessura*.

Balancei a cabeça.

— Como vou vencer de novo?

Jack pôs o cachimbo na borda da mesa e se inclinou para frente.

— Obrigado, Joy. Sempre me sinto mais centrado e revigorado depois de refletir com você.

Alegria, aquele conceito esquivo que Jack tanto cobiçava, o suficiente para fazer dele o título de sua biografia, inundou-me por um momento abençoado. Era como ele escreveu em seu primeiro capítulo: "Não é a felicidade, e sim a alegria momentânea que glorifica o passado".

Se um dia eu glorificasse este dia, e eu sabia que o faria, seria por aquele momento em que Jack pediu para sentar-me com ele e descobrir o próximo passo em sua vida.

Capítulo 37

As monstruosas geleiras da sua inocência
São mais do que eu posso escalar

Soneto 36, Joy Davidman

Junto com a minha certidão de divórcio, que o advogado de Bill enviou do outro lado do oceano, o verão chegou com chuvas tão incessantes que Londres declarou 1954 como o verão mais chuvoso em quase cinquenta anos. A terra estava encharcada e esponjosa debaixo dos meus pés, as flores deslumbrantes em sua glória, com as gotas de chuva se acomodando nas taças que suas pétalas formavam. Estava frio também. Eu ainda usava minhas meias e blusa de lã quando Jack veio me visitar no Avoca House naquela tarde de junho.

Isso já acontecia há alguns meses, desde nossa última visita, quando discutimos sobre Cambridge; agora Jack vinha a Londres por nenhum outro motivo além de me ver. Certamente ele inventava outras desculpas, mas eram apenas pretextos. Nós devorávamos as páginas de sua biografia e espalhávamos os papéis sobre minha pequena mesa, reeditando e reorganizando. Caminhávamos até o pub para tomar uma bebida ou íamos até a livraria Blackwell's para andar contentes e sem rumo. A cada segundo, eu meio que esperava que ele se aproximasse e me tocasse, me puxasse para perto. Mas isso nunca aconteceu, me deixando constantemente na expectativa e desejosa, e, na maior parte do tempo, confusa.

O que estava acontecendo era o mesmo para nós dois: sentíamos falta um do outro quando estávamos longe. Cada vez mais eu queria e, às vezes, precisava mostrar ou contar a ele o que eu tinha percebido ou realizado naquele instante ou naquele dia. Eu queria, assim como ele, compartilhar cada momento e cada pensamento. Será que isso era uma descrição de amor? E, se sim, de que tipo de amor?

— Você acredita que o amor se encaixa perfeitamente nas suas categorias? — perguntei durante uma forte tempestade, quando estávamos juntos na cozinha compartilhada e eu preparava uma sopa de carneiro com legumes.

— Se encaixar perfeitamente? — Ele meneou a cabeça e se recostou casualmente no balcão, tirando o casaco e jogando-o sobre uma cadeira. — Eu acho que nada se encaixa perfeitamente em nada, mas devemos pelo menos tentar fazê-lo, senão qual seria a utilidade da linguagem?

Era verdade, precisávamos tentar; mas eu sabia muito bem que o nosso amor era uma névoa ou um vento que podia ser mais sentido do que visto, escorregando pelas frestas das categorias de palavras gregas de Jack. Não havia como defini-lo. Se o forçasse a definir o amor, ou nós, temia perder a magia por completo. Eu me deleitava no desdobramento da história, e vigiava meu coração o melhor que podia, observando atentamente os intrusos da fantasia, os ladrões da obsessão e da posse.

Naquela tarde, o tempo melhorou e nos sentamos no meu pequeno jardim, onde as tulipas que eu plantei meses antes se curvaram e foram subjugadas pela chuva da manhã. Eu sequei as duas cadeiras de metal do jardim com um pano de prato e nos sentamos para tomar chá.

— Ficar ao ar livre de novo — refleti — deve ser a cura de todos os males.

— É bem provável. — Jack apontou para um retângulo de papel dobrado em minha mão. — Isso é para mim?

— Não é exatamente *para* você, mas quero que leia.

— Ah, pensei que eram mais correções para o meu trabalho. Não sei se as aguento mais.

— O que é isso, Jack... Eu não corrijo, e sim melhoro. Parte de mim está preocupada com o fato de ter nascido para ser sua editora em vez de ser eu mesma uma autora.

— Bobagem — disse, estendendo a mão. — É um poema? — E pegou meu papel dobrado.

Uma imagem-relâmpago de eu lhe oferecendo meus sonetos me fez recuar; minha respiração parou.

— Não — retruquei. — Está longe de ser um poema, mas talvez seja uma grande obra de ficção.

Jack abriu o papel dobrado, que chegou dias antes de Miami — para onde Bill se mudou a fim de ficar com Renee — a Belsize Park, Londres. Uma coisa era saber de um divórcio — no meu caso, acordado com guarda total dos meninos para mim e visitação para Bill, junto com sessenta dólares por semana de pensão — e outra coisa era ver um papel dizendo *vinculo matrimonii* (casamento dissolvido). Bill e eu havíamos escrito um para o outro e acordado os termos, e mesmo assim as acusações dentro da certidão eram repulsivas e dolorosas. Eu não as esperava, e isso foi um baque ainda maior.

Jack leu devagar, ajustando seus óculos, e de vez em quando suas sobrancelhas se erguiam acima deles. A cada linha ou duas, ele soltava um comentário.

— "O autor alega que a acusada tem se engajado em empreendimentos literários e tem o desejo de ser autora ou escritora, sendo extremamente ambiciosa e desejando se destacar nesta área." — Jack parecia cuspir as palavras, as palavras de Bill, no ar. — Ele está escrevendo uma queixa ou vomitando inveja? Que besteira.

Continuou lendo, e então sua cabeça se ergueu com os olhos úmidos.

— Joy, isso é bobagem. — E olhou novamente para o papel, lendo em voz alta. — "Ela, de modo contínuo e ininterrupto, se entrega a acessos temperamentais supostamente provocados e incontroláveis, vivendo, ao que parece, em um mundo artístico de fantasia."

— Sim — eu disse e bebi meu chá. — Obviamente vivo em um "mundo artístico de fantasia" ao mesmo tempo que crio nossos filhos, escrevo e trabalho. — Apontei para o papel. — Acredite, ainda falta a pior parte.

— E tem como piorar? — Seus olhos desceram pela página.

Enquanto Jack lia minha certidão de divórcio, observei dois tordos vermelhos se acomodando no meu comedouro de pássaros e bicando as sementes.

— Mas como assim? — A mão livre de Jack bateu na beirada da cadeira. — "A acusada sente que sua carreira artística é muito mais importante do que sua vida doméstica e seu dever para com o marido e a família." — Sua mão estava tão apertada no documento, que começou a amassá-lo sob seus dedos. — Como você conviveu com isso? É degradante!

— Sim, é, mas ficou no passado. Agora eu estou aqui, Jack. Bem aqui.

Seu rosto ficou mais vermelho e a boca mais tensa.

— Joy, ele diz aqui que implorou para você viver feliz com ele e as crianças, mas que você se recusou.

— Bem, aí está — debochei, levantando minha xícara de chá. — Agora quem vive em um mundo de fantasia?

— Quanta baboseira e adulação. É tudo fanfarronice.

Eu me inclinei para frente, com as mãos sobre os joelhos.

— Eu deveria ter apresentado o pedido, então poderia ter feito *minha* própria queixa. Mas sei que ele sente saudade dos filhos, e tenho certeza de que está descontando em mim. — Expirei e percebi a tensão se contorcer no meu estômago. — Acho que não posso confiar que Bill pagará a pensão, a menos que eu contrate meu próprio advogado para garantir que ele cumpra sua parte.

— Então você deve fazer isso. — Jack levantou a xícara de chá, uma delicada xícara florida que eu encontrei no bazar, mas não bebeu, abaixando-a de volta. Uma andorinha girou acima dele como se estivesse curiosa e depois foi embora.

— E essas acusações — eu disse —, tudo isso é porque eu era uma esposa muito submissa e obediente. — Bati o dedo na certidão de divórcio. — Ele acha que não tenho coragem de lutar, ou se esqueceu disso. Mas eu não vou me curvar à retórica dele. Fiz isso por tempo demais. Sinto como se tivesse entrado em uma máquina do tempo e voltado lá, com Bill bêbado, os meninos se encolhendo e eu me sentindo murcha e assustada, nervosa e sem esperança. Nunca mais quero sentir isso.

— E não vai — ele falou e quase, ah meu Deus, quase pegou minha mão. Mas não pegou. Jack se recostou na cadeira e acendeu seu cigarro, um movimento muito familiar. — Você tem força, Joy. Sempre teve. Não conheço ninguém mais forte do que você. — Suas palavras foram tão enfáticas que acreditei nelas. Ele dobrou a certidão de divórcio e me devolveu. — Como eu falei, é tudo bobagem.

— Sim — concordei. — Mas também é liberdade… uma abençoada libertação.

— Liberdade — ele repetiu, sorriu e me deu um olhar travesso, como se tivéssemos acabado de decidir pular no lago no primeiro dia da primavera. — Pense em sua nova vida, Joy. A coragem trouxe você a um novo lugar.

— A mim e a meus filhos.

— Falando sobre seus filhos, conte-me de Davy e Douglas. Como foi sua visita a Surrey ontem?

Uma nova energia passou por mim.

— Simplesmente maravilhosa! — compartilhei. — Eu os vi jogando críquete, e conheci mais alguns de seus professores. Davy está recebendo tutoria particular em matemática. Honestamente, é mais do que eu poderia ter esperado. Um dia pagarei você de volta.

Jack se levantou e estendeu a mão para me ajudar a levantar.

— Vamos dar uma caminhada. Que tal um passeio lento até o parque? Finalmente está esquentando.

Permiti que me levantasse, e então ele soltou minha mão. A dor vaga no lado esquerdo do meu quadril fez eu me sentar rapidamente de novo. Era uma das coisas favoritas andar com ele vagarosamente por jardins, mas não consegui.

— Desculpe, Jack. Meu quadril está me incomodando de novo, não sei por quê. Dizem que é reumatismo. Espero que melhore assim que essa eterna chuva passar.

— Não precisa pedir desculpas. — Ele sorriu. — É bom ficar sentado um pouco.

— Vou fazer mais chá para nós e trazer as histórias que começamos a ler ontem.

— Não há necessidade de histórias hoje, Joy. Se quisermos ler alguma boa ficção, podemos apenas reler a certidão de divórcio. — Ele deu aquela gargalhada e uma batidinha no peito antes de tirar o cachimbo da boca.

Em resposta, eu ri com tanta vontade que ambos nos inclinamos para frente para apertar os joelhos, e ficamos face a face. Foi ali que paramos, bem perto, a apenas alguns centímetros. Bastaria um de nós pôr fim à distância, e finalmente nossos lábios se tocariam. Porém, por enquanto, foi apenas nosso sorriso que se encontrou nos centímetros de espaço entre nós.

E me perguntei: como se forçar a *não* se apaixonar? A não destruir a mais sublime *philia*?

Como de costume, eu não tinha a resposta.

Capítulo 38

Não fique zangado por eu ser mulher
E, assim, ter lábios que desejam o seu beijo

Soneto 39, Joy Davidman

Agosto de 1954

— Warnie bebeu demais, foi horrível — Jack disse, com uma pontada de dor na voz. — Ele ficará em tratamento, o que significa que eu ficarei com você e os meninos por algumas semanas. Você terá de tolerar minha companhia.

Jack e eu estávamos sentados no Pássaro e o Bebê, tão abafado quanto o clima de agosto que fervia em Oxford. Finalmente eram férias de verão, e nós viemos — meus filhos e eu — passar um mês em The Kilns. Um mês!

— Tolerar? — Eu ri e meneei a cabeça. — Essa não é a palavra certa. Sinto muito pelo Warnie. Você sabe quanto eu o amo e gostaria de poder ajudar. Mas, céus!, como estou feliz por você ficar conosco!

Ele ergueu a cerveja em um brinde.

— Acabou? — Jack perguntou em voz baixa. — Você está legalmente divorciada?

— Sim, é verdade. Estou solteira. — Deixei a simples afirmação pairar entre nós, observando atentamente a mudança que essas duas palavras poderiam causar, mas encontrei apenas o mesmo sorriso gentil. — E sabe o que o Bill fez? Casou-se no dia seguinte. Com a Renee. — Balancei a cabeça. — Eu estava esperando o quê? Terminamos como começamos. Pelo menos é o que parece.

— Como assim?

Encolhi-me e, sentindo-me entediada, contei a ele o que nunca havia contado.

— Antes de se casar comigo, Bill tinha outra esposa. Ele não teve filhos e o casamento não era tão real como deveria ser, foi o que ele me disse na época. Então se casou comigo poucos dias depois que saiu o divórcio. Um tigre não pode mudar suas listras, não é mesmo?

— Bem, está acabado — Jack sentenciou, levantando sua sidra artesanal, ainda intocada. — Um brinde ao perdão dos pecados.

Sorri e levantei minha sidra.

— E um brinde ao Bill e a todo o prazer que ele possa encontrar.

Brindamos, e nossos olhares se encontraram e se fixaram. Ele não acreditou em uma só palavra escrita naquela certidão encharcada de mentiras. Conhecia meu coração e minha mente; sabia o que havia de duro e cruel, e o que havia de suave e vulnerável.

— Como está o Warnie no hospital? — perguntei, quando colocamos nossos copos na mesa.

— Não muito bem, Joy. Estou quase morrendo de preocupação. Essa bebedeira foi a pior de todas. Os médicos acharam que ele não resistiria, mas está se recuperando.

— Conheço a dor de ver alguém que amamos se destruir com a bebida. Parece existir uma solução, mas então a pessoa se entrega à bebedeira de novo, partindo seu coração. Partindo o próprio coração. Você sabe que já passei por isso, Jack. Se quiser, posso lhe contar alguns passos e teorias do AA. Eles realmente funcionam. São muito espirituais, tudo envolve entrega a Deus.

— Obrigado. — Jack ergueu seu copo. — Claro que beber em si não é pecado. O problema é o excesso. E o segredo é a moderação: ir até o limite certo e não passar disso.

— *Cristianismo puro e simples* — lembrei. — Você disse isso lá.

— Disse? Que tolo eu sou, repetindo em um bar o que eu mesmo já falei. Ignore-me. Estou arrasado.

Conversamos um pouco mais sobre Warnie e como ajudá-lo. Sugeri gengibre amargo antes de dormir, que tem gosto de licor, mas não é.

— O que eu faria sem você agora? — ele me perguntou quando finalmente nos levantamos e saímos para passear pela colina Shotover com Davy e Douglas, como prometido.

— Espero que nunca descubra... — Dei um empurrãozinho nele quando atravessamos a porta.

Shotover se tornou tão familiar para mim quanto a curva do pescoço de Jack. Minha primeira longa caminhada com ele foi nesta colina, onde a grama espessa em tufos parecia manchas na cabeça de um careca, pontilhando o caminho. A cada estação durante a qual percorri esse caminho, as flores e as árvores mostraram novos rostos. No outono, as folhas caíam uma a uma até as árvores exporem seus esqueletos, enquanto as bolotas dos carvalhos caíam no chão com o som de passos. No inverno, eu pisava na grama congelada, vendo a paisagem branca das árvores estéreis cristalizadas de gelo. Uma estação depois, eu espantava as urtigas e memorizava as flores da floresta, multicoloridas, com os rostos erguidos para o sol da primavera. E agora, no verão, o calor e a brisa se misturavam em um aroma inebriante de grama nova e terra úmida.

As flores brancas da valeriana-dos-brejos margeavam o caminho, subindo a colina até se juntarem às samambaias em um casamento natural. As flores de sedum, de cor bordô, erguiam-se orgulhosas e altas. A casca dos sicômoros retorcidos encantava, e uma chuva de pétalas brancas e rosas das cerejeiras cobria o chão.

Um sentimento de gratidão me envolveu, aquecendo-me e dando-me vontade de compartilhá-lo.

— Lembra, em *Phantastes*, que cada florzinha tinha sua própria fada? — perguntei a Jack, enquanto Davy e Douglas chegavam ao topo da colina para admirar Oxfordshire. Minha respiração ficou presa na garganta: era uma exaustão infernal que tentava me puxar para baixo quando eu queria estar para cima. Inclinei-me, apoiando as mãos nos joelhos, e colhi uma margarida arredondada. Levantei-me e entreguei-a a Jack. — Minha fada favorita era a fada da margarida. Eu gostava da forma como MacDonald a descrevia como uma criança gordinha, um querubim.

— A árvore de freixo naquele livro me assustava — ele comentou, apontando para um deles a apenas cem metros com sua casca ondulada imitando pequenos rios. — Por anos, eu olhava pela janela para ver se um freixo viria até mim com suas terríveis mãos nodosas e retorcidas.

— Guardamos cada coisa das histórias... — respondi com uma risada. — Se você tivesse de escolher entre flores ou árvores, qual manteria no mundo?

— Árvores — ele afirmou. — Aquelas que permanecem firmes.

— Concordo — respondi. — Fico pensando nessas raízes serpenteantes debaixo da terra, avançando e avançando, sem nunca ver a luz.

— Assim como todos os seres humanos — ele disse, com um sorriso. — Uma vida oculta.

— Todos nós temos uma vida oculta, não temos? Mas com amigos talvez possamos revelar um pouco dela, deixando-a ver a luz. Já as árvores não têm escolha.

— Nem *todos* os amigos. Mas com alguém como você, Joy, isso é possível. Só em amizades como esta eu consegui discutir questões profundas. Sondar a vida oculta.

Com alguém como eu. Peguei essas palavras e as coloquei no altar da minha memória. Então, inclinei-me para tomar outro fôlego.

— Você está bem? — Jack perguntou.

— Só estou um pouco cansada, eu acho. — Endireitei-me para olhá-lo. — Bem, mais do que isso, na verdade. Fui ao médico em Londres.

— E? — Ele olhou para meus meninos e depois de volta para mim, com preocupação nos olhos.

— Primeiro fui ao dentista. Ele me disse que o último dentista de Londres, aquele que pensei ter me feito um ótimo preço, fez um trabalho malfeito. Precisarei arrancar mais seis dentes. Depois fui ao médico. Oito médicos, Jack. Que fiasco. Quem precisa de oito médicos? Eles me cutucaram e me examinaram, agulhas e raios-X, tudo para me dizer o que sempre disseram: minha tireoide está fraca de novo.

— Eles podem ajudar? — perguntou, com uma voz suave expressando preocupação.

— Aumentaram a dose dos meus medicamentos. — Quando eu era criança, fiz tratamento com um colar de rádio, e eles ficaram bastante preocupados, dizendo que não se usa mais isso, pois causa queimaduras, câncer e todo tipo de problemas horríveis. Eu lhes falei que é tarde demais para me preocupar com todas essas bobagens. Tudo o que podemos fazer é olhar para frente.

— Parece péssimo. — Ele apoiou-se em sua bengala, as duas mãos envoltas no topo. — Será que os medicamentos vão ajudar?

— Sim, acho que sim. Mas teve uma coisa boa nesse dia. Passei uma hora batendo papo com o dr. Greene. Eu contei a ele que tinha acabado de ler *Fim de caso*, escrito por seu famoso irmão Graham Greene, e logo começamos a conjecturar sobre o mundo literário de Londres e suas fofocas. Nossa conversa me fez esquecer da doença. Falamos sobre Dostoiévski até que me furaram com outra agulha e trouxeram outro médico para me observar como se eu fosse um espécime.

Jack meneou a cabeça e sua papada se mexeu também.

— Dostoiévski no médico. Só você.

O que eu não mencionei a ele foi o verdadeiro inferno de arrancar todos aqueles dentes. Já tinham extraído tantos, e com uma dor tão violenta, que só morfina aliviava. Eu não ousava falar sobre isso para não reviver a dor. Também não contei sobre o caroço no meu seio, que mais uma vez descartaram como sendo apenas um cisto.

— Fique aqui um momento, descanse. — Jack deu alguns passos em direção aos meninos e olhou para trás, levantando sua bengala para mim. — Vou alcançá-los. Você se esforçou demais.

— Está bem então, vá em frente.

Observei Jack com meus meninos no topo de Shotover. Eles levaram uma pipa dobrada até o topo da colina, e agora a desenrolavam. Listras brilhantes de vermelho e azul tremulavam ao vento, não conseguindo alçar voo, mas caindo no chão de forma torta e pesada. Davy correu até a pipa, pegou-a com carinho do chão, sacudiu-a para limpá-la e ergueu na mão.

— Vou correr! — ele gritou para Douglas ao vento. — Deixa ela no alto!

Davy correu à frente, erguendo suas mãos de dez anos ao ar, oferecendo a pipa ao vento.

Jack correu ao lado dele para erguer a pipa até que o tecido pegou o vento e bateu as asas como um pássaro, um som de pancada no céu.

Simples assim: uma pipa voando. Mas também era um milagre, uma graça.

— Para cima! — Jack gritou, e a cena encheu meu coração.

A luz dourada caía sobre ele, e os três riram de algo que não consegui ouvir. No topo daquela colina, Jack estava fora do alcance de minhas mãos ávidas e carentes, mas ainda assim eu era grata por tudo o que ele significava para mim e para meus filhos.

Antes que eu pudesse subir para encontrá-los, os três desceram até mim, e voltamos tranquilamente para The Kilns. Os meninos falavam sem parar sobre seus planos com Paxford para o pomar, sobre limpar o barco, visitar o parque dos cervos e passear de barco no rio Cherwell.

— Sr. Lewis — perguntou Davy, jogando uma pedra pela extensão de grama densa —, quando sai nosso livro?

— Nosso livro?

— *O cavalo e seu menino*. Aquele que você dedicou para nós.

— Ah, esse! — Jack disse, levantando a bengala antes de pousá-la e responder. — Neste outono.

— Qual livro vem depois? — perguntou Douglas.

— Acabei de enviar *O sobrinho do mago*, no qual vemos Aslan criar o mundo, vemos como a Feiticeira Branca foi parar lá e — Jack sussurrou — descobrimos que o Professor viu tudo desde o começo!

Douglas se esticou nas pontas dos pés como se quisesse alcançar o céu.

— Quero ler *agora*.

Jack riu.

— Então você vai ler.

Davy e Douglas saíram correndo num instante, e Jack parou diante de um grande tronco de árvore, redondo como uma mesa, oco no meio e situado à sombra de um vale de samambaias.

— Isto aqui — ele disse num sussurro conspiratório — é uma cápsula de imersão.

— Uma o quê? — Ergui as sobrancelhas e ajustei meus óculos, tentando ver uma cápsula de imersão em algum lugar naquele mato espesso da floresta.

— É o nome que eu dou a um lugar reservado, onde tenho a liberdade de ficar sozinho e à toa, resolvendo uma cruzadinha, ou escrevendo com um caderno e um lápis, ou sem fazer nada. É um lugar para ficar livre ao ar fresco, e ao mesmo tempo aconchegado. Isso, Joy, é uma cápsula de imersão.

— Então vamos fazer um brinde a uma vida inteira procurando cápsulas de imersão! — Dei alguns passos para trás. — Vamos encontrar outra agora mesmo.

Logo estávamos na porta dos fundos de The Kilns. Ao longe, a voz de Douglas chamava pelo nome de Paxford, e Jack olhou por cima do ombro como se pudesse ser derrubado por um dos meus filhos.

— Eles são exaustivos, não são?

— Estou feliz por vocês três estarem aqui. Seria morbidamente triste ficar sem Warnie e sozinho nesse calor de verão. — Ele abriu a porta dos fundos e entramos na casa, onde a sra. Miller apareceu com seu avental esvoaçante, tagarelando perguntas sobre nosso dia e nosso bem-estar.

— Amanhã — Jack disse por sobre o ombro, indo para o quarto descansar — vamos remar no rio Cherwell com alguns amigos. Os meninos vão gostar.

— Jack, seus amigos não parecem gostar muito de mim. Talvez você queira ir sem nós.

— Besteira — ele discordou, e desceu os dois degraus que já havia subido, me encarando.

— O que Moira e George têm a dizer sobre mim? — perguntei. — Eu não via George desde que nos conhecemos em Eastgate, mas, quando tomamos chá no mês passado, ele continuava frio e retraído. A esposa dele me olhava como se eu estivesse nua à mesa.

— Moira é muito formal. Talvez ela não tenha gostado de ver que você conversa melhor do que ela. Ou que você bebeu uísque e ela bebeu chá. Eu sugeri *O fim da infância* para eles com base na sua recomendação, e ambos adoraram.

— Não quero que seus amigos me evitem; eu mesma já tenho muitos que me evitam.

— Ninguém está evitando você. E, mesmo que *eles* estivessem, eu certamente não estou. — Jack sorriu para mim e então subiu as escadas para o quarto, deixando-me olhando para ele com uma vontade quase que incontrolável de segui-lo sem ser convidada.

Enquanto Jack tirava uma soneca, fui até a horta, onde Paxford plantou os tomates e as vagens que sugeri. Fechei os olhos e deixei o sol dourado de Oxford pressionar suavemente minha cabeça e meu corpo. Comemorei meu divórcio com uma caneca de sidra e uma caminhada com Jack e meus filhos. Eu não poderia ter esperado por isso quando aquela primeira carta chegou à minha caixa de correio em Staatsburg, mais de quatro anos atrás.

Mesmo que Jack mantivesse seu corpo afastado do meu, ele pressionava tanto seu coração e sua mente em mim quanto pele no osso. *Não,* pensei, *o amor nunca cedeu ao meu senso de tempo.*

Capítulo 39

Sim, eu sei: os anjos desaprovam
O jeito como olho para você

Soneto 38, Joy Davidman

Coloquei Douglas e Davy para dormir no quarto aconchegante ao lado da cozinha, puxando o lençol firmemente para baixo do queixo e dando um beijo em cada um antes de ler um capítulo da crônica de Nárnia ainda não publicada. Eu não a tinha datilografado até aquele momento, e a história se desenrolava diante de nós com a caligrafia cursiva de Jack, feita à pena e tinta.

— Qual será o nome deste livro? — perguntou Douglas, com os olhos já meio fechados.

— Ele ainda não decidiu. Talvez *O último rei de Nárnia*. Outro título de que ele gosta é *Cai a noite sobre Nárnia*. Warnie e eu sugerimos *As terras selvagens*.

— Leia, mamãe. — Davy puxou as cobertas até o queixo.

Com voz baixa, comecei.

— "Existe um tipo de felicidade e encanto que deixa você sério..."

Meus filhos descansavam na cama enquanto eu lia, mas sabia que sua imaginação estava em outro lugar, em uma terra do outro lado de um guarda-roupa, onde um falso Aslan reinava.

— Continue, mamãe — disse Davy. — Mais um capítulo.

Sempre mais um capítulo.

Eu lhes dei um beijo de boa-noite antes de me juntar a Jack na sala comum, com as palavras na ponta da língua para lhe contar que os meninos estavam encantados com a nova história. Porém, ao sair do quarto, parei ao lado de uma foto em uma moldura prateada desgastada sobre a mesa do corredor.

Eu já havia passado por ela muitas vezes e desviado o olhar: era uma mulher idosa, com cabelos brancos, um olhar de desprezo e uma boca tensa. Ao lado dela, sentava-se uma jovem de cabelos escuros e fartos. Bruce II, o antecessor de Bruce III, estava no colo delas, no que parecia ser o quintal de The Kilns. Janie e Maureen Moore. Não sei o que me fez parar ali naquela noite, nem por que parecia ser a hora de cavar o passado com uma pá, sendo que eu já havia deixado a terra que encobria essa fase da vida dele repousar por tanto tempo.

Depois da intimidade dos últimos dias, pela primeira vez tentei imaginar a sra. Moore e sua filha, Maureen. No entanto, minha mente falhou: eu não tinha referência para ver outras duas mulheres na casa. Jack e Warnie, tão abertos comigo quanto um eterno corredor de portas escancaradas, nunca falaram das duas mulheres que moraram em The Kilns por cerca de vinte anos.

Duas vezes seu nome surgiu em conversa casual, e duas vezes Jack mudou de assunto, e uma nuvem, uma nuvem escura, passou pelo rosto de Warnie. Eu era a favor de ignorar as coisas: fiz isso durante a maior parte do meu casamento. Eu sabia o procedimento: se o assunto era demais ou muito difícil de encarar, bastava deixá-lo de lado, colocar um sorriso no rosto e continuar o dia.

Entretanto, agora nós tínhamos ido longe demais, Jack e eu. Eu precisava perguntar. Entrei na sala comum e o vi com os óculos pousados na ponta do nariz, com sua cabeça baixando e logo subindo enquanto lia. Ele não estava dormindo, mas também não estava acordado. Eu queria tentar. Apenas tentar.

— Jack — disse seu nome em um sussurro. Se ele abrisse os olhos, eu perguntaria. Caso contrário, não tentaria novamente.

— Sim? — Sua cabeça ergueu-se lentamente, e ele empurrou os óculos de volta para os olhos com o dedo indicador.

— O quarto onde estou era o da sra. Moore?

Ele passou as duas mãos pelo rosto e suspirou:

— Tínhamos de falar sobre isso algum dia, não é?

— Sim, suponho que sim. — Sentei-me à sua frente e me inclinei para frente, com as mãos nos joelhos para ficar mais perto, olhar mais de perto. O que mais me preocupava era que esse relacionamento talvez o tivesse amargado em relação ao amor verdadeiro, aos prazeres sensuais de um corpo pressionado contra o seu, como se isso fosse errado ou, no final, tivesse de ser pago com um grande e pesado dever.

Será que Janie arruinou isso para mim? Para nós? Ou eu estava apenas sempre procurando uma razão para que fôssemos apenas amigos?

Jack se levantou e foi atiçar o fogo moribundo.

— Joy. Eu cumpri uma promessa, e quaisquer emoções ou sentimentos remanescentes que eu tenha a respeito de tudo isso… — Ele se virou para mim com as mãos entrelaçadas atrás das costas, como eu o vejo fazer quando está nervoso. — Eu não acredito que a situação da sra. Moore tenha muito a ver conosco.

— Mas tem.

— Eu fiz uma escolha. Eu era jovem e meu amigo Paddy foi morto na guerra. Eu escapei; estava vivo. Se foi tolice, prudência ou sensibilidade, pouco importa agora. Prometi a Paddy que cuidaria de sua mãe e sua irmã. — Ele se aproximou de mim e olhou para baixo, enquanto a luz do fogo atrás dele criava um halo ao redor de seu corpo.

Então ele se moveu, apenas meio passo, e o semblante angelical desapareceu; o que restou foi um homem lutando com as palavras que precisava ou não dizer sobre a natureza de seu relacionamento com uma mulher que morreu anos atrás: uma mulher que podia ou não ter sido sua paixão, mas que definitivamente foi sua obrigação.

— Por favor, Jack.

Ele pigarreou.

— Agora é apenas uma questão histórica; eu cumpri minha responsabilidade, e, Joy, ela se foi. As decisões que tomei quando era jovem e hedonista, acreditando que minhas ações eram corretas e verdadeiras com base nos sentimentos que eu tinha na época, são lamentáveis agora.

Era tudo o que ele iria dizer. Eu podia ver isso, mas é claro que queria mais. Será que ele a amou? Ela era como uma mãe para ele? Ela foi sua paixão? No fundo, eu sabia a resposta, é claro: ela foi *todas* essas coisas. Não havia separação nessas questões; não havia um "ou isso ou aquilo"; nada era realmente preto ou branco.

Jack respirou fundo e disse:

— Quando me submeti à vontade de Deus, eu mudei, mas minha obrigação permaneceu. Foi por isso que ela morou aqui. Warnie ainda guarda raiva.

Ele diz que sua vida privada raramente estava em paz com "aquela mulher insensível em casa" — Jack imitou o sotaque irlandês um pouco mais forte de seu irmão. — Warnie achava que ela era um horror. Ele é categórico ao afirmar que eu poderia ter escrito muito mais se ela não estivesse aqui. E eu realmente acredito que ele esteja certo. Mas já "vingamos" isso; não há necessidade de guardar raiva como ele faz.

— "Vingamos"? O que isso significa?

— Acabou. — Ele abriu a palma das mãos para o teto. — Olhe o que nos foi dado, Joy. Você vê a felicidade da nossa vida agora?

Eu via, mas a parte vingativa de mim queria ver Janie Moore no passado e estrangulá-la por qualquer dano que ela tivesse causado ao homem que eu amava. E, novamente, vi Warnie como um companheiro, outra pessoa que sentia o mesmo que eu.

Fiquei tomada de frustração e as palavras saíram do mais fundo do meu ser:

— Você esconde seu coração muito bem. Você fecha essa porta e não deixa que ninguém a abra, nem mesmo um pouco, para ver o que está guardado lá dentro.

— Não acho que faço isso, mas pode ser que eu não consiga alcançar sentimentos com tanta facilidade quanto você. Você sente muitas coisas e com muita profundidade.

— De fato, mas eu não mudaria. Há muitas coisas que eu mudaria; mas isso, não.

Ele limpou a garganta e simplesmente disse:

— Eu não quero que você mude nada.

E, com isso, ele levantou um livro para ler, e a conversa acabou. Eu me afundei na cadeira; ouvi de Jack a maior parte do que precisava saber, senão tudo. E sempre seria algo que eu manteria como privado. Janie Moore foi um caso de amor, um caso que ele lamentava, que terminou e que também pagou com quilos de carne e ações servis.

Eu queria redimir a ideia dele sobre o amor, sua ideia do que o verdadeiro desejo poderia custar.

Mas quem era eu para redimir alguma coisa?

Capítulo 40

[Amor] Certamente não vai matá-lo,
Mas também não vai deixá-lo dormir à noite

Soneto 3, Joy Davidman

Vi uma carta de outra mulher na mesa dele, e toda a educação e bondade me disseram para não lê-la, mas meus olhos não conseguiram se desviar. Não sei como consegui não lê-la; já haviam se passado duas semanas inteiras de felicidade em Oxford com Jack e meus filhos, e eu não tinha necessidade de estragar tudo.

Nós quatro éramos como uma família: passeávamos por Oxfordshire e pegávamos um trem até Studley Priory, uma propriedade rural que já foi tanto um convento quanto um sanatório — que combinação! Enquanto comíamos chantilly e biscoitos, os meninos se empolgavam com os animais, de filhotes de dálmatas a hamsters.

Durante aquelas semanas de verão, a casa se transformou em um ateliê de escrita: Jack e eu nos dedicávamos a todos os nossos projetos. Meu trabalho continuava sendo tão importante para mim como sempre, e eu o encaixava nas horas livres dos nossos dias.

Nos preocupávamos com Warnie, e Jack ligava para o centro médico diariamente para ter notícias dele, esperando ouvir que estava sóbrio e bem o suficiente para viajar. Enquanto isso, os meninos transformaram o terreno de The Kilns em seu parquinho, jogando críquete no gramado, colhendo frutas, construindo fortes, pescando no lago. A colina Shotover se tornou seu território a ser conquistado. À noite, havia xadrez, e paredes e pilhas de livros para folhear.

Em uma noite chuvosa, encontrei Davy lendo uma tradução francesa de *Príncipe Caspian*, murmurando em voz alta e lentamente palavras em francês com um sotaque meio americano, meio inglês.

— Estou orgulhosa de você, Davy. Grego, francês e latim, tudo aí na sua cabeça; você é brilhante! — Eu o abracei com tanta força que ele teve que me empurrar.

O tempo passou dessa forma agradável até chegar a metade do mês com a notícia de que Warnie seria liberado do hospital, estando saudável o suficiente para viajar. Jack partiria para a Irlanda no dia seguinte. Eu dormi mais do que de costume naquela manhã e subi as escadas para procurá-lo em seu escritório. Nunca vou entender por que senti que deveria estragar essa paz com minha curiosidade.

A sala estava vazia, exceto pelas coisas dele: papéis, cartas, anotações e páginas de manuscritos escritas com sua caligrafia cursiva apertada, bem como tabaco de cachimbo e o tapete manchado de cinzas. Fui até a mesa, procurando páginas para datilografar. As cartas que ele respondeu naquela manhã estavam empilhadas à esquerda. As cartas seladas, suas respostas, estavam carimbadas e empilhadas à direita.

Depois de respondê-las, ele as jogava fora. Eu sabia disso porque, quando perguntei se ainda tinha minha primeira carta, ele me disse:

— Não. Se acontecesse algo comigo, eu jamais gostaria que algum sujeito ganancioso viesse aqui e pegasse minha correspondência pessoal. As pessoas escrevem para mim coisas muito pessoais.

— Como eu fiz.

— Sim, como você fez.

Levantei a pilha de correspondência da manhã — era de uma grande variedade de pessoas sobre diferentes assuntos: notícias relacionadas a Oxford, convites para jantar, notas da editora, uma carta de Dorothy Sayers, outra do Clube Socrático, do qual ele acabara de se demitir. Havia autores pedindo conselhos e crianças perguntando se Aslan era real, se poderiam encontrar Lucy em Londres. E toda manhã Jack acordava, lia essa pilha e respondia quase todas as cartas.

Eu olhei para a direita e vi a única resposta inacabada com sua caligrafia: era para Ruth Pitter. Ele ainda não tinha terminado de escrever nem selado esta carta.

Eu sabia quem ela era, é claro: uma renomada poetisa e amiga dele. Às vezes ele visitava o jardim dela, como me contara. Seria errado eu olhar? Jack escreveu para Ruth no papel de carta que eu lhe dera como presente de agradecimento após a última visita: um papel de algodão grosso com seu nome e o endereço de Oxford no canto superior direito, e o emblema do Magdalen College estampado no topo, ao centro, em filigrana dourada. Passei uma hora escolhendo-o, criando o papel na loja de papelaria personalizada em Londres com os últimos trocados do meu mês.

Minha querida Ruth,

Sem "srta. Pitter" ou qualquer outro nome formal. "Minha"?

Estou escrevendo para você neste papel de carta chique que me foi dado pela estadunidense.

"Pela estadunidense"? Que diabos!

Sua coleção de poesias fica mais luminosa a cada vez que a leio: bêbado ou sóbrio, é sempre um deleite.

Eu queria desviar o olhar, forçar minha atenção para longe da carta privada, mas não consegui. Vermelindo se apoderou dos meus olhos, empurrando-os para baixo na página.

Certamente você virá a Oxford em breve, não? Pelos livros ou pelas compras? Se sim, vamos almoçar juntos.

Eu olhei para o final da página.

Atenciosamente,
Jack

Era a mesma forma como ele me escrevia, nada diferente. Nem melhor, nem pior. Mas ainda assim doeu. A poesia dela era um deleite? Luminosa?

Minha garganta se apertou; meu estômago afundou e subiu. Isso era ciúme, e eu conhecia bem seu gosto e sua vertigem. Desviei o olhar da carta e procurei um maço de poesias dela. Não consegui me controlar. Contudo, por mais que eu quisesse ler o resto da carta, a bondade de Jack transbordava pelo escritório. Se aqueles papéis fossem de Bill, eu teria rasgado tudo, lendo cada palavra para encontrar alguma infidelidade, alguma traição. Invadir a privacidade de um homem bom e decente parecia bem pior, mesmo que, logicamente, eu soubesse que era a mesma coisa.

Na mesa ao lado da cadeira de leitura estavam folhas de poesia dela. Dei uma olhada em apenas três: "Um precoce despertar", "Se você viesse" e "Como quando os fiéis retornam".

> E eu estava triste, ó meu amor verdadeiro, pelo amor que não
> foi dito.

Essa era claramente uma poeta, brilhante e lúcida, clara e imersa em desejo, expressando seu amor, que era sutil e destinado a ser descoberto. Esse era o tipo de mulher *dele* — distante e anestesiada. Não eu — aberta e sem rodeios. Comigo nada ficava "não dito".

Ele tinha razão: a poesia dela era um deleite. Luminosa. E era uma *confissão*. Ela o amava; eu não tinha dúvida. Mas será que ele a amava?

Ela estava disposta a sugestionar, enquanto eu estava impaciente para admitir.

Ela esperava; eu corria atrás.

Ela era tímida; eu perguntava diretamente.

Tonta de inveja, finalmente me afastei da poesia de Ruth. Lágrimas pairavam nas bordas das minhas pálpebras inferiores, embaçando minha visão.

E se eu colocasse um de meus sonetos em cima da poesia de Pitter? E se Jack visse minha crescente necessidade de seu toque? Se ele olhasse para baixo e esperasse ver a poesia "luminosa" dela e em vez disso visse minhas palavras, "Eu o tomo para o meu prazer" ou até mesmo "Para sempre o ardor e o brilho do meu corpo abraçando você"? E se ele lesse *minha* poesia sobre corpos se unindo, sobre seus êxtases e sobre as maneiras como amei outros homens? Será que ele gostaria de ler isso?

Estremeci.

E se o motivo pelo qual ele não me amava como eu estava começando a amá-lo fosse porque ele amava outra?

— Esse lugar é todo seu por duas semanas. — Jack abriu os braços em seus aposentos no Magdalen. — Quero que se sinta em casa. Escreva o quanto quiser enquanto eu estiver fora.

— Não sei o que dizer. — Caminhei até a janela aberta que dava para o parque dos cervos. Um relincho longo, que parecia mais de um cavalo do que de um cervo, ressoou pelo gramado. Virei-me para Jack e tirei os óculos, enxugando os olhos. — Primeiro você paga pelo Dane Court, depois nos recebe durante as férias, e agora isso?

— O prazer é meu. — Ele fez uma pausa. — O dia todo estive tentando encontrar o momento certo para lhe contar a novidade: consegui o emprego em Cambridge. Depois de eu ter recusado o cargo duas vezes, eles ofereceram a vaga para outra pessoa, então achei que a oportunidade tinha passado. Mas a pessoa não aceitou o posto, e agora ele é meu. Começo no ano que vem.

Joguei meus braços ao redor dele, o que assustou a nós dois.

— Isso é maravilhoso! — exclamei, e dei um passo para trás.

— Sim, acredito que sim.

Sorri para ele e dei um empurrãozinho em seu braço.

— Um novo emprego, veja só.

— Sim. Até esse velho pode começar de novo.

— Eu acho que você consegue. — Ousei dar mais um toque em seu braço.

Jack deu dois passos em minha direção, mas não mais do que isso.

Será que eu deveria contar a ele o que vi em sua mesa? Perguntar-lhe se ele estava apaixonado por Ruth Pitter? As perguntas palpitavam em minha garganta, querendo escapar.

Ele falou primeiro, quase como se pudesse ler minha mente.

— Li outro de seus poemas ontem à noite, *Uma última primavera*. Eu lhe disse? Se não, queria dizer.

— Não, você não disse. — Um quente rubor cobriu meu rosto.

— "Do meu coração nasceu uma flor de sanguinária." — Ele juntou as mãos atrás das costas e citou minhas palavras. — É por isso que eu desisti da poesia: não tenho ouvido nem mão para isso como você tem.

— Obrigada. — Eu me encostei no parapeito da janela e absorvi a beleza de sua voz recitando minha poesia. — Você não imagina o que significa para mim ter minhas palavras elogiadas. Especialmente depois que a Macmillan rejeitou minha proposta de *Rainha Cinderela*. Vou ter de escrevê-lo inteiro para poder vender.

— Então você vai.

— Você já pensou em escrever mais uma crônica de Nárnia? Só mais uma? Só porque sabe que vai vender?

— Acho que é melhor parar quando os leitores estão pedindo mais do que parar quando já estão cansados de uma coisa que não tem fim. Serão sete livros, publicados em sete anos. Às vezes, você precisa saber quando já basta.

O discernimento caiu sobre mim com grande peso: *Você precisa saber quando já basta*. Eu *não* perguntaria a ele sobre Ruth Pitter nem sobre seus sentimentos por ela ou por qualquer outra pessoa. Eu precisava saber quando já *bastava*. E deveria confiar em Deus — mais uma vez eu estava aprendendo e reaprendendo a confiar na Verdade que entrou no quarto dos meus filhos. O hábito deficiente e doentio de confiar apenas em mim mesma, de me apoiar apenas na minha própria capacidade de fazer as coisas acontecerem, morria com dificuldade e lentidão.

Olhei para cima e vi, através da janela oposta, grupos caminharem em direção ao parque dos cervos, bem como as flores exuberantes que floresciam nos jardins.

— Turistas — comentei, apontando pela janela para uma família com quatro crianças correndo. — Eu era como eles e agora estou aqui, nos seus aposentos no Magdalen. Parece um milagre e tanto, Jack.

— Eles vão bater à porta, você vai ver. — Ele veio para o meu lado e juntos olhamos para o parque. — Eles esperam o rei Caspian ou um homem de longas vestes escuras com as chaves do reino de Deus, e tudo o que encontram é um velho careca de óculos. — Ele riu, e a família lá embaixo olhou para cima. Ele acenou, e eles se afastaram.

Apoiei minha cabeça em seu ombro, apenas por um momento.

— Obrigada, Jack. Muito obrigada.

Ele partiria pela manhã; os meninos e eu teríamos a casa e os jardins à nossa disposição, e eu teria acesso aos seus aposentos na faculdade.

Este era um território perigoso no reino do amor: ele ainda não tinha partido, e eu já sentia sua falta.

Capítulo 41

Você é todo o ouro de todas as pedras
Precioso em meus dedos; coisas brilhantes

Soneto 42, Joy Davidman

Outubro de 1954

Em um dia fresco de outubro, abri a porta da frente do Avoca House e me deparei com meus pais. Mamãe estava arrumada e elegante com seu chapéu e pérolas, seu casaco abotoado e os cabelos com laquê. Papai estava de terno e com o bigode encerado, parecendo estar em posição de sentido. Ambos pareciam ter saído de uma festa, e não de uma longa viagem atravessando o oceano.

— Mãe. Pai — eu disse e os abracei. — Bem-vindos a Londres.

As malas deles estavam apoiadas na calçada, onde o taxista, de terno e chapéu-coco, aguardava ser dispensado. Fiz um gesto para que trouxessem as malas.

— Estou feliz que estão aqui! — Conduzi meus pais para dentro de casa.

— Ah, querida, este bairro é tão adorável! — A voz de mamãe soou áspera aos meus ouvidos por um momento, até que percebi que me acostumei tanto com os melodiosos sotaques ingleses que até o meu próprio estava razoável.

Depois de pagar o taxista e fechar a porta da frente, papai percorreu silenciosamente a casa.

— Este lugar é bom. Muito melhor do que eu esperava, com a sua condição financeira.

— Sim, tem sido difícil, pai. O senhor tem razão. Mas as pessoas aqui são generosas: a dona do lugar me fez um preço fantástico. — Chamei com um sinal para que me seguissem. — O quarto dos meninos fica aqui.

— Como você tem se virado? — perguntou minha mãe. — Aquele seu repugnante ex-marido não manda dinheiro e você está em outro país… Eu estava preocupada.

— Preocupada? — Quase ri, mas me contive. Se ela estivesse tão preocupada assim, eu teria recebido mais notícias suas do que apenas uma carta aleatória aqui e ali. A única razão de estarem aqui era para conhecer Londres a caminho de uma viagem pela Europa e Israel. E, é claro, queriam conhecer meu famoso amigo, C.S. Lewis.

Pigarreei.

— Vamos falar de dinheiro e dificuldades antes mesmo de vocês tomarem chá e colocarem os pés para cima? — Tentei sorrir. — Que tal se lavarem e me encontrarem na sala de estar para uma xícara?

Eles fecharam a porta do quarto dos meninos enquanto eu fervia água no pequeno fogão a gás e colocava biscoitos em um prato florido. Ouvi seus sussurros, mas não as palavras. Me perguntei o que estariam dizendo, como estariam julgando essa mudança na minha vida. Cartas foram trocadas, mas raramente confiei meus verdadeiros sentimentos a eles. Qual era o ponto? Será que eles tinham compreendido? Não lhes contei sobre meus problemas de saúde. Não lhes disse que sentia falta dos meus meninos, mas achava que o internato era o melhor para eles. Não lhes disse que, embora o trabalho no porão úmido da gráfica fosse uma miséria, fiquei desolada quando ela fechou, me deixando em uma situação financeira ainda pior. Nem contei que participei de um concurso de redação e perdi — pensei que seria uma forma de conseguir dinheiro, mas não deu certo.

Fazia apenas dois meses que eu deixara o refúgio de verão dos aposentos de Jack, onde eu desfrutava a pureza daquelas horas sagradas trabalhando sozinha, enquanto meus meninos corriam pela floresta, pegavam no lago um caiaque que Jack comprara para eles e corriam pelo Zoológico de Whipsnade. Cozinhávamos juntos e colhíamos ameixas, maçãs e feijões. Quando partimos, os meninos questionaram em voz alta aquilo que eu sentia: "Por que não podemos ficar aqui?". Mas agora eu estava de volta a Londres, e eles estavam de volta ao Dane Court.

— Querida? — a voz de minha mãe chamou.

— Aqui — respondi.

Ela sorriu ao entrar na sala e foi direto para a janela, a fim de ver meu pequeno jardim.

— Não é bem a horta enorme que você tinha na fazenda, mas você fez desse o seu próprio espaço. — Ela se virou para mim, e por um momento pensei que havia lágrimas em seus olhos. — Seu jardim lá fora, os tecidos brilhantes e as pinturas aqui dentro. Você fez um lar para si mesma.

Eu ri.

— A senhora achou que eu estava morando em um buraco?

— Eu não sabia, querida. Eu simplesmente não sabia. — Ela me fitou. — E você está uma verdadeira amante da Inglaterra agora; até sabe usar as palavras e expressões daqui. Logo, logo tenho certeza de que vai pegar o sotaque.

— Só estou tentando me adaptar — eu disse —, mas é verdade, essas coisas se aprendem rápido. Até onde sei, sou a única estadunidense por aqui.

A tosse de meu pai fez com que ambas nos virássemos na direção dele.

— Você bem poderia estar morando em um buraco, com tamanho apoio que recebeu daquele seu ex-marido imprestável.

— Ah, ele não é tão ruim assim, pai. Ele faz o que pode; o problema é que ele não consegue fazer muito. Eu atravessei um oceano inteiro com os filhos dele, e ele sente falta dos meninos. Também perdeu a casa e não consegue manter um emprego. Não é como se ele estivesse vivendo a vida e me deixando na mão.

Ambos me olharam com tanta surpresa que me fez rir. Os grandes olhos castanhos de minha mãe, tão parecidos com os meus, não piscavam.

— Surpreendente, não é? Me ouvir defendê-lo. Acho que acabei de ficar chocada — constatei. — Mas o senhor tem razão. Minha administração financeira tem sido um fracasso total. Eu esperava receber mais pela minha escrita, e mais pela do Bill.

— Nós podemos ajudar você, Joy. Não sei por que não pede ajuda para nós. — Meu pai colocou o chapéu na mesa da cozinha e ajeitou o bigode, que não precisava ser ajeitado.

— Bem, o Jack me paga para datilografar, e o Bill está se organizando com os pagamentos. Eu estou escrevendo o mais rápido e furiosamente que posso. Tenho alguns textos saindo e espero receber mais pelos meus livros em breve. Se eu aceitasse algo de vocês, seria para os meninos.

— Do que eles precisam? — Minha mãe mexeu em suas pérolas. — Você sabe que nós temos dinheiro guardado.

— Não, eu não sabia, mas podemos falar sobre isso depois? — perguntei. — Quero que vocês aproveitem seu primeiro dia sem preocupações.

Com meus pais sempre havia duas histórias: a de fachada e a dos bastidores. E o que estava nos bastidores era o fato de que eu não contaria a eles que tinha ido ao banco dois dias antes e, enquanto tentava resolver o desastre da minha conta vazia, eu chorei na frente de um homem de terno e gravata-borboleta, que teve pena de mim e me concedeu a graça de um prazo maior para conseguir dinheiro.

Meus pais se sentaram à mesa e eu lhes servi o chá, que eles seguraram nas mãos enquanto seus olhares críticos iam da janela com a cortina xadrez vermelha para as paredes onde eu pendurei desenhos que os meninos fizeram, e então de volta para a janela.

— O que vocês gostariam de fazer hoje? — perguntei. — É o primeiro dia, e sei como devem estar cansados. Talvez apenas uma caminhada na praça Trafalgar? Uma visita à Abadia de Westminster e depois um jantar tranquilo?

— Gostei da ideia — disse mamãe.

Ficamos sentados por um longo tempo ao redor da mesa e eles me deram notícias de casa. Tudo o que me disseram sobre meu irmão foi "O Howie está bem".

— E meus netos — perguntou meu pai —, como estão?

— Ah, pai, estão maravilhosos. Passaram três semanas aqui em Londres depois de um mês em Oxford. Eles fizeram amigos. Vocês vão vê-los quando visitarmos a escola deles daqui a alguns dias.

— Eles sentem como se aqui fosse a casa deles agora? — perguntou minha mãe.

— Aqui é a casa deles. Eles sabem se virar e são livres aqui, embora o Douglas tenha me dado um susto enorme na semana passada, antes de ir para a escola. Fomos ao parque e ele viu pipas; seu neto está obcecado por pipas depois de ter empinado uma na colina Shotover. Ele as seguiu até encontrar o grupo de meninos empolgados a quem elas pertenciam. Douglas passou tanto tempo conversando com eles que Davy e eu achamos que o tínhamos perdido. Fiquei arrasada. Viemos para casa e eu chamei a polícia. Horas depois, ele simplesmente apareceu na porta da frente, todo envergonhado e se desculpando, dizendo que perdeu a noção do tempo. E eu achando que ele tinha sido sequestrado ou coisa pior. Então, sim, esta é a nossa casa.

— E que bom que você fez amizade com pessoas famosas. — Meu pai se endireitou ao fazer essa declaração.

Eu o ignorei e me levantei.

— Vamos tomar um ar fresco e eu mostro a vocês o bairro. — Sorri para os dois, esperançosa. — O outono aqui é dourado, todo dourado.

— Querida — disse minha mãe, se colocando em pé —, amei seu corte de cabelo. Você está doce e arrumada. E está usando maquiagem. Está apaixonada? — Ela riu como uma criancinha, e eu me encolhi.

Acariciei meu cabelo.

— Uma mulher pode se cuidar por sua própria causa.

— Bem, é que você nunca fez isso.

Olhei para o rosto impassível dela só por um momento.

— Vamos, mãe. Deixe-me mostrar minha nova cidade.

— Quando vou conhecer o sr. Lewis? — Ela deu leves toques nos lábios com o dedo mindinho.

— Amanhã — respondi. — A senhora vai conhecê-lo amanhã.

No dia seguinte, o Restaurante Piccadilly brilhava com lustres de cristal, mesas polidas, taças de vidro lapidado e talheres lustrados até não poder mais. Minha mãe estava ao meu lado no saguão. Pérolas pendiam de suas orelhas e circulavam seu braço em uma pulseira. Ela usava um blazer preto com strass. Strass! Uma blusa de renda rosa aparecia por baixo do casaco.

— Você viu aquele homem me olhando? — ela sussurrou para meu pai e para mim. — Nem na Inglaterra os homens são educados o suficiente para não olhar para uma mulher bonita. — Ela ajeitou o chapéu rosa e piscou timidamente.

Meu pai, que estava do outro lado dela, vestindo um terno tão rígido quanto papelão, pegou seu braço:

— Não deixe isso te incomodar. Eles gostam de admirar. Não há mal nisso.

Fiquei sem palavras, o que não era meu normal. Depois de todos esses anos, minha mãe ainda vivia em sua névoa ilusória de beleza, achando que todos os homens a desejavam, e meu pai estava lá para protegê-la da sexualização de seu glamour inocente.

— Só espero que o sr. Lewis goste de mim — ela disse.

— Você leu algum dos livros dele, mãe? — perguntei, olhando ao redor da sala à procura de Jack.

— Não, mas li os artigos escritos *sobre* ele.

Eu queria rir do absurdo de toda essa tarde — meus pais conhecendo C.S. Lewis —, mas, em vez disso, parecia que alguém tinha instalado uma colmeia de abelhas no meu estômago.

— Certo, mãe. Apenas se lembre de que não podemos monopolizar o tempo dele. Jack está na cidade para um debate com Dorothy Sayers. Só terá tempo para tomar um chá.

— Entendemos, querida — ela afirmou.

— Ali — eu disse, sentindo um alívio nos meus nervos zumbindo. Acenei para Jack quando ele entrou na sala de jantar; seus olhos procuraram por mim, me encontraram, e então seu sorriso se abriu largo, como naquele dia em sua palestra sobre Richard Hooker em Oxford, tantos anos atrás.

Ele se aproximou de nós com longos passos e imediatamente estendeu a mão para meu pai e se apresentou, fazendo o mesmo em seguida com minha mãe.

— Obrigado por me convidarem! — ele agradeceu, e todos nos sentamos juntos.

Convidá-lo? Aham. Eu quase implorei a ele: "Por favor, venha satisfazer a curiosidade dos meus pais! Eles não vão parar de me incomodar enquanto não conseguirem isso. Depois, você nunca mais precisará vê-los."

Jack estava ali por um único motivo: porque se importava o suficiente com a nossa amizade para atender ao meu pedido. A conversa e o chá foram tranquilos e minimamente desconfortáveis, até que meu pai falou sobre a Lei Seca e afirmou que ele acreditava firmemente em seus princípios há muitos anos.

— Existe o certo e o errado — papai sempre dizia, e disse mais uma vez. — Não existe cinza. Não há meio-termo, certo, sr. Lewis? — Ele direcionou sua pergunta para o outro lado da pequena mesa cheia de xícaras de chá e biscoitos em pratos floridos.

— Pai. — Eu me irritei com a rispidez de sua justiça própria. — O senhor acreditava na Lei Seca para todos, menos para si mesmo. Não se lembra de quando joguei seu conhaque de damasco na pia porque achei que eu estava ajudando, não querendo que o senhor fosse contra as suas próprias crenças?

Meu pai tentou rir, mas olhou para Jack.

— Atrevida, essa aqui. Preferiu jogar fora o conhaque do pai e levar uma surra em vez de simplesmente deixar o assunto quieto.

— Viu? Esse é o ponto. Eu achava que estava certa, quando na verdade estava errada. E ainda apanhei.

Minha piada, se é que foi uma piada, não foi boa. A mesa ficou em silêncio.

— Eu vou parar de tentar ser engraçada — falei. — Sempre acho que consigo e depois vejo que não.

— Querida, você é muito engraçada quando não é mal-educada — sinalizou minha mãe.

Jack se inclinou para mim e sussurrou tão perto do meu ouvido que senti sua respiração:

— Estou fazendo o meu melhor aqui.

Por baixo da mesa, eu o cutuquei com o pé e segurei o riso.

— Sr. Lewis — meu pai abaixou a voz, como se fosse dar um sermão. — Nossa filha nos disse que o senhor está mudando sua carreira para Cambridge e deixando Oxford.

— Sim, começo lá no ano que vem. — Jack olhou para mim. — Douglas foi quem ficou bem chateado por eu estar desistindo da nobreza de ser um homem de Oxford, mas acho que consegui convencê-lo de que isso era de altíssima importância. Eu me superei, para meu próprio azar.

— E não é verdade? — Meu pai olhou para Jack por cima de seu nariz comprido.

— Pai! — cuspi seu nome. — Esse novo trabalho é uma honra. Eles criaram um cargo para a experiência do Jack.

— Que seja. — Meu pai pegou sua xícara e se recostou de volta na cadeira, como se estivesse fazendo uma pose.

Depois disso, deixamos meu pai falar tudo o que quisesse, sem nos importarmos em acrescentar algo ou intervir. Eu queria segurar a mão de Jack por baixo da mesa e deixá-lo ser o equilíbrio nesse mundo instável.

Quando terminamos, Jack se levantou primeiro.

— Não posso me atrasar para o meu debate. Dorothy Sayers e eu vamos debater com Kathleen Nott, e eu preciso me preparar. Ela pode causar agitação. Foi um prazer conhecê-los. Gostariam de almoçar comigo no Magdalen College na próxima semana?

— Jack, não, você não… — comecei, mas mamãe interrompeu.

— Nós ficaríamos honrados. Sim, parece maravilhoso. Melhor do que todo o turismo que minha filha tem tentado planejar. Eu prefiro fazer compras e ver Oxford a ficar entrando em catedrais e museus.

Ao me despedir de Jack, sussurrei:

— Céus, você está tentando ganhar uma auréola?

Em resposta, ele apenas sorriu.

Enquanto se afastava, olhei para meus pais com olhos um pouco diferentes. De repente, a aprovação deles passou a não significar tanto assim. Eu não precisava que eles entendessem minha vida ou por que eu a escolhi. Não precisava que eles me acalmassem ou me apaziguassem, algo que, de qualquer forma, eles nunca foram capazes de fazer.

— Estou cansada — comentei. — Vou voltar para casa e descansar enquanto vocês fazem compras na praça Regent. Amanhã vamos visitar os meninos no Dane Court.

— Pode ir, Joy — disse mamãe, com os lábios fechados. — Seu pai e eu vamos nos virar bem e vemos você em breve.

Levantei-me, e meu pai fez o mesmo, olhando para mim.

— Esse sr. Lewis é um grande amigo seu, não é?

Finalmente, conseguimos concordar em alguma coisa.

— Sim — respondi. — Ele é.

O restante da visita dos meus pais foi corrido e frenético. Minha mãe precisava ir ao Mercado Woolworths a cada dois dias e, não sei como, precisou ir pelo menos seis vezes à lavanderia. Passeamos pelas lojas do bairro e, mesmo à noite, precisamos andar pelas ruas para ver como as lojas ficavam no escuro. Ah, céus, e andamos para cima e para baixo na rua Regent. Mamãe definitivamente precisava ir ao cabeleireiro e ao médico (doenças imaginárias). Também houve a faxineira, o farmacêutico e os vendedores de verduras. Eu tentei, com toda as minhas forças, levá-los para um lugar turístico, mas, infelizmente, não deu muito certo.

Quando visitamos o Dane Court, meu arrogante pai observou tudo com olhos de águia, procurando problemas. Imediatamente pensei nas várias cartas editoriais ofensivas que ele costumava enviar ao jornal local, e como ficava furioso quando não as publicavam, porque, veja bem, ele sabia como consertar tudo. Se todas as pessoas do mundo simplesmente o ouvissem, em tudo haveria paz, bondade e verdade. Pensei também que minha mãe frequentemente me lembrava de que meu parto foi tão difícil que ela teve de viajar para se recuperar no rancho de um amigo por meses. Talvez tenha sido aí que começamos mal: tudo começou com dificuldade.

Também tivemos jantares, presentes e o momento em que me contaram que o casamento de Renee e Bill causou uma grande divisão na família lá em casa: cada um escolheu um lado. Eu disse a eles que o meu lado era aqui em Londres e que não era preciso escolher outro.

Quando partiram, me ofereceram dinheiro suficiente para passar alguns meses sem preocupações. Ganhei um casaco de inverno quente, e os meninos ganharam roupas novas, além de bicicletas. Eu os abracei com lágrimas nos olhos, mas não sabia se eram de felicidade ou de vergonha.

— Eu nunca quis tirar dinheiro e presentes de vocês. Mas sou muito grata.

Abracei o casaco pesado e enterrei meus dedos na lã espessa.

Minha mãe me deu um abraço apertado, mais do que havia feito desde que eu era pequena.

— Você vai ficar bem, Joy. Vamos parar para vê-la antes de voltar para os Estados Unidos.

Meu pai, que não era de abraços, me deu um rápido adeus.

Assim que eles se foram, eu desabei na cama. Porém, em vez de dormir, como eu planejei naquela tarde de outono, fiquei olhando para o teto de gesso rachado. Que furacão! Toda aquela agitação em minha casa silenciosa, todas aquelas brasas de lembranças de infância acesas por um comentário ou um olhar.

Eu não teria conseguido aguentar aquelas semanas com a paz que tive se não fosse por Jack. Papai e mamãe o visitaram duas vezes. Quando meu pai dizia alguma estupidez que incomodava Jack, eu via sua dor por mim em uma contração ou em um movimento de olho tão sutil que nenhum outro homem ou mulher teria notado. Quando meus pais saíam por uma hora ou mais, eu falava com ele pelo telefone, mesmo com a ligação ruim, só para ouvir sua voz do outro lado da linha. Contudo, na maior parte do tempo escrevíamos um para o outro, para lá e para cá, sobre o que fizemos durante o dia, como e por quê, e no que isso nos fez pensar.

A máquina Underwood estava sobre a minha mesa, com uma folha de papel em branco enrolada em sua barriga. Coloquei meus dedos nas teclas, querendo escrever um soneto sobre esses últimos dias e sobre minha gratidão por ele, mas nada fluía. Eu estava cheia de alegria e vazia da necessidade de escrever mais um verso de poesia submersa em dor. Algo imutável mudou dentro de mim durante a visita dos meus pais. Fomos uma equipe, Jack e eu, e esse luxo era mais do que eu jamais imaginara ser possível tantos anos atrás, quando enviei aquela carta de seis páginas para Oxford, Inglaterra.

Recostei-me na cadeira e torci o pescoço para olhar pela janela para as árvores, que pareciam desenhos de carvão contra o céu azul. Tão claro quanto aquele firmamento, eu entendi que não arrancaria de minha alma mais um único soneto faminto de amor.

Eles estavam completos.

Capítulo 42

A sombra da dor é tirada dos meus olhos
E eu vejo o quanto você é dourado

Soneto 42, Joy Davidman

Véspera de ano-novo, 1954

As festas já haviam começado em toda a Cambridge naquela véspera de ano-novo. Homens e mulheres andavam pelas ruas em suas roupas de gala, e as luzes festivas piscavam nos postes.

O ano terminou com a retirada das forças militares britânicas do canal de Suez, o aniversário de oitenta anos de Winston Churchill e um desastre aéreo com um Boeing 377 caindo no aeroporto de Prestwick. Jack e eu nunca tínhamos voado em um avião, e ali juramos juntos que jamais o faríamos.

— Que maneira horrível de morrer — dissemos em uníssono.

Nos Estados Unidos, o porto de imigração de Ellis Island havia fechado, e o medo do comunismo e a Guerra Fria continuavam. Mas nós estávamos lá, nos novos aposentos de Jack em Cambridge, cercados de calor e segurança enquanto o mundo louco girava ao nosso redor.

— Cambridge é tão pitoresca... — comentei, vendo-nos rodeados de caixas.

— É mesmo. — Ele olhava distraído para a bagunça que eu iria ajudar a descompactar e organizar. Fui lá para isso. Jack não gostava de bagunça nem de qualquer desordem que não fosse a causada por ele mesmo. — É uma faculdade pequena e perfeita, bem diferente do cínico Magdalen. — Ele me olhou. — Mas isso *não* faz com que pareça um lar.

— Vai fazer.

— Ah, Joy, o que eu fiz? Eu tinha um trabalho que amava, aposentos perfeitamente agradáveis, e agora baguncei tudo. — Ele franziu a testa ao falar, tentando ser descontraído, mas eu ouvia a angústia subindo dentro dele, como a hera nas paredes de pedra lá fora.

— Ah, Jack, eu acho que você arruinou sua vida. Por que fez isso consigo mesmo? O triplo do salário pela metade do trabalho. Idas a Oxford de sexta a terça-feira. — Meneei a cabeça. — Péssimo. Simplesmente péssimo.

Sua risada encheu a sala, ecoando pelas paredes. Ele se sentou em uma caixa etiquetada: *Livros*.

— Que maneira exaustiva e emocionante de terminar 1954 — desabafou. — Começar aqui no começo de um novo ano.

Sentei-me em uma caixa à sua frente.

— Vamos desempacotar um pouco dessas coisas para ver o que precisamos comprar para os seus aposentos.

Ele fez que não com a cabeça.

— Você viu que eles só dão um copo de vinho do porto no jantar? Um!

— Quantos davam em Oxford?

— Três — respondeu ele.

— Ah, que miséria!

Ele afrouxou a gravata e lançou um rápido olhar na minha direção.

— Espere, já lhe agradeci por vir à minha palestra inaugural, Joy? Ou fui um amigo mal-educado e desprezível por não dizer isso em voz alta?

— Mesmo eu não tendo sido convidada?

Ele corou e suas bochechas ficaram muito vermelhas.

— Ah, estou brincando, Jack. Não fique chateado. Foi estupendo. Você precisava ter ouvido todos falando sobre sua palestra ao saírem da sala. Garanto que vão citar para sempre a frase sobre os medievalistas: "Use seus espécimes enquanto pode. Não haverá muitos outros dinossauros". A sala estava abarrotada de tantas togas e chapéus que eu mal conseguia ver você lá, mas ouvi tudo.

— Eu sabia que você estava lá, e isso foi tranquilizador. Eu estava bastante nervoso. Minha primeira palestra, e todo aquele equipamento de gravação. Eu me senti como se estivesse dentro de um sino de vidro, tentando causar uma boa impressão que durasse por todo o meu tempo aqui.

— Foi uma palestra da qual eles vão falar por anos. Mas devo discordar de você em um ponto.

Suas sobrancelhas se ergueram.

— Diga.

— Você argumentou que a ruptura entre as culturas ocorreu com a queda de Roma ou o Renascimento, mas eu acredito que foi com a ascensão da ciência como lógica.

Sua boca se abriu em um grande sorriso.

— Ah, você acha?

— Acho. Tem certeza de que você não sacrificou a precisão em nome do entretenimento?

— Não, não tenho certeza. Devo repensar toda a minha palestra inaugural? — Ele bateu a mão no joelho.

— Você também não concordou com tudo o que eu escrevi em *Fumaça na montanha*. — Tentei amenizar o golpe, se é que foi um golpe.

— Não precisamos concordar sempre — ele reconheceu. — Às vezes é isso que torna tudo interessante.

Ele se levantou, rasgou uma caixa e tirou uma pilha de livros.

Eu fiz o mesmo, ambos de bom humor. As prateleiras de madeira escura começaram a se encher à medida que desempacotávamos. De uma pilha empoeirada, levantei um exemplar de *A divina comédia* de Dante.

— "Abandonai toda esperança, ó vós que entrais aqui" — eu disse, com grande dramaticidade.

Ele deu risada e franziu as sobrancelhas por cima dos óculos.

— "O demônio não é tão feio quanto se pinta."

E assim continuamos: enquanto desempacotávamos, escolhíamos um livro e recitávamos um trecho de cor. Se duvidássemos da exatidão da citação, conferíamos. Quando tirei de uma caixa *Os grandes arcanos*, de Charles Williams, o livro para o qual meu marido escrevera um prefácio, errei o trecho "Nada era certo, mas tudo era seguro: isso era parte do mistério do amor". Em vez disso, falei: "Tudo é seguro, esse é o mistério do amor".

— Aha! — Jack exclamou. — Você não é perfeita.

— Perfeita? Muito longe disso, Jack, como você bem sabe.

No entanto, ele não errou um trecho sequer. Nenhum. Logo estávamos competindo para citar a frase mais absurda ou picante, uma que fizesse o outro corar. Em qualquer outra sala pequena com qualquer outro homem, isso poderia ser considerado flerte, mas não com Jack — era só uma grande diversão. Ou será que não?

Peguei um livro de uma caixa e tirei a poeira da capa. Era *Phantastes*. Sorri e o ergui para Jack sem dizer nada. Ambos sabíamos o que significava para nós.

— "Lágrimas passadas são forças presentes" — recitou Jack, estendendo a mão para o livro.

— Ah, sim! Isso é tão verdadeiro! — Apertei o volume contra o peito.

Ele o pegou gentilmente de minhas mãos e o levantou.

— Este não é apenas um livro, é um trovão. — Ele passou a mão pela capa. — Você acha que alguém mais poderia jogar esse joguinho conosco? Alguém que tenha a mesma memória fotográfica?

— Se esse alguém existe, eu não o conheço.

Ele balançou a cabeça.

— Nem eu.

Esse jogo — que ele venceu, embora eu tenha lhe dado bastante trabalho como adversária — continuou até tarde da noite.

Finalmente, levantei-me e passei as mãos pelas lombadas dos livros recém-colocados nas prateleiras.

— Jack, já é quase meia-noite. Vamos encerrar por hoje.

— Quase meia-noite?

— O tempo passou — observei, limpando minha camisa, coberta de sujeira e poeira de livros. Eu estava exausta, mas ainda assim relutava em abrir mão de mais cinco minutos ao lado dele, se ainda quisesse que eu ficasse.

Véspera de ano-novo… seria este o momento em que ele fecharia o espaço entre nós com um beijo? Será que ele veria e sentiria o que pairava em seus novos aposentos? Quando a torre lá fora deu as badaladas da meia-noite, os sinos ecoando e ressoando, ele desabou na cadeira de sua escrivaninha e girou em minha direção.

— Um novo ano. Não consigo pensar em uma maneira melhor de começá-lo do que com você.

— Sim — respondi. — Um ano inteiramente novo.

De volta a Londres, o presente de janeiro foram nevascas intensas com grandes flocos de neve e um frio cortante, que me trouxe uma gripe. Confinada à cama por uma semana, tive bastante tempo para pensar no meu novo livro sobre Cinderela. Warnie enviou livros valiosos e material de pesquisa. Embora eu não conseguisse fazer meu cérebro funcionar bem o suficiente para escrever, ao menos conseguia fazê-lo ler.

Uma parte profunda e ferida de mim queria desistir de escrever. As baixas vendas de *Fumaça na montanha* nos Estados Unidos pareciam ser a última decepção que eu era capaz de suportar. Houve boas críticas e tudo mais, mas, fora isso, foi um fracasso. Logo o livro seria lançado na Inglaterra e eu aguardava esse dia, na esperança de que o prefácio de Jack e seu nome em letras grandes na capa ajudassem. Dinheiro era uma preocupação sempre presente.

Jack se adaptou facilmente a Cambridge, e ambos nos perguntamos em voz alta como ele foi capaz de sequer pensar em recusar o convite, quanto mais de fazê-lo, e isso duas vezes. Passamos o máximo de tempo juntos que pudemos, fosse eu editando seu livro ou ajudando-o a escolher um tapete para sua sala. Eu lhe entregava as páginas pessoalmente, com a desculpa de que ele precisava delas o quanto antes, mas, na verdade, só queria estar perto dele. E ele também parava em Londres sem outro motivo a não ser prolongar a companhia. Jack conheceu mais dos meus amigos e até me acompanhou à Taverna Globe para encontrar os rapazes de ficção científica, onde foi reverenciado e ao mesmo tempo olhado com curiosidade.

Embora eu tivesse uma vida social agitada e estivesse começando a encontrar meu lugar na comunidade de Londres, sentia falta de Jack quando ele estava longe e paz quando ele estava perto. Qual categoria de seus quatro amores poderia conter essa definição?

Fazia frio naquele fim de tarde enquanto nós dois estávamos no meu quintal, agasalhados em nossos casacos e cachecóis, ele fumando um cigarro e falando sobre uma reunião que tivera em Cambridge. O crepúsculo iluminou seu rosto, fazendo-o brilhar.

Virei as palmas das mãos para cima e deixei a luz se acumular ali nas minhas luvas, como se estivesse descansando antes de desaparecer.

— Olhe para isso — falei.

— Fragmentos da luz divina. — Jack tocou minha mão enluvada como se também pudesse segurar o crepúsculo.

Ficamos em silêncio, ambos prendendo a respiração. Ele entrelaçou seus dedos nos meus e me puxou para mais perto enquanto jogava o cigarro no chão. Estávamos face a face, a poucos centímetros de distância. Nenhum de nós falou.

Eu tinha medo de me mexer, de falar, de quebrar o encantamento do crepúsculo que nos envolvia em sua luz divina. Com a outra mão, ele tocou meu rosto, o toque suave de sua luva fazendo cócegas na minha pele. Apoiei-me na palma de sua mão, assim como Sultão fizera comigo certa vez, e ele permitiu esse momento de ternura antes de baixar ambas as mãos e dar um passo para trás.

Prendi a respiração, e o tremor do desejo inflamou meu estômago.

— Por que você se segura, Jack? — perguntei com minha voz profunda e suave.

— Me seguro?

— Preciso entender por que você se segura e não me beija, justo quando eu acho que vai.

— Ah, Joy... — Ele hesitou. — Não quero atravessar o limite para o *eros* e destruir o amor que já temos. Não posso perder você ou essa amizade profunda e duradoura. E a igreja proíbe nossa união. Aos olhos dela, você ainda é tecnicamente casada. E eu sou um homem velho... velho demais para recomeçar ou mudar.

Peguei sua mão novamente e a pressionei contra meu coração.

— Tenho observado o que está acontecendo com a pobre princesa Margaret. Eu percebo como a igreja anglicana encara o divórcio; acompanhei de longe a crise de abdicação do rei Edward; vi como seu amor por Wallis o fez escolher entre a coroa e o amor. Ele escolheu o amor. Às vezes é isso que acontece: as pessoas preferem o amor, mas geralmente não. Geralmente elas escolhem a coroa, ou o deus, ou a família, ou o dever. Eu entendo isso, é claro. Vidas são alteradas. Vidas ótimas e completamente estáveis podem ser alteradas pelo amor. E quem quer mudanças? Quase ninguém. — A frustração transpareceu na minha voz. — Mas eu não entendo por que você esconde de mim os pedaços mais vulneráveis do seu coração. Por que você se aproxima e depois recua? Eu consigo *sentir* o seu amor.

— Joy... — Ele suspirou meu nome e deu um passo, não para mais perto, mas para mais longe, como se eu o tivesse empurrado, e talvez tivesse. Soltei sua mão.

— Passei toda a minha vida tentando *encontrar* a Verdade e o bem moral, e depois tentando *viver* de acordo com isso. Não posso descartar meus hábitos morais em troca de sentimentos, que são apenas isso: sentimentos.

— As virtudes — eu disse. Ele já havia escrito extensamente sobre elas, e eu percebi que estavam tão enraizadas nele quanto as rugas agora irradiando do canto de sua boca e olhos cansados.

— Elas são meus pontos de apoio para a bondade moral. A moralidade é uma questão de escolha.

— Você acha que Deus o está julgando por você nos querer juntos, ou por eu ser divorciada?

— Deus não julga pela doença interna, mas pelas escolhas morais. Devemos proteger nosso coração.

A raiva, minha velha e familiar companheira, surgiu.

— Você está repetindo teologia e palavras vazias. Eu li o que você escreveu sobre sexo, que deve ser no casamento ou, caso contrário, abstinência total. Mas, às vezes, o amor muda as coisas. Ou o amor *deveria* mudar as coisas.

Ele estendeu a mão para pegar o cachimbo, mas a deixou cair, como se até isso exigisse energia demais dele.

— Não podemos simplesmente nos render a todos os nossos desejos; o homem deve ter seus princípios e viver de acordo com eles, independentemente de tudo. Nossa natureza precisa ser controlada ou pode arruinar nossa vida.

— Mas como? — Minha voz parecia com a de Davy quando criança, fazendo um milhão de perguntas e nunca estando satisfeito com a primeira ou segunda resposta.

— Se busco a virtude, ela traz luz à minha vida. Se cedo aos desejos, convido a névoa e a confusão.

— Ah, Jack, essa lógica não leva em conta o coração. Como você pode dizer a um coração o que fazer? Sou incapaz dessas coisas. — Virei-me para longe dele, o fogo do desejo se transformando em raiva.

— Estou tentando — ele disse — porque preciso.

— Acho que é hora de você ir embora. — Dei um passo em direção à porta dos fundos, sem querer que ele visse a dor que tremia em meu rosto e a frustração que sacudia meu corpo. Sua lógica não me acalmaria nem explicaria nada.

— Joy... — Sua voz foi suave, mas não me virei para ele.

— Sua lógica — falei, ao abrir a porta para entrar em casa — não traz descanso para o coração.

Na mesma hora ele estava ao meu lado, com as mãos em meus ombros, girando-me para que eu olhasse para ele.

— Não me dê as costas — ele pediu. — *Não* consigo suportar. Se não podemos nos entregar ao *eros*, certamente temos toda a beleza que resta na *philia*.

Ele me puxou para perto e me envolveu em seus braços. O crepúsculo se transformou em noite, e minha cabeça repousou em seu ombro enquanto a palma de sua mão estava em meu pescoço, acariciando minha pele com gentileza, como se consolasse uma criança assustada após uma tempestade medonha.

Mas não era medo que ele tentava acalmar; era desejo. Sua mente podia se agarrar firmemente à lógica, mas seu corpo revelava a verdade.

Foi ele quem me soltou e tocou suavemente meu rosto, deixando-me tremendo, sem dizer mais nada.

Capítulo 43

Benditas são as coisas amargas de Deus
Não como eu desejo, mas como eu necessito

Benditas são as coisas amargas de Deus, Joy Davidman

Primavera de 1955

Três meses se passaram até que eu pudesse retornar a The Kilns para o início da primavera. O contato físico entre Jack e eu agora vinha com mais facilidade: uma mão no joelho ou no pulso, um abraço para cumprimentar ou para se despedir. Porém, ainda assim, Jack permanecia casto à sua maneira, mantendo aquele último espaço aberto.

— Sabe... — comentei, entregando em suas mãos uma pilha de cartas que respondi para ele naquela manhã. — Quando a sua primeira carta chegou, fiquei com medo de abri-la, achando que o Warnie poderia tê-la escrito no seu lugar. — Dei uma palmadinha na pilha que agora estava em suas mãos. — Agora sinto pena do pobre homem que recebe a minha resposta em vez da sua.

Jack meneou a cabeça.

— Para algumas das perguntas feitas, suas respostas são melhores do que as minhas. O destinatário deve se sentir privilegiado de ter sua mão nisso. — Sua voz estava contida, mais leve do que o habitual, e entendi isso como um sinal para um trabalho tranquilo. Eu também me sentei, acomodando-me na cadeira à sua frente. Com as páginas de *Rainha Cinderela* nas mãos, comecei a editar meu trabalho, mas percebi que minha mente estava divagando.

Eram férias de primavera em The Kilns. Março de 1955 não chegou como o leão que diziam que seria, e sim como um anúncio de toda bondade e luz.

Meus filhos corriam por The Kilns e por Oxford como se tivessem morado lá a vida toda. *Cartas de um diabo a seu aprendiz* já estava disponível em brochura, e eu trabalhava editando a biografia de Jack e fazendo o índice do livro de história de Warnie. Nossos dias juntos eram lentos, longos e confortáveis.

Que reviravolta,

eu escrevi para Belle na noite anterior.

Antes eu compartilhava a cama com Bill, fazia parte de sua escrita e de sua vida, e ainda assim sentia muito desprezo. E agora compartilho amor, estima e desejo, mas *não* a cama. Está demandando certa adaptação, mas eu não vou desistir. Não enquanto ele me quiser aqui.

Quando desviei os olhos de minhas páginas, vi Jack me encarando. Seu rosto, aquele rosto encantador, estava com os olhos sonolentos semicerrados.

— O que foi? — perguntei, reconhecendo a cortina que caía sobre seus olhos escuros quando algo o incomodava. Ele não conseguia esconder de mim mais do que eu dele.

— Agora que estou adaptado a Cambridge e tenho mais tempo livre, estou seco como um osso. Não tenho mais ideias, Joy. E se eu estiver acabado? — Ele se recostou na cadeira e cruzou uma perna sobre a outra. — Infeliz e realmente acabado?

— Do que você está falando?

Jack se levantou e caminhou pela sala, com sua mão estendida como se estivesse sentindo falta de sua bengala. Parou em frente à janela, puxou a cortina preta e pressionou a palma da mão contra o vidro.

— Talvez tenha acabado para mim. Minha escrita, quero dizer.

Levantei-me e fui até ele.

— Mesmo que isso fosse verdade, o que eu duvido, o conjunto de sua obra já é muito profundo.

— Não é esse o ponto, e você sabe disso. Se eu não tiver mais nada, o que haverá em mim para Deus trabalhar? Sempre deve haver mais até acabar.

— Vamos fazer um *brainstorm*, colocando para fora as ideias de que você mais gosta. Eu sei que você não está seco. — Acomodei-me de volta na minha cadeira. — Há algo que você já começou a escrever e deixou de lado?

— Claro que sim, mas eu deixei de lado porque não deu certo.

— Às vezes as coisas precisam de tempo para crescer no solo da imaginação, para permear o inconsciente, para se desenvolver sem nossas mãos sujas sobre elas.

Ele sorriu para mim.

— É verdade.

Então caminhou até a mesa lateral onde guardava as bebidas na prateleira de baixo. Escolheu uma garrafa de uísque e serviu dois copos, fazendo um gesto para que eu me sentasse em frente a ele na mesa de jogos.

Será que ele notou meu novo corte de cabelo, ou meus novos brincos de pérola, ou a maneira como eu dava o meu melhor para fazer com que ele me visse como mulher? Não. Em vez disso, ele me encarava com tal intensidade que me dizia que ele só queria resolver sua sequidão criativa, e eu era sua possível fonte de água.

Sentei-me em frente a ele.

— Há algo que você tenha deixado de lado e que gostaria de retomar?

— Um de meus primeiros contos está incompleto. Eu o chamava de "Luz".

— Que tal, então?

— Eu acho que não tenho coração para isso ainda.

— Então vamos por aqui: o que mais fascinava você quando era criança? — perguntei, já sabendo a resposta e querendo guiá-lo para águas profundas.

Os ventos de março uivavam lá fora. Uma tempestade estava a caminho, mas nenhum de nós mencionou isso.

— Mitologia — ele respondeu. — Eu poderia escrever outra alegoria como *Cartas de um diabo* ou *O regresso do Peregrino*. Ou outro livro infantil, mas esses parecem já ter cumprido sua missão.

— E em qual mito você mais pensa quando reflete sobre mitologia? — eu perguntei.

— Cupido e Psique — ele confessou sem hesitar.

— Então...

— Eu já tentei isso. — Ele se sentou em postura de derrota e acendeu um cigarro, como se a conversa tivesse acabado.

— Meu rapaz, você desiste assim tão facilmente?

Ele não riu, mas um sorriso surgiu lentamente no canto de seus lábios.

— Eu escrevi uma peça sobre esse mito, também tentei uma prosa, uma balada, estrofes. Abordei o mito de todos os ângulos, mas ainda penso nele frequentemente. — Jack despejou mais uísque em seu copo e deu um gole. — Até sonhei com as irmãs.

Cupido e Psique. Era um mito sobre a mais bela de três irmãs, que foi sacrificada aos deuses com a cumplicidade de suas irmãs mais velhas, mas foi salva pelos ventos e depois descoberta por Cupido — uma história de amor no melhor estilo. Porém, quando Psique desobedeceu ao Cupido e olhou diretamente para ele durante a noite, foi banida para a floresta e depois enviada por Vênus para cumprir tarefas impossíveis. Quando Psique concluiu as tarefas com a ajuda do deus do rio e de formigas mágicas, ela pôde se unir a seu verdadeiro amor. Eu conhecia bem o mito, era um dos meus favoritos da infância, complicado e cheio de deuses invejosos, ciúme, amor verdadeiro e rios místicos.

— A primeira vez que li sobre as irmãs foi em *Metamorfoses* — comentei. — Sentia tanto ciúme da bela Psique quanto se eu fosse a irmã mais velha da história. Sentia como se eu tivesse mandado Psique para a floresta para ser sacrificada. Mas eu não poderia ter feito isso; eu nunca teria roubado sua felicidade de propósito como suas irmãs fizeram.

— Nem para salvá-la? — ele perguntou. — Talvez as irmãs dela tiraram sua felicidade porque acreditavam que a estavam salvando.

— É isso, Jack. Você conseguiu. — Bati a mão na mesa. — Escreva sobre *isso*.

Ele fechou os olhos e expirou uma longa nuvem de fumaça.

— As irmãs não estavam tirando a felicidade dela, mas tentando confirmar a realidade.

— Sim, *salvando*-a, não destruindo-a. Isso mesmo. Sua história está escondida aí dentro.

— Nessa versão... — Ele olhou para além de mim, como se estivesse ouvindo a Musa que falava com ele. — Na minha versão, Psique é órfã de mãe, então está sendo criada por sua irmã mais velha.

— A bela irmã mais velha, que não é tão bela, mas...

— Não! — ele gritou de forma amigável, levantando-se com seu copo de uísque e olhando para baixo, na minha direção. — Dessa vez, ela é feia. Ela é o oposto de Psique. E a ama com tamanha obsessão que... — Ele bateu a mão na mesa com alegria. — Sim.

— Conte mais.

— *Esse* amor — ele disse, inclinando-se para me olhar nos olhos — será o que a destruirá. Quando o amor se torna um deus, ele vira um diabo. E a irmã mais velha feia transformará seu amor por Psique em um deus.

— Jack, vá escrever. E não pare.

— Obrigado, Joy — ele agradeceu de forma abrupta e, em um grande surto de felicidade, me beijou no topo da cabeça, apressando-se para começar a escrever naquela mesma noite.

Eu toquei o topo de meu cabelo quente, onde seu beijo permanecia enquanto suas palavras ecoavam em minha consciência: "Quando o amor se torna um deus, ele vira um diabo".

No meio do dia seguinte, Jack me trouxe o primeiro capítulo, escrito em sua caligrafia apertada com tinta fresca.

Eu estava sentada na escrivaninha do meu quarto, onde organizei os múltiplos projetos em que estava imersa. Ele não entrava naquele quarto se eu estivesse lá, sempre me dando privacidade. Contudo, naquele dia ele irrompeu enquanto eu estava lidando com o livro de história de Warnie, indexando-o com uma dor de cabeça crescente.

— Joy!

Eu me assustei e fiquei em pé. Sua mera presença no meu quarto trouxe um calor que subiu para minhas coxas e barriga.

— O que foi? — Eu ri e me dei conta de minha aparência: estava usando um vestido *A-line* que comprei em Londres, sem mangas e delicado. Ainda não tinha penteado o cabelo, que me caía sobre os ombros. Estava descalça.

Mas ele não percebeu nada disso. Estendeu a mão com um feixe de páginas manuscritas.

— Você pode datilografar isso? E depois me diga se estou no caminho certo.

Ele se sentou na beirada da minha cama, alheio a tudo, exceto à nossa colaboração criativa. Eu voltei minha atenção para as páginas.

— Você quer que eu datilografe agora?

— Primeiro... leia.

Eu me sentei e comecei a ler. Orual, o nome que ele dera à feia irmã mais velha de Psique, falava de sua idade avançada, do conhecimento de sua morte iminente. "Agora sou velha e não tenho muito a temer da ira dos deuses."

A partir daí, a prosa e a história se desenrolaram, desconcertantes e encantadoras como um mito original, como se ele tivesse gastado meses naquelas páginas.

Orual era a filha mais velha do Rei de Glome. Ela falava do castelo onde morava com sua irmã Psique, a ama de leite e o Raposo, seu amado tutor. Mas, principalmente, Orual contava ao leitor sobre Psique e sua beleza, e o grande amor de Orual por ela, um amor cego. A feiura de Orual estava descrita minuciosamente, e o leitor descobria que, em sua velhice, ela usava um véu para cobrir o rosto. Quando cheguei ao final do capítulo, olhei para Jack, que não havia desviado o olhar.

— Sinto inveja de você conseguir escrever isso em uma noite e metade de um dia, e ainda assim conter toda uma história em suas pistas e presságios.

— Não estou aqui para elogios, Joy. Me diga onde não está bom.

— Deixe-me datilografar e fazer anotações, sem improvisar.

— Poderia improvisar só um pouquinho? — Jack sorriu; assim como eu, ele já sabia que eu nunca me afastaria daquele sorriso.

— Certo, você quer uma primeira impressão do que li. Eu preciso entender *por que* Raposo ama tanto a poesia, e quero uma dica de quem ele se tornará para Orual. Ele parece integral e interessante. Ele precisa sugerir o que está por vir.

— Sim. — Jack pegou as páginas de mim e um lápis da minha mesa, fazendo uma marca com sua letra apressada.

Eu olhei para ele.

— Jack, quero lhe dizer uma coisa.

— Que é uma péssima ideia seguir por esse caminho, escrever este livro?

— Não. Claro que não. Quero falar sobre o dia em que recebi sua primeira carta. Foi em uma tarde de inverno em janeiro de 1950. Já se passaram cinco anos.

Ele assentiu para mim e deixou as páginas de lado, cruzou as pernas e se apoiou no cotovelo.

— Sim?

— Você perguntou sobre minha história, e eu não sabia por onde começar. Passei horas pensando nisso e percebi que minha vida foi feita de máscaras, muitas máscaras. E naquela tarde decidi que não usaria nenhuma delas com você. Decidi que lhe mostraria *eu*. Que eu ficaria sem máscara. E aqui, na sua história, você tem Orual cobrindo seu rosto com um véu.

Ele me encarou por tanto tempo, que quase desejei o véu de Orual. Então ele falou:

— Nunca esconda seu rosto de mim. Ele é precioso e querido.

Eu sorri.

— Às vezes eu gostaria de poder, mas não consigo.

— *Sem máscaras* — ele disse. — Esse deveria ser o título. — Ele se levantou e segurou as páginas. — Faz muito tempo que eu não me sinto tão empolgado com meu trabalho. Como posso lhe agradecer?

— Vá e termine de escrever!

Ou me leve nos seus braços, me deite naquela cama e faça amor comigo.

O pensamento proibido passou sem ser dito. Jack saiu correndo da sala e retornou ao seu verdadeiro amor: a página.

Ao longo das semanas, entrelaçamos nossos temas e histórias neste livro: um novo mito ambientado em Glome, uma cidade fictícia no Sul da Ásia — duas irmãs, princesas, uma bonita, uma feia. Orual amava sua irmã mais nova com uma possessividade destrutiva e narrou seu caso aos deuses, dizendo que só quis proteger e amar sua irmã, mesmo tendo feito com que ela perdesse o verdadeiro amor ao forçá-la a enfrentar a "realidade". Enquanto isso, mesmo quando Orual eventualmente se tornou rainha de Glome, ela amou um homem que nunca poderia ter: seu leal conselheiro, Bardia. Embora Orual tenha finalmente alcançado autoconhecimento, amor-próprio, amor pelos deuses e o reencontro com Psique, muita destruição foi causada no caminho.

Eu vi tanto Jack quanto a mim mesma nas páginas que criamos juntos; porém, tive mais do que um vislumbre de mim mesma no amor obsessivo e possessivo de Orual por Psique. *Deus*, perguntei, *quanto da criação de Jack foi* sobre *mim?*

Finalmente, uma noite, depois do segundo uísque, perguntei:

— Jack, você acha que eu sou feia?

Ele se assustou como se eu o tivesse tocado com eletricidade.

— Por que diabos você está perguntando isso?

— Você colocou minhas palavras na boca de Orual várias vezes. E eu não sou loira — disse, numa tentativa não muito boa de fazer uma piada.

— Eu *não* acho você feia. Você é linda. Não é o seu rosto que vejo em Orual, Joy. E muitas vezes sinto que sou Orual também.

— E você é o Raposo? Orual o ama, e ele é dedicado a ela, mas não a ama da mesma forma. Você é...?

A expressão gentil de Jack não mudou quando falou:

— Como posso saber que partes de nós estão entrelaçadas nessa história? Mas uma coisa eu sei: essa história não seria o que é sem você. A profundidade e a intimidade dela não existiriam sem aquilo que somos juntos.

Muito da nossa amizade e da nossa vida apareceu nesse livro: meu País das Fadas e seu Norte, sua Ilha. Nossas visões sobre desejo, necessidade e alegria. Nossas acusações e perguntas aos deuses. Nossa história compartilhada sobre mitologia e a capacidade desta de oferecer sentido. E, para mim, o problema do amor obsessivo. Havia um novelo emaranhado de nós nesse mito, se desenrolando dia após dia em nossas discussões, leituras, brincadeiras e debates. Houve momentos na escrita daquele livro em que nos fundimos em um só sem jamais nos tocar.

Estávamos consumidos e distraídos por Orual e Psique: falávamos sobre elas até quando colhíamos maçãs, caminhávamos até Oxford ou nos sentávamos no jardim. Durante o jantar ou cervejas, quem se juntava a nós eram Orual, o Raposo e Psique.

— Tudo o que eu já li e fiz me levou a esse livro — ele me disse enquanto caminhávamos por Oxford, desenvolvendo o trecho em que Psique seria retirada da árvore na floresta onde fora amarrada e sacrificada.

— Sinto o mesmo, Jack. Embora eu não o esteja escrevendo, sinto o mesmo. — Pausei e toquei seu braço. — Como sempre, nós usamos histórias para entender o mundo.

Ele parou bem ali em frente à livraria e me olhou com sua boina grega torta, suas bochechas vermelhas e sua grande admiração. As ruas de paralelepípedos estavam molhadas de chuva, e pequenas poças ondulavam nos buracos do caminho. Um padre passou de bicicleta, tocando a sineta no guidão e acenando para nós dois. Jack não deu atenção a ele, falando diretamente para mim:

— Você *está* escrevendo esse livro, Joy. Eu estou colocando as palavras no papel e você também, a cada palavra que fala, cada pergunta que faz, cada pensamento que traz, cada página que edita. *Nós* estamos escrevendo esse livro.

— Que título *nós* daremos a ele? — perguntei. — Ainda *Sem máscaras?*

— Sim. — Ele estava resoluto sobre esse título e sorriu ao dizê-lo. — Porque, para o amor ser verdadeiro, cedo ou tarde temos de mostrar nossos *verdadeiros* rostos.

— E no final? O que deve acontecer no final da história? O desmoronamento do egocentrismo de Orual?

Jack assentiu.

— A jornada do amor possessivo para o amor saudável. — Jack olhou para longe, como se não estivesse falando comigo, como se a própria Orual estivesse atrás de nós e lentamente erguesse seu véu. — Do profano ao divino: a união com o divino por meio do amor.

— Sim — eu consenti em uma concordância que ia muito além das palavras que ele disse.

O livro acabou recebendo o título *Até que tenhamos rostos*. Ele entrelaçou nossas jornadas espirituais como duas histórias do mesmo Pai, paralelas e místicas, infundidas com a capacidade divina que a natureza tem de nos transformar.

Ao longo do processo da escrita desse livro, nos tornamos tão unidos quanto qualquer homem e mulher.

Só restava um passo, e não era o meu.

Capítulo 44

Ame-me ou não, as folhas cairão
E caminharemos sobre elas. Eu tenho minhas alegrias

Soneto 41, Joy Davidman

Junho de 1955

Jack levou apenas três meses para terminar aquele livro, o melhor de todos na minha não tão humilde opinião.

Sozinha no meu quarto no Avoca House, datilografei as últimas páginas em uma tarde de junho. Com o canto dos pássaros do outro lado da grande janela e meus meninos gritando em uma brincadeira com as crianças da vizinhança, li o final do livro de Jack, *nossa* disputa com os deuses, o amor e a obsessão. Meus dedos estavam sobre as teclas quando minha respiração travou sob as costelas, e meu coração parou ao ler a última frase:

"Agora eu sei, Senhor, por que não dás resposta alguma. Tu mesmo és a resposta. Diante do teu rosto, as perguntas desaparecem."

Perguntas que desaparecem.

Respostas que eu buscava.

Perguntas que assombram.

Por toda a minha vida, procurei *fora* de mim a resposta para esta única pergunta: "Você *me* ama?".

Procurando, sempre procurando. Sempre me debatendo. Sempre perdendo. *Essa*, eu pensei mais vezes do que poderia contar, *essa* é a resposta, *essa* é a máscara, *esse* é o caminho. E eu tinha feito o mesmo com Jack, eu o tinha transformado na resposta.

Eu queria que ele respondesse a uma pergunta que somente Deus poderia responder.

Ouvi Jack dizer mais de uma vez, em pubs ou durante almoços ou na frente da lareira com Warnie, que o caminho para sair do eu egoísta quase sempre "exige ver o engano". O que Jack chamava de "engano" eu chamava de "ilusão".

Foi tão claro como se alguém tivesse entrado no quarto e arrancado o véu da minha alma, forçando-me a encarar as profundezas mais sombrias. Muito do que eu fiz — erros, poemas, manipulações, sucesso, livros e sexo — tinha apenas o objetivo de obter amor. Para *obtê*-lo. Para responder à *minha* pergunta: "Você me ama?". Mesmo ao dar amor, será que eu não estava apenas tentando obtê-lo? Foi mesmo necessário que a fictícia Orual me mostrasse a verdade?

No meu quarto, caí de joelhos no chão duro e repousei minha cabeça na beirada do colchão, pressionando meu rosto contra sua maciez.

O rosto que eu já tinha antes de nascer era quem eu era em Deus o tempo todo, antes de qualquer coisa dar certo ou errado, antes de eu *fazer* algo certo ou errado. Esse era o rosto do meu verdadeiro eu. Meu eu "sem máscaras".

Daquele momento em diante, meu caso de amor seria com a minha alma. Deus já fazia parte de mim; isso estava claro. E agora nele é que eu buscaria o amor: no Deus dentro de mim. Chega de mendigar, correr atrás e ser carente. Era meu falso eu que estava ligado ao coração dolorido e exigente que se agarrava ao mundo, levando-me ao desespero. Assim como Orual. Assim como Psique. Assim como toda a humanidade.

Talvez somente um mito — um mito de Jack — poderia ter destruído a falsa crença de que eu precisava buscar o amor no mundo exterior: no sucesso, na aclamação, no desempenho, em um homem.

A Verdade: eu era amada por Deus.

Finalmente eu poderia parar de tentar forçar alguém ou alguma coisa a preencher esse papel.

A dor da ilusão desfeita atravessou-me como estilhaços de vidro que se lançam por um quarto após uma bomba.

Tudo se inverteu. A pergunta não era mais "Por que Jack não me ama do jeito que eu quero?", e sim "Por que estou exigindo que ele me ame do jeito que eu quero?".

Eu já era amada. Essa era a resposta para todas as perguntas que eu fazia ao mundo.

— Mamãe? — Douglas me chamou do corredor. — Onde você está?

Enxuguei o rosto, percebendo que estava molhado de lágrimas. O amor me inundou, uma onda de completa aceitação. Levantei-me cambaleante e abri a porta com tudo, puxando meu filho para um grande abraço.

— Eu te amo, Douglas Gresham — declarei.

Ele riu e me afastou.

— Você ficou maluca? — Ele estreitou os olhos. — Está chorando?

— Às vezes choramos quando estamos alegres — falei, bagunçando seu cabelo enquanto o amor pulsava ao meu redor. Era uma sensação de calma tão profunda que eu quase não reconhecia a quietude dentro de mim. Ela poderia passar. A carência e o medo poderiam surgir novamente como velhos e conhecidos confortos. Mas, lá no fundo, agora eu conhecia a Verdade.

— Eu *não* choro quando estou feliz — ele disse com aquele grande sorriso *à la* Douglas. — Eu só queria saber o que tem para o almoço.

— Um piquenique — revelei. — Vamos fazer um piquenique no parque. Chame seu irmão e vamos aproveitar o sol.

Ele saiu correndo e chamando o irmão, e eu fiquei parada no corredor da minha casa alugada, sorrindo. Eu tinha tudo, tudo que desejava, e nem sabia.

Não foi necessário o corpo de um homem para finalmente me abrir para o verdadeiro amor, mas o mito de um homem e a inabalável ternura de Deus.

Capítulo 45

Amor universal é amor bem-disperso
Para aquecer o mortal

Soneto 18, Joy Davidman

Naquele verão de 1955, mal notei o que acontecia nos Estados Unidos: havia o Elvis e os movimentos pelos direitos civis. Falava-se sobre os EUA enviarem tropas para o Vietnã, e sobre o senador McCarthy finalmente terminar sua caça aos comunistas. Enquanto isso, na Inglaterra, Winston Churchill renunciou em abril; *O senhor dos anéis* de Tollers foi lançado e estava causando o grande impacto que deveria causar. No entanto, eu estava imersa na Terra-média de The Kilns, como se nada mais estivesse acontecendo. O solo sentia o mesmo que eu: estava pronto para mais e mais do que já havia nascido.

Minha escrita também estava fértil. Vendi uma proposta de novo trabalho sobre os sete pecados capitais chamada *Os sete mortais* para a Hodder e Stoughton, dizendo-lhes que as virtudes se tornam mortais quando se transformam em justiça própria. Eu tive a ideia de escrever sobre um protagonista que fosse um fariseu moderno, um arrogante intelectual que se apresentava aos portões do céu em busca de admissão.

Nada disso parecia trabalho: a correspondência que eu ajudava Jack a responder todas as manhãs, a edição e indexação para Warnie, e a datilografia para ambos. Eu também finalmente havia vendido páginas de *Rainha Cinderela* com o título *A governanta do rei*. E a versão inglesa de *Fumaça na montanha* estava de fato vendendo exemplares (provavelmente por causa do nome de Jack na capa). Jack tinha se adaptado a Cambridge, e o tempo livre — maior do que ele tinha em Oxford — permitia que sua escrita fluísse.

Aproveitamos ao máximo o clima de verão. Nadamos no rio Tâmisa em Godstow, levemente embriagados e acompanhados por um cisne. Nem mesmo a caminhada de quase um quilômetro para ir e voltar do mercado conseguia diminuir minha felicidade. Jack pagava as contas de comida, e eu cozinhava para nós; parecia surreal, um sonho.

Ficamos muito amigos de Austin Farrer, um amigo de Jack que ele me apresentou como "um dos colegas que debatiam comigo no Clube Socrático, e diretor do Keble College". Mas, é claro, como qualquer pessoa, Austin era mais do que sua apresentação; ele era um amigo querido de Jack, e sua esposa, Kay, era escritora de livros de mistério. Nos demos bem logo no primeiro uísque, e agora ela me pagava para datilografar as páginas manuscritas de seus livros. Mesmo com pratos e copos vazios, ficávamos longas horas após o jantar com Austin e Kay.

No entanto, uma detestável nuvem escura pairava sobre toda essa beleza, algo que eu tinha escondido de Jack: o Ministério do Interior britânico estava relutante em renovar meus documentos. Se não concordassem em renová-los, eu teria que voltar para os Estados Unidos. A única maneira de ficar seria me casando com um cidadão inglês. Eu precisava encontrar um advogado, escrever uma carta, algo, qualquer coisa. Eu *não* podia voltar para os Estados Unidos. Não. Faria tudo o que fosse necessário.

Para mim, as más notícias sempre pareciam chegar no meio dos momentos mais tranquilos.

— Mamãe — Douglas perguntou, com seu sotaque totalmente britânico, apenas uma hora antes —, o que é isso? — Ele cutucou com o sapato sujo minha bolsa no chão, de onde saía uma carta registrada, cujo documento oficial estava óbvio entre as páginas datilografadas e as notas rabiscadas.

Empurrei a carta para o fundo da bolsa.

— Nada com que se preocupar — menti. Era apenas o governo britânico me informando que meu visto de trabalho havia expirado e que, a menos que eu me casasse com um cidadão britânico, eu teria de voltar ao Inferno de Dante.

Em uma tarde de agosto, eu estava imersa datilografando as últimas páginas editadas de *Sem máscaras* no escritório de Jack em The Kilns, ainda sem ter contado a ele as últimas notícias. Lá fora, meus filhos riam, e a alegria vinha como um pássaro até a janela aberta. Eles estavam ajudando Paxford a limpar a horta para mais plantações de verão, colocando redes sobre os pés de tomate.

Repetindo o ano anterior, Warnie estava mal demais por causa da bebida para viajar à Irlanda com Jack. Eu o encorajei a ir ao AA. Foi um dos poucos momentos em que discordamos, uma longa e acalorada discussão à beira do lago. No final, ele concordou em ir para uma clínica de desintoxicação em Dumfries, Escócia, mas *nada* de AA.

Mais uma vez ficamos nós quatro em The Kilns nas férias de verão: Jack, Davy, Douglas e eu.

Tirei aquela carta repugnante da minha bolsa no exato momento em que o telefone tocou na casa de Jack, assustando-me com seu som áspero. Atendi:

— Residência do sr. Lewis.

— Estou ligando para falar com a srta. Davidman — respondeu uma voz com sotaque britânico impecável.

— Sou eu. — Levantei-me e olhei pela janela, vendo Davy correr em direção ao lago.

— Aqui é da Editora Dutton. Por favor, aguarde para falar com o gerente de produção sobre o livro *Surpreendido pela alegria*. O sr. Lewis nos orientou a encaminhar todas as questões sobre a produção para a senhora.

— Sim — confirmei. — Eu espero.

A voz de Jack chegou até a janela.

— Vá se limpar, Davy. É a hora mais temida do dia.

Aula de latim.

A voz educada de Davy respondeu com palavras que eu não entendi, e Douglas disse que iria pescar.

— Srta. Davidman?

— Sim? — Retornei minha atenção ao telefone.

— Temos uma pergunta sobre a página 32, quando o sr. Lewis conta sobre o internato onde estudou.

Passei meia hora ou mais no telefone respondendo a perguntas de produção antes de me levantar para pegar a roupa no varal nos fundos da casa. Jack e Davy estudavam latim no escritório de Jack, e eu fui para fora. O sol secou as roupas, e eu as tirei do varal, enterrando o rosto em uma das camisas de Douglas, inspirando o doce cheiro de verão e do meu filho.

— Mamãe? — Douglas apareceu de repente, chacoalhando na mão uma perca morta. — Você pode dar este peixe para a sra. Miller, por favor? Vou para Oxford com os meninos.

— Estou dobrando as roupas lavadas, filho. Leve esse peixe para a cozinha.

E lá foi ele, correndo todo desajeitado, seguido por um grupo de meninos.

— Divirta-se! — recomendei para o vento vazio que havia ficado em seu rastro.

Tão diferentes os meus meninos: Davy, tenso e estudioso, e Douglas devorando a vida em grandes bocados. Ainda assim eles brincavam de luta; depois de fazerem aulas de boxe na escola, praticavam um com o outro, ignorando meus argumentos dissuasivos de que o boxe era um esporte desagradável. Davy também estava estudando mágica, enquanto Douglas estudava a rica vida do lago.

Dobrei as roupas devagar, colocando-as no cesto com grande cuidado. Eram essas pequenas coisas que me nutriam. Se eu tivesse permitido que essa vida fosse o suficiente em Nova York, será que poderia ter salvado meu casamento? Por que essas tarefas, as mesmas que agora eu fazia com o coração feliz, costumavam ser tão penosas, como se fossem tarefas intermináveis que me afastavam de minha escrita?

Dobrei uma camisa de Jack, branca, abotoada e necessitada de reparo, e a coloquei de lado para me lembrar de pegar uma agulha e arrumar a gola naquela noite.

Não, não era *totalmente* uma questão de vontade.

O que eu tinha com Jack — a intimidade e a compreensão, a colaboração e o riso — transformava tudo pelo caminho, fazendo com que cada tarefa e cada momento fossem imbuídos de um grande amor.

Refleti sobre como as coisas tinham mudado entre Jack e eu. Poucos meses antes, Chad e Eva Walsh vieram nos visitar. Eva e eu fizemos uma longa caminhada sozinhas, e ela sussurrou para mim:

— Vocês dois estão apaixonados?

Eu lhe disse a verdade:

— Acredito que estou sozinha nesse sentimento crescente.

— Eu não acho — ela especulou.

— Estou falando sério, Eva. — Chegamos ao final do caminho e paramos em frente ao lago. — Ele não tem interesse em nada além dessa amizade profunda, que ele chama de *philia*.

Eva se virou para mim e cobriu os olhos contra o sol do entardecer.

— Eu vejo o jeito como ele olha para você. É como se ninguém mais existisse e vocês tivessem uma linguagem secreta. Quando ele diz alguma coisa, primeiro olha para você, como se quisesse uma confirmação.

Meu peito se encheu com a esperança que as palavras de Eva ofereciam, mas eu sabia a verdade.

— É amor, mas para ele é um tipo diferente. Esse homem é filósofo desde os oito anos, quando começou a ler Dante. Essa é sua visão de mundo medieval. — Meneei a cabeça com um sorriso. — Sua total dedicação às virtudes o impede de cair nesse tipo de amor que domina o coração. Depois de todos esses anos, ele sabe como se proteger por trás da bondade moral que pratica. Ele pertence a Deus e à igreja quase mais do que a maioria dos padres que conheço.

— Mas ele não é um padre, e você é uma mulher; uma mulher vibrante, por sinal. — Eva se aproximou e segurou minhas mãos, pegando em cada uma. — Seja paciente, Joy. O coração tem seu próprio ritmo e tempo.

— Não acho que seja uma questão de tempo, Eva. Preciso aceitar a amizade de ouro que temos. — Fiz uma pausa. — E há mais. Os amigos dele são desconfiados de mim, especialmente Tollers, que me chama de "aquela mulher", e Jack se importa com o que Tollers pensa, se importa muito. Sou divorciada. Tenho filhos. Sou nova-iorquina. Tenho ascendência judia. Há razões para isso. — Olhei para o céu, onde nuvens de tempestade começavam a se formar. — E, na última vez que ele amou totalmente, no caso, sua mãe, ele a perdeu da maneira mais catastrófica. Ele é cauteloso. Moderado.

— Joy, dê tempo a ele.

Dei de ombros e olhei para seu querido sorriso.

— São apenas suposições, Eva. Como eu poderia saber? Passei a conhecê-lo melhor do que qualquer um, exceto Warnie, mas, mesmo assim, como eu poderia *realmente* saber? Ele me diz que é velho demais para começar outro caso de amor e que nosso destino é *philia*.

Abracei-a e Chad se aproximou do outro lado do caminho, chamando a esposa.

Enquanto dobrava a última das calças, lembrei-me de contar a Jack sobre a ligação da Editora Dutton. Coloquei o cesto sob o braço e caminhei até a porta dos fundos da casa. Quando entrei na sala comum, a visão de uma mulher na cadeira de Jack me surpreendeu. Estava muito escuro para distingui-la com clareza, mas definitivamente era uma mulher, lendo um livro e confortavelmente encolhida com os sapatos jogados do lado da cadeira.

— Quem diabos é *você?* — perguntei, sentindo a raiva irrompendo em uma explosão sombria da velha Joy irritada.

Ela se assustou, deixou o livro cair, levantou-se e cambaleou antes de pressionar os dedos nas têmporas.

— Sou Moira Sayer. Já nos conhecemos.

— Acho que não. — Segurei o cesto de roupas com força e dei dois passos em sua direção.

Ela se segurou no encosto da cadeira de Jack.

— Tenho todo o direito de estar aqui, assim como você. Sou esposa de George Sayer. Jack disse que eu poderia vir aqui ler enquanto George trabalhava no Magdalen.

George.

Sayer.

Era o primeiro amigo de Jack que conheci, no Hotel Eastgate. Aquela era Moira, sua esposa, com quem eu tomei chá no ano passado.

— Perdão. — Apertei o cesto ainda mais. — Mil perdões. — Fugi da sala com o calor da vergonha queimando minha pele. Será que algum dia eu aprenderia? Ou mudaria?

Carreguei o cesto escada acima, deixei uma pilha de roupas de Jack do lado de fora do quarto dele e levei o restante para o quarto dos meninos. Em seguida, entrei no meu quarto no andar de baixo, fechei a porta, sentei-me e deixei a cabeça cair sobre a mesa.

Como eu escorreguei de volta para esses velhos hábitos horríveis com tanta facilidade? Como escorreguei para o ciúme e a raiva, como se fossem tão convidativos quanto um mergulho em um rio morno?

Não demorou muito até que uma batida soasse à porta.

— Sim?

— Joy?

Abri a porta para Jack.

— Perdão — eu disse. — Fui uma idiota com sua amiga. Ela me assustou; eu não sabia que ela estava aqui. Devo ter deixado você profundamente envergonhado. — Balancei a cabeça. — Minha raiva... às vezes ainda me vejo em desacordo com o mundo.

Ele riu.

— Ora, não é tão ruim assim. Expliquei a ela que eu não tinha avisado a você que ela estava aqui, e, como você tem uma visão péssima, achou que ela era uma intrusa querendo roubar meus manuscritos. — Ele riu, com aquele brilho alegre nos olhos.

— Minha visão é péssima? — Tentei rir, mas não consegui emitir som algum.

— Sim, com seu olho de vidro de um lado e sua catarata no outro.

— Jack... Você perdoa com muita facilidade e bondade. Não estou acostumada. — Sorri e saí do quarto, indo até ele no corredor.

— Vamos tomar um sol — ele convidou.

— Sim, vamos pegar algumas vagens e tomates para o jantar.

— Muito bem — ele concordou. — E, depois, que tal caminharmos até Oxford?

Juntos passamos pelo corredor estreito, onde peguei um cesto para os legumes e um avental para cobrir o vestido. Então saímos novamente para o sol do verão. Moira já tinha ido embora, e nenhum de nós mencionou sua ausência.

Olhei em volta, para o terreno.

— Onde está o Davy?

— Ele decidiu que precisa colocar tijolos para podermos caminhar da casa até o lago; está pegando alguns nos antigos fornos e assentando-os na lama funda. — Jack fez um gesto em direção ao lago. — Ele está lá embaixo.

— Ora, ele está ficando trabalhador? — Ri e apertei os olhos contra o sol. — Pavimentando caminhos. Eu não teria adivinhado.

— Joy... — Jack se abaixou e arrancou duas vagens do pé, colocando-as no cesto. — O que deixou você irritada com a Moira?

— Acho que foi ciúme.

— Ciúme? — Ele fez um som de *tsc tsc*, me provocando.

— Sim — eu confirmei baixinho. — Sei que é errado. — Abaixei-me e escolhi um tomate maduro do pé, colocando-o no cesto. — Foi o mesmo com a Ruth Pitter.

— Você ficou com ciúme da Ruth Pitter? — Ele quase riu, mas minha seriedade o conteve.

— Eu li a poesia dela. Ela é uma poetisa mais talentosa do que eu, Jack. — Levantei a mão. — Não adianta discutir isso, mas esse não é o ponto. Ela está apaixonada por você. — Abaixei-me para pegar outro tomate, mas meus dedos apertaram demais a delicada fruta. Suco vermelho escorreu pelo meu braço. Soltei o tomate no chão e limpei a palma da mão no avental.

— Isso não é verdade, Joy. Somos amigos de longa data. Escrevemos um para o outro há anos. Discutimos sobre escrita, culinária, jardinagem e poesia.

Eu o encarei, com a mão protegendo meus olhos do sol do fim da tarde. Queria que ele ouvisse o que acabara de dizer. Naquela frase, ele poderia estar *nos* descrevendo da mesma maneira que descrevia Ruth.

— O que foi? — investigou, vendo que eu não respondia.

— Ela não é diferente de mim, é? Para você?

— Ruth não é diferente de você?

— Sim.

Jack juntou as mãos como em oração e meneou a cabeça.

— Você tem razão. Isso é ciúme. Você está aqui no meu jardim, depois de responder à minha correspondência e editar meu trabalho. Você está aqui comigo e nós vamos à cidade para tomar uma cerveja. À noite, vamos ler e jogar Scrabble, o Davy vai me vencer no xadrez, e o Douglas vai dormir falando a mil por hora. — Ele fez uma pausa.

Eu respirei fundo:

— Eu vejo quando o meu ego assume o controle. Cheguei a perceber como meu passado ainda me afeta agora: a crítica e a crueldade misturadas com o apego me deram uma neurose que vou passar o resto da vida tentando superar.

— Parei. — Eu não consigo acertar nesse negócio de ser cristã. Como alguém consegue *acertar* isso, afinal? — Bati as mãos em frustração.

— Acertar? — ele perguntou com calma. — O que exatamente significa acertar?

— Às vezes, esqueço de me voltar para ele, e então a mulher que fui durante toda a minha vida se levanta tão problemática quanto antes.

— Deus não é um mágico, Joy.

— Ah, como eu poderia usar um pouco de mágica... Talvez leve a vida inteira, ou o que resta dela, para me render completamente.

— A vida inteira, Joy, e talvez a maior parte da próxima. — Ele piscou, e então se aproximou. — Como em nossa arte, devemos nos render e sair do caminho, a fim de que algo bom aconteça.

— Devo me render de novo e de novo? — Fiz uma pausa para efeito. — E de novo?

— Acredito que todos nós devemos.

Nosso cesto já estava cheio, com legumes suficientes para o jantar, quando eu lhe disse:

— A verdade é que eu já estava no meu limite... Sabe, pode ser que eu não fique aqui por muito tempo.

Os olhos dele se arregalaram.

— O que você quer dizer? Por que raios não?

— O Ministério do Interior não vai renovar meus papéis outra vez. Vou ter que levar os meninos de volta para os Estados Unidos.

— Joy, eu não vou deixar você ser mandada de volta para casa. Vamos encontrar uma maneira de garantir que você fique.

— Só há uma maneira de ficar, Jack. E é o casamento. Então, a menos que eu vá até a Taverna Globe e escolha um bom inglês para seduzir, parece que terei de fazer as malas para os Estados Unidos.

— Você não pode ir embora. Eu não vou deixar você voltar para aquele lugar terrível. — Ele segurou meu rosto em suas mãos. Eu derrubei o cesto, e os tomates e vagens se esparramaram na terra.

Coloquei minhas mãos sobre as dele.

— Você não quer que eu vá?

Agora nossos rostos estavam próximos, seus lábios perto dos meus, seus olhos sombreados de tristeza.

— Não. Eu sentiria demais a sua falta. Eu passei a depender de você, Joy... — Ele soltou suas mãos e colocou-as nos meus ombros, recuando um passo.

Meu corpo tremia com a necessidade dele, e eu podia sentir o mesmo de sua parte — uma vibração por trás de suas palavras e seu toque. Ele me puxou para perto e me abraçou, e eu repousei minha cabeça em seu ombro.

— Você não pode ir embora.

Capítulo 46

Agora, tendo dito as palavras que podem ser ditas,
Tendo escrito para que qualquer um possa ver

Soneto 44, Joy Davidman

— Tem uma coisa que eu quero mostrar a você. — Jack parou numa calçada de Oxford ao lado de uma das onipresentes cabines telefônicas vermelhas. O calor de agosto nos pressionava, e uma mulher empurrando um carrinho de bebê passou, sorrindo para Jack em reconhecimento.

— Tem? — eu perguntei, redirecionando sua atenção para mim.

Fazia apenas um dia que eu havia lhe falado sobre o Ministério do Interior. Ele não comentou mais nada e eu estava nervosa, receando tocar no assunto novamente. Davy folheava livros na Blackwell's e Douglas corria para encontrar alguns amigos com quem ia remar no rio Cherwell.

— Tenho. — Ele acenou com a mão. — Venha comigo.

Andamos algumas quadras e ele parou em frente a um sobrado de tijolos: rua Old High, 10.

— Está à venda — ele observou, apontando.

— Que legal! — Continuei andando. Perceber o que acontecia pela cidade durante nossos passeios diários era tão comum em nossa rotina quanto a correspondência matinal dele.

Ele colocou a mão no meu ombro, me parando.

— Posso ajudar você a comprá-la se vier morar em Oxford.

Então, aconteceu uma coisa muito estranha: eu não tinha nada a dizer; nenhuma resposta criativa, nenhum comentário engraçado. Fiquei olhando para a casinha, para a cor vermelho-escura dos gerânios plantados em sua floreira de janela, como as que havia em toda a cidade. A casa era dividida, com duas portas estreitas idênticas na frente, uma ao lado da outra: um duplex. Havia duas janelas no andar de cima e duas embaixo. Uma parede de tijolos se estendia pela frente da casa e arbustos podados escondiam a metade inferior das janelas de baixo.

— Mudar para cá? — Mesmo enquanto perguntava, eu já nos via ali: Davy, Douglas e eu, com caixas e móveis, livros e brinquedos, o gato Leo; nossa vida a tiracolo, mudando para essa casa a uma curta distância de The Kilns, da cidade, de uma vida melhor.

Jack se virou para ficar de frente para mim e segurou minhas mãos.

— Não pensei em outra coisa desde que me contou que talvez precisasse ir embora. Essa noite não dormi; eu sabia que faria o que fosse preciso para manter você aqui. Podemos nos casar, um casamento civil obviamente, e você pode se mudar para cá. — Ele apontou para a casa, onde estava uma placa de À VENDA colada na janela.

— Casar comigo? — Tentei engolir a risada, mas não consegui. — Esse não é um pedido de casamento muito romântico.

— Não é para ser romântico. É para ser sincero. Quero que você fique aqui. Eu quero você perto de mim.

Da ameaça de voltar para os Estados Unidos à emoção de ter um lugar só meu em Oxford. Ele me queria ali. Ele me queria perto. E, no entanto, um casamento por conveniência? Sorri da maneira mais verdadeira que consegui, e juntos nos viramos para olhar a casa.

— Uma casa de verdade. Não tive uma desde que saí de Nova York. Um *lar* de verdade.

As bochechas de Jack se ergueram com um sorriso.

— Isso mesmo — ele disse. Girou sua bengala em um círculo e inclinou a boina grega para mim. — Lar.

Mais tarde, naquela noite, de volta a The Kilns, Jack havia adormecido na cadeira e eu o acordei.

— Ah. Acabei dormindo. — Ele se esticou e sorriu para mim. — Espero não ter roncado.

— Roncado? Claro que roncou. Mas não foi por isso que o acordei. — Olhei para a pasta que eu coloquei na mesa. — Tenho algo para você.

Algo que pensei que nunca lhe daria, mas estou dando agora. Chegou a hora.

— Você está tão séria, Joy. O que foi? — Ele sacudiu a sonolência de sua voz e dos olhos.

Eu estendi a pasta com minhas mãos tremendo tanto quanto meu coração.

— Faz anos que eu os escrevo, Jack. São sonetos.

Quando ele propôs um casamento civil, decidi ali mesmo — numa calçada de Oxford, com o sol batendo na oferta dele de uma casa e um casamento — que eu lhe daria meus sonetos.

Ele pegou de minhas mãos a pasta bege com a palavra *Coragem* escrita na capa, sua mão roçando a minha.

— Coragem? — ele perguntou.

— Sim, eu precisei dela para entregar isso a você.

— Sonetos? — Ele deu um amplo sorriso. — Você estava escondendo sua poesia de mim? E agora eu tenho um grande tesouro para ler?

— Acho que você vai ter de decidir por si mesmo se são um tesouro ou um lixo.

O que eu não lhe disse, e que ele descobriria por si mesmo, era que os sonetos datavam de muito tempo atrás, desde 1936. Eu passara horas juntando os versos para formar uma narrativa coerente, uma progressão que seguia os amores que eu sentira antes e meu crescente amor por ele. Eu teci o passado e o presente juntos em uma coleção que poderia ilustrar a visão mais clara do meu coração. Foi algo corajoso. Foi uma atitude que poderia me envergonhar e partir meu coração.

Os sonetos oscilavam selvagemente entre paixão e desespero, entre desejo e constrangimento. Mas eu queria que ele fizesse essa jornada selvagem para que finalmente compreendesse o arco maior do meu amor por ele há tanto tempo. Também incluí quinze poemas que não faziam parte dos 45 sonetos de amor, poemas que retratavam nossos dias juntos — desde a *Balada dos pés com bolhas* (nossa primeira caminhada na colina Shotover) e o *Soneto dos mal-entendidos* (após deixá-lo naquela manhã de Natal) até o último, intitulado *Não deixe que ninguém.*

Ele abriu a pasta, e as cópias carbono de todos os sonetos do meu coração atribulado ficaram expostas aos seus olhos, ao seu conhecimento. Mas eu não podia mais esconder. Assim como Orual levantou seu véu, eu lhe entreguei aquela pasta.

— Parei de escrevê-los — revelei. — O último foi depois da visita dos meus pais.

Os olhos dele passaram pela capa, na qual eu datilografei uma rima boba e um bilhete para ele: "Caro Jack, aqui estão alguns sonetos que talvez você queira ler...".

— Você parou de escrever poesia? Por que raios?

— Não — eu disse com um sorriso. — Não toda poesia. Só *esse* tipo de poesia. Você vai entender quando ler.

Ele se sentou na cadeira e eu fiquei em pé, vendo a tarde cair pelas janelas como mel.

— É o único presente que eu tenho. — Citei a carta de abertura em sua mão. — Você me deu tanto, e agora me oferece um lar aqui em Oxford. Este é um presente em troca.

Seus olhos irradiaram ternura, e então ele começou a ler. Afastei-me e o deixei com os sonetos de amor. Com a poesia e com o meu coração.

Foi na tarde seguinte, já no final do dia — enquanto eu estava na cozinha mexendo na correspondência e cantarolando a melodia de uma velha canção em que eu não pensava há anos, *Swinging on a Star*, de Bing Crosby — que Jack veio até mim. Eu passei o dia no jardim e estava suja de terra macia, debaixo das unhas e espalhada pelo avental de cozinha por cima de meu vestido florido. Cansada e satisfeita.

— "Entre dois rios, no clima saudoso, céu mudando, árvore despindo, verão acabando."

Soneto 6. Dos dias do nosso primeiro encontro.

— Você leu todos... — Eu deixei a correspondência cair sobre a mesa.

— Não todos. Ainda não. Quero saboreá-los tão lentamente quanto uma boa taça de vinho. Eles são impressionantes e, como já descrevi seu trabalho antes, inflamados. As imagens, o sofrimento e a perda dolorosa são palpáveis. Sinto-me honrado de você ter oferecido seus sonetos a mim.

— Você entende que esses sonetos são para você? — Limpei as mãos no avental, espalhando terra nele.

— Mas alguns foram escritos antes de você me conhecer. Alguns são para outros homens. Outros homens que você amou — Jack falou em voz baixa, e eu pude perceber em seu tom que ele não lidou bem com a ideia de eu ter amado outros homens. Aquilo era ciúme ou foi uma constatação que ele fez?

— Sim, mas sempre foram para você. Não consegue ver isso? Ainda assim, são *para* você. A coleção e como eu a organizei... Esses sonetos são a angústia do meu coração.

— Angústia do seu coração... — Jack deu um passo à frente. — Não é a angústia do seu coração. É algo extraordinário.

Eu parei ao ver a beleza do elogio dele, querendo mergulhar na atemporalidade de suas palavras. Décadas de poesia de amor estavam agora em suas mãos.

— Você é magnífica, Joy.

— Jack... — eu disse seu nome, saboreando-o com o mesmo amor de sempre.

Ele suspirou e deu um passo para mais perto.

— Esta é uma jornada incrível para um homem velho. Nunca esperei que alguém como você entrasse na minha vida; eu estava acostumado aos meus hábitos, tentando viver as virtudes. Já falamos sobre isso antes, mas talvez seja mais bem explicado por algo que meu amigo Owen Barfield falou sobre mim em uma grande discussão sobre cervejas: eu não consigo deixar de tentar viver o que *penso*.

— Bem, meu querido... — Sorri para ele. — Eu quero que você viva o que *sente*.

— Não é tão fácil para nós como é para você.

Eu bati no peito dele, no lugar do coração.

— Por que você fecha minha porta no seu coração, a porta do lugar que é só nosso?

— Você *está* lá dentro. — Ele se inclinou para frente. — Eu sinto o seu amor, e ele me muda a cada dia. Mas não consigo forçar meus padrões enraizados a mudarem. Eu não sei *como*. Quando a conheci, você era casada, e depois divorciada. Nossa união seria adultério. — Ele fez uma pausa.

Foi então que eu citei um soneto:

— "Amor. Certamente não vai matá-lo, mas também não vai deixá-lo dormir à noite."

Ele riu.

— *Soneto 3.* — Então ficou sério. — E você tem muita razão.

Eu meneei a cabeça.

— Você é extremamente irritante.

Ele ignorou meu comentário, se aproximando.

— Joy, estou atrasado para o culto Evensong na Igreja Santa Maria. Depois, vamos tomar um gole no Six Bells. Quer ir comigo?

— Ah, hoje à noite acho que vou ficar em casa e aproveitar o silêncio.

Ele franziu a testa, mas assentiu.

— Eu volto logo.

Enquanto se afastava, ele olhou para trás, para mim, como se nós dois tivéssemos um grande segredo de sonetos, e de fato tínhamos.

Capítulo 47

Que tola eu fui ao agir como o camundongo
E gritar por misericórdia!

Soneto 43, Joy Davidman

Abril de 1956

Era o dia do meu casamento — se é que se podia chamá-lo assim. No entanto, quem diria que haveria outro?

Na minha nova casa na rua Old High, 10, em Oxford, eu estava diante do espelho, abotoando a frente do vestido de cor creme que usaria naquele dia para o meu segundo casamento — embora estivesse claro que não seria um "casamento de verdade". Mesmo assim, a ideia veio bem a tempo de me salvar de outra visita do Ministério do Interior e outro pedido de visto prolongado aos tribunais.

Jack bateu levemente à porta.

— Entre. — Eu me virei para olhá-lo.

Ele entrou com aquele sorriso que eu amava.

— Você está linda, Joy. — Ele ajustou a gravata e fez uma expressão travessa. — "Os anjos desaprovam o jeito como olho para você." — E se aproximou, afastando meu cabelo do ombro.

Jack acabara de citar o *Soneto 38*.

Ele vinha fazendo isso há meses, secretamente inserindo versos dos meus sonetos na nossa vida cotidiana: fosse no meu jardim, enquanto eu plantava tulipas e narcisos, ou jogava uma rede para evitar que os pássaros o destruíssem, ou enquanto chamávamos um táxi para ir a uma festa. Nos últimos oito meses, desde que eu lhe entregara meu coração naqueles sonetos, ele se tornou mais gentil e afetuoso.

Endireitei sua gravata.

— Você está muito bonito para o seu primeiro casamento.

Ele colocou a mão sobre a minha e a manteve lá até que o grito angustiado de Douglas ecoou pela casa.

— Mamãe!

— O que foi? — Eu dei um tapinha na gravata de Jack e saí do quarto.

Douglas disparou pelo corredor e estacionou em frente a mim, com as mãos estendidas em súplica. Nelas estavam os restos do que eu supus ser seu precioso periquito, Chirpers.

— O Leo comeu o Chirpers! — ele chorou. — Aquele gato horroroso comeu meu passarinho!

— Tem certeza de que foi o Leo? Talvez tenha sido o Snowball. — Havíamos adotado um novo gatinho, uma bolinha de pelo branco que tremia.

— Foi o Leo!

— No dia do meu casamento? — Tentei não rir, mas o que mais eu poderia fazer? Era um passarinho mau e antipático mesmo, embora eu nunca tivesse dito isso ao Douglas.

— Não é um casamento *de verdade*. E o Chirpers está morto. Morto!

Peguei o pássaro das mãos de meu filho e o cobri com a outra mão.

Jack apareceu atrás de mim:

— Daremos ao Chirpers o enterro cristão adequado que ele merece. Agora ele está no céu, voando com os outros passarinhos mortos por gatos — ele disse.

— Eu odeio gatos... — Douglas enxugou as lágrimas e saiu de má vontade. A porta da frente se fechou com tanta força que fez o chão tremer.

Davy estava por perto em algum lugar, provavelmente imerso em sua nova paixão: Shakespeare.

Levei Chirpers para o meu quarto, onde encontrei uma caixa de sapatos velha e o coloquei com cuidado, enquanto Jack saía para consolar Douglas.

Que família estranha nós éramos.

Já estávamos na rua Old High há sete meses naquela época. Em uma tarde de agosto escaldante, depois que Jack partira para uma viagem adiada à Irlanda com Warnie, os meninos e eu saímos de Londres. Nós nos instalamos no sobrado de tijolos, que tinha três quartos, uma sala de estar, uma cozinha e até uma pequena sala de jantar. No dia da mudança, enquanto caixas e móveis gastos eram arrastados pela porta da frente, nós três fomos para os fundos e olhamos para o amplo gramado que compartilhávamos com a casa idêntica ao lado. Havia pés de ameixa e maçã no nosso quintal, lembranças do passado.

— "Uma coroa em vez de cinzas" — eu disse aos meus meninos. — Deus restaura o que foi perdido.

Naturalmente, eles apenas me olharam confusos e tiraram os sapatos para sentir a grama macia sob os pés.

— Oxford é muito melhor do que Londres. — Foi a primeira vez em muito tempo que vi um sorriso tão largo no rosto sério de Davy.

— Verdade, meu filho lindo. É melhor mesmo — concordei.

Os meses passaram voando de várias formas, e foram os melhores de muitas maneiras, mesmo com a minha saúde ainda em declínio e confusa: "Ah, é só a meia-idade e o estresse", os médicos continuavam a dizer. Caminhar se tornou difícil — reumatismo, foi o que me disseram —, e eu com apenas 41 anos. Quando foi que *41 anos* se tornou meia-idade? Davy tentou me ensinar a andar de bicicleta para facilitar a locomoção, mas eu não conseguia nem colocar o peso no quadril para subir no assento.

Oxford se tornou nosso lar em um piscar de olhos, e eu voltei a receber visitas de amigos e vizinhos. Eu cozinhava, fazia geleia de ameixa com as frutas do quintal, cuidava do jardim e, é claro, escrevia e editava como sempre. O pub White Hart ficava a uma quadra de distância, e seus jardins eram exuberantes como uma selva tropical, então eu frequentemente pedia um gole e me sentava em uma mesa bamba para escrever.

Jack passava longas horas com os meninos — comprou um cavalo para eles pastorearem no terreno dos fundos de The Kilns, e deixava Davy comprar quantos livros quisesse na Blackwell's. Havia uma bola de futebol para Douglas e roupas para os dois. Jack se apaixonou por eles, e os meninos se apaixonaram por ele; isso era evidente e encantador.

Surpreendido pela alegria foi lançado no mês anterior com grande aclamação. Várias vezes me perguntaram se o título se referia a mim.

— Ah, seria adorável — era minha resposta imediata —, mas não. Esse livro é a essência de uma vida inteira em que Jack buscou algo que ele encontrou quando criança em um jardim em miniatura: alegria.

Eu trabalhava em *Os sete mortais*, pelo qual recebi um adiantamento, mas parecia um beco sem saída. Esquecendo o que eu concluíra quando escrevi *Fumaça na montanha* — que escrever teologia não era o meu forte —, eu estava sendo pressionada até os limites. Fiz pausas no meu próprio trabalho para datilografar freneticamente o livro de mistério de Kay Farrer, o que não apenas trouxe dinheiro, mas também foi um favor que pude fazer para uma amiga que eu admirava. Eu escrevia pequenas histórias e ainda esperava conseguir algo com meu livro *Rainha Cinderela*. Datilografava para receber dinheiro, mas não desistia nem jamais desistiria do meu próprio trabalho.

E, ah!, para o bem do meu ego, fui convidada a falar na Pusey House sobre Charles Williams, e numa igreja de Londres sobre as dificuldades de ser uma cristã judia. De muitas maneiras, parecia que meu amor por Deus, minha alma, minha família e meus amigos se tornou um ímã, juntando todos os pedaços quebrados e dispersos da minha vida.

Bill e eu continuamos uma correspondência rigorosa: às vezes eu implorava dinheiro, outras vezes agradecia. Eu lhe contava novidades e sempre o mantinha atualizado sobre a vida de nossos filhos: Douglas jogando no time de futebol sub-11 e Davy trocando cartas com Tollers sobre *O Hobbit*, aprendendo runas e o alfabeto Erse. Contei a Bill sobre o passatempo favorito de Davy: visitar a livraria Blackwell's quantas vezes e por quanto tempo quisesse, já que Jack lhe dava uma grande mesada para livros. E a maior surpresa de todas: Douglas começara a escrever poesia!

"Um pavão dourado voa" era o começo de um de seus poemas. Eu esperava ter pintado um retrato da nossa felicidade para Bill, pois *era* uma vida feliz.

Jack ficava comigo sempre que vinha de Cambridge a Oxford, e muitos sussurravam que ele havia se mudado para cá. Que imaginação vívida tinham.

Houve uma noite em que pensei que estávamos em um encontro, quando ele me levou para ver *As bacantes de Eurípedes*, a grande tragédia grega. No escuro do teatro, ele pegou minha mão. Com nossos dedos entrelaçados e o grande final trágico da peça se aproximando, acreditei em algo mais para nós. Porém, infelizmente, após sair daquele teatro escuro, nossos ritmos naturais voltaram: *philia*, conversa fiada, cerveja e risadas.

Todo domingo íamos juntos à Igreja Santa Trindade, que ele e Warnie frequentavam há anos, assistindo às missas sem órgão e se sentando atrás da coluna para que o padre não visse quando Jack discordava do sermão. Nós três sempre saíamos logo após a Comunhão e íamos até a cidade para tomar cerveja. Havia partes da liturgia que alimentavam minha alma e outras que me eriçavam o espírito embativo.

Em uma esplêndida noite no começo do ano, eu tirei do fundo do armário um elegante vestido de festa azul-escuro, dos meus dias em Nova York. Surpresa ao descobrir que ainda servia, usei-o para ir a um jantar que Jack deu em minha homenagem no Magdalen. Ali conheci amigos dele de quem eu já tinha ouvido falar, mas nunca encontrado. Comportei-me. Sorri de forma discreta. Foi uma noite maravilhosa que terminou com uma corrida de táxi cheia de risadas, conforme Jack imitava cada um de seus amigos. Nós éramos um time: ambos nos entendíamos de um jeito sem igual e sem precedentes.

Fui ver Jack duas vezes, antes e depois de ele se encontrar com antigos Inklings no Pássaro e o Bebê, que foi quando descobri que a árvore falante de Tollers, Barbárvore, foi criada a partir de Jack.

Quando achava que tinha descoberto tudo o que podia, havia mais a descobrir sobre esse homem. Eu estava confiante disto: era apenas o começo. Sentia que estávamos em um limiar, em um precipício. Tínhamos uma vida inteira para nos aproximarmos e realmente nos conhecermos.

Uma vida inteira.

E quem sabe do que essa vida inteira é feita? Quantos dias e horas?

— Jack... — Eu o encarei depois de pegar minha bolsa do gancho na parede para ir ao cartório. — Isso é para ser um segredo? Esse casamento?

— Não é tanto um segredo, e sim algo entre nós. Como não é um casamento aos olhos da igreja e não estamos morando juntos, é algo que podemos guardar só para nós. Naturalmente o dr. Humphrey e Austin Farrer estarão lá hoje, então eles vão saber.

— Eu quero que o mundo inteiro saiba — confessei.

Ele sorriu tristemente e abotoou o paletó, olhando-me diretamente. — Nós vamos saber, Joy. Nós vamos saber, e é isso que importa.

Eu alisei o meu vestido de cor creme para ir ao cartório na rua St. Giles, onde ficava nosso amado Pássaro e o Bebê, onde assinaríamos os papéis que nos tornariam legalmente marido e mulher em 26 de abril de 1956.

Capítulo 48

Abra sua porta, não deixe que o coração atrasado
Morra na noite fria; abra sua porta

Soneto 44, Joy Davidman

— Acho que nunca houve um outubro mais sublime — Jack comentou, em voz baixa. A ponta acesa de seu cigarro brilhou, sua própria lua cheia vermelha, e então caiu em faíscas no chão. — As manhãs frescas, os dias quentes e as noites como esta. Não me lembro de outro tão bonito.

A lua de outubro estava cheia, pairando sobre nós no quintal dos fundos da minha casa na rua Old High. Depois de horas conversando, ficamos em silêncio, sentados no mesmo banco, com nossos joelhos se tocando.

Eu concordei e, embora ele não estivesse me olhando, sabia que sentia o mesmo. Kay e Austin Farrer, além de outros amigos, tinham acabado de ir embora depois de um pequeno jantar festivo que eu dei. Kay sussurrou para mim na cozinha:

— Austin e eu concordamos que Jack esteve mais gentil nos últimos meses. Ele está mais tranquilo e relaxado. É como se sua natureza sensível finalmente tivesse aparecido. E todos sabemos que é por sua causa.

Para o jantar daquela noite, eu fiz cordeiro da melhor maneira que sabia, servindo purê de batatas à americana e vagens que eu coloquei em conserva no verão passado em The Kilns. Fiz uma torta de maçã com as maçãs do meu quintal e quase consegui sentir o gosto dos verões em Vermont com Chad e Eva Walsh. O vinho e a conversa fluíam tão suaves quanto poderiam.

Já eram onze da noite e Jack foi o último a sair. Ele sempre era o último a sair. Todos os dias ele vinha a pé de The Kilns até minha casa, e nós trabalhávamos ou passeávamos pela cidade.

— Hoje eu comprei fogos de artifício para o Dia de Guy Fawkes — contei. — Então não faça mais estoque, senão os meninos terão fogos suficientes para destruir toda a sua floresta.

— Vou dizer ao Warnie. Ele é quem os estoca. Ah! Ele já contou a você? Está lendo o livro do seu marido, *Monster Midway*.

Eu ri e encostei minha cabeça em seu ombro.

— Eu acho que você é meu marido.

— Sim, eu sou. — Jack deu uma palmadinha no meu joelho.

Fiz uma pausa antes de tocar em um assunto que mantive bem guardado até que todos os convidados fossem embora.

— Jack, esses dias e noites estão entre os mais preciosos da minha vida. Os jantares, os amigos. As conversas. Quase sinto que construí uma vida aqui.

Ele se virou para mim com o cigarro quase chegando ao filtro. Deixou-o cair no chão e o esmagou com o sapato.

— Mas? — ele perguntou.

— Há um falatório sobre mim. Sobre nós.

— Que tipo de falatório?

— Você não consegue imaginar, Jack? O acadêmico de Oxford que vai até a casa da mulher divorciada até tarde da noite, todas as noites. As pessoas fofocam. — Fiz uma pausa. — Kay me disse que o Tollers tem medo do que Cambridge vai pensar quando souberem disso. Nós parecemos inapropriados.

Ele tentou rir, mas não deu certo; então, em vez disso, citou outro soneto:

— "Sorriria com desdém, e ao meio-dia abrasador." — Ele parou depois do verso, vendo que eu não ri nem respondi. — Desde quando você se importa com o que os outros acham inapropriado?

— Eu me importo, Jack.

— Você gostaria que eu não viesse aqui tanto assim? Porque eu não aguentaria isso.

Naquela noite, deixei meu cabelo solto, e ele caía sobre meus ombros. O vento soprava e o balançava, fazendo com que os fios pousassem sobre meus olhos enquanto eu falava.

— Não, mas eu gostaria de parar de ser o seu segredinho. Nós somos casados. Sei que não aos olhos de Deus. Sei que não aos olhos de *eros*, como você diria. — Levantei-me então e olhei para ele. — Mas nós *somos* casados. E ninguém sabe. — As lágrimas subiram aos meus olhos, aquelas que eu segurei por tanto tempo. — Sinto como se você tivesse vergonha de mim. Como se gostasse de manter nossa amizade nessa pequena caixa de papelão a que só nós e alguns outros têm acesso.

— Joy, eu trouxe você completamente para a minha vida. Apresentei você a Oxford e a Cambridge. Estamos juntos todos os dias. — Seu rosto caiu em tristeza. — Não há nenhuma área que eu tenha escondido.

— Eu envergonho você?

Jack se levantou e ficou diante de mim.

— Você não acredita nisso, acredita?

— Eu não sei mais no que acreditar sobre nós.

— Se não quer que eu pare de vir aqui, o que quer? Que eu diga a todos que fizemos um casamento civil para que você pudesse ficar no país? Eu contei ao meu querido amigo Arthur, na Irlanda.

Levantei a mão para interromper suas defesas.

— Eu acabei de estragar a noite — eu disse. — Perdão. Estou cansada, e provavelmente não estou falando coisa com coisa. Minhas antigas inseguranças estão surgindo. Mas manter nosso casamento em segredo parece desonesto e clandestino. E humilhante.

— Joy... — Ele deu dois passos em minha direção. O aroma da sala comum em The Kilns, a fumaça de cigarro e o vento do outono com folhas esmagadas me envolveram. Ele pegou minhas mãos e as pressionou contra seu peito, como se fosse algo que ele tivesse feito um milhão de vezes antes e não como se esta fosse a primeira vez.

— Você e os meninos gostariam de se mudar para The Kilns então?

— O quê?

Será que eu tinha ouvido direito? Ele tinha acabado de nos convidar para nos mudar? Não para passar as férias, não para um feriado ou uma festa, mas para nos *mudar*. O vinho e a luz da lua estavam pregando peças? Será que eu era outra Janie e Maureen?

— Eu estive pensando sobre isso, e você me fez ver que é hora de parar de apenas pensar. É hora de fazer. Nós *vamos* construir uma vida lá, Joy. Não haverá mais fofocas e eu vou dizer a todos que nos casamos.

— Mas não aos olhos da igreja, nem na carne?

— A igreja nunca permitirá isso.

— O rei Eduardo abdicou do trono para se casar com Wallis Simpson, o amor de sua vida. Mas não acontece muito de existir um amor grande o suficiente para desafiar regras rígidas que não fazem muito sentido. — Pausei. — E aqui estou eu, uma horrível divorciada, assim como ela.

— Não! — A dor em sua voz me fez olhar para cima, e vi seu rosto se contorcer. Ele rapidamente levou minhas mãos até os lábios.

Fechei os olhos e deixei a sensação me envolver, a simples felicidade de seus lábios sobre minha pele, meu coração acelerado pedindo mais, o vento do outono bagunçando seu cabelo no momento em que ele me pediu para ir morar com ele. Ele soltou minhas mãos, e eu abri os olhos.

Sua mão se ergueu, e a princípio não imaginei o porquê; parecia uma coreografia exótica na dança do nosso relacionamento. Logo sua mão estava atrás da minha cabeça, os dedos entrelaçados em meu cabelo grosso, e, com um leve puxão, encostou meu corpo no seu.

Ele me beijou.

Gentilmente.

Finalmente.

Meus lábios encontraram os seus com tanta facilidade quanto o mar encontra a praia, como o sol alcança a terra. Nossas bocas eram macias, porém ávidas naquela ternura. Minhas mãos estavam atrás de seu pescoço, no espaço macio abaixo de seu cabelo, para onde eu frequentemente olhava quando ele caminhava à minha frente. Toquei sua pele. Em meu corpo, senti o contorno de um corpo que eu já havia memorizado. Tudo dentro de mim se soltou e relaxou, rendendo-me a qualquer coisa que ele desejasse.

Permanecemos ali por alguns momentos, sob a lua cheia de Selene.

Algumas coisas são mais intensas na imaginação, e outras são mais poderosas na realidade. Seu toque e seus lábios… eu não poderia ter imaginado o êxtase de ambos. Nada jamais foi tão digno de espera como isso.

Ele recuou e pousou sua testa na minha antes de beijar o lugar macio abaixo da minha orelha. Eu estremeci com o desejo de mais. Quando se afastou de mim, segurando minhas mãos, ele sorriu, mas não foi um sorriso que eu já tinha visto antes. Esse, curvado nos cantos, com os olhos fixos nos meus, era só nosso. *Somente* nosso.

— Boa noite, minha querida Joy. — E, com isso, ele se foi.

A sensação foi quase a mesma da noite em que Deus entrou nos lugares feridos do meu eu no quarto dos meus filhos: como se meus limites tivessem sido dissolvidos, como se tudo o que eu era se tornasse um com tudo o que era outro. Tal como naquela noite, isso não consertou nada, mas foi o começo de algo que poderia me mudar, *nos* mudar.

O amor puro, ao que parecia, não era limitado a uma experiência singular.

Por duas semanas, quase não pensei em outra coisa além do beijo e do toque dele, mas ainda assim tentei trabalhar. Minha mente girava de volta para aquele momento em que seus lábios encontraram os meus, e eu me via parada, imóvel, onde quer que estivesse, com a mão sobre meu coração e os olhos fechados. Era um estado de desejo e expectativa no qual o tempo se abria.

Os dias eram felizes, exceto pelas dores nas minhas pernas e quadris, mas até isso estava colorido por um desejo crescente. Quando Jack se afastava de Cambridge por breves períodos, havia mais beijos. Beijos suaves, beijos de promessas sem palavras. Ele segurava minha mão nas longas caminhadas pela colina Shotover. Se aproximava devagar, mais e mais, como se precisasse me cortejar, mesmo que eu já o amasse.

Quando estava em Oxford, ficava até tarde comigo como sempre fizera, mas agora se acomodava confortavelmente junto a mim quando estávamos sozinhos. Eu não forçava, apenas esperava pacientemente para experimentar quem nos tornaríamos quando morássemos juntos.

Eu me mudaria para seu quarto? Será que ele queria que continuássemos na abstinência? Meu corpo não me permitia pensar em muito mais além de Jack e seu toque.

Capítulo 49

Meu amigo, se foi pecado em você e em mim
Termos ido pescar um ao outro nas
Águas turbulentas da vida

Soneto 32, Joy Davidman

18 de outubro de 1956

Só Deus sabe quando a vida se abrirá, despedaçando todos os planos e expectativas que fizemos, tão ilusórios quanto sonhos. Para mim, foi em uma quinta-feira. Uma quinta-feira comum aos olhos de todos.

Meus filhos voltaram para a escola. A derradeira crônica de Nárnia de Jack, *A última batalha*, tinha acabado de ser lançada. A editora Harcourt publicou *Até que tenhamos rostos* com uma capa preta e assombrosa. Estávamos tão emocionados como se tivéssemos tido nosso primeiro filho, aguardando as críticas e as leituras.

A vida começou de novo para ambos.

O vento do outono sussurrava nas bétulas, e os pássaros cantavam uns para os outros do lado de fora da janela aberta da pequena sala onde eu datilografava páginas para o novo livro policial de Kay Farrer. A iminente mudança para The Kilns me preocupava.

Leo esfregou-se na minha perna, com seu pelo grudando na minha calça de flanela. Abaixei-me e fiz-lhe um carinho atrás da orelha.

— Você também está feliz, meu velho? Já se acostumou com Oxford, não é? — Ele ronronou e foi até a porta da frente, olhando para trás. Queria sair.

Eu me levantei. Foi tudo o que fiz: me levantei e dei um passo.

E tudo mudou.

Como um fogo abrasador e insuportável, a dor explodiu no meu quadril esquerdo. A chama desceu pela minha perna e tirou o fôlego dos meus pulmões, fazendo-me cair no chão com um grito de agonia. Por uma fração de segundo, pensei que tivesse sido baleada. Esperei ver um buraco na parede ou na janela, e um fino rio de sangue escorrendo pelo chão de madeira, se infiltrando nas bordas do meu tapete amassado.

O telefone tocou do outro lado da casa, em total desrespeito à minha agonia, como se zombasse de mim. Quem quer que estivesse naquele telefone deveria ter sido capaz de me ouvir gritar. Eu me encolhi, dobrando-me em posição fetal com minha perna torcida no ângulo errado. A dor obliterou todas as minhas sensações, exceto a sua própria, egoísta em sua angústia inundante, tornando-se tudo o que eu sentia. Não vi nada, não senti cheiro de nada; o mundo existia apenas no fogo que gritava ao longo do meu corpo.

Devagar, pensamentos começaram a surgir, um a um. O que aconteceu? Foi grave? Como foi que eu caí? Onde eu estava? Eu tropecei no Leo?

Não, não foi isso. Eu tinha me levantado e minha perna simplesmente cedeu embaixo de mim.

Com movimentos pequenos e meticulosos, rastejei pelo chão de madeira.

Você consegue.

Devagar.

Você precisa de ajuda.

Não entre em pânico.

Chamas lamberam o interior da minha coxa. Respirei profundamente, mas minha respiração ficou presa na garganta e escapou em soluços, a despeito da minha vontade. Lutei contra a neblina mental da dor, tentando pensar em quem chamar. Eu precisava de alguém por perto, alguém para me buscar.

Kay. Ela estava perto, a apenas uma quadra de distância. Finalmente alcancei a beirada da mesa. Não consegui me levantar para alcançar o telefone, então peguei seu fio escuro como um cabelo e o puxei para o chão. O telefone caiu com tudo, fazendo barulho e assustando Leo, que deu um pulo no quarto com um miado alto. Como em câmera lenta, disquei o número de Kay e esperei desesperados e longos quatro toques, até que ela atendesse.

— Socorro. — Foi tudo o que eu consegui falar.

Capítulo 50

O que será de mim
Depois que a samambaia tiver brotado da minha mente
Mais uma primavera, Joy Davidman

Minhas pálpebras estavam tão pesadas quanto granito, e eu as levantei como se estivesse empurrando uma pedra para o alto da colina Shotover. Com a visão embaçada, vi cortinas brancas e aço cintilante; estreitei os olhos contra o brilho. Onde eu estava? A cama era dura e pequena, havia um travesseiro fino embaixo da minha cabeça, e me percebi deitada de costas. Em algum lugar distante (ou perto?), ouvi metais batendo contra metais e vozes sussurradas de pessoas sérias. Gazes de algodão cobriam meus pensamentos, e meu cérebro não funcionava. Será que eu tinha bebido demais? Era uma ressaca?

Piso de cerâmica polido.

Luzes fluorescentes demais.

Tentei me mover, apenas um pouco, mas a dor disparou do meu quadril em ambas as direções: descendo a perna e subindo até a virilha. Um grito involuntário surgiu, e eu me lembrei de tudo em um único flash: Kay e Austin chegando aos gritos à rua Old High e me levando para a cama; Kay sussurrando que era ela quem estava ligando quando eu caí — uma premonição de que algo estava errado. Passei a noite agitada e angustiada, engolindo o que sobrou de codeína da minha cirurgia dentária, sem conseguir atenuar a dor. Ao amanhecer, a ambulância foi chamada e chegou com estrondo para me levar ao Hospital Ortopédico Wingfield. Os raios-X e as agulhas, os gritos, e a bendita e abençoada ausência de dor quando o medicamento correu pelas minhas veias.

Com o meu grito, uma enfermeira apareceu, com seu chapéu branco como um cisne em voo no lago de Jack.

— Sra. Gresham — disse a enfermeira calmamente. — Está acordada.

— Onde está o médico? Preciso saber o que há de errado. — Minha mente lógica estourou como um clarão através da neblina: diagnosticar, resolver, consertar.

— Você quebrou a perna — ela me contou com a voz estranhamente calma de quem tenta manter tranquila uma pessoa histérica.

— Dessa parte eu sei. — Minha voz estava fragmentada, tão frágil quanto o resto de mim. Alguém trançou meu cabelo em duas tranças, que caíam sobre meus ombros com fitas brancas nas pontas. Eu nunca havia usado meu cabelo assim, e o presságio parecia mórbido: eu não era mais eu. O cobertor sobre minha perna esquerda estava arqueado, e havia uma gaiola de metal embaixo para evitar que o tecido encostasse nos ossos quebrados.

— Eu passei por uma cirurgia? — perguntei.

— Não, mas o médico virá em breve conversar com você.

Ela inseriu uma seringa cheia de fluido dourado no meu braço, e eu não fiz nada além de observá-la empurrar o êmbolo, como uma observadora distraída esperando apenas pelo alívio. O que Jack disse sobre a dor? "O megafone de Deus para o mundo."

Bem, Deus, estou ouvindo.

Então, os nomes deles rugiram pela minha mente como leões gêmeos: *Davy. Douglas.*

Eles tinham doze e dez anos na época. Será que alguém telefonou para eles? Sabiam que eu quebrei a perna? Onde estava Jack? Kay não ligou para ele em Cambridge?

Virei a cabeça para a janela que se estendia por toda a parede. Lá fora brilhava o glorioso outono idílico da Inglaterra. A vista era tão bonita quanto a dos aposentos de Jack, já que o hospital ficava no *campus* de Oxford: o vasto gramado verde, as flores se amontoando umas contra as outras em busca de atenção, e as rosas, tão cor-de-rosa que pareciam pintadas. No entanto, dentro do quarto tudo o que havia era metal e plástico, hastes e cadeiras estéreis de aço com o cheiro persistente de álcool e vômito.

Uma grande agitação veio da porta, e meus pensamentos confusos imaginaram se estavam me trazendo uma colega de quarto. Virei a cabeça lentamente e vi Jack correr para a porta. Ele estava com um terno preto amassado, sua gravata torta e seu rosto desfigurado pelo medo.

— Jack! — Minha voz estremeceu. Eu sabia o tempo todo, mas vê-lo correr por aquela porta, com os cabelos esvoaçados e os olhos fixos em mim... Eu o amava mais profundamente do que qualquer homem que eu conhecia.

— Joy! — Ele veio até a minha cama e se ajoelhou, sem aproveitar a cadeira. — Você acordou.

— Você já veio aqui? — perguntei.

— Sim — ele disse, passando a mão por trás dos óculos para enxugar as lágrimas que surgiram em seus olhos. — Eu estive aqui.

— Você não precisava ter saído da faculdade... — Minha voz foi falhando.

Jack se levantou e trouxe a cadeira para se sentar e olhar para mim.

— Está com dor agora?

— O remédio que a enfermeira acabou de injetar no meu braço diz que não. — Tentei sorrir, mas não consegui. — O que aconteceu, Jack? Eu sei que caí e passei a noite em casa, mas depois que me trouxeram para cá...

— Você não se lembra?

— Um pouco aqui, um pouco ali... como peças de um quebra-cabeça. Lembro de uma máquina de raio X, e remédios e vozes baixas. Tanto alvoroço por uma perna quebrada, Jack. Muito alvoroço. Quero que me engessem e me deixem ir para casa.

Do lado de fora veio uma grande algazarra de um grupo de estudantes rindo e andando pelo gramado. A vida estava fora dessas paredes e dessa janela. Olhei para Jack, suplicando:

— Quero ir para casa.

— Tenho novidades, Joy. Os médicos me perguntaram se eu queria esconder de você, mas não posso. Mentiras não devem ser contadas nem para você, nem para ninguém.

O medo me envolveu em uma neblina tóxica, fechando minha garganta e enchendo meu peito com aquele bater de asas da ansiedade que já me era familiar. Peguei a mão de Jack e a envolvi na minha, agarrando-a como se fosse um bote salva-vidas:

— O que é?

— Eles virão falar com você.

— Eu quero que você me diga, Jack. O que você sabe?

— É leucemia ou outro tipo de câncer. — Os dois diagnósticos se espalharam pela sala como uma poeira escura, algo maligno.

— Não do tipo real — falei com certa compreensão profunda de que não havia algum tipo de câncer que fosse "irreal". — É reumatismo. É o que vivem me dizendo. Fibromialgia, disseram.

— Eles estavam errados. O que quer que seja, Joy, está na sua perna. — A dor distorceu o rosto de Jack. Ele segurava minha mão com tanta força que eu não queria lhe dizer que estava doendo. — Os médicos contaram que os raios X mostram que seu fêmur parece ter sido comido por traças.

— Bem, talvez tenha mesmo — e um soluço escapou. — Talvez a rua Old High tenha uma epidemia de traças e nós não sabemos e...

Jack se inclinou para mim, enxugou minhas lágrimas e me beijou tão suavemente quanto se pode fazer em um leito de hospital. Se eu pudesse, teria caído daquela cama para os braços dele. Se eu pudesse ter caído de joelhos, já estaria ajoelhada. Em vez disso, me agarrei a Jack, com suas mãos entrelaçadas às minhas.

— Não. Não pode ser algo tão ruim assim. Não *agora*.

Ele me beijou novamente e, pousando a mão levemente na minha bochecha, disse:

— Eu não posso perder você, Joy. Eu te amo tanto... Fui um tolo, um maldito tolo. Eu devia ter amado você e dito isso todo dia desde que descobri.

— Jack... — falei em voz baixa, como se eu fosse espantar sua confissão se falasse mais alto. — Você me *ama*?

— Com todo o meu ser.

— Isso é porque eu estou morrendo? É um presente de consolação? — Eu enxuguei as lágrimas dele, depois as minhas.

— Joy, você não está morrendo. E, mesmo que estivesse, esse amor já estava aqui o tempo todo. Às vezes é preciso um grande chacoalhar de Deus para me acordar da minha insolência, para me fazer admitir sentimentos que já existem.

— Dor — eu disse e fechei os olhos. — O megafone de Deus.

As lágrimas estavam nos cantos de seus lábios suaves e grossos, e ele me beijou novamente. Eu senti o gosto da dor dele enquanto ele falava, e então sua respiração sussurrou no meu ouvido:

— Ninguém sabe quando a amizade cruza a fronteira para o amor, mas ela cruzou. Já faz muito tempo, mas só agora consigo dar palavras à verdade.

Ele levantou a cabeça, e eu toquei seu rosto.

— Eu te amo há tanto tempo, Jack. Agora que estou no meu pior estado, você declara *seu* amor? Deus realmente trabalha de maneiras misteriosas. — Beijei-o novamente e senti o tabaco, o calor.

— No seu pior estado? — Ele meneou a cabeça e seus óculos caíram do rosto, pousando no velho cobertor de cor creme que cobria meu corpo doente. — Você é linda para mim, Joy. Você é *tudo* o que é lindo. — Ele afastou um fio de cabelo solto do meu rosto. — A minha vida inteira eu pensei no amor de um jeito literário, como parte de uma história ou de um conto de fadas. Mas o amor existe mesmo; agora eu sei. *Eros*. Eu não tinha amado completamente até agora. Sei disso. — Sua voz carregava a verdade de cada palavra dita, um homem destruído pela ameaça da morte.

— Ah, Jack — suspirei, com as lágrimas obstruindo minha voz. — Eu nunca parei de amar você, nem por um minuto. Mesmo quando você me disse para não amar, quando me disse para aceitar *philia*, quando me disse que gostava de loiras... — Eu ri e ele também, um humor absurdo em uma sala nublada de medo.

Jack apoiou a bochecha na minha:

— Eu a mantive por perto; precisava de você como o ar e a água, como o jardim e a floresta, mesmo lhe dizendo "não". Quando não está comigo, eu penso em você. Quando vai embora, eu sinto sua falta. Eu fui um idiota, mantendo-a perto e ainda assim a afastando. Você se tornou a outra parte de mim. É a primeira pessoa com quem quero compartilhar pensamentos e momentos. Ah, como fui tolo!

Ele reclinou a cabeça sobre o meu peito, e eu coloquei minha mão em seu cabelo fino; passei os dedos pelo seu pescoço e depois por seus ombros dentro da camisa, sentindo a pele do homem que eu amava:

— Como uma mulher pode ser feliz e ter medo ao mesmo tempo? — perguntei. — Eu sonhei conosco assim por todos esses anos. E agora estou aqui, mais feia do que nunca, e você me amando.

Ele ergueu o rosto e sorriu para mim. Aquele sorriso que me pegou no Hotel Eastgate, aquele que ele dava quando eu contava uma boa piada, ou editava uma frase confusa, ou recitava um poema de cor, ou o vencia no Scrabble com uma palavra grega que ele havia esquecido.

— São os medicamentos para a dor? — perguntei, rindo.

Ele me beijou novamente.

— Tudo o que escrevi desde o dia em que entrou no Eastgate esteve ligado a você. Como eu não pude perceber isso antes?

— Não importa. Importa o agora — eu disse. — *Agora* você vê.

Então o rosto de Jack mudou, ficando com a seriedade estampada em cada traço.

— Deixe-me chamar o médico para você, Joy. Temos muitas decisões a tomar.

— Apenas por alguns momentos, antes de ouvirmos o badalar da morte que eles podem trazer, você pode me abraçar? — Pausei. — Você se lembra do poema que eu escrevi quando era jovem e saudável? "O que será de mim depois que a samambaia tiver brotado da minha mente..." — minha voz falhou. — Era sobre a minha morte, que parecia impossível, simplesmente um conceito.

— Do poema *Mais uma primavera.* Eu lembro. — Ele pressionava as duas palmas quentes sobre o topo da minha cabeça quando a porta se abriu suavemente e dois médicos entraram com pranchetas e expressões sérias. — Você terá muitas mais primaveras... muitas...

Jack levantou as mãos, e eu perguntei a ele sem olhar para os médicos ainda:

— Meus filhos. Eles já foram avisados?

— Ainda não. Eu mandei chamá-los. Eles vão chegar de trem amanhã, vou buscá-los na estação e trazê-los para cá.

— Warnie?

— Sim, e ele ficou arrasado. Ele também ama você. Não conseguiu nem me acompanhar até aqui; voltou para The Kilnss.

Os médicos mudaram de posição, mas eu mantive os olhos fixos em Jack.

— Quando posso ir para casa?

— Você não vai voltar para a rua Old High, Joy. Vai ficar aqui por muito tempo, e depois vai voltar para casa comigo. Eu nunca mais vou me afastar de você.

Então o primeiro médico deu um passo à frente e a longa liturgia das minhas doenças começou.

Podia ser leucemia, mas eles acreditavam que era outro tipo de câncer, e que já havia se espalhado. Os ossos da minha perna esquerda viraram pó, e um nódulo estava alojado no meu seio esquerdo. Haveria cirurgias e, se fosse câncer, radioterapia.

— É um diagnóstico grave — apontou o segundo médico. — Se for câncer de mama, como eu acredito, então passou tempo demais sem ser detectado.

— Eu fui ao médico — expliquei. — Faz tempo que digo a eles quanto estou *cansada*, e que esse cansaço não passa. Falei sobre o nódulo no meu seio. Sobre o meu coração com palpitações estranhas. Sobre as dores nos meus ossos. Sobre a náusea. Eles disseram que era a meia-idade e o estresse. — A raiva fez meu corpo tentar se sentar, mas uma dor intensa explodiu, descendo pela minha perna e subindo pelo meu lado. — Eu falei para eles — solucei.

— Há quanto tempo está aí, o nódulo? Quanto tempo? — O primeiro médico olhou para o segundo.

— Pelo menos sete anos. Eu falei com meus médicos nos Estados Unidos sobre ele, e depois com o dr. Harvard aqui.

Olhei para Jack, desesperada para voltar no tempo, para que alguém me orientasse a tirar a bomba-relógio do meu seio.

— Lembra quando eu falei sobre isso para o Humphrey? Naquele jantar? E ele também disse que não era nada para se preocupar. E depois os oito médicos que me examinaram em Londres e disseram novamente que era minha tireoide. Não pode ser câncer. Eles saberiam.

— Não podemos mudar isso — afirmou o primeiro médico. — Mas podemos fazer tudo para tratar agora.

— Como?

A lista era alarmante: cirurgia na perna, remoção dos ovários, cirurgia no seio, radioterapia. Reabilitação. Meses e meses disso tudo, a menos que, claro, eu morra no meio da tortura destinada a me salvar.

Quando a sala ficou vazia — os médicos saíram e Jack foi ver como Warnie estava e me trazer algumas coisas de casa —, voltei meus pensamentos para Jack e sua dor, já que a minha estava amortecida pelos medicamentos. Ele perdeu sua mãe da mesma forma, a maior tristeza de sua vida enterrada profundamente em sua psique. A vida toda ele evitou olhar diretamente para aquela grande angústia, e agora eu o estava fazendo reviver tudo. Será que foi por isso que ele hesitou em me amar desde o começo? Por causa do fantasma da perda pairando entre nós, uma ameaça de morte?

— Deus — falei em voz alta para a sala vazia —, como o senhor pode ser tão cruel com aqueles que ama? O senhor exige demais de nós.

Fechei os olhos e chorei silenciosamente enquanto assimilava aquela informação:

Jack me amava.

E eu estava morrendo.

Capítulo 51

O amor era a água,
A solidão era a sede

Soneto 8, Joy Davidman

— Mamãe?

Acordei assustada, um reflexo materno, a dor esmagando minha consciência. Douglas estava ao lado do meu leito hospitalar, e eu estendi os braços.

— Meus poogles! — exclamei, e olhei para Davy também, Jack ao seu lado. — Venham aqui.

Eles hesitaram, ainda em seus uniformes escolares e parecendo tão assustados quanto no dia em que desembarcamos no porto da Inglaterra. Meus filhos, que normalmente corriam para mim com toda a energia e se jogavam nos meus braços, hesitaram.

— Está tudo bem. Eu ainda sou eu. Só não batam na perna quebrada desta velha.

Douglas se aproximou primeiro, depois Davy, e eu os abracei.

— Vai ficar tudo bem.

Douglas tocou a coberta que estava levantada sobre minha perna.

— Dói?

— Sim — confessei. — Mas eles me dão remédios. Vão fazer algumas cirurgias e depois eu vou voltar para casa com vocês. Deus tem graça suficiente para todos nós.

— Jack disse que podemos nos mudar para The Kilns agora — observou Davy. — Hoje. — Sua voz tremia de incerteza e eu quis pular da cama, prometendo-lhe algo que não podia prometer: que logo eu ficaria bem.

— Então vocês vão — respondi. — E logo vou me juntar a vocês. Vamos ser uma família.

Olhei para Davy com grande intensidade, notando naquele momento como ele se parecia com Bill: o queixo pontudo, a testa alta, os óculos empoleirados no nariz. Quase vi um bigode que um dia surgiria. Será que meus filhos iam crescer sem mim? Ah, meu Deus, não! Eu me mudei para a Inglaterra para salvá-los, não para abandoná-los.

Jack veio até nós, colocando o braço ao redor do ombro deles e puxando-os para perto.

— Me contem tudo sobre a escola — falei. — Quero ouvir.

— Agora não. — A enfermeira chegou sem que eu percebesse, com seu chapéu branco apontando para leste e oeste, o batom vermelho escorrendo pelas linhas ao redor da boca. — Você precisa descansar. A cirurgia é amanhã e os médicos têm que ver você.

Ela segurava uma seringa na mão, e os meninos se afastaram, horrorizados.

— Sejam bons poogles — recomendei. — Vejo vocês amanhã. E logo vamos plantar vagem na horta com o Paxford, e pescar percas no lago. Vamos empinar pipa e andar de barco no rio Cherwell.

O rosto de Jack se contraiu com essas palavras, tomado de dor, e isso doeu mais do que os ossos quebrados da minha perna. Foi a expressão dele que me disse que aquelas coisas poderiam nunca acontecer.

— Vou orar por você, mamãe — Douglas me consolou, com os ombros para trás e uma expressão séria e madura no rosto. — Vou orar para Deus curar você.

— Por favor, faça isso, meu amor.

Douglas correu para fora do quarto com um movimento tão rápido que as cortinas se agitaram como se a janela tivesse sido aberta. Davy o seguiu, com o medo apertando seu corpo e com os punhos fechados.

Fiquei olhando para o espaço vazio onde meus meninos acabaram de estar, mas agora tudo o que eu via era a mesa lateral com um balde de vômito e um copo de água morna. Falei sem olhar para Jack.

— Você contou tudo para eles, não foi?

— Sim.

— Jack, não importa o que aconteça, prometa que nunca deixará meus meninos voltarem para os Estados Unidos. Você deve garantir que Bill nunca consiga a guarda deles. Antes de eu ser operada, preciso garantir isso; quero fazer os papéis, um testamento que dê plenos direitos a você.

— Joy... — Jack veio até mim e me beijou como se sempre fizéssemos isso, darmos um beijo antes de um comentário ou conversa. Fechei os olhos, sentindo o puro prazer do beijo. — Temos tempo suficiente para resolver tudo.

— Nós não sabemos, Jack. Você tem de me prometer que eles nunca vão voltar para os Estados Unidos, para os abusos e a raiva dele, para a minha prima que me traiu. O lar deles agora é aqui.

— Eu prometo, Joy.

— Você vai ficar com eles? — Segurei sua mão na minha. — Eles precisam de você e o amam, Jack. Sabe disso, não sabe?

— Assim como eu os amo. — Ele me beijou e saiu, como um pai para os meus filhos.

Acomodei-me de novo no travesseiro, no anestésico que me envolvia. Eu me sentia exausta há tanto tempo e agora sabia por quê: estava morrendo.

Toda a minha busca, os médicos, as dúvidas, e depois o diagnóstico de fibromialgia, reumatismo e hipotireoidismo... Deus não sabia de tudo isso desde o começo? Ele não viu o câncer crescendo, consumindo minhas entranhas? Ele não poderia ter intervindo em forma humana? Enviado um médico para diagnosticar o câncer muito antes de ele me comer viva?

Como o meu corpo pôde continuar me destruindo enquanto eu criava coragem e determinação para construir uma nova vida? Meu corpo trabalhava contra mim enquanto eu tentava, com tanto esforço, começar de novo? Será que um dos vários médicos que me avaliaram não podia ter percebido que o câncer estava acabando com o meu corpo? Que ele se espalhava dentro de mim?

Eu queria gritar: "Seja feita a tua vontade". Seria a melhor coisa a fazer se eu conseguisse, mas, em vez disso, sozinha naquele quarto de hospital, chorei longas e quentes lágrimas de desespero, implorando a Deus um milagre.

Capítulo 52

Eu me criaria
Em uma pequena fumaça de palavras e as deixaria
Após minha morte para beijar você para sempre

Mais uma primavera, Joy Davidman

Março de 1957

Talvez eu merecesse: os cinco meses de cirurgias, dor e vômitos, as semanas de medo e transferências de hospital, e a doença interminável. Talvez tudo isso tivesse se acumulado por conta de cada coisa terrível que eu fiz ou disse na minha vida, a fim de me assolar aos 41 anos. Mas será que Deus age assim?

Não.

Ele não lida com barganha ao atribuir punições.

Minha perna estava engessada; meus ovários, removidos; as evidências que restaram estavam na forma de pontos escuros e tortos que percorriam minha barriga como pequenas aranhas. O nódulo da minha mama foi retirado — o maldito caroço do qual eu sabia o tempo todo, mas que foi ignorado. Recebi radiação no quadril com máquinas que gemiam, e engoli remédios dos quais nunca tinha ouvido falar. A detestável e horrível lista dos locais de câncer era a seguinte: fêmur esquerdo, mama esquerda, ombro direito e perna direita.

Durante esses meses, passei da mística paz de Deus para a dúvida sombria e o pavor abismal da aniquilação. Entretanto, no final, será que eu realmente acreditava em tudo o que dizia acreditar? Será que eu acreditava que Deus existia de verdade? Ou ele era apenas como a minha Terra das Fadas: uma estratégia para lidar com a vida, imaginando que havia algo mais, algo melhor, algo lá fora pelo qual eu ansiava, mas que só existia nos sonhos? Talvez, só um detestável talvez, não houvesse nada além de ser humano, e sentir dor e sofrimento até não haver mais *nada*.

Em um livro de registro, eu poderia listar os motivos pelos quais merecia esse destino. Poderia listá-los e flagelar-me, mas o câncer vil já estava fazendo um ótimo trabalho sozinho.

Querido Deus, finalmente o amor chegou, e o senhor vai me levar? O senhor é tão egoísta assim? Tão ciumento? É isso que recebo por amar Jack com tanta intensidade? Por finalmente encontrar uma vida de paz? Ou o senhor foi algo que eu inventei para minha própria consolação?

Assim como Orual gritou para a Montanha Cinzenta em defesa de seu amor por Psique, eu gritei para o Deus que eu sentia, em quem acreditava e a quem me entreguei no quarto dos meus filhos tantos anos atrás.

O senhor vai me dar um grande amor e depois me levar para o céu, se é que ele existe?

Mas será que eu acreditava que Deus punia? O velho Deus irado que feria seus inimigos e queimava suas cidades? Eu não era melhor do que Jó ou Jonas, revoltada contra o meu destino na vida. Justo quando parecia que tudo poderia dar certo, que eu enfim teria a vida que sonhei por tanto, tanto tempo, eu iria morrer?

Toda a minha vida eu me esforcei demais, me empenhei demais, tentei convencer a mente do que só o coração pode decidir. Mas morrer agora, quando eu entendia a graça da rendição? Quando o amor chegou? Que injustiça cruel.

Levou semanas, mas eu lentamente saí daquele deserto árido de dúvida e fiquei mais forte em minha fé do que nunca. Por meio da leitura e da oração, me agarrando a Jack enquanto ele absorvia minhas dúvidas e minha dor, conversando até não termos mais palavras, ele e eu encontramos, se não paz, pelo menos aceitação. "A graça", escrevi para Eva, "chegou enquanto eu orava." Qualquer que fosse o meu destino, eu seria capaz de suportá-lo com Jack ao meu lado e com o amor do meu Criador me cercando, mesmo quando a dúvida aparecia e desaparecia como uma fumaça do passado, sussurros da mulher que me assombrava e zombava da minha fé.

Novembro foi um caleidoscópio de dor e cirurgias. Em dezembro, deixei claro que continuava apenas com meus dois desejos essenciais: viver o que restava dos meus dias como esposa de Jack aos olhos da igreja e da nossa comunidade, e manter os meninos na Inglaterra.

A chuva gelada açoitava as janelas do hospital, e Jack veio me ver no pior momento da náusea de dezembro.

— Fui até o bispo e apresentei nosso caso para casamento.

— O que você disse a ele? — perguntei. A náusea, causada pelo gole de anestesia que eu tomei quando removeram meus ovários, estava acabando comigo. Eu precisava de algo, qualquer coisa, para aliviar meu sofrimento. Tornar-me a sra. Lewis aos olhos de Deus era uma esperança que brilhava mais forte do que qualquer luz. Eu não queria estar doente na frente de Jack outra vez. Queria ser forte, ser a mulher que Warnie e ele acreditavam que eu era: corajosa diante do desespero. Mas estava ficando cada vez mais difícil.

— Eu disse ao bispo que seu casamento com Bill nunca foi válido, porque Bill se casou antes de casar-se com você. Mas, como me consideram uma figura pública, eles temem receber uma enxurrada de outros pedidos, outras exceções. A resposta dele foi "não".

— É o que você ganha por ser uma figura pública. — Tentei sorrir.

Jack não riu.

De muitas maneiras, em tão pouco tempo, nossos papéis frequentemente se inverteram. Em vez de ser Jack quem me apoiava, era eu quem tinha de citar sua mística favorita, Juliana de Norwich: "Tudo ficará bem, tudo correrá bem".

Eu segurei a mão dele.

— Meu amor, a dor está me purificando. Em breve estarei andando de muleta e morando com você.

Juntos fingimos que era verdade, mas era tão real quanto Perelandra e Nárnia.

As semanas se passaram; os meninos voltaram para a escola. Tempos depois, senti-me bem o suficiente para que Warnie me trouxesse minha máquina de escrever. Enquanto aguardava os resultados dos exames, a recuperação e os tratamentos, comecei a me ocupar, colocando as correspondências em dia e informando a todos sobre o meu estado: meus pais, Chad e Eva, Belle, Marian e Mical... e, finalmente, meu irmão — nos reconciliamos da melhor forma que pudemos para dois irmãos separados por um oceano, com um deles à beira da morte. Eu tricotei e fiz crochê de tudo, desde cachecóis e luvas até toalhas de mesa para The Kilns, como se eu pudesse ir para lá apenas com minhas mãos.

Em janeiro, o parecer do médico quase nos destruiu:

— Meses de vida. No melhor dos casos.

Assimilamos a notícia juntos e a deixamos dilacerar nosso coração.

— Se eu pudesse ter feito você me amar todos aqueles anos atrás — desabafei —, teríamos tido mais tempo.

— Livre-arbítrio — ele disse e me beijou. — É a única coisa que faz o amor valer a pena.

Eu concordei com temor.

— Não devemos olhar para o que aconteceu de horrível conosco, mas para como vamos nos voltar a Deus em meio a essa situação. Se eu me identificar apenas com o mundo tridimensional em que costumava acreditar, vou entrar em desespero. Mas sabemos que não é assim que funciona, não é, Jack? Sabemos que existe algo mais.

O rosto dele, cuja cor ruborizada agora estava pálida e amarelada, como se eu tivesse drenado sua vida também, se aproximou do meu.

— Eu quero mais da vida aqui com você. — Sua voz tremia e, por um breve segundo, acho que entendi como ele se sentiu quando era pequeno e sua mãe estava morrendo no quarto dos fundos de Little Lea. Ele continuou: — Eu quero mais de você.

— E eu, de você.

Durante aqueles meses no hospital, Jack esteve ao lado de minha cama o máximo possível. Nos fins de semana de três dias, ele nunca saiu de perto de mim, exceto para dormir em The Kilns. Quando eu acreditava na melhora, nós aproveitávamos nossos momentos juntos; ele às vezes trazia xerez escondido para o hospital. Recitávamos poemas e líamos juntos. Falávamos sobre o futuro, fosse ele um dia, um mês ou mais. Nos beijávamos e nos abraçávamos, e sentíamos grande expectativa pelo que poderia vir. Nos piores momentos, orávamos. Fervorosamente orávamos.

— Não há esperança — eu disse a ele em uma tarde de fevereiro, quando tiraram o gesso e descobriram que os ossos *não* estavam melhorando.

— Precisamos parar de viver na negação. — Abandonei em meu colo as agulhas de crochê envoltas em fio cinza, com as quais estava fazendo luvas para Davy.

— Há esperança, sim — ele afirmou com certeza. — A situação é incerta, e essa é a cruz que Deus sempre nos dá na vida: a incerteza. Mas há esperança, sim.

— Jack, tudo o que eu sempre quis foi trazer felicidade a você. E agora estou aqui, trazendo-lhe dor. Teria sido melhor se você nunca tivesse me conhecido.

— Nunca ter conhecido você? — Ele se levantou e começou a andar de um lado para o outro pelo quarto do hospital, depois se virou para mim com fogo no rosto. — Minha vida teria sido apenas pó seco comparado a ter você no meu mundo. De quem eu poderia ter sido tão próximo assim? *Até que tenhamos rostos* não existiria. Minha biografia seria apenas metade do que é. Meu coração ainda estaria hibernando, perturbado demais para sentir alguma coisa. — Ele veio até o meu lado e beijou meu rosto. Primeiro uma bochecha, depois a outra, e então meus lábios. — O que quer que enfrentemos juntos é melhor do que nunca ter te conhecido.

— Agora há tanto para viver... Tanto — lamentei, fechando os olhos, tentando afastar o medo.

— Parece que o destino projeta uma grande necessidade e depois a frustra — Jack disse.

Sorri para ele.

— Agora me conte como os meninos estão. Me dê notícias de fora da cela que é este quarto.

— Reformei para eles a antiga casa de hóspedes que estava caindo aos pedaços — me contou com um grande sorriso. — Agora eles têm um lugar só deles para brincar e se esconder. E adivinha o que encontraram lá?

— Animais mortos? — perguntei.

— Seu presunto! Em uma prateleira alta. Ele estava lá. Eu tinha usado a casa de hóspedes como despensa na época dos racionamentos.

Eu ri tão alto que Jack enxugou lágrimas dos meus olhos.

— Eu me lembro de ter mandado esse presunto para você.

— Eles comeram! — Jack disse, rindo também. — Eles o levaram para casa, a sra. Miller abriu a lata e ainda estava bom. — Então ele ficou sério. — Eu limpei aquela casinha porque acho que eles precisam se afastar o máximo possível.

— Ou você precisa ficar longe deles. — Eu beijei sua mão, que segurava a minha. — Deve ser um fardo, Jack. Desculpe.

— Não é um fardo, Joy. Eu os amo. Mas eles brigam demais. — Ele fez uma pausa. — Acho que Warnie e eu nunca brigamos assim. Douglas sai correndo para a floresta, deixando Davy furioso para trás; eu o encontrei uma vez à meia-noite patinando no lago sob a lua cheia.

— Eles foram feitos de formas tão diferentes...

— Sim. E isso entra em choque. Mas eles também se preocupam. Se preocupam com você. E não sabem o que fazer com essas emoções.

— Isso parte meu coração em mais lugares do que minha perna comida por traças. Se ao menos pudéssemos prometer a eles que suas orações serão respondidas... — Uma imensa exaustão se instalou em mim novamente, como tantas vezes acontecia sem aviso. — Leia para mim, por favor... Isso tira a dor. — Fechei os olhos. — Qualquer coisa, Jack.

Naquele dia, ele escolheu Shakespeare e eu cochilei, indo e voltando da cadência de suas palavras. Foi só quando abri os olhos para ver por que ele havia parado que percebi que ele não estava lendo, mas citando de cor.

Sempre que eu achava que não era capaz de amá-lo mais, eu amava.

Capítulo 53

Poderia ouvir seu amante, a você apegado?
Ouça por um instante, logo terá terminado
Acróstico em hendecassílabo, Joy Davidman

Era uma quinta-feira, 21 de março, equinócio de primavera. Em nosso primeiro encontro, eu disse a Jack que essa estação era sinal de novos começos, mas ele acreditava que era o outono que anunciava novos começos. No fim, a certa parecia ser eu, pois foi esse o dia do nosso casamento. Agora *de verdade*.

Meu quarto de hospital, agora tão familiar que eu conseguia enxergá-lo de olhos fechados, estava abarrotado de livros e papéis, e minha máquina de escrever, e meus cadernos, e na mesa móvel à frente da minha cama estavam espalhados jornais e até um jogo de Scrabble, mas em breve aquele lugar seria transformado em uma santa catedral.

Minha perna estava imobilizada com gesso; meu pé, elevado em tração, sustentado por barras de metal, polias e engrenagens acima da minha cabeça. Eu permanecia deitada na cama, com almofadas atrás de minhas costas e embaixo dos meus ombros para me apoiar. Uma manta branca limpa cobria minha perna elevada. Meu cabelo, lavado e escovado com a ajuda das enfermeiras, caía sobre meus ombros. Pedi emprestado o batom vermelho da esposa de um paciente no corredor, e passei nos lábios.

Warnie veio até minha cama primeiro:

— Joy, eu a amava como uma irmã, e agora você será mesmo minha irmã! — Seus olhos sérios estavam claros, mas ainda assim cheios de lágrimas. — Nunca te amei tanto.

— Warnie, olhe para nós: amamos um ao outro, e amamos o mesmo homem.

Ele colocou sua mão na minha.

— Eu oro por você todos os dias.

Warnie se afastou e Jack se inclinou para perto de mim, de modo que só eu pudesse ouvi-lo, encostando seus lábios delicadamente em minha orelha e me enchendo com sua voz:

— Você permitiu que eu me tornasse meu verdadeiro eu com você. Não há segredos entre nós. Agora, vamos nos tornar um só.

Eu puxei o rosto de Jack para o meu e o beijei — não tão ardentemente quanto eu gostaria, pois ao meu lado estava o reverendo, Peter Bide, ex-aluno de Jack, com seu colarinho branco como uma vírgula em sua garganta e suas vestes escuras se movendo como fumaça a cada passo.

— Está pronta, Joy? — Peter me perguntou com um tom tão sério que imaginei que ele tinha ensaiado.

— Acho que estive pronta para este momento a vida inteira.

Jack apertou minha mão.

— Como é possível meu coração estar sofrendo e, ao mesmo tempo, nunca ter sido tão feliz?

A enfermeira da ala, com traje formal, estava ao lado de Warnie; ele usava um terno tão bem passado que parecia ter medo de se mexer. Warnie sorriu para mim e segurou as mãos atrás das costas, como se estivesse escondendo algo. Sério, e com as bochechas vermelhas de saúde, ele declarou a todos os presentes:

— Eu amo Joy como uma irmã, e agora vamos oficializar isso.

Jack entrelaçou os dedos nos meus. Ele estava charmoso em seu terno preto e gravata azul, com o cabelo penteado para trás. Sem cigarro nem cachimbo, sua boca segurava apenas um sorriso tímido. Uma grande onda de amor e admiração, e a percepção de um milagre, me enchiam de um êxtase crescente, que pulsava dentro de mim como um mar sagrado.

— Posso lhe perguntar uma coisa antes de começarmos, reverendo Bide? — pedi.

— Certamente.

— Como o senhor finalmente decidiu que isso era lícito, que a Igreja Anglicana daria permissão? Perguntamos a todos que conhecemos, até ao bispo.

— Eu perguntei à única fonte que importava. — O reverendo fez uma pausa e fechou as mãos em torno do livro de orações que segurava. — O único tribunal de apelação que achei que tinha o argumento final: Deus em pessoa. O que Ele faria neste caso? A resposta foi clara.

— Então, vamos nos casar — eu disse, virando meu rosto para Jack.

Ele apertou minha mão.

— Sim, vamos nos casar.

Foi assim que, no dia 21 de março de 1957, deitada em uma cama de hospital, vestindo uma camisola e com a perna esquerda levantada em cordas e polias, finalmente me casei com o amor da minha vida.

O reverendo Bide começou a recitar as palavras da cerimônia, e eu ouvi a melodia da santa litania matrimonial da Igreja Anglicana.

Na presença de Deus, Pai, Filho e Espírito Santo,

Nos reunimos

Para testemunhar o casamento de Helen Joy Davidman e Clive Staples Lewis,

Para pedir a bênção de Deus sobre eles,

Para compartilhar sua alegria

E celebrar seu amor...

Peter continuou com a voz mais séria, como se estivéssemos diante do altar da Abadia de Westminster e a própria rainha se fizesse presente na congregação; o quarto de hospital não era um obstáculo à solenidade.

— Jack — ele finalmente disse —, você aceita Joy como sua esposa? Você promete amá-la, confortá-la, honrá-la e protegê-la, renunciando a todas as outras pessoas e sendo fiel a ela enquanto vocês viverem?

— Sim — ele confirmou e depois enfatizou: — Eu aceito.

— Joy — Peter perguntou —, você aceita Jack como seu marido? Você promete amá-lo, confortá-lo, honrá-lo e protegê-lo, renunciando a todas as outras pessoas e sendo fiel a ele enquanto vocês viverem?

— Sim. — Lágrimas rolaram dos meus olhos e desceram pelo meu rosto, e Jack as beijou, ficando com a umidade delas em seus lábios.

Warnie e a enfermeira, cujo nome eu nunca soube, também choraram silenciosamente. Se foi a frase "enquanto vocês viverem" ou o amor sem limites que preenchia aquele quarto, eu não sei. Peter terminou a cerimônia — votos, alianças e declaração.

Não foi o casamento com o qual uma menina sonha, com um vestido branco de renda e um véu esvoaçante. Não houve damas de honra, orquestra sinfônica ou uma longa trilha de rosas brancas. Mas o que uma menina sabe sobre o amor *verdadeiro*? Eu nunca soube como sonhar. Eu não sabia que o amor chega aos lugares mais improváveis, como um quarto de hospital, onde costuma reinar o medo e o desespero. Eu não sabia que o amor não podia ser merecido, comprado ou manipulado; era apenas isso: paz completa na presença do outro.

Tantos anos desperdiçados acreditando que amor significava possuir ou controlar, e agora o maior amor tinha chegado na minha maior fraqueza. Na minha suprema derrota, veio minha gloriosa vitória. Os paradoxos de Deus não tinham fim.

Peter terminou a cerimônia com a oração final. Fechamos os olhos, com as mãos de Jack nas minhas.

— Que a Santíssima Trindade os fortifique na fé e no amor, os defenda de todos os lados e os guie na verdade e na paz; e a bênção do Deus Todo-Poderoso, o Pai, o Filho e o Espírito Santo, esteja entre vocês e permaneça com vocês para sempre.

Warnie deu um grito:

— Parabéns, sr. e sra. Lewis!

— Minha *esposa* — Jack disse, e riu aquele som alegre e ressoante que me sustentou todos esses meses.

— Meu marido.

Começamos a rir e a enfermeira balançou a cabeça.

— Nunca vi tamanha celebração em um quarto de hospital.

— Bem, você nunca viu ninguém como nós três — eu falei.

— Não mesmo.

Eu sabia o que ela pensava: que este era um casamento no leito de morte, algo para satisfazer a mulher triste com o gesso e o câncer. Mas não era nada disso. Era um casamento santo entre um homem e uma mulher que aprenderam a amar de maneiras que nenhuma palavra ou explicação poderiam conter.

Foi então que Peter se virou e trouxe uma bandeja para nós dois, oferecendo-nos nossa primeira Santa Comunhão como marido e mulher.

— Peter — Jack disse, quando terminamos a Eucaristia —, se eu puder pedir mais uma coisa...

— O que seria? — Peter colocou a bandeja na mesa de cabeceira.

Jack olhou para Warnie e depois para Peter.

— Eu sei que você não gosta de fazer alarde sobre isso, mas, quando orou por aquele menino morrendo de meningite, ele se recuperou. Eu não acredito que a cura seja dada através de você, mas, se pudesse orar por Joy agora, como minha esposa... — A voz de Jack falhou. — Por favor.

Minha esposa.

Peter não respondeu com palavras, mas colocou ambas as mãos sobre a minha cabeça, e o calor delas me confortou. Ele fechou os olhos.

— Deus Todo-Poderoso, diante de quem todos os corações estão abertos e todos os desejos são conhecidos...

Fechei os olhos ao ouvir a oração dele, e sua voz se misturou com o poder purificador de um santo matrimônio e da Santa Comunhão. O espaço ao nosso redor brilhou, tão sagrado como se estivéssemos de joelhos sobre as almofadas de veludo vermelho de um altar adornado com velas, na maior catedral da terra. Se houve um momento em que o céu pôde ouvir nossos pedidos, este momento consagrado foi muito maior; ele se expandia ao nosso redor, com o silêncio místico ilimitado sob a voz de Peter pronunciando as orações da Igreja Anglicana e depois as suas próprias, suplicando por cura e restauração, mas, no final, para que fosse feita a vontade de Deus.

Quando Peter terminou, o silêncio se estendeu, envolvendo todos nós. O hospital e o mundo pararam conosco; o tempo foi suspenso. Durou apenas alguns segundos, mas senti que foi uma eternidade na minha alma. Do lado de fora do quarto, um pássaro canoro entoou uma única nota. Uma bandeja caiu no corredor. Uma criança gritou abaixo da minha janela. Um médico chamou uma enfermeira, e o mundo recomeçou.

Tudo recomeçou.

Capítulo 54

Sob a tranquila paixão da primavera;
Eu deixaria a você o peso do meu coração
Ainda mais uma primavera, Joy Davidman

Em abril de 1957, me liberaram do hospital para morrer em The Kilns.

Incapaz de ajudar, fechei os olhos e deixei a enorme equipe médica me preparar: meus remédios, cadeira de rodas (se um dia eu *pudesse* usá-la), a comadre e as bacias. Duas enfermeiras foram contratadas: uma para o dia, outra para a noite. Esse negócio de morrer não era tão simples quanto se render à grande luz. Era real, sujo e bagunçado. Como Jack disse, era: "Uma caminhada pelo Getsêmani".

Minhas emoções se chocavam brutalmente: eu sentia tudo o que se pode sentir, quase sempre tudo ao mesmo tempo.

Quando orei para um dia viver em The Kilns como sra. Lewis, talvez eu devesse ter sido mais específica. Afinal, essa oração foi atendida quando trouxeram uma cama de hospital e me instalaram na sala comum, onde estavam as familiares paredes amarelo-gema de ovo e as cortinas escuras, as cadeiras gastas e as estantes inclinadas, bem como a lareira com seu aroma perpétuo de carvão e o tapete desbotado com marcas de cinzas de cigarro. Sendo a sra. Lewis, aquela era minha casa agora, mas eu estava presa ao chão, observando uma vida que nunca teria, uma felicidade experimentada e logo arrancada de mim.

A cama já estava montada quando a equipe da ambulância me trouxe em uma maca, levantando-me cuidadosamente e colocando-me sobre os lençóis. No entanto, com um movimento súbito dos braços deles, uma dor aguda cortou minha perna e eu gritei.

— Joy!

— Joy!

As vozes de Jack e Warnie se misturaram e eles correram para o lado da cama, vindo da parede distante onde estavam observando, deixando que os atendentes fizessem seu trabalho.

— Estou bem — respondi entre dentes cerrados e lágrimas. Acomodei-me de volta no colchão duro, e lágrimas escorreram involuntariamente dos meus olhos. Eu queria ser corajosa por eles, por mim, pela memória que teriam de mim. Mas a dor, a felicidade perdida e o medo prevaleceram.

Levou um tempo para que a equipe do hospital descarregasse tudo, me acomodasse e finalmente me deixasse a sós com Jack, que se sentou ao lado da minha cama e colocou a cabeça no meu travesseiro, em uma posição curva e desajeitada.

— Quero tirar sua dor, Joy. Quero curar você.

Virei o rosto e o beijei.

— E eu quero que você suba as escadas, me leve para o seu quarto e faça amor comigo. Por quanto tempo puder. Agora finalmente estamos juntos, e é só o meu câncer que nos mantém separados.

Um soluço escapou. Naquele momento, não sobrara mais coragem, apenas desespero. E, se Deus não podia suportar o meu desespero, então ele não podia me suportar.

— Meu amor, no minuto em que você puder, eu a levarei em meus braços para minha cama.

Sua voz estava sobrecarregada com o peso da dor, e ele abaixou a cabeça.

As vozes de Jack e Warnie eram sussurros, como uma música de fundo num pub ou um rádio tocando em outro cômodo. A cadência e os sotaques, os "erres" alongados e o breve mas adorável riso me carregavam como ondas. Eu estava desperta, mas eles não perceberiam isso, pois era um tipo de sonho lúcido enquanto meus olhos permaneciam fechados, e eu flutuava entre o saber e o não saber. Parecia um sonho, em que se está em uma situação e depois em outra, sem conexão, sem nada entre elas.

Deitada de costas — minha perna engessada e uma engenhoca parecida com o trapézio de um acrobata suspensa sobre minha cama fina —, fui repentinamente tomada por uma náusea que me sacudiu como um barco balançando e me empurrando para frente. Meus olhos se abriram de repente e eu alcancei o suporte triangular acima da cama, tentando me puxar para uma posição sentada. Não tive aviso; meu corpo estava devagar em me alertar sobre qualquer coisa, e acabei vomitando sobre os lençóis limpos e o cobertor marrom quente que a enfermeira do dia ajeitou ao meu redor. Gemi não só de desconforto, mas também de vergonha.

Tão rápido que talvez já estivesse ali o tempo todo, Jack apareceu ao meu lado.

— Joy, estou aqui.

Então Warnie também apareceu.

— Desculpe… — Caí de volta nos travesseiros, tomada de humilhação.

Warnie, iluminado pelo sol da tarde entrando no quarto, segurou uma bacia curva de metal, a onipresente bacia de vômito que trouxemos do hospital. Como eu queria que deixar o hospital após cinco meses significasse deixar esses apetrechos para trás, mas não tive essa sorte.

Jack rapidamente arrancou o cobertor e pegou a bacia das mãos de Warnie, despejando o líquido nela. Warnie colocou uma toalha molhada sobre minha testa quando eu gemi, esvaziada e envergonhada. Não era assim que eu queria ser vista ou lembrada.

Jack colocou a bacia e o cobertor no chão, e a enfermeira entrou apressada para ver o que estava acontecendo. O rosto precioso de Jack obliterou minha visão de tudo o mais no quarto quando ele se inclinou sobre mim. Em um instante, seus lábios estavam nos meus, em um beijo ótimo e cheio de bondade e enorme compaixão. Ele não se importava com a doença que ainda restava em mim, nem com a higiene; ele apenas me amava.

Nos meses antes desse beijo nada estéril, eu tinha certeza de seu *eros*, mas talvez uma pequena e incômoda parte de mim acreditasse que era pena ou paciência, que suas virtudes medievais o compeliam a me amar em meu estado terminal. Mas não! Foi nesse instante, nesse piscar de tempo, que mergulhei nessa compreensão, e me deixei estar nos braços do amor que compartilhávamos — uma combinação rara e vulnerável dos quatro amores pelos quais viajamos: *agape*, *storge*, *philia*, e agora, sem dúvida, *eros*. Nossa jornada, marcada tanto pela dor quanto pela alegria, culminou em um beijo que eu jamais teria previsto como a revelação de conforto e plenitude de amor.

Jack repousou sua cabeça em meu travesseiro e, quando pensei que acariciaria minha cabeça ou rosto, ele começou a orar, uma oração sincera para que Deus lhe desse meu sofrimento, para que ele pudesse carregar meus fardos. Então, descansou por um tempo, de frente para mim, com os olhos fechados e os lábios tão gentilmente encostados nos meus.

Ele envelhecera nesses últimos meses: eu podia ver isso. Seu cabelo estava mais fino, assim como seu rosto, mas para mim ele estava ainda mais bonito. Sua boca cheia e bela. Seus olhos profundos.

— Você quer carregar meu sofrimento, mas não pode, Jack. Sou eu que devo suportá-lo. Foi você mesmo que me disse que não há barganhas com Deus.

— Não. — Ele levantou a cabeça do meu travesseiro. — Sua dor não é mais só sua. É nossa. Eu quero carregá-la por você. Estou pedindo a Deus.

— Ela é minha, mas *com* você eu posso suportá-la. Foi você quem me guiou até aqui, até a fé: eu sei que sou amada.

— Você é amada por Deus e muitos mais, Joy. Por mim. Por Warnie. Por seus filhos e por todos os amigos que a acolheram; nunca vi ninguém fazer amigos com tanta facilidade e rapidez quanto você. — Sua voz falhou e ele descansou a cabeça em meu travesseiro. — Eu te amo com todo o meu ser.

— Eu também te amo — respondi em uma voz enfraquecida. — Mas só porque amamos a Deus e nos comprometemos com ele, isso não significa que estamos isentos da dor e das perdas neste mundo. Não podemos pedir para ser exceções.

Descansamos ali por um bom tempo, ouvindo os sons da primavera lá fora: o vento, o canto dos pássaros e a voz de Paxford. O ranger dos pisos nos dizia que Warnie estava no andar de cima. Panelas e frigideiras tilintavam na cozinha com a sra. Miller preparando o almoço. Eu rapidamente caí em um sono profundo, como era comum acontecer agora, um sono repentino completamente diferente do lento adormecer em um descanso sem medicamentos.

Acordei quando Jack levantou a cabeça do meu travesseiro.

— Poesia — eu disse. — Vamos ler.

Ele afastou a cadeira e pegou Wordsworth da mesa ao lado.

— Antes de lermos, tenho algo para contar.

— É má notícia? Porque acho que não consigo aguentar mais más notícias.

— É o Bill.

Eu reforcei meu coração com a armadura que restava e fechei os punhos ao meu lado. Meu pé, elevado em tração, começou a latejar novamente — as contrações de um sofrimento maior. Peguei o frasco de analgésicos e engoli um comprimido.

— Diga.

— Ele escreveu para nós.

— Deixe-me ver.

— Acho melhor você não ler, Joy. Você só precisa saber que ele está exigindo que... se alguma coisa acontecer com você, ele quer que os meninos voltem a ficar com ele. Ele fez algumas acusações sérias contra você. Mas não se preocupe; eu já escrevi de volta para ele da maneira mais firme possível. Ele não pode nem vai ter os meninos de volta aos Estados Unidos.

— Deixe-me ler essa carta — eu disse. — Agora.

Ele não discutiu, mas se levantou e saiu da sala. Seus passos ecoaram subindo as escadas até seu escritório e descendo de volta. Quando voltou, entregou-me a carta. Ela começava com:

Caro Jack,

Havia condolências sobre o meu prognóstico e uma referência ao fato de que a única espiritualidade de Bill estava nos Alcoólicos Anônimos, e então veio a facada:

Permita-me contar o meu lado da história.

Continuei lendo com uma mão invisível apertando minha garganta.

Ele disse a Jack que, quando eu fui embora cinco anos atrás, eu estava "perturbada". Afirmou que minha mente estava uma bagunça e meu coração focado em Jack. Escreveu que eu nunca fiz muito em minha carreira de escritora e que ele me ajudou com os artigos para o *Presbyterian Life* a fim de que eu pudesse me sentir bem comigo mesma. Alegou que eu deixei meus filhos por muito tempo (ele estava certo) e que, quando voltei, estava brava e hostil. E havia mais. Sua amargura era tão palpável que vibrava do papel para o meu corpo, como uma corrente elétrica.

Bill terminou assim:

Não há nada que meus filhos precisem mais do que o pai deles.

Fechei os olhos e deixei as páginas caírem no chão; Jack permitiu que elas ficassem ali espalhadas como se fossem lixo.

— Não.

— Não vamos deixar que ele faça isso, Joy. Não vamos permitir.

A dor começou a subir dentro de mim, e então deu lugar à raiva. Meus olhos se abriram rapidamente e tentei me sentar, por um momento esquecendo que estava presa à cama. As polias de tração bateram uma na outra em protesto, e uma dor aguda como uma faca dilacerou minha coxa esquerda. Mas a raiva venceu, e dei um soco no colchão.

— E essas acusações, Jack? Que tipo de mulher eu deveria *ser* para que tudo isso fosse verdade? Uma mulher horrível. Alguém que eu nem gostaria de conhecer, quanto mais ser.

— É a maneira do Bill de contar a história em que ele precisa acreditar. — A voz de Jack estava baixa e suave, como um bálsamo.

— E ele não falou nada sobre o caso dele com a minha prima? Nem sobre sua raiva, suas crises, o alcoolismo e os colapsos? As ameaças de suicídio que nos mantiveram cativos? Ele não disse por que eu estava furiosa quando voltei para casa? Só disse que eu estava amarga e... o que mais? Violenta? Que farsa.

Jack repousou a mão sobre o meu braço.

— Joy.

Respirei fundo.

— Por favor, traga um bloco de papel e uma caneta. Eu preciso responder.

— Eu já escrevi para ele.

— Então eu vou acrescentar à sua carta, Jack. Não posso deixar isso como legado, essas páginas de mentiras. — As lágrimas inundaram meus olhos, e eu as enxuguei com raiva. — Estou cansada de chorar. De sofrer. Só quero amor agora. Só amor. É a única coisa que deve continuar.

— E é o que temos. — Ele me beijou novamente e pegou o livro de poesia. Fechei os olhos, deixei que a fúria hostil seguisse seu curso e ouvi Jack recitar Wordsworth: — "Eu vagava solitário como uma nuvem...".

Dentro da minha mente, eu ainda ouvia Bill, mas, quando abria os olhos e via Jack, sabia que, independentemente daquilo em que Bill acreditasse ou que tivesse escrito, isso não afetaria o amor que respirava em Jack e eu.

Pela primeira vez, entendi as palavras do apóstolo Paulo: "Onde está, ó morte, o seu aguilhão?".

Capítulo 55

Além do mundo espumante; aqui está o mapa
Da última jornada, além do último desejo
(Último soneto, último verso)

Soneto 44, Joy Davidman

— Seu câncer entrou em remissão.

Essas palavras saíram tão casualmente da boca do médico de jaleco branco e óculos de armação de casco de tartaruga que achei ter ouvido errado.

Sentada em minha cadeira de rodas, com Jack ao meu lado, eu estava olhando para as gotas de sangue seco na manga do médico, cujo estetoscópio se pendurava em seu pescoço como uma cobra morta, quando as palavras foram se acomodando na minha consciência, com uma suave misericórdia.

— Remissão? — Jack e eu perguntamos simultaneamente.

O homem assentiu, com as sobrancelhas franzidas de confusão.

— Ele não foi *curado*, mas a doença entrou em remissão. Seus ossos estão sólidos como uma rocha, pelo menos por agora. — Ele fez uma pausa e mexeu no estetoscópio. — Nós não entendemos. Podem chamar isso de milagre, se quiserem. Mas *não* era o que esperávamos. Você, sra. Lewis, está criando um osso novo. Seu corpo está depositando cálcio no osso, fortalecendo-o. Honestamente, quando a enviamos para casa, não tínhamos outro plano a não ser mantê-la confortável. A morte era iminente.

— Mas não agora. — Minha voz não soou como uma pergunta. — Não é iminente agora.

— Isso. Não por causa desse câncer.

Jack e eu havíamos ido ao hospital ortopédico para meu check-up mensal, preparados, como sempre, para as piores notícias. Jack, Warnie e eu já havíamos aceitado o luto, mas, naquele dia, recebemos um alívio. Içamos nossos corações àquele bote salva-vidas e nos seguramos uns aos outros. Jack se inclinou sobre minha cadeira de rodas, beijou-me e deu uma risada depois do beijo.

— Bendita notícia.

Era início da noite na sala comum quando assimilei a verdade: era um milagre.

— Você ficou com a minha dor — eu disse a Jack, atônita com essa percepção, com a verdade me tirando o fôlego. — Seu médico, o velho lorde Florey, confirmou que você está com um caso bem obscuro de osteoporose, e agora descobrimos que eu estou sarando.

Não foi só Peter Bide que orou por mim, mas também Jack, pedindo para ser meu substituto. Existia amor maior?

— O quê? — Jack estava com o rosto vermelho e gemendo, apertando um colete ortopédico ao redor da cintura para sustentar as costas. Eu me equilibrava na cadeira de rodas com uma tala de metal brilhante que mantinha minha perna fixa na posição reta.

Já fazia seis meses desde o meu diagnóstico, três meses desde que me mandaram para casa para morrer. Havíamos sido instruídos a nos preparar e orar. Entretanto, um a um, os acessórios da doença foram desaparecendo: primeiro os analgésicos foram eliminados, depois o trapézio acima da minha cabeça foi retirado, e então a enfermeira noturna foi dispensada (ainda bem, porque ela era pavorosa). Depois disso, quando Jack estava em Cambridge, comecei a sentar-me na cama com nossa poodle, Suzie, e o velho gato, Tom, para fazer crochê e tricotar, escrever cartas e receber visitas. Até que chegou o dia em que consegui me sentar na cadeira de rodas e Jack me empurrou para fora. Chorei de alívio no ar puro de junho, no aroma de pinheiro e abeto, no solo úmido e na terra fértil. Até que chegou o momento em que eu fui andando até lá — mancando, é claro, já que minha perna esquerda agora estava 7 cm mais curta que a direita.

Como se fosse um milagre adicional, ou talvez apenas um alívio que parecia milagroso, Bill parou com suas ameaças de levar os meninos para os Estados Unidos. Enquanto eu me recuperava, enquanto eu dormia, Jack escreveu para Bill a carta mais severa de sua vida, explicando que não devolveria os meninos, que estavam ambos assustados com ele. "A felicidade de quem você está promovendo ao forçá-los a voltar à sua presença agora?", Jack perguntou. Douglas também escreveu para Bill, falando-lhe de sua necessidade de continuar no que agora era sua casa. Não incitamos Douglas nem escrevemos a carta em seu lugar; foi por sua própria vontade, a vontade de meu precioso filho, a quem Jack chamava de "um verdadeiro encantador, cheio da quantidade exata de travessuras". Se foi a carta de Jack, o pedido de Douglas ou os meus próprios apelos moribundos, eu nunca ficaria sabendo.

Mais uma vez, a vida tinha uma promessa. Eu toquei a mão de Jack.

— Eles deram minha sentença de morte e agora meus ossos se fortaleceram. E os seus se enfraqueceram. Você está com dor e precisa de uma órtese, e eu estou aliviada de tanta dor. — Eu me levantei trêmula da cadeira de rodas, usando uma bengala para suportar o meu peso. — Você não devia ter feito aquilo... Você não devia... — Eu ofeguei com as palavras. — Agora estou começando a entender o que o médico nos disse hoje. Eu estou ficando mais forte e você está ficando mais fraco. Ou pelo menos seus ossos estão. Por que você fez isso?

— Eu não fiz nada, Joy. Deus atendeu ao meu pedido, se é que foi isso que aconteceu. — Ele sorriu em meio à dor e se endireitou. — E veja só: finalmente entendi como funcionam as malditas amarras. — Ele deu um tapinha na cintura onde o suporte estava firme. — Eu fico com um corpo jovial usando isso!

Nosso riso se entrelaçou e encheu o quarto. Até o mundo, talvez.

Pegamos nossas bengalas. Eu queria ir para fora, tocar as folhas verdes do verão, saborear um tomate do pé, sentir o sol escorrendo no meu rosto como mel. Eu queria todas as experiências sensoriais do mundo. Eu queria passar as mãos pelo corpo de Jack, mergulhar os dedos na água fria do lago, inspirar o ar do verão, rolar na grama. Algumas dessas coisas eram possíveis e outras logo seriam. Eu estava viva! E em remissão.

— Jack... — Demos alguns passos vacilantes juntos pelo corredor e saímos pela porta da frente para emergir sob a luz do sol.

— Sim, amor?

— Você não enxerga? Falando sério, não está vendo? É um milagre.

— Milagres, meu amor, nunca quebram as leis da natureza.

— Jack! Eu estou ganhando massa óssea. Você a está perdendo. Você é meu… substituto.

— Não vamos entrar no campo da fantasia. — Ele me interrompeu. — Mas eu agradeço a Deus a cada minuto que me lembro.

— Agradece a ele pela sua dor?

— Sim, e pelo alívio da sua. — Ele parou e me beijou profundamente. — O amor que tenho por você construiu uma ponte para o meu verdadeiro eu, Joy. O eu que só toquei momentaneamente antes de você. Se essa dor faz parte da barganha, que assim seja.

— Por que demoramos tanto para *ver* isso? Para *saber* disso?

A resposta dele foi apenas um beijo. *Às vezes, essa é a melhor resposta,* pensei, e o beijei de volta.

Andamos lentamente, cada passo uma vitória, já que eu havia sido informada de que nunca mais andaria e que meu túmulo seria meu lugar de descanso agora. Parei antes do jardim e soltei a mão de Jack para tocar seu rosto.

— O simples fato de eu estar aqui e o câncer ter sido interrompido parece um milagre que você orquestrou.

— O amor sempre escolhe o bem maior do outro, mas eu não sei se escolhi isso. Só sei que eu teria escolhido, e talvez Deus tenha feito o mesmo.

— Eu escolherei você todas as vezes, Jack. Mesmo com esse câncer. Mesmo com esse sofrimento. Mesmo com *tudo* o que aconteceu antes, eu escolheria você e essa única noite no jardim, com nossos corpos apoiados um no outro.

Jack me puxou o mais perto que podia, com apoios metálicos e órteses, com as bengalas no caminho e a dor profunda em nossos ossos.

Um silêncio sublime pairou por um longo tempo até que perguntei:

— Você escreveu o novo livro hoje de manhã?

— Eu escrevi, mas também estava contando os minutos até você acordar. Eu não conseguia me concentrar sabendo que você estava esperando. É difícil focar os Salmos quando um amor assim está dormindo escada abaixo.

Ele me beijou com a paixão que eu sonhara por muitos anos. Eu senti o sabor do tabaco de seu cachimbo, de sua humanidade e de sua boca macia. Eu queria cada centímetro do homem que eu amava com tanto carinho.

Eu não sabia se os outros entendiam o amor profundo dele por mim. Eu havia me perguntado isso e depois deixado de lado; não importava mais o que Tollers, ou os Inklings, ou os Sayer pensavam. Talvez Jack tivesse admitido seu amor ou talvez não, mas tudo o que importava era que eu tinha entendido a verdade. Ele me amou quando eu era ousada. Ele me amou no meu estado mais fraco. Ele me amou depois que eu parei de me esforçar tanto para *fazê-lo* me amar. Ele me amou quando eu era visivelmente indigna.

Olhei para a propriedade de The Kilns, banhada pela luz do crepúsculo, a luz dourada do final de mais um dia, mais um dia que Jack e eu passávamos juntos.

— Está na hora de arrumar este lugar.

— Ah, sra. Lewis, eu estava mesmo pensando em quanto tempo levaria para você dizer isso.

— Sinceramente, será possível que você ainda quer suas cortinas blecaute e as paredes desmoronando, além daquela tinta amarela?

— Talvez.

Eu ri.

— Lembra-se daquela noite, anos atrás, no pub, antes de você ir para Edimburgo? — ele perguntou. — Foi na sua primeira visita, quando falamos sobre o que significava mostrar nosso rosto real, quando você me contou sobre sua decisão de sempre me mostrar seu rosto sem véu. Isso foi amor, Joy; é o que estamos fazendo agora. — Seus olhos castanhos pareciam insondáveis, seus profundos segredos guardando as respostas. — Embora tenha sido sua mente que eu amei primeiro, não foi o que eu mais amei. Seu coração é o meu coração agora, e eu quero conhecê-lo completamente.

— Você só quer que eu fique por perto para ajudar com seu trabalho — brinquei, mas sabia que ele estava falando a verdade.

Ele pressionou sua bochecha na minha e ali ficamos, pele com pele, toque com toque.

— Não é o trabalho que você faz ou o prazer que você me dá. É *você*, minha amada, que eu quero. Você.

Eu o beijei com o mesmo desejo e intensidade de quando estava bem e toquei a campainha tantos anos atrás, e a sra. Miller abriu a porta. Envolvi minha mão atrás do pescoço dele e o puxei para mais perto, até que sua mão livre também estivesse em meu cabelo embaraçado.

Sua voz estava espessa de desejo; eu já conhecia aquele tom, sentia a plenitude dele.

— No dia em que nos conhecemos, atravessamos a ponte Magdalen e falamos sobre árvores e rios, eu comecei a amar você, da mesma forma que meus poemas começaram a escrever minha prosa, da mesma forma que seus poemas e ensaios começaram a amar a Deus.

Ficamos em silêncio, ambos perdidos no desejo: o dele, que surgiu repentinamente, e o meu, que floresceu na hora certa, deliciosamente há muito tempo. Ainda na semana passada eu o ouvi dizer à Dorothy Sayers: "Às vezes o amor floresce quando um terceiro adversário entra em cena, e qual adversário é mais digno do que a morte?".

— Olhe para nós — ele disse, afastando-se para me observar. — Dois velhos caindo aos pedaços, agindo como se tivéssemos vinte e poucos anos, completamente apaixonados. — Ele pegou minha mão. — Venha comigo, Joy.

Eu o segui para dentro de casa e, devagar, subimos as escadas, com meu calço fazendo o barulho de um martelo na madeira a cada passo. Sua cama, agora nossa, aguardava nossos corpos descansarem e fazerem amor. Nossa união foi algo lento e luxuriante, apenas nosso, nunca a ser compartilhado ou falado no mundo. Nos nossos travesseiros macios, meu corpo longo contra o dele, pele com pele, apoiei minha cabeça em seu ombro e uma graça santa nos envolveu.

Tínhamos percorrido nossos caminhos individuais e secretos até esse destino, ambos com as sugestões místicas da natureza em nossa infância que nos seguiram: numa pequena caixa de musgo trazida a ele por seu irmão ou numa floresta coberta de gelo em um parque do Bronx para mim. Olhando para trás, os marcos e as mensagens ao longo do caminho foram palpáveis e evidentes: os leões aos quais eu fora atraída a vida toda e o Aslan dele; meu País das Fadas e o Norte dele; George MacDonald e a mitologia; nossas vidas interceptadas e interrompidas pelo Cão do Céu; nossa poesia, nossa escrita e nossa leitura — tudo apontando para esse único momento no tempo: *kairós*.

Mas como eu poderia saber interpretar essas sugestões e mensagens? Elas estavam dispersas ao longo de muitos anos. Só agora eu sabia. Só agora.

— Eu te amo, Clive Staples Lewis.

— Eu te amo, Helen Joy Lewis. Pelo tempo que tivermos. O melhor que eu puder.

Epílogo

Ao som do seu rugido, os pesares terão ido.
Quando mostrar a presa, o inverno se extinguirá,
E quando agitar a juba, a primavera voltará.

O leão, a feiticeira e o guarda-roupa, C.S. Lewis

A graça não nos diz quanto tempo teremos de vida, nem o que vem a seguir. É por isso que a graça é dada apenas no momento. A misericórdia imerecida nunca é conquistada.

Após aquela noite de junho em nosso jardim em The Kilns, contra todos os prognósticos dos médicos, fui agraciada com mais três anos com Jack, mais três anos com meus filhos, meus amigos e a própria terra que me atraiu a Deus. Mais três anos até que me agarrei ao grande Leão, enterrei meu rosto em sua juba e caí de joelhos em rendição.

Muito se escreveu e se contou sobre aqueles três anos em que Jack e eu fomos marido e mulher. Eu não merecia: o êxtase na dor, a redenção do passado, o amor que excede todo entendimento. Mas Deus e o Amor não distribuem seus dons com base no mérito.

Nossos corpos lentamente se curaram e se uniram no amor e na paixão que eu sonhei todos aqueles anos, e tive ainda mais. Há experiências que nem mesmo a imaginação consegue expressar de forma adequada. Nenhum soneto ou palavra de piedade amorosa pode nos levar a amar como nossos corpos finalmente foram capazes. Como Jack escreveu certa vez, *Eros tem corpos nus. A amizade tem personalidades nuas.*

Celebramos nossa lua de mel na Irlanda um ano e meio depois de eu ter sido dispensada para The Kilns a fim de morrer. Ao embarcar no avião, rimos do fato de que uma vez havíamos jurado nunca colocar os pés em uma daquelas monstruosidades perigosas — ah, como o amor muda as coisas. O melhor amigo de infância de Jack, Arthur, nos pegou no aeroporto com felicitações e uma risada calorosa. Era óbvio que ele estava emocionado por ver seu verdadeiro amigo apaixonado e casado. Jack e eu nos aconchegamos no Old Inn, em Crawfordshire. Foi lá que conheci sua família extrovertida e cheia de histórias, às vezes me sentindo excluída, mas cercada de amor. Meus olhos absorveram a paisagem exuberante da Ilha Esmeralda, que Jack tanto amava. Eu já conseguia caminhar mais de um quilômetro, e aproveitamos cada dia do que chamei de "Tempo dos Presentes" e "misericórdia imerecida".

Quando retornamos, Jack fez uma série de discursos no rádio, e eles chocaram tanto a conservadora estação estadunidense que seus ensinamentos sobre os quatro amores e o sexo foram banidos! Ah, meu homem dizendo ao mundo que "a brutalidade e até mesmo a ferocidade de alguns jogos eróticos é inofensiva e saudável". O riso, ele disse, "é a resposta certa de todos os amantes sensatos". Não era bem o que esperavam ouvir dele.

Naqueles anos, eu plantei o jardim com Paxford e cozinhei com a sra. Miller. Redecorei, atualizei e reformei The Kilns enquanto me alegrava com amizades que me nutriam. Jack, Warnie e eu ríamos, líamos e escrevíamos, buscando aproveitar o máximo de cada dia, da melhor forma que podíamos, o mais frequentemente possível. Graças ao amor resoluto de Jack, Bill não conseguiu levar nossos filhos de volta para os Estados Unidos, e nossa pequena família floresceu em The Kilns. Belle e os Walsh vieram nos visitar, assim como meus pais e outros, alegrando tanto meu coração quanto meu corpo. Eu me reconciliei com meu irmão, mas nunca mais o vi.

Tanto quanto podíamos, Jack e eu fugíamos para finais de semana a sós em pousadas aconchegantes, compreendendo a espada de Dâmocles que pairava sobre nossas cabeças, tornando o tempo ainda mais valioso, palpável com graça e vibrante de desejo.

No final, fomos à Grécia, a terra de nossos amados mitos, onde subimos a Acrópole e bebemos os melhores vinhos com amigos. Foi nossa última viagem juntos.

Mas, naquela noite de verão em nosso jardim, como poderíamos saber o que aconteceria após morrermos?

Eu deixei Jack em 13 de julho de 1960, mais de dez anos depois de ter aberto sua primeira carta. Ele lamentou com tal intensidade que apresentou a morte como uma amputação. Meu marido escreveu sobre essa dor avassaladora, e ela se tornou um de seus livros mais queridos: *A anatomia de um luto*. Novamente, a dor e a perda foram redimidas a serviço de nossa vida. Foi assim que ele nos descreveu nesse livro: "Eu sei que aquilo que eu quero é exatamente aquilo que eu nunca poderei ter: a velha vida, as piadas, as bebidas, as discussões, o fazer amor, o pequeno e doloroso clichê".

O pequeno e doloroso clichê. Sim, de fato.

Ele se tornou um padrasto extraordinário para meus filhos. Escreveu mais dois livros, e dizia a todos que o ouviam, como sempre disse a mim: "Esses livros e essas obras não existiriam sem o amor e a vida de Joy, sem o meu amor por ela".

Três anos depois da minha partida, Jack faleceu por conta de uma insuficiência renal, em casa, nos braços de Warnie, e ele também descobriu que mesmo sua imaginação prolífica não era capaz de fazer justiça ao grande desconhecido.

Não era o País das Fadas ou a Ilha, nem o Grande Norte, mas tudo isso e nenhum deles ao mesmo tempo.

Ele foi enterrado no cemitério de sua amada Igreja da Santa Trindade. Warnie escolheu a inscrição, palavras do *Rei Lear* de Shakespeare citadas no calendário da família no dia em que sua mãe morreu: "Os homens devem suportar a sua partida deste mundo".

Livros seriam escritos sobre nós dois, principalmente sobre Jack, é claro. Escolas e cursos seriam dedicados às suas teorias e obras. Várias sociedades sobre ele e os Inklings seriam fundadas, e filmes seriam feitos sobre nossa vida. Haveria estudiosos e teólogos que dissecariam nossa escrita, nossas histórias, nossos erros, nossa poesia, meus sonetos e nossas falhas. Ninguém jamais acertaria tudo completamente. E quem poderia? Estranhos perambulariam por nosso jardim ao fazer um passeio por The Kilns, e também por Oxford e o Magdalen.

Meus filhos, meus filhos com o coração partido, se aprofundariam em sua própria fé: Davy nas tradições judaicas e Douglas em Cristo. Ambos cresceriam e encontrariam seus próprios amores e vidas, e Douglas escreveria sobre esses dias e produziria os filmes de Nárnia. Haveria até uma placa no meu endereço na rua Old High, 10, que diria: *A antiga casa da escritora Joy Davidman, esposa de C.S. Lewis.* Haveria memoriais, estátuas e salas de leitura nos Estados Unidos, no Wheaton College, com nossos papéis arquivados em caixas ao lado de seis dos mais importantes autores britânicos de nossa época.

Tudo isso e muito mais aconteceria, mas, naquela noite, a do jardim, Jack e eu não sabíamos nada do que viria a acontecer. Nós apenas nos recostamos um no outro, nossos corpos e pesos nos sustentando e amparando, duas árvores entrelaçadas, incapazes de ficarem sozinhas.

— Para mim — Jack disse —, você é estrela, água, ar, campos e floresta. Tudo.

Essa belíssima declaração de amor seria uma das linhas gravadas na minha lápide, depois que eu finalmente fechasse meus olhos, com Jack ao meu lado. Quando eu descobriria que tudo o que há, e tudo o que haverá, é isto: Amor, esperando nossa rendição, de onde viemos e para onde vamos.

Ao som do grande rugido de Aslan, eu concluí minha vida com estas palavras, sussurradas em verdade para Jack:

— Estou em paz com Deus.

Lembrança de Helen Joy Davidman
Falecida em julho de 1960
Amada esposa de
C.S. Lewis

Aqui o mundo todo (estrelas, água, ar
E campos, e florestas, como estavam lá
Refletidos em uma única mente)
Como roupas descartadas foi deixado ausente
Em cinzas, mas com esperança dada
de que ela, renascida da pobreza sagrada,
Nas terras da Quaresma, possa após a morte
Retomá-lo no seu Dia de Páscoa por sorte.

NOTA DA AUTORA

Sra. Lewis é uma obra de ficção histórica inspirada na vida de Joy Davidman e sua improvável história de amor com C.S. Lewis. A fascinação mundial por Lewis (Jack, para seus amigos) e sua única esposa, Helen Joy Davidman Gresham (Joy), nunca diminuiu. A história de *eros* deles levou a algumas das maiores obras de C.S. Lewis sobre amor, luto e fé, mas Joy raramente é reconhecida como a musa, editora, melhor amiga e amada esposa que foi para esse autor reverenciado.

Quando li *A anatomia de um luto* e senti a aflição palpável de Lewis de perder o grande amor de sua vida, quis saber mais sobre a mulher que ele amou com tanta intensidade.

Eu me apaixonei à minha própria maneira por Lewis quando tinha doze anos e li *Cartas de um diabo a seu aprendiz* alguns anos antes de entender o que significavam as palavras *sátira* e *alegoria*. Mais tarde, li outras obras de Lewis com a mesma avidez e fascinação. Quando eu soube de Joy Davidman, senti uma estranha afinidade com seu encanto por Lewis. Quem era essa mulher? Quem era essa poetisa e romancista que vivia em um mundo distante de Lewis, tanto cultural quanto literalmente, e ainda assim se apaixonou por ele?

Ela mesma era uma escritora brilhante: Joy foi poetisa várias vezes premiada, romancista, crítica, protegida da Colônia MacDowell, e muito mais. Entrou na faculdade aos quinze anos e recebeu seu mestrado em ficção pela Universidade de Columbia. Seu currículo é quase tão extenso quanto o de Lewis.

Tudo em Joy parecia incompatível com um acadêmico de Oxford e autor de Nárnia vivendo na Inglaterra. Ela era uma mulher casada que vivia no interior de Nova York com seus dois filhos pequenos e era uma judia convertida, ex-ateia, ex-comunista. Na prática, não havia união mais improvável. Tudo bloqueava o caminho para o amor, mas, no final, não foi impossível.

Com intensa curiosidade, comecei a ler a obra de Joy. Sua poesia, ensaios, livros e cartas eram inflamados de talento, dor e visão. Ela era uma força de prosa bela que muitos tentaram abafar e inibir. Além disso, havia as narrativas conflitantes sobre sua vida — algumas elogiosas e outras abertamente cruéis. Quem ela *realmente* era? Uma nova-iorquina atrevida que se intrometeu na vida de Lewis, ou uma mulher corajosa e sincera, de tal brilhantismo, a ponto de Jack amá-la e nela confiar, embora também ameaçasse os homens e mulheres que queriam colocá-la no que acreditavam ser seu devido lugar? Essa era uma mulher diversa, corajosa e complicada; a mulher que C.S. Lewis amou com todo o seu ser.

Joy muitas vezes parecia não se importar com o que os outros pensavam dela, mas eu me importava.

Esta obra de ficção não se propõe apenas a explorar sua vida, obra e história de amor, mas também a investigar os desafios que ela enfrentou como mulher em sua época — desafios enfrentados até hoje por qualquer mulher que tente viver uma vida autêntica, ao mesmo tempo que cuida de sua família e persegue sua vida criativa, sua arte e sua paixão. Muitas vezes, somos terrivelmente negligentes em relação às mulheres ao lado dos homens que admiramos, e Joy Davidman é uma delas.

Houve um manto de mistério sobre o que pode ou não ter ocorrido entre Joy e Jack durante os anos de 1950-1956 (já que todas as cartas entre eles foram destruídas). Mas parte desse desconhecimento recentemente mudou. Em 2013, num canto esquecido de um armário pertencente a Jean Wakeman, amiga de Joy Davidman em Oxford, seu filho Douglas Gresham descobriu uma caixa com histórias, ensaios, romances, livros inacabados e poemas escritos por sua mãe, e não publicados. Dentro dessa caixa, havia um fardo de papéis intitulado *Coragem*, composto de 45 sonetos de amor escritos por Joy Davidman e dedicados a C.S. Lewis. Esses poemas e sonetos de amor foram publicados em 2015 (*A Naked Tree: Love Sonnets to C.S. Lewis and Other Poems* [Uma árvore sem folhas: sonetos de amor para C.S. Lewis e outros poemas], editado por Don W. King).

Eu já havia lido grande parte das obras de Lewis quando fui apresentada à Joy, mas durante a escrita deste livro reli muitos dos meus títulos favoritos com um novo olhar: vendo a influência de Joy na prosa e nas mulheres que eram personagens de Lewis. "Como não percebi isso antes?", me perguntei. Por que não damos crédito às mulheres que inspiraram nossos escritores favoritos? Quero que o mundo, ou pelo menos você, leitor que está com este livro, saiba da influência dela nas obras de Lewis.

Foi a amizade, o intelecto, a escrita, o incentivo e o amor de Joy que influenciaram de forma mais notável *Até que tenhamos rostos*, *Surpreendido pela alegria*, *Reflexões sobre Salmos* e *A anatomia de um luto*. Muitas vezes ela foi tanto sua inspiração quanto sua coautora.

Para mim, C.S. Lewis era um acadêmico de Oxford, um estudioso e poeta, um apologeta cristão e gênio da imaginação, um mestre da prosa e dos temas. Suas teorias e citações tanto me inspiram quanto me enfurecem, e fiquei surpresa ao descobrir que foi Joy que trouxe Jack à vida de uma maneira nova para mim.

Nesta ficção histórica, as cartas e os diálogos entre Joy e Jack, assim como entre sua família e amigos, foram criados pela minha imaginação. Embora esta seja uma obra de ficção, meu desejo foi manter-me o mais próximo possível do esqueleto existente e factual; portanto, tanto a inspiração quanto trechos ocasionais, expressões e citações nas cartas, nos diálogos e nas reflexões internas de Joy vieram de eventos reais, cartas, poemas, ensaios, biografias e artigos escritos por e sobre ambos, bem como de discursos que eles proferiram.

Como em toda vida, existem discrepâncias nas muitas histórias que foram escritas sobre Jack e Joy; há mitos e suposições contados e recontados. Fiz o meu melhor para reunir todas as informações, compará-las e desvendá-las a fim de contar uma história que transmita uma verdade emocional. Este romance foi escrito com base na pesquisa e no trabalho daqueles que vieram antes de mim, porém na ficção é necessário preencher as lacunas com imaginação e inspiração. Tentei capturar a coragem e a forte determinação de Joy, bem como mergulhar na paisagem de seu coração.

Várias vezes me senti uma detetive caçando a verdade em testemunhos conflitantes e chegando às minhas próprias conclusões, da melhor forma possível deste lado da história de amor deles.

No começo dessa jornada, recorri às biografias iniciais de Joy, especialmente *And God Came In*, de Lyle Dorsett, *Through the Shadowlands*, de Brian Sibley, *Jack's Life*, de Douglas Gresham, *Lenten Lands*, de Douglas Gresham, e a biografia *Joy*, de Abigail Santamaria. O extenso trabalho crítico, os artigos e as coleções editadas por Don W. King, professor do Montreat College, me aproximaram ainda mais da vida e obra de Joy. No entanto, foram os próprios escritos, poemas e cartas dela que me levaram para mais perto de seu coração.

Durante a escrita deste romance, viajei até o Wade Center do Wheaton College, em Wheaton, Illinois, onde a maioria dos papéis de Joy e Lewis está guardada e cuidadosamente organizada, junto a uma coleção de materiais para pesquisa de e sobre seis outros renomados autores britânicos. As cartas, os poemas e documentos pessoais de Joy (não publicados até o momento) estavam imaculadamente arquivados em várias caixas: um baú do tesouro para uma romancista. Sozinha na sala de leitura do Wade Center, cercada por sua caligrafia, suas cartas, seus poemas, sua certidão de divórcio e seu passaporte, Joy ganhou vida para mim.

Este livro foi escrito com um tom de empatia por essa mulher extraordinária. Espero ter capturado um pouco de sua coragem destemida, suas escolhas conflitantes e às vezes menosprezadas, assim como de seu amor constante pelo homem que conhecemos como C.S. Lewis, mas que ela conheceu como conselheiro, melhor amigo e, no final, amado marido; o homem que ela conheceu como Jack.

Eu não teria chegado a conhecê-la como conheci (e é apenas algo da minha imaginação, não uma tentativa acadêmica de dissecar seu trabalho ou suas ações) sem o trabalho perspicaz e dedicado de tantas outras pessoas.

AGRADECIMENTOS

Este livro conquistou meu coração e minha imaginação com a mesma rapidez e brilho de um relâmpago. Devo sua força inflamada não apenas à fascinante e corajosa Joy Davidman, mas também a muitas outras pessoas que contribuíram para a compreensão de sua vida. Perguntei, investiguei, li, pesquisei, e não teria conseguido escrever sozinha.

Desde o dia em que declarei em voz alta: "Quero escrever um livro de ficção que conte a história de Joy Davidman além de *Shadowlands*", tive amigos e familiares que apoiaram a ideia com tanto entusiasmo que me impulsionaram a seguir. Sou imensamente grata a este grupo de escritores que soube de tudo desde o início e ofereceu ouvidos, conselhos e um amor incondicional: Ariel Lawhon, Lisa Patton, Lanier Isom, Kerry Madden Lundsford, Paula McLain, Mary Alice Monroe, Joshilyn Jackson, J. T. Ellison, Laura Lane McNeal, Karen Spears Zacharias, Dot Frank, Kathy Trocheck, Kathie Bennett, Tinker Lindsey, Lisa Wingate, Jenny Carroll e Mary Beth Whalen. Vocês me sustentaram quando hesitei e mantiveram minha confiança. Blake Leyers, com sua primeira leitura, fez perguntas que eu nem sabia que precisava responder, e sou muitíssimo agradecida. Signe Pike, como posso lhe agradecer? Essa editora (e autora) extraordinária leu o livro do começo ao fim e, juntas, desconstruímos a obra, identificamos seus problemas e seus pontos fortes.

Lyle Dorsett (autor da primeira biografia de Joy, *And God Came In*, padre anglicano e professor na Escola de Ciência da Religião da Universidade de Samford) é um príncipe entre os homens. Ele passou horas conversando comigo sobre Joy e sua vida, suas possíveis motivações, seus triunfos e suas tristezas. Suas orações e seu incentivo para "escrever uma história sobre a vida dela" significaram mais para mim do que ele jamais saberá. Também professor no Montreat College e autor de inúmeras obras sobre Joy Davidman, Don King foi inestimável com seu trabalho. Enviei-lhe *e-mails* com perguntas e li tudo o que ele escreveu sobre Joy, seus escritos e sua poesia.

Eu não teria terminado este livro, pelo menos não na forma em que está, sem meu tempo sagrado na Colônia Rivendell Writer's, sob os cuidados de Carmen Toussaint. Foi lá que muitas vezes encontrei o coração da história quando sentia que ele estava ausente. Meu amor e gratidão são igualmente imensos.

Aos autores que escreveram sobre Joy e Jack antes de mim, cujas obras me apresentaram a várias facetas de ambos, fico em dívida e gratidão.

O Wade Center do Wheaton College, especialmente Elaine Hooker, foi inestimável. Enquanto eu estava na sala de leitura com os papéis de Joy, seu passaporte, certidão de divórcio, poemas e cartas, ela ganhou vida para mim de uma forma que eu não esperava. O apoio do Wade Center e a cuidadosa curadoria dos documentos de Joy e C.S. Lewis me permitiram descobrir Joy de uma forma mais profunda. Elaine respondeu às minhas perguntas intermináveis e me levou até os documentos de que eu mais precisava. Todos os autores deveriam ter alguém como ela em um lugar como esse.

À minha agente, Marly Rusoff, que acreditou nesta história desde o início e a defendeu até o fim. Minha gratidão é tão infinita quanto meus e-mails.

À equipe extraordinária da HarperCollins/Thomas Nelson: vocês são um presente e um prazer, e sou grata por cada um. À Amanda Bostic, que entendeu desde o começo não apenas a história, mas também o motivo pelo qual eu queria contá-la: trabalhar com você tem sido um dos maiores prazeres da minha trajetória editorial.

A Paul Fisher, Allison Carter, Kristen Golden, Jodi Hughes, Kayleigh Hines, Becky Monds e Laura Wheeler: vocês são o time dos sonhos. A TJ Rathbun e Ben Greenhoe, que filmaram e produziram nossos vídeos: de alguma forma, vocês tiveram a mesma visão que eu sobre contar a história de Joy. Sou imensamente grata, e trabalhar com vocês foi um dos melhores momentos dessa jornada editorial. E a L. B. Norton, incrível em edição: seu olhar atento, seu espírito, sua generosidade e seu humor tornaram essa experiência de edição mais incrível do que eu poderia ter imaginado.

À minha equipe, que ama Joy com a mesma paixão que eu: sou grata a cada um de vocês. A Jim Chaffee, do Chaffee Management Group, que surgiu de forma tão sincronizada e poderosa no momento certo: que alegria ter você em nossa equipe; sua visão e energia são ilimitadas. À Meg Walker, da Tandem Literary: seu espírito tranquilo e criatividade inovadora são impressionantes. À Meg Reggie: como sempre, desde o meu primeiro livro, você é um tesouro e um gênio criativo. Agradeço à Carol Fitzgerald e sua equipe do Bookreporter, que me ajudaram a construir um site que amo (e que tenho certeza de que Joy também amaria).

Aos meus amigos, que permitiram que eu falasse sobre este assunto sem parar e ainda assim continuaram saindo comigo. Amo vocês: Tara Mahoney, por seu humor e por acreditar; Kate Phillips, por sua confiança inabalável; Barbara Cooney, por estar comigo nos momentos difíceis; Sandee O, por sempre me trazer de volta ao centro quando mais preciso; e Cleo O'Neal, por caminhar e conversar comigo quando eu precisava me reencontrar.

A Douglas Gresham (filho de Joy): sou profundamente grata e devo muito a você. Sua visão e gentileza com uma completa estranha que escreveu sobre sua mãe brilhante foram impressionantes. Sinto-me honrada por agora chamá-lo de amigo. Obrigada, Douglas. Obrigada. Seu legado reflete a integridade e a bondade de Jack e de sua mãe.

Com imensa gratidão, quero agradecer a Andrew Lazo por sua pesquisa meticulosa. Raramente encontro alguém que se importa tanto com os detalhes dessa história como Andrew, e seu trabalho é insubstituível.

E à minha família. Quando contei pela primeira vez aos meus pais sobre essa ideia, eles me apoiaram, como sempre, e ainda vi um brilho em seus olhos. Eles sabiam o que Lewis significava para todos nós. Encontrei meu primeiro livro de C.S. Lewis, *Cartas de um diabo a seu aprendiz*, no escritório do meu pai em casa. Espero tê-los deixado orgulhosos aqui. Às minhas irmãs, Jeannie Cunnion e Barbi Burris, e suas famílias extraordinárias, que me apoiaram independentemente das minhas excentricidades. Às minhas cunhadas, Serena Henry e Anna Henry, que ouviram tanto sobre Joy, e continuaram ouvindo, perguntando e me conectando à família quando eu mais precisava. A Pat Henry, por tolerar meus olhares distantes, jantares esquecidos e reuniões de madrugada no meu escritório: obrigada, eu amo você. Aos meus filhos, Meagan e Evan Rock, Thomas e Rusk: meu amor por vocês é imensurável. Enquanto escrevia cada palavra deste livro, pensava em vocês e em sua vida emocionante e linda que se desdobra de maneiras novas, como esperado.

Este livro foi impresso pela gráfica Vozes, em 2025, para a
Thomas Nelson Brasil. O miolo foi impresso em papel avena 70g/m^2
e a capa, em cartão 250g/m^2. Mas nem tudo aqui é só papel e tinta.
Estas páginas narram a trajetória de uma mulher que ousou mudar —
de país, de fé, de rumo. E, se hoje esta história está em suas mãos,
é porque algumas vozes seguem vivas muito depois do ponto final.